Orgulho e Preconceito

Título original: *Pride and Prejudice*

Edição Brasileira

Direção Editorial *Ethel Santaella*
Tradução *Ciro Mioranza*
Revisão *Suely Furukawa*
Diagramação *Demetrios Cardozo*
Imagem Capa *Shutterstock.com/Shc*
Produção Gráfica *Giliard Andrade*
Imagens *Ilustrações de C. E. Brock (edição de 1907) adaptados para p&b*

Dados Internacionais de Catalogação na Publicação (CIP)
(Câmara Brasileira do Livro, SP, Brasil)

Austen, Jane, 1775-1817
Orgulho e preconceito / Jane Austen ; tradução Ciro Mioranza. -- São Paulo : Lafonte, 2019.

Título original: Pride and prejudice.
ISBN 978-85-8186-423-5

1. Ficção inglesa I. Título.

19-31603 CDD-823

Índices para catálogo sistemático:

1. Ficção : Literatura inglesa 823

Cibele Maria Dias - Bibliotecária - CRB-8/9427

Editora Lafonte
Av. Profª Ida Kolb, 551, Casa Verde, CEP 02518-000
São Paulo - SP, Brasil – Tel.: (+55) 11 3855-2100
Atendimento ao leitor (+55) 11 3855-2216 / 11 3855-2213 – atendimento@editoralafonte.com.br
Venda de livros avulsos (+55) 11 3855-2216 – vendas@editoralafonte.com.br
Venda de livros no atacado (+55) 11 3855-2275 – atacado@escala.com.br

Jane Austen

Orgulho e Preconceito

Tradução

Ciro Mioranza

Lafonte

2019 – Brasil

Pintura a óleo, de 1875, baseada em uma aquarela pintada por sua irmã Cassandra em 1810 – autor desconhecido

JANE AUSTEN (1775 - 1817)

≈ APRESENTAÇÃO ≈

Célebre escritora, autora de romances como *Razão e Sensibilidade, Persuasão, A Abadia de Northanger, Emma* e este *Orgulho e Preconceito,* Jane Austen (1775-1817) nasceu em Steventon, Inglaterra, filha de um reverendo da Igreja anglicana, de quem recebeu esmerada educação. Dotada de privilegiada inteligência, de uma perspicácia invulgar e de uma excepcional capacidade de observar sob os mais diversos ângulos pessoas e ambientes, além das atitudes comportamentais que transpareciam, ou que eram rigorosamente exigidas pela etiqueta, no conjunto da sociedade aristocrática e burguesa de sua época, Jane Austen extraía desse cenário humano e paisagístico todos os elementos para compor suas obras. Por essa razão, seus romances são profundamente humanos e extremamente belos em suas sucintas e ocasionais descrições de paisagens e ambientes. Primam, no entanto, pela análise apurada dos sentimentos humanos, construindo com maestria personagens do bem e do mal, nos quais as qualidades e os defeitos, os acertos e desacertos, as virtudes e os vícios, são descritos com tal precisão e critério que a autora parece uma confessora que ausculta todas as vicissitudes da vida de seus personagens ou que é deles uma precursora do tratamento psicanalítico.

À parte seu ambientamento numa sociedade aristocrática, cujos principais valores são representados pela riqueza, pela posição social e pelas decorrentes benesses da vida, valores acompanhados de uma rigorosa e por vezes fútil etiqueta social, os romances de Jane Austen se destacam pela visão crítica desse estilo de vida e dessa divisão de classes. Não condena explicitamente essa estruturação social da época, mas, além de criticá-la, chega a ser irônica e até sarcástica diante de certos elementos em que se alicerça essa mesma sociedade.

Orgulho e Preconceito foi escrito em 1797, quando a autora tinha 21 anos de idade. O pai dela apresentou o romance a um editor de Londres que o rejeitou. Engavetado por praticamente mais quinze anos, entre 1811 e 1812 a autora fez uma revisão acurada do manuscrito e, finalmente, ele é publicado em 1813. O título original era *First Impressions* (Primeiras Impressões), mas veio a público com o de *Pride and Prejudice* (Orgulho e Preconceito).

O enredo do romance é uma bela história de amor que perpassa todas as páginas da obra, entre idas e vindas, encontros e desencontros, ansiedades e aspirações. Mas entram em cena também, como coadjuvantes, outras histórias de amor que, como a principal, nada têm daquela lisura contínua do relacionamento. Os atritos e desavenças se sucedem. Na complexa trama dessas relações é que transparecem os sentimentos e as paixões humanas sob os mais variados aspectos e com maior ou menor intensidade. A autora mostra toda a sua maestria em abordar um tema que exige um profundo conhecimento do ser humano ou, pelo menos, uma atenta e arguta observação de seu comportamento na família e na sociedade. É justamente nessas relações familiares e sociais que ela busca todos os elementos para caracterizar seus personagens com virtudes e vícios estudados e analisados com extrema propriedade.

Apesar de os temas tratados no romance, como educação, cultura, moral, serem ambientados a cavalo dos séculos XVIII e XIX, a autora sabe ver neles pontos que necessitam de urgente melhora e aprimoramento ou de atualização, especialmente na moral, que permita o pleno exercício da liberdade a quem quer que seja. Suas observações a respeito são feitas não poucas vezes com humor e ironia, de acordo com o caso. Como ocorre também, seguidamente, com relação à diferença de classes, que é medida especialmente pelo grau de nobreza e pela riqueza.

Enfim, um romance que, tanto por sua trama como pela abordagem dos sentimentos de ódio e preconceito, além de outros, se torna uma obra clássica da escola romântica da literatura mundial.

≈ CAPÍTULO 1 ≈

É uma verdade universalmente reconhecida que um homem solteiro e dono de razoável fortuna sinta necessidade de ter uma esposa.

Por menos que se conheça os sentimentos ou o modo de pensar desse homem ao se transferir para determinada localidade, essa verdade está tão enraizada na mente das famílias vizinhas que ele é considerado como se fosse propriedade legítima de uma ou outra das filhas dessas famílias.

– Meu caro senhor Bennet – disse sua mulher um dia –, ficou sabendo que Netherfield Park foi finalmente alugado?

O senhor Bennet respondeu que não sabia.

– Mas foi – continuou ela. – A senhora Long esteve aqui há pouco e me contou tudo a respeito.

O senhor Bennet não deu resposta.

– Não quer saber quem o alugou? – perguntou a mulher, impaciente.

– Se quiser me contar, não me recuso em ouvir.

Era o que bastava para que ela continuasse.

– Pois, meu caro, fique sabendo que a senhora Long diz que Netherfield foi arrendado por um jovem muito rico do norte da Inglaterra e que ele chegou na segunda-feira, numa carruagem puxada por quatro cavalos, para visitar o local; e ficou tão encantado que concordou imediatamente com as condições estipuladas pelo senhor Morris; ela diz ainda que ele vai se instalar na propriedade antes da festa de São Miguel e que alguns de seus criados deverão chegar no final da próxima semana.

– Como ele se chama?

– Bingley.

– É casado ou solteiro?

– Oh! Solteiro, meu caro, é claro! Um homem solteiro e de grande fortuna; com rendimentos de quatro ou cinco mil libras ao ano. Que coisa maravilhosa para nossas filhas!

– Como assim? O que elas têm a ver com isso?

– Meu caro senhor Bennet – replicou sua mulher –, como pode ser tão desligado! Fique sabendo que estou pensando em fazer com que ele se case com uma delas.

– É essa a intenção dele ao se estabelecer por aqui?

– Intenção! Bobagem, como pode dizer isso? Mas é muito provável que possa se apaixonar por uma delas, e por isso é que deverá visitá-lo logo que ele chegar!

– Não vejo razão para isso. Você é que pode ir com as meninas ou enviá-las sozinhas, o que talvez fosse melhor ainda, pois, visto que é tão bonita como elas, o senhor Bingley poderia até gostar mais de você.

– Meu caro, isso me lisonjeia. Certamente tive meus dias de beleza, mas não pretendo ser extraordinariamente bela agora. Quando uma mulher tem cinco filhas já crescidas, deve deixar de pensar em sua própria beleza.

– Em tais casos, não é muito comum uma mulher ter alguma beleza em que pensar.

– Mas, meu caro, deve realmente fazer uma visita ao senhor Bingley quando ele chegar aqui em nossa localidade.

– Está fora de cogitação, já lhe asseguro.

– Mas considere suas filhas. Pense somente que ótima colocação haveria de ser para uma delas. Sir William e Lady Lucas estão decididos em fazer-lhe uma visita unicamente por essa razão, pois geralmente, como sabe, não costumam visitar recém-chegados. Na verdade, deve ir, pois é impossível para nós visitá-lo, se você não for.

– Certamente está exagerando. Acho que o senhor Bingley vai ficar realmente feliz em vê-la; e vou até lhe enviar, por seu intermédio, algumas linhas garantindo-lhe meu pleno consentimento quanto ao possível casamento com qualquer uma de minhas filhas que porventura escolher, embora esteja inclinado a incluir uma palavra a mais em favor de minha pequena Lizzy.

– Espero que não se disponha a fazer isso. Lizzy não é melhor que as outras; e tenho certeza de que não é tão bonita quanto Jane nem tão bem-humorada como Lydia. Mas você sempre lhe dá a preferência.

– Nenhuma delas tem algo tão especial para recomendá-la – replicou ele. – Todas elas são tolas e ignorantes como as outras moças, mas Lizzy tem um pouco mais de vivacidade que as irmãs.

– Senhor Bennet, como pode insultar dessa forma suas próprias filhas? Sente prazer em me irritar? Não tem pena de meus pobres nervos?

– Está muito enganada, minha querida. Tenho o maior respeito por seus nervos. Eles são meus velhos amigos. Eu a ouvi mencioná-los com comiseração durante os últimos vinte anos pelo menos.

– Ah! Não sabe o que sofro.

– Mas espero que supere isso e viva tempo suficiente para ver muitos jovens com rendimentos de quatro mil libras anuais chegar por aqui na vizinhança.

– De nada vai adiantar, mesmo que cheguem vinte deles, visto que se recusa a visitá-los.

– Pode ter certeza, minha querida, que, se chegarem realmente a vinte, vou visitá-los a todos.

O senhor Bennet era uma mistura tão estranha de sagacidade, sarcasmo, reserva e capricho que a convivência de 23 anos não havia sido suficiente para a mulher compreender o caráter dele. A mente dela era bem menos difícil de desvendar. Era uma mulher de inteligência medíocre, cultura deficiente e temperamento incerto. Quando era contrariada, simulava um ataque de nervos. A principal ocupação de sua vida era procurar casar as filhas; seu passatempo consistia em visitas e mexericos.

≈ CAPÍTULO 2 ≈

O senhor Bennet foi um dos primeiros a visitar o senhor Bingley. Sempre pretendeu visitá-lo, embora até o último instante garantisse à mulher que não iria; e mesmo até a noite do próprio dia da visita ela não teve conhecimento do fato. Descobriu-o da seguinte maneira: observando ele sua segunda filha atarefada em enfeitar um chapéu, disse-lhe de repente:

– Espero que o senhor Bingley goste dele, Lizzy.

– Não temos como saber o que é do agrado do senhor Bingley – disse a mãe dela, ressentida – visto que não vamos visitá-lo.

– Mas a senhora se esquece, mãe – disse Elizabeth –, que vamos encontrá-lo em reuniões e que a senhora Long prometeu apresentá-lo a nós.

– Não creio que a senhora Long vá fazer isso. Ela mesma tem duas sobrinhas. É uma mulher egoísta, hipócrita e não nutro grande estima por ela.

– Nem eu – disse o senhor Bennet – e fico contente ao saber que não pretende valer-se dos préstimos dela.

A senhora Bennet não se dignou a dar-lhe qualquer resposta, mas, incapaz de se conter, começou a recriminar uma das filhas.

– Não continue tossindo dessa forma, Kitty, pelo amor de Deus! Tenha um pouco de compaixão por meus nervos. Você os estraçalha.

– Kitty não sabe tossir com discrição – disse o pai. – Não consegue controlar seus acessos de tosse.

– Não costumo tossir por divertimento – replicou Kitty, mal-humorada. – Quando é seu próximo baile, Lizzy?

– Daqui a quinze dias.

– Sim, é isso mesmo – exclamou a mãe – e a senhora Long só vai regressar um dia antes; assim, vai ser impossível apresentá-lo a nós, pois ela mesma não o conhece.

– Então, minha querida, a vantagem será sua e poderá apresentar o senhor Bingley à sua amiga.

– Impossível, senhor Bennet, impossível, uma vez que eu mesma não o conheço; por que insiste em me aborrecer?

– Meus respeitos à sua circunspecção. Um conhecimento de quinze dias é, de certo, insuficiente. Não se pode saber o que realmente é um homem ao final de quinze dias. Mas, se nós não nos arriscarmos, alguém vai se arriscar e, a essa altura, a senhora Long e suas sobrinhas vão ter a oportunidade delas; e como, no entanto, ela o considera um puro ato de bondade, se você não se prestar a esse gesto, eu mesmo me encarregarei dele.

As meninas fitaram o pai, espantadas. A senhora Bennet disse apenas:

– Bobagem, bobagem!

– Qual pode ser o significado de exclamação tão enfática? – exclamou ele. – Considera uma bobagem as formas de apresentação e o extremo cuidado que se deve ter ao fazê-lo? Nisso não concordo de modo algum. O que diz disso, Mary? Pois você é uma jovem de profundas reflexões, sei disso, e lê bons livros e tira deles valiosos ensinamentos.

Mary quis dizer algo sensato, mas não sabia como.

– Enquanto Mary está coordenando suas ideias – continuou ele –, voltemos ao senhor Bingley.

– Estou farta do senhor Bingley – exclamou a mulher.

– Sinto muito ouvir isso; mas por que não me falou antes? Se soubesse disso esta manhã, certamente não teria ido visitá-lo. Lamentável! Mas como eu o visitei realmente, não podemos agora fugir de certo relacionamento.

O espanto das mulheres era exatamente o que ele pretendia; e que o demonstrado pela senhora Bennet ultrapassasse o de todas as outras, embora, depois de passada a primeira efusão de alegria, ela passasse a declarar que era o que esperava dele o tempo todo.

– Que belo gesto o seu, meu querido senhor Bennet! Mas eu sabia que o haveria de convencer por fim. Estava certa de que amava demais suas filhas para negligenciar semelhante relacionamento. Bem, como estou feliz! E que bela peça nos pregou também, por ter ido visitá-lo esta manhã e não nos ter dito nada até agora.

– Agora, Kitty, pode tossir à vontade – disse o senhor Bennet; e, enquanto falava, deixou a sala, cansado com os arroubos de sua mulher.

– Que pai excelente vocês têm, meninas! – disse ela, quando a porta se fechou. – Não sei como poderão retribuir tamanha bondade; ou até eu mesma, por esse gesto. Em nossa altura da vida não é tão agradável, posso afiançar-lhes, buscar novos relacionamentos a cada dia; mas por amor a vocês, faríamos qualquer coisa. Lydia, minha querida, embora você seja a mais jovem, atrevo-me a dizer que o senhor Bingley vai dançar com você no próximo baile.

– Oh! – disse Lydia, resoluta. – Não tenho medo, pois, embora eu seja a mais jovem, sou a mais alta.

O restante da noite passou em conjeturas sobre quando ele haveria de retribuir a visita do senhor Bennet e sobre quando deveriam convidá-lo para jantar.

≈ CAPÍTULO 3 ≈

Nada, contudo, do que a senhora Bennet, ajudada pelas cinco filhas, tivesse perguntado sobre o assunto foi suficiente para obter do marido uma descrição satisfatória do senhor Bingley. Elas o cercaram de variados modos... com perguntas diretas, engenhosas suposições e conjeturas aleatórias, mas ele se esquivou com habilidade de todas e elas, finalmente, foram obrigadas a aceitar as informações de segunda mão da vizinha, Lady Lucas. A descrição desta era altamente favorável. Sir William ficara encantado com o recém-chegado. Era bastante jovem, de ótima aparência e extremamente simpático; e, para coroar tudo isso, ele pretendia comparecer na próxima reunião festiva com um numeroso grupo de amigos. Nada poderia ser mais delicioso! Gostar de dançar era um passo seguro para se apaixonar; e logo a senhora Bennet sentiu as mais vivas esperanças em seu coração.

– Se pelo menos pudesse ver uma de minhas filhas estabelecida e feliz em Netherfield – disse a senhora Bennet ao marido – e todas as outras igualmente bem casadas, nada mais haveria de desejar na vida.

Poucos dias depois, o senhor Bingley retribuiu a visita do senhor Bennet e ficou com ele por cerca de dez minutos na biblioteca. O jovem havia alimentado a esperança de ver as moças, de cuja beleza tanto ouvira falar; mas encontrou-se somente com o pai delas. As moças tiveram um pouco mais de sorte, pois puderam constatar, de uma janela mais ao alto, que ele vestia um casaco azul e seguia montado num cavalo preto.

Um convite para jantar foi enviado logo depois e a senhora Bennet já tinha planejado os pratos que haveriam de dar crédito a seus dotes de dona de casa quando veio uma resposta que adiou tudo. O senhor Bingley deveria estar em Londres no dia seguinte e, consequentemente, não poderia aceitar o honroso convite. A senhora Bennet ficou totalmente desconcertada. Não conseguia imaginar que tipo de negócios ele poderia ter na cidade logo após sua chegada a Hertfordshire; e começou a recear que ele passasse o tempo todo indo de um lugar a outro e não se instalasse de vez em Netherfield, como era de se esperar. Lady Lucas acalmou-a um pouco em relação a esses receios, ao avançar a ideia de que ele tivesse ido a Londres para reunir um grupo numeroso para o baile; e logo se espalhou a notícia de que o senhor Bingley haveria de trazer doze senhoras e sete cavalheiros. As meninas ficaram aflitas com tal número de mulheres, mas se tranquilizaram no dia anterior ao baile, ao ficarem sabendo que, em vez de doze, ele havia trazido somente seis pessoas de Londres... suas cinco irmãs e um primo. E quando o grupo entrou no salão de festa, eram cinco ao todo... o senhor Bingley, suas duas irmãs, o marido da mais velha e outro jovem.

O senhor Bingley era um homem de boa aparência e distinto; tinha um semblante atraente e seus modos eram delicados e sem afetação. As irmãs eram mulheres bonitas, apresentando um ar decididamente elegante. O cunhado, senhor Hurst, mal aparentava ser um cavalheiro; mas o amigo, senhor Darcy, logo chamou a atenção de todos no salão por sua elegante e elevada estatura, traços bonitos, porte esbelto e o boato que, mal passados cinco minutos desde sua entrada, circulava entre todos de que ele possuía rendimentos de dez mil libras ao ano. Os cavalheiros o consideraram um belo tipo de homem, enquanto as senhoras afirmavam que ele era muito mais bonito que o senhor Bingley; e passou a ser o centro da admiração de todos em boa parte da festa, até que seus modos se mostraram desagradáveis e reverteram a onda de sua popularidade; passou então a ser considerado orgulhoso, pedante e longe de ser companhia prazerosa; nem mesmo suas extensas propriedades em Derbyshire poderiam impedi-lo de ter uma expressão repulsiva e desagradável e de ser indigno de comparação com o amigo.

O senhor Bingley logo tinha travado conhecimento com todas as principais pessoas na sala; era alegre e animado, dançou todas as danças, ficou desapontado por o baile terminar tão cedo e falou que ele próprio haveria de organizar um em Netherfield. Tão distintas qualidades falavam por si. E que contraste entre ele e seu amigo! O senhor Darcy dançou apenas uma vez com a senhora Hurst e outra com a senhorita Bingley, recusou-se a ser apresentado a qualquer outra dama e passou o resto da noite andando pelo salão, conversando ocasionalmente com alguém de seu grupo. O caráter dele estava definido. Era o homem mais orgulhoso e mais desagradável do mundo, e todos esperavam que ele nunca mais voltasse a esse local. Entre as pessoas mais revoltadas contra ele estava a senhora Bennet, cuja repulsa por esse comportamento foi acentuada pelo menosprezo que ele demonstrou para com uma das filhas dela.

Elizabeth Bennet havia sido obrigada, pela escassez de cavalheiros, a permanecer sentada por duas danças; e durante parte desse tempo o senhor Darcy esteve de pé bastante perto para que ela pudesse ouvir a conversa entre ele e o senhor Bingley, que por momentos deixara a dança para pressionar o amigo a dançar.

– Vamos, Darcy! – disse ele. – Quero que venha dançar. Detesto vê-lo aí em pé, sozinho, nessa situação sem graça. Seria bem melhor se dançasse.

– Certamente que não. Sabe muito bem como detesto dançar, a não ser que tenha muita intimidade com minha parceira. Num baile como este, seria insuportável. Suas irmãs já têm parceiros e não há outra mulher na sala que não representasse um castigo para mim se ficasse com ela.

– Eu não seria tão pessimista assim, de forma alguma! – exclamou o senhor Bingley. – Palavra de honra, nunca me encontrei com tantas moças tão agradáveis como esta noite; e há várias delas extraordinariamente bonitas.

– Você está dançando com a única garota bonita da sala – disse o senhor Darcy, olhando para a mais velha das irmãs Bennet.

– Oh! Ela é a criatura mais bela que jamais vi! Mas há uma das irmãs dela, sentada precisamente atrás de você, muito bonita e me parece bastante simpática. Deixe que peça à minha parceira para que a apresente a você.

– De qual está falando? – E voltando-se, olhou por instantes para Elizabeth, até que ela o fitou; desviando então o olhar, ele disse friamente: – Ela é razoável, mas não suficientemente bonita para me tentar; e neste momento não estou com toda essa disposição para consolar as jovens que os outros menosprezaram. É melhor que volte para sua parceira e desfrute os sorrisos dela, pois está perdendo seu tempo comigo.

O senhor Bingley seguiu o conselho do amigo. O senhor Darcy se afastou, deixando Elizabeth com uma impressão nada favorável em relação a ele. Ela, porém, contou o ocorrido aos amigos sem amargura, pois tinha um espírito vivo e divertido, que se deliciava mesmo com coisas que beiravam o ridículo.

De modo geral, a noite transcorreu agradavelmente para toda a família. A senhora Bennet pudera ver com satisfação sua filha mais velha ser muito admirada pelo grupo de Netherfield. O senhor Bingley tinha dançado com ela duas vezes e as irmãs dele a cercaram de atenções. Jane estava tão contente com isso como sua mãe poderia estar, embora de forma mais recatada. Elizabeth percebeu o contentamento de Jane. Mary ouviu pessoalmente ser mencionada para a senhorita Bingley como a mais simpática moça da redondeza; Catherine e Lydia tinham tido toda a sorte de nunca ficarem sem parceiro, que era tudo o que já tinham aprendido a se preocupar por ocasião de um baile. Foi, portanto, com ótima disposição de espírito que retornaram para Longbourn, o vilarejo em que viviam e do qual eram os principais habitantes. Ao chegar, encontraram o senhor Bennet ainda acordado. Quando estava absorto num livro, perdia a noção do tempo; e nessa ocasião tinha grande curiosidade em saber sobre o acontecimento de uma noite que havia despertado tão grandes expectativas. Esperava, contudo, que os planos da esposa em relação ao recém-chegado tivessem falhado; mas logo descobriu que a história que ouviria seria bem diferente.

– Oh!, meu caro senhor Bennet! – disse ela, ao entrar na sala. – Passamos uma noite mais que encantadora e um baile magnífico. Gostaria que tivesse ido; Jane foi tão admirada, que nem pode imaginar. Todos falavam de sua bela aparência; e o senhor Bingley a achou muito bonita e dançou com ela duas vezes! Imagine só isso, meu caro! Ele dançou realmente com ela duas vezes! E ela foi a única moça na sala a quem ele pediu uma segunda dança. Primeiro, convidou a senhorita Lucas. Fiquei contrariada ao vê-lo junto com ela! Mas não pareceu muito animado com ela; na verdade, ninguém consegue se animar com essa moça. Em contrapartida, ficou totalmente impressionado com Jane, ao dançar com ela. Assim, perguntou quem ela era, se apresentou e lhe pediu para dançar uma segunda vez dali a pouco. Então dançou com a senhorita King, depois com Maria Lucas, a seguir novamente com Jane, depois com Lizzy, e a *Boulanger*...

– Se ele tivesse dó de mim – exclamou o marido, impaciente –, não teria dançado nem metade do que dançou! Pelo amor de Deus, não me fale mais das parceiras dele! Oxalá tivesse ele torcido o tornozelo logo na primeira dança!

– Oh! meu querido, estou realmente encantada com ele. É tão extraordinariamente lindo! E as irmãs dele são mulheres charmosas. Nunca vi em minha vida nada mais elegante que os vestidos delas. Atrevo-me a dizer que o laço do vestido da senhora Hurst...

Nesse ponto, foi novamente interrompida. O senhor Bennet protestou e não pretendia ouvir qualquer descrição sobre vestuário. Ela foi obrigada, portanto, a procurar outro assunto para a conversa, e passou a relatar, com profunda amargura e com algum exagero, a chocante rudeza do senhor Darcy.

– Mas posso lhe assegurar – acrescentou ela – que Lizzy nada perde por não lhe despertar interesse, pois ele é um homem desagradável, horrível, indigno de qualquer atenção. Tão altivo e tão presunçoso que não há como aturá-lo! Passou o tempo todo andando de cá para lá, dando-se ares de grande importância! Nem é bastante atraente para se dançar com ele! Gostaria que você tivesse estado presente, meu querido, para lhe passar alguma de suas descomposturas. Detesto realmente esse homem!

≈ CAPÍTULO 4 ≈

Quando Jane e Elizabeth ficaram sozinhas, a primeira, que tinha sido cautelosa em seus elogios ao senhor Bingley, confessou à irmã o quanto o admirava.

– Ele é exatamente o que um jovem deve ser – disse ela –, sensato, bem-humorado, animado; e nunca vi modos tão corteses... tão simples, com tão perfeita boa educação!

– E é bonito também – replicou Elizabeth –, o que um jovem também deve ser, obviamente se possível. Dessa forma, ele é um homem completo.

– Fiquei muito lisonjeada quando veio me pedir para dançar uma segunda vez. Não esperava semelhante cortesia.

– Não esperava? Eu a esperava por você. Mas essa é uma das diferenças entre nós. Os elogios sempre *a* apanham de surpresa, enquanto a *mim,* nunca. O que poderia ser mais natural que ele pedir para dançar mais uma vez? Ele não conseguiria ver que você era cinco vezes mais bonita que qualquer outra mulher no salão. Não há por que se entusiasmar por esse galanteio. Bem, ele é realmente muito simpático e lhe permito que goste dele. Você já gostou de tantas pessoas mais estúpidas...

– Querida Lizzy!

– Oh! Você tem, bem sabe, enorme capacidade para gostar das pessoas em geral. Nunca vê defeitos em ninguém. Todos são bons e agradáveis a seus olhos. Nunca a ouvi falar mal de alguém em sua vida.

– É que não gosto de me precipitar ao julgar alguém; mas sempre digo o que penso.

– Isso eu sei; e é *isso* que me espanta. Que com *seu* bom senso, possa ser tão cega para a insensatez e os disparates dos outros! Afetação de candura é bastante comum... encontra-se em todo lugar. Mas ser cândida sem ostentação ou sem objetivo... tomar o que há de bom numa pessoa e torná-lo ainda melhor, sem nada dizer sobre o que há de ruim... é exatamente o que você faz. E assim também gosta das irmãs desse homem, não é? Os modos delas não são iguais aos dele.

– Certamente que não... a princípio. Mas elas são mulheres muito agradáveis quando se conversa com elas. A senhorita Bingley vem morar com o irmão e vai cuidar da casa. Se eu não estiver equivocada, vamos ter uma vizinha encantadora.

Elizabeth ouviu em silêncio, mas não ficou convencida; o comportamento delas no baile não havia sido do agrado geral; e com mais perspicácia na observação e com caráter menos maleável que a irmã, além de um espírito crítico demasiado inflexível para se deixar levar por simpatias, ela estava pouco disposta a aceitá-las sem maiores problemas. Eram, de fato, mulheres muito delicadas, não lhes faltava bom humor quando eram lisonjeadas nem deixavam de ser agradáveis quando queriam, mas eram orgulhosas e presunçosas. Eram bastante bonitas, tinham sido educadas numa das principais escolas privadas da capital, tinham uma fortuna de 20 mil libras, estavam acostumadas a gastar mais do que deviam e de privar com pessoas de elite e, portanto, se julgavam, sob todos os aspectos, superiores a todas as outras. Pertenciam a uma respeitável família do norte da Inglaterra; essa circunstância estava mais profundamente impressa na memória delas do que o fato da fortuna do irmão e a delas próprias ter sido amealhada por meio do comércio.

O senhor Bingley herdara bens no valor de cem mil libras de seu pai, que tinha a pretensão de comprar uma área de terras, mas não vivera o suficiente para realizar o sonho. O senhor Bingley pretendia fazer o mesmo e algumas vezes havia escolhido terras do próprio condado em que residia, mas como estava de posse, no momento, de uma boa casa e com a liberdade de fazer o que bem entendesse, não era de duvidar, para muitos que conheciam a brandura de seu caráter, que ele acabaria o resto de seus dias em Netherfield, deixando a compra das terras aos cuidados da geração seguinte.

Suas irmãs desejavam muito que ele fosse dono de terras, mas embora de momento não passasse de um simples locatário, nem a senhorita Bingley se fazia de rogada em presidir à mesa... nem a senhora Hurst, que se casara com um homem da alta sociedade, mas sem fortuna, estava menos disposta a considerar como sua a casa do irmão, sempre que isso lhe conviesse. Não fazia ainda dois anos que o senhor Bingley atingira a maioridade quando foi tentado, por recomendação acidental, a visitar a casa de Netherfield. Ele foi vê-la e percorreu todo o interior dela por meia hora... gostou da situação em que se achava e também das salas principais, além de ficar satisfeito com as vantagens apontadas pelo proprietário; e a alugou imediatamente.

Entre ele e Darcy existia uma sólida amizade, apesar do caráter de um ser totalmente oposto ao do outro. Bingley cativava Darcy pela brandura, franqueza e docilidade de seu temperamento. Tinha uma confiança inabalável na estima de Darcy e a mais elevada opinião do bom senso do amigo. Em inteligência, Darcy era superior. Bingley não chegava, de modo algum, a ser tolo, mas Darcy era esperto. Era ao mesmo tempo arrogante, reservado e difícil de contentar; e seus modos, embora educados, não eram atraentes. Nesse aspecto, o amigo o superava em muito. Bingley tinha certeza de agradar onde quer que aparecesse, enquanto Darcy estava sempre ofendendo alguém.

O modo como falaram da festa no clube de Meryton deixava transparecer as características de cada um. Bingley nunca encontrara em sua vida pessoas tão agradáveis nem moças mais bonitas; todos tinham se mostrado bondosos e atenciosos para com ele; não houve formalidade nem afetação; e logo se havia familiarizado com todos no salão; quanto à senhorita Bennet, ele não podia conceber anjo mais belo. Darcy, pelo contrário, havia visto somente um grupo de pessoas de pouca beleza e de nenhuma elegância, pois não sentiu o menor interesse por ninguém e não recebeu de ninguém a menor atenção, que lhe desse algum prazer. Reconheceu que a senhorita Bennet era realmente bonita, mas achou que ela sorri demais.

A senhora Hurst e a irmã concordaram com ele nesse ponto... mas ainda assim elas a admiravam e gostavam dela; e afirmaram que era um amor de menina e que não se oporiam em conhecê-la bem mais. A senhorita Bennet foi, portanto, classificada como um amor de menina e, com isso, o irmão delas se sentiu autorizado a pensar na senhorita como bem entendesse.

≈ CAPÍTULO 5 ≈

A pouca distância de Longbourn vivia uma família com a qual os Bennet eram particularmente íntimos. Sir William Lucas havia sido anteriormente comerciante em Meryton, onde havia feito razoável fortuna e havia recebido título de cavaleiro, graças a um discurso que fizera ao rei quando era prefeito. A distinção o havia marcado profundamente. De fato, fez com que perdesse o gosto pelo negócio e por sua residência na pequena cidade. Abandonou a ambos e se transferiu com a família para uma casa a cerca de uma milha de Meryton, denominada daí em diante Lucas Lodge, onde poderia desfrutar com prazer de sua importância e, livre dos negócios, ocupar-se unicamente em ser gentil com todas as pessoas. Mesmo maravilhado com sua nova condição, não se tornou altivo; pelo contrário, se desmanchava em atenções com todo mundo. Inofensivo, amistoso e prestativo por natureza, sua apresentação em St. James o havia tornado cortês.

Lady Lucas era um tipo de mulher realmente bondosa, mas não suficientemente esperta para ser uma vizinha valiosa para a senhora Bennet. Tinham vários filhos. A mais velha das moças, sensata e inteligente, de aproximadamente 27 anos, era amiga íntima de Elizabeth.

Que as senhoritas Lucas e as senhoritas Bennet se reunissem para falar sobre um baile era absolutamente necessário; e na manhã que se seguiu ao baile as primeiras apareceram em Longbourn para ouvir e contar.

– Você começou bem a noite, Charlotte – disse a senhora Bennet, com comedido autocontrole, para a senhorita Lucas. – Foi a primeira escolhida pelo senhor Bingley.

– Sim, mas parece que ele gostou mais da segunda.

– Oh! Fala da Jane, suponho, porque ele dançou duas vezes com ela. Certamente isso pareceria indicar que ele a admirava... na verdade, acho que foi isso mesmo... ouvi algo a respeito... mas não me recordo bem... algo relativo ao senhor Robinson.

– Talvez se refira à conversa que consegui ouvir entre ele e o senhor Robinson; não lhe contei isso? O senhor Robinson lhe perguntou qual a opinião dele sobre nossas festas em Meryton, se não achava que havia grande número de moças bonitas no salão e qual delas ele considerava a mais bonita. Respondeu imediatamente à última parte da pergunta: "Oh! A mais velha das senhoritas Bennet, sem sombra de dúvida; não pode haver duas opiniões divergentes sobre esse ponto."

– Palavra de honra! Bem, isso é bastante categórico, na verdade... quase como se... mas tudo isso pode não levar a nada, bem sabe.

– O que escutei vinha mais a propósito que aquilo que você ouviu, Eliza – disse Charlotte. – Ouvir o senhor Darcy não é tão agradável como ouvir o amigo dele, não é?... Pobre Eliza... só para ser um pouco razoável.

– Peço-lhe que não ponha na cabeça de Lizzy a ideia de sentir-se aborrecida pela falta de tato da parte dele, pois é um homem tão desagradável que seria realmente uma infelicidade ser cortejado por ele. A senhora Long me contou que ele ontem à noite esteve sentado ao lado dela por meia hora sem nunca abrir a boca.

– Tem certeza, minha senhora?... Não há nisso um pequeno engano? – perguntou Jane. – Tenho certeza de ter visto o senhor Darcy falar com ela.

– Sim... porque ela finalmente lhe perguntar se gostava de Netherfield, e ele não tinha como deixar de responder; mas ela disse que ele ficou até zangado por ter sido interpelado.

– A senhorita Bingley me contou – disse Jane – que ele nunca fala muito, a não ser quando está entre seus amigos mais próximos. Com eles, é extremamente agradável.

– Não acredito em nada disso, minha querida. Se fosse alguém tão agradável, teria conversado com a senhora Long. Mas posso até adivinhar o que aconteceu; todos dizem que ele é o próprio orgulho personificado e atrevo-me a dizer que ele ficou sabendo de algum modo que a senhora Long não tem carruagem própria e que tinha ido ao baile numa alugada.

– Pouco me importa se conversou ou não com a senhora Long – disse a senhorita Lucas –, mas gostaria que ele tivesse dançado com Eliza.

– Na próxima vez, Lizzy – disse-lhe a mãe –, se eu fosse você, não dançaria com ele.

– Creio, mãe, que posso prometer categoricamente que nunca vou dançar com ele.

– O orgulho dele – disse a senhorita Lucas – não me ofende tanto como o orgulho geralmente ofende, porque nesse caso há uma desculpa. Não admira que um jovem tão belo, de família, rico e com tudo a seu favor tenha um elevado conceito de si próprio. Se é que posso me expressar assim, ele tem o direito de se ser orgulhoso.

– Isso é verdade – replicou Elizabeth. – E eu poderia facilmente perdoar o orgulho dele, se não tivesse ferido o meu.

– O orgulho – observou Mary, que se vangloriava da solidez de suas reflexões – é um defeito muito comum, acho. Depois de tudo o que li, estou convencida de que é verdadeiramente muito comum, de que a natureza humana é particularmente inclinada a ele e de que são raros aqueles dentre nós que não nutrem um sentimento de autocomplacência por uma ou outra qualidade real ou imaginária. Vaidade e orgulho são coisas diferentes, embora essas palavras sejam usadas com frequência como sinônimos. Uma pessoa pode ser orgulhosa sem ser vaidosa. O orgulho diz respeito mais à opinião que temos de nós próprios, enquanto a vaidade, ao que gostaríamos que os outros pensassem de nós.

– Se eu fosse tão rico como o senhor Darcy – exclamou um jovem Lucas, que viera junto com as irmãs –, não me importaria com meu orgulho. Teria uma matilha de cães de caça e beberia uma garrafa de vinho todos os dias.

– Então haveria de beber muito mais do que deve – disse a senhora Bennet. – E se o visse fazendo isso, eu lhe arrancaria imediatamente a garrafa das mãos.

O rapaz garantiu que ela não o faria; mas ela continuou dizendo que o faria, e a discussão só acabou com a visita.

≈ CAPÍTULO 6 ≈

As senhoras de Longbourn logo foram visitar as de Netherfield que, por sua vez, retribuíram a visita. As maneiras agradáveis da senhorita Bennet continuavam cativando a senhora Hurst bem como a senhorita Bingley; e embora achassem a mãe insuportável e as irmãs mais novas como indignas de menção, expressavam o desejo de travar um conhecimento mais íntimo com as duas mais velhas. Jane recebeu essa atenção com o maior prazer, mas Elizabeth ainda via arrogância no trato delas com todos, não excetuando até mesmo a irmã, e não conseguia simpatizar com elas, embora a consideração que mostravam por Jane, se é que era consideração, parecesse, com toda a probabilidade, ser influenciada pela admiração do irmão. Era evidente, sempre que se encontravam, que ele realmente a admirava e era igualmente evidente para Elizabeth que Jane cedia à preferência, que ele passara a demonstrar desde o primeiro dia, o que a levaria a se apaixonar muito em breve; mas era com prazer que considerava que era pouco provável que isso se tornasse público, visto que Jane unia, com a força dos sentimentos, uma compostura reservada e uma uniforme disposição de modos que a resguardariam de qualquer suspeita impertinente. E isso ela disse à amiga senhorita Lucas.

– Talvez seja agradável – replicou Charlotte – ser capaz de iludir o público em semelhantes casos; mas essa mesma reserva pode se tornar, por vezes, uma desvantagem. Se uma mulher esconde sua afeição com a mesma habilidade do objeto que a motiva, pode perder a oportunidade de cativá-lo; e será mísero consolo acreditar que os outros nada saibam a respeito. Há tanta gratidão ou vaidade em quase toda afeição, que não é seguro deixá-la seguir sozinha. Todos podemos começar ao acaso... uma leve preferência é bastante natural, mas há muito poucos dentre nós que têm suficiente ousadia para se apaixonar realmente sem encorajamento. Em nove entre dez casos, seria preferível que uma mulher mostrasse mais afeição do que realmente sente. Bingley, sem dúvida, gosta de sua irmã, mas pode não ir mais além do que gostar, se ela não lhe der uma ajuda.

– Mas ela o ajuda, tanto quanto sua natureza o permite. Se até eu percebo o afeto que ela nutre por ele, na verdade, simplório é ele, se não o descobre também.

– Lembre-se, Eliza, de que ele não conhece tão bem como você o caráter de Jane.

– Mas se uma mulher gosta de um homem e não faz nada para esconder, ele tem de descobrir.

– Talvez sim, se ele se encontrar com ela com frequência. Mas, embora Bingley e Jane se encontrem até seguidas vezes, nunca permanecem juntos muito tempo.

E como sempre se veem no meio de muita gente, é impossível aproveitar todos os momentos para conversar a sós. Jane deveria, portanto, aproveitar ao máximo cada meia hora em que detém a atenção dele. Quando finalmente estiver segura do amor dele, terá todo o tempo para se apaixonar realmente como quiser.

– Seu plano é muito bom – replicou Elizabeth – quando nada está em causa, a não ser o desejo de se casar bem; e se um dia eu resolver arranjar um marido rico, ou simplesmente um marido, atrevo-me a dizer que o adotaria. Mas isso não responde aos sentimentos de Jane; ela não persegue um objetivo. Como as coisas estão, ela não pode sequer estar certa da natureza de seus próprios sentimentos nem de sua sensatez. Faz somente quinze dias que o conhece. Dançou quatro músicas com ele em Meryton, viu-o uma manhã na casa dele e, desde então, jantou quatro vezes na companhia dele. Isso não é de todo suficiente para ela compreender o caráter dele.

– Não, do modo como você expõe as coisas. Se ela tivesse simplesmente jantado com ele, poderia ter descoberto somente se ele tem bom apetite; mas deve lembrar-se que eles passaram quatro noites juntos... e quatro noites podem fazer uma grande diferença.

– Sim, essas quatro noites serviram para mostrar que ambos gostavam mais de 21 do que de qualquer outro jogo de cartas; mas com relação a qualquer outra característica importante, não creio que tenha revelado muito mais.

– Bem – disse Charlotte –, desejo sucesso e sorte para Jane, de todo o coração. Se ela se casasse com ele amanhã, diria que a possibilidade de ser feliz é tanta como se tivesse passado um ano estudando o caráter dele. A felicidade no casamento é totalmente uma questão de sorte. Por mais profundo que seja o conhecimento mútuo ou até mesmo a identidade entre as partes antes do casamento, isso de nada adianta para a felicidade dos dois. Ambos continuarão crescendo de modo bem diferente depois que tiveram seus atritos; e quanto menos se conhecer os defeitos da pessoa com quem se vai passar o resto da vida, melhor será.

– Você me faz rir, Charlotte; mas não é bem assim. Sabe que não é bem assim e você mesma não agiria dessa forma.

Ocupada em observar as atenções do senhor Bingley com sua irmã, Elizabeth estava longe de suspeitar que ela própria estava se tornando um objeto de interesse aos olhos do amigo. O senhor Darcy, de início, se recusava em admitir que ela fosse bonita; tinha olhado para ela, durante o baile, sem qualquer admiração; e quando se encontraram outra vez, olhou-a apenas para criticá-la. Mas tão logo havia deixado claro para si próprio e para seus amigos que dificilmente vislumbrava traços de beleza no rosto dela, que começou a achá-la especialmente inteligente pela bela expressão de seus olhos pretos. A essa descoberta se sucederam outras igualmente desconcertantes. Embora tivesse detectado com seu olho crítico mais de uma falha de perfeita simetria na forma de seu corpo, era obrigado a reconhecer que a silhueta dela era graciosa e agradável; e apesar de afirmar que seus modos não eram os do mundo elegante, ele se sentia cativado pela delicada espontaneidade deles. Ela nem sequer se dava conta disso; ele não passava, para ela, do homem que se mostrava agradável de vez em quando e que não a tinha achado suficientemente bonita para dançar com ela.

Ele começou a sentir o desejo de conhecê-la melhor e, como primeiro passo para chegar a conversar com ela, assistia às conversas dela com os outros. Essa atitude chamou a atenção dela. E foi na residência de Sir William Lucas que ela notou isso, por ocasião de uma reunião de numeroso grupo de pessoas.

– O que pretende o senhor Darcy – disse ela à Charlotte – ao escutar minha conversa com o coronel Forster?

– Essa é uma pergunta que só o senhor Darcy pode responder.

– Mas se ele tornar a fazer isso, certamente vou lhe dizer com todas as letras que sei o que ele pretende. Ele tem um olhar satírico e se eu não passar a me mostrar impertinente, logo passarei a ter medo dele.

Ao se aproximar delas logo depois, embora se notasse que ele não tinha nenhuma intenção de falar, a senhorita Lucas instigou a amiga a mencionar o assunto; Elizabeth, sentindo a provocação, voltou-se para ele e disse:

– Não acha, senhor Darcy, que me exprimi especialmente bem, há pouco, quando importunava o coronel Forster para organizar um baile em Meryton?

– Com grande energia, mas é esse um assunto que torna uma senhora enérgica.

– O senhor é severo para conosco.

– Logo vai ser a vez dela de ser importunada – disse a senhorita Lucas. – Vou abrir o piano, Eliza, e sabe muito bem o que se segue.

– Você uma criatura estranha para ser amiga de alguém!... Sempre querendo que eu toque e cante em frente de todos e de qualquer um! Se minha vaidade fosse voltada para a música, você seria inestimável; mas como não é o caso, preferiria realmente não me apresentar diante daqueles que devem estar habituados a ouvir artistas consagrados. – Como a senhorita Lucas insistisse, ela acrescentou: – Muito bem, se assim tem de ser, que seja. – E olhando com ar sério para o senhor Darcy disse ainda: – Há um velho e belo ditado que todos nós aqui conhecemos: "Guarde seu fôlego para resfriar o caldo". E eu vou guardar o meu para entoar minha canção.

A apresentação foi agradável, embora de modo algum excelente. Depois de uma canção ou duas e antes que pudesse responder à insistência de várias pessoas para ela cantar de novo, o lugar ao piano foi avidamente ocupado por sua irmã Mary, que, em decorrência de ser a única sem atraente beleza na família, se havia aplicado duramente na aquisição de conhecimentos e habilidades e se mostrava sempre impaciente por exibi-los.

Mary não tinha talento nem gosto; e embora a vaidade a tivesse tornado aplicada, lhe havia conferido igualmente um ar pedante e maneiras afetadas, que teriam prejudicado um grau de perfeição mais elevado do que aquele que havia atingido. Elizabeth, tranquila e sem afetação, fora ouvida com muito mais prazer, embora não tocasse tão bem como a irmã; e Mary, depois de um longo concerto, ficou feliz com os elogios e a gratidão ao tocar árias escocesas e irlandesas, a pedido das irmãs mais novas que, com algumas das senhoritas Lucas e dois ou três oficiais do exército, se reuniram dançando animadamente numa das extremidades do salão.

O senhor Darcy permanecia perto deles em silenciosa indignação diante de tal modo de passar a noite, em detrimento de qualquer espécie de conversa; e estava tão absorto em seus pensamentos que não se deu conta de que Sir William Lucas estava por perto, até que este começou dizendo:

– Que divertimento encantador é este para os jovens, senhor Darcy! Não há nada melhor que uma bela dança. Considero-a um dos principais requintes da sociedade civilizada.

– Certamente, Sir; e tem também a vantagem de estar em voga entre as sociedades menos civilizadas do mundo. Qualquer selvagem sabe dançar.

Sir William apenas sorriu.

– Seu amigo dança maravilhosamente bem – continuou ele após uma pausa, ao ver Bingley juntar-se ao grupo – e não duvido que até o senhor seja um adepto dessa arte, senhor Darcy.

– Viu-me dançar em Meryton, Sir, acredito.

– Sim, de fato, e foi com grande prazer que o vi. Dança com frequência em St. James?

– Nunca, Sir.

– Não acha que seria uma lisonja apropriada para o local?

– É um elogio que nunca faria a lugar algum, se puder evitá-lo.

– Possui uma casa na capital, deduzo.

O senhor Darcy fez uma inclinação em sinal de assentimento.

– Uma vez tive a intenção de me fixar na capital também... pois me sinto atraído pela alta sociedade; mas não tinha certeza de que o ar de Londres agradasse a Lady Lucas.

Fez uma pausa na esperança de obter uma resposta, mas seu companheiro não estava disposto a dar-lhe uma. Como nesse momento Elizabeth caminhava em direção deles, teve a ideia de um gesto deveras galanteador e a chamou:

– Minha querida senhorita Eliza, por que não dança? Senhor Darcy, permita-me apresentar-lhe esta jovem como uma parceira realmente desejável. Não poderá se recusar a dançar, com certeza, ao ver-se diante de tão extraordinária beleza.

E tomando a mão dela, estava prestes a estendê-la ao senhor Darcy que, embora extremamente surpreso, não se recusava a aceitá-la, quando Elizabeth recuou instantaneamente e, um tanto perturbada, disse a Sir William:

– Na verdade, Sir, não tenho a mínima intenção de dançar. Peço-lhe que não pense que estou caminhando pela sala à procura de um parceiro.

O senhor Darcy, com toda a decência, pediu-lhe que lhe desse a honra de dançar com ele, mas em vão. Elizabeth estava decidida; nem Sir William com suas tentativas de persuasão conseguiu dissuadi-la do propósito dela.

– Tem uma maneira tão atraente de dançar, senhorita Eliza, que é cruel me negar a felicidade de apreciá-la; e embora este cavalheiro, de modo geral, menospreze esse divertimento, tenho certeza de que não vai se opor a nos entreter por meia hora.

– O senhor Darcy é de uma gentileza sem limites – disse Elizabeth, sorrindo.

– Na verdade, é; mas considerando o incentivo, minha querida senhorita Eliza, não podemos nos admirar com a afabilidade dele... pois quem haveria de recusar tal parceira?

Elizabeth lhe dirigiu um olhar malicioso e se afastou. Sua resistência não feriu o cavalheiro; e ele estava pensando nela com certa complacência quando foi abordado pela senhorita Bingley.

– Acho que posso adivinhar o objeto de seu devaneio.

– Imagino que não.

– Está pensando como seria insuportável passar muitas noites dessa maneira... em semelhante companhia; e, na verdade, estou plenamente de acordo com você. Nunca me senti tão aborrecida! A insipidez, e mais ainda o barulho... a nulidade, e mais ainda a presunção de todas essas pessoas! O que eu não daria para ouvir suas severas críticas contra elas!

– Garanto-lhe que está redondamente enganada. Minha mente estava empenhada em coisas bem mais agradáveis. Estive meditando no imenso prazer que um par de lindos olhos no rosto de uma bela mulher podem conceder.

A senhorita Bingley fixou imediatamente os olhos no rosto dele e desejou que ele lhe contasse que senhora merecia o crédito de lhe inspirar tais reflexões. O senhor Darcy replicou com grande intrepidez:

– A senhorita Elizabeth Bennet.

– A senhorita Elizabeth Bennet! – repetiu a senhorita Bingley. – Estou realmente espantada. Desde quando ela ocupa o lugar de favorita?... E, por favor, quando devo felicitá-lo?

– Era exatamente a pergunta que esperava que me fizesse. A imaginação de uma mulher é muito rápida; pula da admiração para o amor, do amor para o matrimônio num instante. Sabia que estava desejosa em me felicitar.

– Bem, se está falando sério, vou considerar o assunto totalmente definido. Na verdade, vai ter uma sogra encantadora e, claro, ela vai estar sempre em Pemberley com vocês.

Ele a escutou com total indiferença enquanto ela quis se entreter a si mesma dessa maneira; e como a serenidade dele a convencesse de que tudo estava sob controle, a imaginação dela correu solta.

≈ CAPÍTULO 7 ≈

A fortuna do senhor Bennet consistia quase inteiramente de uma propriedade que lhe rendia duas mil libras ao ano e que, infelizmente para suas filhas, era inalienável, por falta de herdeiro do sexo masculino; e a fortuna da mãe, embora suficiente para sua situação na vida, mal podia suprir a falta da do marido. O pai dela tinha sido um advogado em Meryton e lhe havia deixado quatro mil libras.

Ela tinha uma irmã casada com um tal senhor Phillips, que havia sido empregado do pai delas e que o havia sucedido no negócio, e um irmão estabelecido em Londres num respeitável ramo do comércio.

A vila de Longbourn ficava a apenas uma milha de Meryton, uma distância mais que conveniente para as moças, que geralmente a percorriam três ou quatro vezes por semana, tanto para visitar a tia como a loja de chapéus, situada precisamente na mesma rua. As duas mais jovens, Catherine e Lydia, eram particularmente as mais dadas a esse gênero de atenções; mais ociosas que as irmãs, quando nada tinham a fazer, uma caminhada até Meryton tornava-se necessária para preencher as horas da manhã e fornecer-lhes assunto de conversa para a noite; e por mais desprovida de novidades que fosse a região em geral, elas sempre arranjavam maneira de conseguir alguma da parte da tia. No momento, de fato, encontravam-se bem fornecidas tanto de novidades como de felicidade pela recente chegada de um regimento militar na vizinhança; deveria permanecer durante todo o inverno e o quartel-general ficaria em Meryton.

As visitas à senhora Phillips passaram a fornecer-lhes as mais interessantes informações. Cada dia trazia algo de novo para seu conhecimento dos nomes dos oficiais militares e de suas relações. Os alojamentos deles já não eram segredo e, com o tempo, passaram a conhecer os próprios oficiais. O senhor Phillips visitava a todos eles, e isso abria para as sobrinhas um tesouro de felicidade desconhecida até então. Não falavam de outra coisa senão dos oficiais; e a grande fortuna do senhor Bingley, cuja simples menção animava a mãe, nada era aos olhos delas quando comparada às insígnias que distinguiam o regimento.

Certa manhã, depois de escutar as efusões das filhas sobre o assunto, o senhor Bennet observou friamente:

– Pela maneira como andam conversando, posso concluir que vocês devem ser duas das garotas mais tolas da região. Já suspeitava disso há algum tempo, mas agora estou plenamente convencido.

Catherine ficou desconcertada e não respondeu; mas Lydia, com perfeita indiferença, continuou expressando sua admiração pelo capitão Carter e a esperança de ainda no decorrer do dia, pois na manhã seguinte ele deveria ir até Londres.

– Estou surpresa, meu caro – disse a senhora Bennet –, pela presteza com que classifica de tolas nossas próprias filhas. Se eu desejasse falar mal dos filhos de alguém, certamente não haveria de escolher os meus.

– Se minhas filhas são tolas, espero estar sempre atento a isso.

– Sim... mas acontece que todas elas são muito espertas.

– Esse é o único ponto em que não concordamos. Sempre me empenhei para que nossas opiniões coincidissem em todos os pormenores, mas devo discordar de você ao considerar nossas duas filhas mais novas como realmente tolas.

– Meu caro senhor Bennet, não pode esperar que meninas como elas tenham o bom senso do pai ou da mãe. Quando atingirem nossa idade, tenho certeza de que não vão mais pensar em oficiais do que nós pensamos neles hoje. Lembro-me do tempo em que eu também gostava de ver um belo uniforme vermelho... e, na verdade, ainda hoje o admiro; e se um jovem e esperto coronel, com rendimentos de cinco ou seis mil libras ao ano, se interessasse por uma de minhas filhas, não haveria de lhe dizer não. E, na outra noite, na casa de Sir William, achei o coronel Forster muito elegante em seu uniforme.

– Mamãe – exclamou Lydia –, a tia diz que o coronel Forster e o capitão Carter já não visitam com tanta frequência a senhorita Watson, como faziam logo que chegaram aqui; por esses dias ela os vê seguidamente na biblioteca Clarke.

A senhora Bennet foi impedida de responder pela entrada de um criado com um bilhete para a senhorita Bennet; vinha de Netherfield e o criado aguardava uma resposta. Os olhos da senhora Bennet brilharam de prazer e, ansiosa, implorava, enquanto a filha lia:

– Pois então, Jane, de quem é? De que se trata? Que diz ele? Jane, depressa, conte logo; depressa, minha querida.

– É da senhorita Bingley – disse Jane, e passou a lê-lo em voz alta:

"Minha querida amiga,

Se sua compaixão não a trouxer hoje a jantar com Louisa e comigo, correremos o risco de nos odiarmos pelo resto de nossas vidas, pois um frente a frente de um dia inteiro entre duas mulheres nunca pode acabar sem uma discussão. Venha logo que puder. Meu irmão e outros cavalheiros vão jantar com os oficiais. Sempre sua,

Caroline Bingley."

– Com os oficiais! – exclamou Lydia. – Espanta-me que a tia não nos tenha falado disso.

– Jantar fora – disse a senhora Bennet –, é bem inoportuno.

– Posso dispor da carruagem? – perguntou Jane.

– Não, minha querida, é melhor que vá a cavalo, porque parece que vai chover; e então terá de passar a noite por lá.

– Seria um bom plano – disse Elizabeth –, se eles não se oferecessem para acompanhá-la na volta para casa.

– Oh! Mas os cavalheiros vão ter a carruagem do senhor Bingley para ir a Meryton e os Hurst não têm cavalos próprios.

– Eu preferiria ir de carruagem.

– Mas, minha querida, estou certa de que seu pai não poderá dispensar os cavalos. São necessários na fazenda, não é, senhor Bennet?

– Seriam necessários na fazenda muito mais vezes do que posso dispor deles.

– Mas se você dispuser deles hoje – disse Elizabeth –, a proposta da mãe levará a melhor.

Finalmente ela conseguiu obter do pai a confirmação de que os cavalos não estavam à disposição. Jane viu-se obrigada, portanto, a ir a cavalo e a mãe a acompanhou até a porta com muitos animados prognósticos de mau tempo. Suas esperanças foram realizadas; não fazia muito que Jane tinha partido quando desabou uma chuva torrencial. As irmãs ficaram preocupadas com ela, mas a mãe estava mais que contente. A chuva continuou durante a noite toda, sem parar; Jane certamente não conseguiria voltar.

– Na verdade, foi uma ótima ideia minha! – disse a senhora Bennet mais de uma vez, como se o fato de chover se devesse unicamente a ela. Só na manhã seguinte, contudo, ela ficou sabendo do completo êxito de seu plano. Mal tinham terminado o café da manhã quando um criado de Netherfield trouxe a seguinte mensagem para Elizabeth:

"Minha querida Lizzy,

Não me sinto nada bem esta manhã, o que, suponho, deve ser atribuído à chuva que apanhei ontem. Minhas bondosas amigas não querem ouvir falar de meu retorno até que eu melhore. Insistem também para que o senhor Jones me examine... por isso não se alarmem se souberem que ele foi chamado por minha causa... e, excetuando uma dor de garganta e uma dor de cabeça, nada mais há que se preocupar comigo... Sua, etc."

– Bem, minha querida – disse o senhor Bennet quando Elizabeth terminou a leitura do bilhete em voz alta –, se sua filha ficasse gravemente doente... se morresse, seria um consolo saber que tudo foi causado pelo senhor Bingley e sob suas ordens.

– Oh! Não tenho medo que ela venha a morrer. Não se morre de pequenos e insignificantes resfriados. Certamente será muito bem cuidada; desde que fique por lá, está tudo bem. Gostaria de ir visitá-la, se pudesse dispor da carruagem.

Elizabeth, que se sentia realmente ansiosa, estava decidida a ir vê-la, embora não pudesse ter a carruagem à disposição; e como não andava a cavalo, ir a pé era a única alternativa. E externou sua resolução.

– Como pode ser tão tola – exclamou a mãe – em pensar numa coisa dessas, com toda essa lama! Não poderão nem olhar para você pelas condições em que chegar lá.

– Vou estar em perfeitas condições para ver Jane... é tudo o que quero.

– É uma insinuação, Lizzy – disse o pai –, para que eu peça os cavalos?

– Na verdade, não. Não quero esquivar-me da caminhada. A distância não é nada quando se tem um motivo; são apenas três milhas. Estarei de volta para o jantar.

– Admiro a presteza de sua benevolência – observou Mary –, mas todo impulso afetivo deve ser guiado pela razão; e, em minha opinião, o esforço deveria estar sempre em proporção com o que é requerido.

– Nós iremos até Meryton com você – disseram Catherine e Lydia. Elizabeth aceitou a companhia delas e as três moças partiram juntas.

– Se nos apressarmos – disse Lydia, enquanto caminhavam –, talvez ainda possamos ver o capitão Carter antes que ele parta.

Em Meryton, elas se separaram; as duas mais jovens seguiram em direção dos alojamentos de uma das mulheres dos oficiais e Elizabeth continuou sozinha, atravessando campo após campo em passo apressado, transpondo cercas e saltando poças de lama com impaciente rapidez e, achando-se, finalmente, à vista da casa, com os tornozelos doloridos, meias sujas e um rosto afogueado pelo calor do exercício.

Foi introduzida na sala do café da manhã, onde todos, exceto Jane, estavam reunidos; a aparição dela causou grande surpresa. Que ela tivesse percorrido três milhas tão cedo, sozinha e com um tempo tão feio, era coisa quase inacreditável para a senhora Hurst e para a senhorita Bingley; e Elizabeth estava convencida de que elas a menosprezavam por isso. Mas a receberam com toda a delicadeza; e na atitude do irmão havia algo mais que simples delicadeza; havia boa disposição e bondade. O senhor Darcy pouco disse e o senhor Hurst não abriu a boca. O primeiro estava dividido entre a admiração pelo esplendor que o exercício tinha conferido às feições dela e certa dúvida quanto à ocasião que justificasse sua vinda até tão longe sozinha. O segundo só pensava em seu café.

As perguntas que fazia sobre a irmã não eram respondidas satisfatoriamente. A senhorita Bennet passara mal a noite e, embora já de pé, tinha muita febre e não se sentia em condições de deixar o quarto. Elizabeth ficou contente ao ser levada de imediato para junto dela; e Jane, que havia evitado escrever em seu bilhete, com medo de causar alarme ou transtornos, quanto desejava essa visita, ficou encantada ao vê-la entrar. Não se sentia animada, contudo, para longas conversas e quando a senhorita Bingley as deixou a sós, apenas exprimiu sua gratidão pela extraordinária bondade com que estava sendo tratada. Elizabeth, silenciosa, cercava-a de cuidados.

Terminado o café da manhã, as irmãs foram até o quarto e Elizabeth passou a simpatizar com elas, ao ver com que afeição e solicitude tratavam Jane. O farmacêutico chegou e, tendo examinado a paciente, disse, como era de se supor, que ela havia apanhado um forte resfriado e que elas deveriam empenhar-se em dispensar-lhe os melhores cuidados; aconselhou-a a voltar para a cama e receitou alguns medicamentos. O conselho foi prontamente seguido, pois os sintomas de febre aumentavam e a dor de cabeça da jovem era aguda. Elizabeth não abandonou o quarto da irmã por um momento sequer e também as outras duas moças pouco se ausentavam; como os cavalheiros estavam fora, elas realmente nada tinham a fazer em outro local.

Quando o relógio bateu três horas, Elizabeth sentiu que devia partir e, muito contra a vontade, comunicou sua decisão. A senhorita Bingley lhe ofereceu a carruagem e ela apenas esperava um pouco mais de insistência para aceitá-la, quando Jane demonstrou tamanha preocupação por se separarem que a senhorita Bingley se viu obrigada a converter o oferecimento da carruagem num convite para permanecer em Netherfield por ora. Elizabeth consentiu, profundamente reconhecida, e um criado foi enviado a Longbourn para avisar a família de sua permanência e para trazer algumas roupas na volta.

≈ CAPÍTULO 8 ≈

Às cinco horas, as duas moças se retiraram para se vestir e, às seis e meia, Elizabeth foi chamada para jantar. Às muitas perguntas que lhe foram dirigidas, e dentre as quais teve o prazer de notar a extrema solicitude do senhor Bingley, ela não conseguiu dar uma resposta sequer de todo favorável. Jane não havia melhorado. As irmãs, ao ouvir isso, repetiram três ou quatro vezes quanto o fato as entristecia, que terrível era ter um forte resfriado e como elas detestavam adoecer; mas depois não voltaram mais a tocar no assunto e sua indiferença por Jane, quando esta não estava na presença delas, restituiu a Elizabeth toda a sua antipatia anterior pelas mesmas.

Na verdade, o irmão era o único do grupo que ela podia considerar com alguma complacência. A ansiedade dele por Jane era evidente e as atenções que lhe dispensava eram realmente solícitas; e isso a impedia de se sentir uma intrusa, como acreditava ser considerada pelos outros. Só ele parecia se preocupar com ela. A senhorita Bingley estava absorta no senhor Darcy e a irmã pouco menos que isso. Quanto ao senhor Hurst, ao lado de quem Elizabeth se sentava, era um indolente, que vivia somente para comer, beber e jogar cartas, e que, ao descobrir que ela preferia um prato simples a um bom guisado, nada mais encontrou para lhe dizer.

Terminado o jantar, ela voltou imediatamente para junto de Jane e, mal saiu da sala, a senhorita Bingley começou a criticá-la. Definiu suas maneiras como realmente rudes, um misto de orgulho e impertinência; e que ela não tinha boa conversa nem estilo nem beleza. A senhora Hurst pensava o mesmo e acrescentou:

– Em resumo, ela não tem nada que a recomende, a não ser que é uma ótima caminhante. Nunca vou esquecer a aparência dela desta manhã. Parecia realmente quase uma selvagem.

– Na verdade, parecia mesmo, Louisa. Eu mal pude me conter. Que falta de bom senso vir desse jeito! Qual a necessidade de correr pelos campos, só porque a irmã tinha apanhado um resfriado? E com o cabelo tão desalinhado, tão desgrenhado?

– Sim, e o saiote; acho que reparou que estava sujo de lama até uma altura de seis polegadas, tenho certeza; e que ela rebaixava a saia para escondê-lo, mas sem muito êxito.

– O retrato que nos oferece pode ser muito exato, Louisa – disse Bingley. – Mas para mim passou totalmente despercebido. Achei a senhorita Elizabeth Bennet perfeitamente bem quando entrou na sala esta manhã. Quanto ao saiote enlameado, nem sequer reparei.

– Estou certa de que reparou nele, senhor Darcy – disse a senhorita Bingley – e estou inclinada a pensar que o senhor não gostaria de ver sua irmã exibir-se desse modo.

– Certamente que não.

– Percorrer três, quatro ou cinco milhas, ou quanto for, com lama pelos tornozelos e sozinha, completamente sozinha! Que poderia pretender com isso? A mim, parece revelar uma abominável e presunçosa independência, uma total indiferença provinciana pelo decoro.

– Revela um afeto pela irmã, digno de elogios – disse Bingley.

– Receio, senhor Darcy – observou a senhorita Bingley num sussurro –, que essa aventura tenha afetado um tanto sua admiração pelos belos olhos dela.

– De maneira nenhuma – replicou ele. – Estavam mais brilhantes, graças ao exercício.

Seguiu-se breve pausa após essa conversa e a senhora Hurst a interrompeu, dizendo:

– Tenho a maior consideração pela senhorita Jane Bennet; é realmente uma moça muito doce e desejo de todo o coração que se arranje muito bem na vida. Mas com tal pai e tal mãe, e com relações tão insignificantes, receio que não tenha muita chance.

– Acho que a ouvir dizer que o tio delas é advogado em Meryton.

– Sim; e têm outro ainda, que vive em algum lugar, perto de Cheapside.

– Isso é fundamental – acrescentou a irmã, e ambas riram com gosto.

– Mesmo que tivessem tantos tios para encher toda Cheapside – exclamou Bingley – não seria isso que as tornaria um pingo menos agradáveis.

– Mas deveria diminuir-lhes consideravelmente a probabilidade de se casarem com homens de destaque na sociedade – replicou Darcy.

Bingley não deu qualquer resposta, mas as irmãs concordaram vivamente e deram vazão a seus gracejos, por algum tempo, à custa das pobres relações de sua querida amiga.

Com renovada ternura, no entanto, elas retornaram para o quarto dela, ao deixar a sala de jantar, e ali permaneceram até serem chamadas para o café. O estado de Jane ainda inspirava cuidados e Elizabeth não a deixaria sozinha até bem mais tarde, quando se tranquilizou ao vê-la adormecer e quando lhe pareceu razoável e de bom tom que deveria descer. Ao entrar na sala de estar, encontrou todo o grupo na mesa de jogo de cartas e foi imediatamente convidada a participar; mas, suspeitando que apostassem dinheiro, declinou o convite e, desculpando-se por causa da irmã, disse que preferia entreter-se com um livro pelo pouco tempo que poderia ficar. O senhor Hurst olhou-a com certo espanto.

– Prefere ler a jogar cartas? – perguntou ele. – Isso é bem estranho!

– A senhorita Elizabeth Bennet – disse a senhorita Bingley – não gosta de cartas. Ela é uma grande leitora e não encontra prazer em nada mais.

– Não mereço tal elogio nem tal recriminação – exclamou Elizabeth. Não sou uma grande leitora e sinto prazer em muitas coisas.

– Cuidar de sua irmã, tenho certeza de que lhe dá prazer – disse o senhor Bingley – e espero que logo o sinta em dobro, ao vê-la totalmente restabelecida.

Elizabeth agradeceu de coração e se dirigiu então a uma mesa, sobre a qual havia alguns livros. Ele imediatamente se ofereceu para buscar outros... todos os que sua biblioteca continha.

– E desejaria que minha coleção fosse maior, tanto para seu benefício como para meu crédito; mas sou um preguiçoso e, embora não tenha muitos, tenho mais que aqueles que alguma vez haverei de ler.

Elizabeth assegurou-lhe que se contentaria perfeitamente com os que havia na sala.

– Ficou surpresa – disse a senhorita Bingley – que meu pai tenha deixado uma coleção tão pequena de livros. Que maravilhosa a sua biblioteca de Pemberley, senhor Darcy!

– Devia ser boa – replicou ele. – Representa o trabalho de muitas gerações.

– E, além disso, o senhor a tem aumentado muito, pois está sempre comprando livros.

– Não posso compreender como se chegue a negligenciar uma biblioteca de família numa época dessas.

– Negligenciar! Tenho certeza de que o senhor não negligencia nada que possa aumentar as belezas de local tão nobre.

Charles, quando construir sua casa, gostaria que fosse tão bonita como Pemberley.

– Gostaria que assim fosse!

– Mas eu o aconselharia realmente a comprar suas terras nessas redondezas e tomar Pemberley como uma espécie de modelo. Não há condado mais bonito na Inglaterra do que Derbyshire.

– De todo o coração, vou comprar até Pemberley, se Darcy se dispuser a vender.

– Estou falando de possibilidades, Charles.

– Palavra de honra, Caroline, acho mais fácil comprar Pemberley do que imitá-la!

Elizabeth estava tão presa ao que se passava que prestou bem pouca atenção ao livro que apanhara; e logo deixando-o totalmente de lado, aproximou-se da mesa de jogo e sentou-se entre o senhor Bingley e a irmã mais velha, para observar a partida.

– A senhorita Darcy cresceu muito desde a primavera? – perguntou a senhorita Bingley. – Será que já está tão alta como eu?

– Penso que sim. Agora está aproximadamente da altura da senhorita Elizabeth Bennet, ou até mais alta.

– Como anseio tornar a vê-la! Nunca encontrei ninguém que me encantasse tanto. Que porte o seu, que maneiras! E tão prendada para sua idade! Sua performance no piano é verdadeiramente tocante.

– Para mim, é incrível – disse o senhor Bingley. – Como as jovens devem ter paciência para se tornarem tão prendadas como todas elas são.

– Todas as jovens prendadas! Meu caro Charles, que quer dizer?

– Sim, todas elas, acredito. Todas elas pintam mesas, forram biombos e tecem bolsinhas. Não conheço nenhuma que não faça tudo isso, e tenho certeza de que nunca ter ouvido falar pela primeira vez de uma jovem sem ser informado de que era muito prendada.

– Sua lista de dotes de alcance comum – disse Darcy – tem muito de verdade. A palavra é aplicada a mais de uma mulher que não a merece senão por ser capaz de tecer uma bolsa ou forrar um biombo. Mas estou longe de concordar com sua apreciação das jovens em geral. Não posso me gabar de conhecer mais de meia dúzia, de todas as que fazem parte de meu círculo de amizades, que sejam realmente dotadas.

– Nem eu, com certeza – disse a senhorita Bingley.

– Nesse caso – observou Elizabeth –, devem exigir muito, em sua opinião, para considerar uma mulher verdadeiramente prendada.

– Sim, de fato exijo muito.

– Oh!, certamente! – exclamou sua fiel aliada. – Nenhuma poderá ser considerada realmente prendada, se não ultrapassar em muito a que é geralmente estimada como tal. Uma mulher deve ter um profundo conhecimento de música, canto, desenho, dança e línguas modernas para merecer tal qualificação; e, além de tudo isso, deve possuir seu jeito peculiar de ser, de maneira de caminhar, de tom de voz, de trato e expressões, caso contrário só merecerá parte da qualificação.

– Tudo isso ela deve possuir – acrescentou Darcy – e a tudo isso deve acrescentar algo ainda mais substancial, a prática assídua da leitura para o desenvolvimento de sua mente.

– Não me surpreendo mais que conheça apenas seis mulheres prendadas. Chego até a pensar agora que conheça alguma.

– Tem em tão pouca conta seu próprio sexo que duvide da possibilidade de tudo isso?

– Nunca vi semelhante mulher. Nunca vi tanta capacidade, gosto, aplicação e elegância juntas, como as descreve.

A senhora Hurst e a senhorita Bingley protestaram contra a injustiça da dúvida implícita e ambas afirmavam que conheciam muitas mulheres que correspondiam à descrição, quando o senhor Hurst as chamou à ordem, com amargas queixas pela desatenção ao jogo de que participavam. Como toda a conversa chegara desse modo ao fim, Elizabeth deixou a sala logo depois.

– Eliza Bennet – disse a senhorita Bingley, mal a porta se fechou – é uma dessas moças que procura recomendar-se ao sexo oposto menosprezando o próprio; e ouso dizer que, com muitos homens, isso funciona. Mas, em minha opinião, é um truque desprezível, uma astúcia mesquinha.

– Sem dúvida – replicou Darcy, a quem essa observação era particularmente dirigida –, há mesquinhez em todos os truques que as mulheres às vezes utilizam para cativar. Tudo o que tem certa afinidade com astúcia é desprezível.

A senhorita Bingley não ficou inteiramente satisfeita com essa resposta, de modo que continuou a insistir no assunto.

Elizabeth voltou para junto deles só para dizer que a irmã tinha piorado e que não podia deixá-la. Bingley falou em chamar imediatamente o senhor Jones, enquanto as irmãs dele, convencidas de que nenhum conselho provinciano poderia ser de alguma utilidade, recomendaram que se enviasse logo alguém à capital para chamar um dos mais eminentes médicos. Ela nem quis ouvir falar disso, mas não era de todo contrária à proposta do irmão delas; e ficou decidido que logo pela manhã cedo se chamaria o senhor Jones, se a senhorita Bennet não mostrasse considerável melhora. Bingley ficou muito preocupado e as irmãs afirmaram que se sentiam profundamente tristes. Aliviaram sua tristeza, porém, com duetos após a ceia, enquanto ele tentou encontrar melhor conforto para seu estado de alma transmitindo recomendações à governanta para que desse toda a atenção necessária à doente e à irmã.

≈ CAPÍTULO 9 ≈

Elizabeth passou a maior parte da noite no quarto da irmã e pela manhã teve o prazer de poder enviar uma resposta favorável às perguntas que muito cedo, por meio da governanta, havia recebido do senhor Bingley e àquelas feitas um pouco mais tarde pelas duas elegantes senhoras que serviam as irmãs dele. Apesar dessa melhora, no entanto, ela pediu que um bilhete fosse enviado a Longbourn, com o desejo de que a mãe visitasse Jane e desse seu próprio parecer sobre o estado da filha. O bilhete foi imediatamente expedido e o pedido foi atendido sem demora. A senhora Bennet, acompanhada das duas filhas mais novas, chegou a Netherfield logo depois do café da manhã.

Se fosse encontrar Jane em aparente perigo, a senhora Bennet se sentiria realmente aflita; mas mesmo satisfeita ao ver que seu estado de saúde não era alarmante, ela não nutria esperanças de seu restabelecimento imediato, pois sua recuperação plena exigiria provavelmente sua remoção de Netherfield. Não haveria de aceitar, portanto, o pedido da filha para que a levassem para casa; nem o farmacêutico, que chegara praticamente ao mesmo tempo, achava isso aconselhável. Depois de permanecer por algum tempo com Jane, apareceu a senhorita Bingley que convidou a mãe e as três filhas a seguirem-na até a sala do café. Bingley foi ao encontro delas, expressando o anseio de que a senhora Bennet não tivesse encontrado a senhorita Bennet pior do que ela esperava.

– Assim foi, senhor – respondeu ela. – Ainda está muito doente para ser removida daqui. O senhor Jones diz que nem devemos pensar em levá-la embora daqui. Teremos de abusar um pouco mais de sua bondade.

– Levá-la embora daqui! – exclamou Bingley. – Nem pensar nisso. Estou certo de que minha irmã não vai querer ouvir falar da remoção da doente.

– Fique tranquila, minha senhora – disse a senhorita Bingley com delicada frieza –, que a senhorita Bennet vai receber todas as atenções possíveis enquanto permanecer conosco.

A senhora Bennet exprimiu em profusão seu reconhecimento.

– Com certeza – acrescentou ela –, se não fossem tão bons amigos, não sei o que seria dela, pois está realmente muito doente e sofre muito, embora com a maior paciência do mundo, que é própria dela, pois tem o temperamento mais doce que jamais me foi dado encontrar. Digo muitas vezes a minhas outras filhas que elas nada se parecem com ela. O senhor tem uma linda sala aqui, senhor Bingley, e uma vista encantadora para as trilhas do jardim. Não conheço outro local nessa região que seja parecido com Netherfield. Não deverá estar pensando em deixá-lo de repente, espero, embora o tenha alugado por pouco tempo.

– Tudo o que faço é feito de repente – replicou ele – e por isso, se resolvesse deixar Netherfield, provavelmente o deixaria em cinco minutos. Por ora, no entanto, considero-me praticamente instalado aqui.

– É exatamente o que eu poderia supor de sua parte – disse Elizabeth.

– Começa a me compreender, não é? – exclamou ele, voltando-se para ela.

– Oh, sim... compreendo-o perfeitamente.

– Gostaria de poder tomar isso como um elogio; mas receio que esse meu modo claro de ser seja mais para lamentar.

– É como deve ser. Não se segue daí que um caráter profundo e intrincado seja mais ou menos digno de estima do que um como o seu.

– Lizzy – exclamou a mãe –, preste atenção onde está e não assuma atitudes tão impensadas como está acostumada a ter em casa.

– Não sabia – continuou Bingley imediatamente – que se dedicasse ao estudo de personalidades. Deve ser um estudo bem divertido.

– Sim, e as personalidades complexas são as que mais divertem. Têm, pelo menos, essa vantagem.

– O interior do país – disse Darcy – geralmente fornece pouco assunto para semelhante estudo. Numa comunidade interiorana, a gente se move num meio social muito restrito e invariável.

– Mas as próprias pessoas se modificam tanto que sempre há algo de novo a observar nelas.

– Sim, é verdade – exclamou a senhora Bennet, ofendida pelo modo como ele havia falado de uma comunidade interiorana. – Asseguro-lhe que a vida social no interior é quase tão intensa quanto na capital.

Todos ficaram surpresos e Darcy, depois de fitá-la por um momento, afastou-se em silêncio. A senhora Bennet, que imaginava ter alcançado sobre ele uma vitória insofismável, continuou com ar de triunfo.

– De minha parte, não consigo perceber que grandes vantagens possa ter Londres sobre as regiões do interior, excetuando-se as lojas e os locais públicos. O interior é muito mais agradável, não é, senhor Bingley?

– Quando estou no interior – replicou ele –, não me passa pela cabeça deixá-lo; e quando estou na capital, é praticamente a mesma coisa. Cada um desses lugares tem suas vantagens e me sinto igualmente feliz em ambos.

– Isso mesmo... e é porque o senhor tem espírito aberto. Mas aquele cavalheiro – olhando para Darcy – parecia achar que o interior não representa nada.

– Na verdade, mãe, a senhora está enganada – disse Elizabeth, corando por sua mãe. – Interpretou mal o senhor Darcy. Ele quis dizer somente que não há tamanha variedade de pessoas no interior como na capital, o que deve reconhecer como pura verdade.

– Certamente, minha querida, ninguém disse que não; mas, quanto a não haver muitas pessoas nessas cercanias, acredito que haja poucas áreas mais populosas. Sei, por exemplo, que nos relacionamos com 24 famílias.

Nada, a não ser o respeito por Elizabeth, poderia fazer com que Bingley guardasse sua serenidade. A irmã dele era menos delicada e dirigiu seu olhar para o senhor Darcy com um sorriso bem expressivo. Elizabeth, procurando dizer algo que desviasse as atenções de sua mãe, perguntou-lhe se Charlotte Lucas estivera em Longbourn depois de sua partida.

– Sim, apareceu ontem com o pai. Que homem simpático é Sir William, não é, senhor Bingley? Que homem de boa aparência! Tão afável e tão simples! Sempre tem algo a dizer para todos. Essa é minha ideia de boa educação; e aquelas pessoas que se julgam muito importantes e nunca abrem a boca não passam de uma fraude.

– Charlotte jantou com vocês?

– Não, teve de ir para casa. Acho que precisavam dela para preparar os pastéis. Em minha casa, senhor Bingley, sempre tenho criados que podem fazer seu próprio trabalho; minhas filhas são educadas de modo muito diferente. Mas cada um é juiz de si próprio e as senhoritas Lucas são meninas muito boas, posso lhe assegurar. Que pena que não sejam bonitas! Não é que eu ache Charlotte muito feia... ela é nossa amiga íntima.

– Parece uma jovem muito simpática.

– Oh, sim, querida; mas deve admitir que é muito feia. A própria Lady Lucas o disse com frequência e inveja a beleza de Jane. Não gosto de me gabar de minhas filhas, mas certamente Jane... não é todos os dias que se vê uma mais bonita que ela. É o que todos dizem. Não quero confiar em minha própria parcialidade. Quando ela tinha apenas quinze anos de idade, havia um homem na casa de meu irmão Gardiner, na capital, que se apaixonou de tal modo por ela que minha cunhada tinha certeza de que ele pediria a mão dela antes de regressarmos. Mas ele não o fez. Talvez a tenha julgado jovem demais. Escreveu-lhe alguns versos, no entanto, e bem bonitos por sinal.

– E assim terminou o amor dele – disse Elizabeth, impaciente. – Tem havido muitos outros, imagino, que fizeram o mesmo. Pergunto-me quem, por primeiro, teria descoberto a eficácia da poesia para espantar o amor!

– Eu fui habituado a considerar a poesia como o alimento do amor – disse Darcy.

– De um amor puro, vigoroso e saudável, é possível. Tudo serve de alimento ao que já vingou. Mas se acaso se tratar de uma espécie de inclinação leve e efêmera, estou convencida de que um bom soneto a mata de uma vez.

Darcy apenas sorriu; e a pausa geral que se seguiu fez Elizabeth tremer de medo de que sua mãe se expusesse de novo ao ridículo. Tinha vontade de falar, mas não conseguia pensar em nada para dizer. Depois de breve silêncio, a senhora Bennet passou a repetir seus agradecimentos ao senhor Bingley pela bondade para com Jane e pedindo desculpas também pelo incômodo que Lizzy pudesse lhe causar. O senhor Bingley foi gentil e sem afetação em sua resposta e obrigou a irmã mais nova a ser igualmente gentil e a dizer o que a ocasião requeria. Esta desempenhou seu papel realmente sem muita delicadeza, mas a senhora Bennet deu-se por satisfeita e logo depois mandou preparar a carruagem. A esse sinal, a mais nova das filhas se adiantou. As duas moças tinham passado o tempo todo da visita aos sussurros entre si e, como resultado, a mais nova teria de relembrar ao senhor Bingley a promessa que fizera quando havia chegado à região de que daria um baile em Netherfield.

Lydia era uma moça forte e bem desenvolvida, de 15 anos de idade, pele linda e expressão risonha; predileta da mãe, cuja afeição fez com que a apresentasse à sociedade desde a mais tenra idade. Tinha uma incrível espontaneidade e uma espécie de autossuficiência natural que se havia transformado em segurança, tanto pela atenção dos oficiais, a quem o tio oferecia grandes jantares, como por seus graciosos modos que a recomendavam. Nada mais natural, portanto, que ela se dirigisse ao senhor Bingley a propósito do baile e abruptamente lhe lembrasse a promessa, acrescentando que seria a coisa mais vergonhosa do mundo se ele não a cumprisse. A resposta dele a esse súbito ataque soou deliciosamente aos ouvidos da mãe.

– Estou perfeitamente pronto, asseguro-lhe, a honrar meu compromisso; e logo que sua irmã estiver restabelecida, poderá, fazendo-me o favor, indicar o melhor dia para o baile. Mas você não gostaria de estar dançando enquanto sua irmã estiver de cama.

Lydia mostrou-se satisfeita.

– Oh!, sim... seria muito melhor esperar até que Jane se recuperasse e, por essa época, com toda a probabilidade o capitão Carter já teria regressado a Meryton. E quando o senhor tiver dado seu baile – acrescentou ela –, vou insistir para que eles também organizem um. Vou dizer ao coronel Forster que seria realmente vergonhoso se não o fizesse.

A senhora Bennet e as filhas partiram então e Elizabeth voltou de imediato para junto de Jane, deixando seu próprio comportamento e o de sua família aos comentários das duas senhoras e do senhor Darcy. Este último, no entanto, preferiu não se juntar a elas nas críticas a Elizabeth, apesar de todo o deboche da senhorita Bingley sobre seus lindos olhos.

≈ CAPÍTULO 10 ≈

O dia transcorreu de modo idêntico ao anterior. A senhora Hurst e a senhorita Bingley passaram algumas horas da manhã com a doente que, embora lentamente, continuava melhorando. E à noite, Elizabeth juntou-se ao grupo na sala de estar. A mesa de jogo não estava totalmente aparelhada. O senhor Darcy escrevia e a senhorita Bingley, sentada perto dele, observava os progressos de sua carta, desviando-lhe repetidamente a atenção com mensagens para a irmã dele. A um canto, o senhor Hurst e o senhor Bingley jogavam cartas, observados pela senhora Hurst.

Elizabeth apanhou uns apetrechos de costura e se divertia bastante ouvindo o que se passava entre Darcy e sua companheira. Os constantes elogios da moça, ora à caligrafia dele, ora à uniformidade das linhas, ora ao tamanho da carta, e a total indiferença com que esses elogios eram recebidos, formavam um curioso diálogo, que correspondia exatamente à opinião que tinha de cada um.

– Como a senhorita Darcy vai ficar encantada ao receber essa carta!

Ele não deu resposta.

– O senhor escreve impressionantemente depressa.

– Está enganada. Escrevo até bem devagar.

– Quantas cartas deverá escrever no decorrer de um ano! Cartas de negócios, também! Que coisa odiosa seria para mim!

– Considere-se feliz, então, que esse ofício seja de minha alçada e não da sua.

– Por favor, diga à sua irmã que estou ansiosa por vê-la.

– Já lhe disse isso uma vez, e a seu pedido.

– Parece-me que não está satisfeito com sua pena. Deixe que eu a afie. Sei afiar penas muito bem.

– Agradeço... mas eu sempre ajeito as minhas.

– Como consegue escrever tão regularmente?

Ele ficou em silêncio.

– Diga à sua irmã que fiquei encantada ao saber de seu progresso na harpa; e, por favor, diga-lhe também que fiquei assombrada com o pequeno e belo esboço que ela fez de uma mesa, e que o acho infinitamente superior ao da senhorita Grantley.

– Poderia me permitir adiar seus arroubos para quando tornar a lhe escrever? No momento, não tenho mais espaço para tanto.

– Oh! Não tem importância. Em janeiro me encontrarei com ela. Mas escreve-lhe sempre cartas tão longas e encantadoras, senhor Darcy?

– Geralmente são longas; mas se são sempre encantadoras, não cabe a mim dizer.

– Tenho por mim que uma pessoa que escreve uma longa carta com facilidade não pode escrever coisas desagradáveis.

– Não me parece que esse elogio convenha a Darcy, Caroline – exclamou o irmão dela –, pois ele não escreve com facilidade. É com muita dificuldade que procura palavras de quatro sílabas. Não é verdade, Darcy?

– Meu estilo ao escrever é muito diferente do seu.

– Oh! – exclamou a senhorita Bingley – Charles escreve do modo mais descuidado que se possa imaginar. Omite metade das palavras e risca o resto.

– Minhas ideias fluem com tal rapidez que não tenho tempo de expressá-las... por isso minhas cartas às vezes não transmitem ideia alguma a meus correspondentes.

– Sua humildade, senhor Bingley – disse Elizabeth –, desarma a recriminação.

– Nada há de mais enganador – disse Darcy – do que a aparência de humildade.

Muitas vezes é apenas ausência de opinião e, às vezes, vanglória camuflada.

– E qual das duas atribui à minha recente expressão de modéstia?

– Vanglória camuflada, pois tem realmente orgulho de seus defeitos ao escrever, porque os considera como decorrentes de uma rapidez de pensamento e de um desleixo na execução que, se não elogiáveis, acha pelo menos altamente interessantes. O poder de fazer qualquer coisa com rapidez é sempre apreciado pelo próprio, sem que chegue, muitas vezes, a se preocupar com a imperfeição da execução. Quando esta manhã disse à senhora Bennet que, se resolvesse deixar Netherfield, teria partido em cinco minutos, estava tecendo uma espécie de panegírico, de autoelogio... mas o que há de tão louvável numa precipitação que deveria deixar assuntos muito importantes em suspenso e que não haveria de trazer qualquer vantagem para o senhor ou para qualquer outro?

– Não – exclamou Bingley –, é demais ficar lembrando à noite todas as tolices que foram ditas pela manhã. Ainda assim, palavra de honra, acredito que aquilo que disse a meu respeito é verdade, e o reafirmo neste momento. Pelo menos, não assumi o papel de precipitação desnecessária somente para me exibir diante das senhoras presentes.

– Aposto que acreditava nisso; mas não estou de modo algum convencido de que teria partido com tal celeridade. Sua conduta haveria de depender tanto do acaso como a de qualquer outro homem; e se, no momento de montar no cavalo, um amigo dissesse "Bingley, seria melhor que ficasse até a próxima semana", provavelmente faria isso, provavelmente não iria... em outras palavras, poderia ficar mais um mês.

– Com isso provou apenas – exclamou Elizabeth – que o senhor Bingley não fez justiça a seu próprio temperamento. Mostrou-lhe agora muito mais do que ele próprio conseguiu demonstrar.

– Fico extremamente grato – disse Bingley – pelo modo como converteu o que meu amigo disse num elogio à meiguice de meu temperamento. Mas receio que está lhe conferindo um aspecto que aquele cavalheiro nem sequer pretendia, pois certamente pensaria melhor a meu respeito se, em tais circunstâncias, eu desse uma desculpa qualquer e partisse tão rápido quanto possível.

– O senhor Darcy teria então considerado a precipitação de sua intenção original como que conciliada com sua obstinação em aderir a ela?

– Palavra de honra, não consigo explicar exatamente a questão; o próprio Darcy deverá explicar melhor.

– Espera que eu apresente uma explicação para opiniões que me atribui, mas que nunca as tive. Admitindo-as como minhas, no entanto, para responder a seu questionamento, deverá lembrar-se, senhorita Bennet, de que o amigo que deseja o retorno para casa, com o adiamento do plano só expressou um desejo; deverá fazê-lo sem apresentar qualquer razão em favor de sua conveniência.

– Ceder prontamente... facilmente... à persuasão de um amigo não é nenhum mérito a seu ver.

– Ceder sem convicção também não é nenhum elogio em favor do entendimento dos dois.

– Parece-me, senhor Darcy, que não atribui nada à influência da amizade e da afeição. Certa consideração pelo solicitante poderia, com frequência, levar alguém a ceder prontamente à solicitação feita, sem esperar por argumentos que o convençam. Não estou falando particularmente do exemplo que deu a respeito do senhor Bingley. Poderíamos muito bem esperar, talvez, que a ocasião se apresente antes de discutir a conveniência de seu comportamento a respeito. Mas em geral e nos casos comuns entre amigo e amigo, em que um deles é solicitado pelo outro a modificar uma resolução de pouca importância, o senhor pensaria mal dessa pessoa por atender a esse desejo, sem esperar por argumentos para o caso?

– Não seria aconselhável, antes de prosseguirmos nesse assunto, especificar com maior precisão o grau de importância que se queira atribuir a essa solicitação, bem como o grau de intimidade existente entre as duas partes?

– Sem dúvida – exclamou Bingley –, vamos ouvir todos os pormenores, sem esquecer o peso e a dimensão de cada um, pois isso terá mais peso na argumentação, senhorita Bennet, do que possa imaginar. Garanto-lhe que, se o senhor Darcy não fosse um grande camarada como é, não teria para com ele tanta deferência. Confesso não conhecer pessoa mais enfadonha que Darcy em certas ocasiões e em determinados lugares, especialmente em sua própria casa e num domingo de manhã, quando nada tem a fazer.

O senhor Darcy sorriu, mas Elizabeth pôde perceber que ele ficou um tanto ofendido e por isso conteve o riso. A senhorita Bingley manifestou com desagrado sua indignação pela afronta contra ele, recriminando o irmão por proferir tal bobagem.

– Percebo seu intento, Bingley – disse o amigo. – Não gosta dos argumentos e quer silenciá-los.

– Talvez seja o caso. Os argumentos geram com frequência discussões. Se você e a senhorita Bennet adiarem os seus até que me retire da sala, ficarei agradecido; e então podem dizer tudo o que quiserem a meu respeito.

– O que me pede – disse Elizabeth – não representa qualquer sacrifício para mim; e o senhor Darcy tem ainda a carta para terminar.

O senhor Darcy seguiu o conselho dela e concluiu a carta.

Uma vez terminada essa tarefa, pediu à senhorita Bingley e a Elizabeth que lhe dessem o prazer de ouvir um pouco de música. A senhorita Bingley dirigiu-se com vivacidade para o piano e, depois de oferecer delicadamente a vez a Elizabeth, que gentilmente recusou, ela mesma se sentou para tocar.

A senhora Hurst passou a cantar com a irmã e, enquanto elas estavam assim ocupadas, Elizabeth folheava alguns livros de música espalhados sobre o piano e não pôde deixar de observar a insistência com que os olhos do senhor Darcy se fixavam nela. Custava para ela admitir que pudesse constituir objeto de admiração para tão grande homem; e, além disso, que ele a olhasse porque ela não lhe agradava, era mais estranho ainda. Ela só podia imaginar, finalmente, que atraía a atenção dele porque havia algo mais de errado e repreensível nela, de acordo com as noções dele de decoro, do que em qualquer outra pessoa presente. Essa suposição, contudo, não lhe causava aborrecimento. Gostava tão pouco dele que não via motivos para se preocupar com sua aprovação.

Depois de tocar algumas canções italianas, a senhorita Bingley mudou o ritmo para uma alegre ária escocesa; e logo depois o senhor Darcy, aproximando-se de Elizabeth, lhe disse:

– Não se sente seriamente inclinada, senhorita Bennet, a aproveitar dessa oportunidade para dançar?

Ela sorriu, mas não respondeu. Ele repetiu a pergunta, um tanto surpreso com o silêncio dela.

– Oh! – disse ela – Já o ouvi antes, mas não pude decidir imediatamente o que dizer em resposta. Queria, bem sei, que eu dissesse "sim", de modo que tivesse o prazer de desprezar meu gosto, mas sempre me delicio em subverter essa espécie de esquemas e frustrar as pessoas de seu desdém premeditado. Por isso resolvi lhe dizer que não quero dançar de forma alguma... e agora despreze-me, se tiver coragem.

– Na verdade, não tenho.

Elizabeth, que esperava tê-lo ofendido, ficou surpresa com a delicadeza dele; mas havia nela um misto de doçura e de malícia que a impossibilitava de ofender alguém; e Darcy nunca se sentira tão fascinado por mulher alguma como se sentia por ela.

Chegava mesmo a acreditar que, se não fosse pela inferioridade da ascendência dela, corria algum perigo de se apaixonar.

A senhorita Bingley viu ou suspeitou o suficiente para sentir certo ciúme; e sua grande ansiedade pelo restabelecimento de sua querida amiga Jane era de certa forma reforçada pelo desejo de se ver livre de Elizabeth.

Tentava seguidamente suscitar em Darcy o desagrado por sua hóspede, falando do suposto casamento entre os dois e da felicidade que teria em tal aliança.

– Espero – disse ela, enquanto caminhavam juntos pelo bosque no dia seguinte – que dará a entender à sua sogra, quando esse desejável evento se realizar, sobre a vantagem de segurar a língua; e se tiver poder para tanto, faça com que suas cunhadas mais novas deixem de correr atrás dos oficiais. E, se me permite mencionar assunto tão delicado, empenhe-se em refrear um pouco a presunção ou impertinência que a eleita de seu coração possui.

– Tem mais alguma coisa a propor para minha felicidade doméstica?

– Oh!, sim! Coloque os retratos de seus tios Phillips na galeria de Pemberley. Afixe-os perto de seu tio-avô, que foi juiz. A profissão deles é a mesma, como sabe, só que em áreas diferentes. Quanto a um retrato de sua Elizabeth, não deveria mandar fazê-lo, pois que pintor haveria de retratar com perfeição aqueles lindos olhos?

– De fato, não seria fácil captar a expressão, mas sua cor e forma, e as pestanas tão notavelmente delicadas, poderiam ser copiadas.

Nesse momento encontraram-se com a senhora Hurst e a própria Elizabeth, que vinham por outro caminho.

– Não sabia que pretendiam caminhar – disse a senhorita Bingley, um tanto confusa, com medo de que elas tivessem escutado a conversa.

– Tratou-nos realmente muito mal – respondeu a senhora Hurst – fugindo de nós sem nos dizer que sairiam para passear.

Tomando então o braço livre do senhor Darcy, deixou Elizabeth caminhando sozinha. A trilha dava apenas para três pessoas. O senhor Darcy, sentindo a aspereza delas, disse imediatamente:

– Este caminho não é bastante largo para nosso grupo. É melhor nos dirigirmos para a alameda.

Elizabeth, porém, que não tinha a menor disposição de continuar com eles, respondeu, sorridente:

– Não, não; sigam por essa trilha. Vocês compõem um grupo encantador e realmente vantajoso para todos. O que tem de pitoresco só poderia ser estragado, ao admitir uma quarta pessoa. Até logo.

E partiu alegremente, regozijando-se enquanto andava por aí, na esperança de estar novamente em casa, dentro de um ou dois dias. Jane já havia melhorado tanto que pretendia, nessa mesma noite, deixar o quarto durante algumas horas para juntar-se aos demais.

≈ CAPÍTULO 11 ≈

Quando as senhoras se levantaram após o jantar, Elizabeth subiu para o quarto da irmã e, vendo-a bem protegida contra o frio, acompanhou-a até a sala de estar, onde foi acolhida pelas duas amigas com grandes manifestações de prazer. Elizabeth nunca as tinha visto tão amáveis como durante aquela hora que transcorreu antes da entrada dos cavalheiros. Sabiam realmente manter uma boa conversa. Sabiam descrever uma festa com exatidão, sabiam relatar um caso com humor e rir com espírito aberto das pessoas de suas relações.

Mas quando os cavalheiros entraram, Jane deixou de ser o alvo das atenções. Os olhos da senhorita Bingley se voltaram instantaneamente para Darcy e teve algo a lhe dizer antes que ele tivesse avançado muitos passos. Ele, porém, se dirigiu à senhorita Bennet com gentis congratulações. O senhor Hurst também a cumprimentou com uma leve inclinação e disse que estava "muito contente". Mas a prolixidade e o calor estavam reservados para a saudação do senhor Bingley. Estava radiante de alegria e cheio de atenções. A primeira meia hora foi passada a alimentar o fogo da lareira, com receio de que Jane se ressentisse com a mudança de cômodo; e ela, por conta própria, se mudou para o outro lado da lareira, de modo a ficar mais longe da porta. Em seguida ele se sentou ao lado dela e quase não falou com mais ninguém. Elizabeth, que costurava no canto oposto, assistia a tudo com interesse.

Terminado o chá, o senhor Hurst lembrou à cunhada para a mesa de jogo... mas em vão. Tinha recebido informação confidencial de que o senhor Darcy não se dispunha a jogar e logo o senhor Hurst viu seu pedido mais franco rejeitado. Ela lhe garantiu que ninguém pretendia jogar e o silêncio de todo o grupo parecia lhe dar razão. O senhor Hurst, portanto, nada mais tinha a fazer, senão estirar-se num dos sofás e dormir. Darcy apanhou um livro e a senhorita Bingley fez o mesmo; a senhora Hurst, mais ocupada em brincar com suas pulseiras e anéis, vez ou outra interferia na conversa do irmão com a senhorita Bennet.

A atenção da senhorita Bingley estava bem mais empenhada em observar o progresso da leitura do senhor Darcy, bem como em ler seu próprio livro; e ficava sempre fazendo perguntas ou olhando para a página dele. Não conseguia, porém, atraí-lo para uma conversa; ele simplesmente respondia a pergunta e continuava lendo. Por fim, praticamente exausta pelas tentativas de interessar pelo próprio livro, que havia escolhido por ser o segundo volume do dele, deu um grande bocejo e disse:

– Como é agradável passar uma noite desse modo! Afirmo que, no fundo, não há prazer maior do que ler! Como a gente se cansa mais rapidamente de qualquer coisa do que de um livro! Quando tiver minha própria casa, vou me sentir perdida se não tiver uma excelente biblioteca.

Ninguém respondeu. Então ela bocejou de novo, pôs o livro

de lado e passou os olhos pela sala em busca de algum entretenimento. Ao ouvir o irmão mencionar um baile para a senhorita Bennet, voltou-se subitamente para ele e disse:

– A propósito, Charles, está pensando seriamente em dar um baile em Netherfield? Antes de decidir a respeito, aconselho-o a consultar o grupo aqui presente. Muito me engano se não há alguns dentre nós, para quem um baile seria mais um suplício que um prazer.

– Se está se referindo a Darcy – exclamou o irmão –, ele poderá ir deitar-se quando quiser, antes que o baile comece... mas este é coisa mais que certa. E logo que Nicholls tiver providenciado os comes e bebes, começarei a enviar os convites.

– Apreciaria infinitamente mais os bailes – replicou ela –, se fossem realizados de outra maneira, pois há algo de inteiramente enfadonho no processo habitual de organizar esses encontros. Seria certamente muito mais racional se, em vez de dança, se a conversa estivesse na ordem do dia.

– Muito mais racional, minha querida Caroline, ouso confirmar, mas não poderia nem de longe ser comparado a um baile.

A senhorita Bingley não respondeu e, logo depois, levantou-se e andou pela sala. Estava elegante e sabia como caminhar; mas Darcy, a quem tudo isso se destinava, continuava impassivelmente mergulhado no livro. Em desespero, ela fez mais uma tentativa e, voltando-se para Elizabeth, disse:

– Senhorita Eliza Bennet, convido-a a seguir meu exemplo e dê uma volta pela sala. Asseguro-lhe que é deveras reconfortante, depois de ficar sentada durante tanto tempo na mesma posição.

Elizabeth ficou surpresa, mas aceitou de imediato. A senhorita Bingley teve êxito no verdadeiro objetivo de sua gentileza; o senhor Darcy ergueu os olhos. Ele estava tão interessado na novidade do momento como Elizabeth poderia estar, e inconscientemente fechou o livro. Logo foi convidado a juntar-se a elas, mas recusou, observando que poderia vislumbrar somente dois motivos para que elas ficassem andando juntas de um lado para outro na sala e que, em qualquer dos casos, sua presença seria uma interferência. "O que ele queria dizer com isso? Ela estava morrendo de vontade de saber qual o significado"... e perguntou a Elizabeth se ela o havia entendido.

– De modo nenhum – foi a resposta dela –, mas pode ter certeza de que ele nos reprova e nossa maneira mais segura de desapontá-lo será a de não tocar no assunto.

A senhorita Bingley, contudo, era incapaz de desapontar o senhor Darcy no que quer que fosse e por isso insistiu em pedir uma explicação para os dois motivos.

– Não tenho a menor objeção em explicá-los – disse ele, tão logo ela permitiu que falasse. – As senhoritas escolheram esse modo de passar a noite porque são confidentes uma da outra e têm assuntos particulares a discutir, ou porque têm consciência de que, ao andar, suas figuras se sobressaem em seu próprio benefício. No primeiro caso, eu estaria totalmente interferindo em seus assuntos; no segundo, posso admirá-las muito melhor permanecendo sentado junto da lareira.

– Oh! Chocante! – exclamou a senhorita Bingley. – Nunca ouvi nada tão detestável. Como poderemos puni-lo por semelhante explicação?

– Nada mais fácil, desde que se sinta inclinada a isso – disse Elizabeth. – Todos podemos nos atormentar e punir uns aos outros. Importune-o... ria dele. Íntima como você é, deverá saber como fazer.

– Mas, palavra de honra, não sei. Asseguro-lhe que minha intimidade ainda não me ensinou isso. Importunar com toda a calma e presença de espírito! Não, não; sinto que dessa forma ele levaria a melhor. Quanto a rir dele, não vamos nos expor, tentando caçoar dele sem motivo. O senhor Darcy até acharia engraçado.

– Não se pode fazer troça do senhor Darcy! – exclamou Elizabeth. – É uma vantagem incomum e incomum espero que continue, pois seria uma grande perda para mim contar mais de uma pessoa assim entre minhas relações. Adoro realmente uma boa piada.

– A senhorita Bingley – disse ele – me deu mais crédito do que deveria. O mais sensato e melhor dos homens... não, a mais sensata e a melhor de suas ações... pode ser ridicularizada por uma pessoa cujo principal objetivo na vida é uma boa piada.

– Certamente – replicou Elizabeth... – existem tais pessoas, mas espero não ser uma delas. Nunca ridicularizo o que é sensato e bom. Loucuras e bobagens, caprichos e incoerências, confesso que me divertem, e rio delas sempre que posso. Mas suponho que são precisamente essas que o senhor não tem.

– Talvez isso não seja possível para qualquer um. Mas por toda a minha vida me esforcei em evitar essas fraquezas que, muitas vezes, expõem uma inteligência superior ao ridículo.

– Como a vaidade e o orgulho.

– Sim, a vaidade é verdadeiramente uma fraqueza. Mas o orgulho... onde houver uma verdadeira superioridade da mente, o orgulho estará sempre sob controle.

Elizabeth se voltou para esconder um sorriso.

– Seu exame sobre o senhor Darcy terminou, suponho – disse a senhorita Bingley. – Por favor, qual é o resultado?

– Estou perfeitamente convencida de que o senhor Darcy não tem qualquer defeito. Ele próprio o admite sem disfarce.

– Não – disse Darcy. – Nunca tive tal pretensão. Meus defeitos são muitos, mas não são, espero, de inteligência. Quanto a meu temperamento, não respondo por ele. Acredito que seja pouco submisso... certamente muito pouco para as conveniências da sociedade. Não consigo esquecer as loucuras e os vícios dos outros tão rapidamente quanto deveria, nem as ofensas deles contra mim. Meus sentimentos não se inflam por qualquer tentativa de excitá-los. Meu temperamento poderia talvez ser classificado de melindroso. Minha boa reputação uma vez perdida, está perdida para sempre.

– Esse, de fato, é um defeito! – exclamou Elizabeth. – O ressentimento implacável é uma mancha num caráter. Mas o senhor escolheu bem seu defeito. Realmente não consigo rir dele. Nada tem a temer de mim.

– Creio que haja em cada temperamento uma tendência para algum mal particular... um defeito natural, que nem a melhor educação consegue superar.

– E seu defeito é detestar a todos.

– E o seu – replicou ele com um sorriso – é fazer mau juízo das pessoas, propositadamente.

– Vamos ouvir um pouco de música – exclamou a senhorita Bingley, cansada de uma conversa de que não participava. – Louisa, não se importa que acorde o senhor Hurst?

A irmã não opôs qualquer objeção e o piano foi aberto. Darcy, depois de alguns momentos de reflexão, ficou até contente com a música. Começou a sentir o perigo de dar demasiada atenção a Elizabeth.

≈ CAPÍTULO 12 ≈

Em decorrência de um acordo entre as irmãs, Elizabeth escreveu, na manhã seguinte, à mãe, pedindo que mandasse para elas a carruagem no decorrer do mesmo dia. Mas a senhora Bennet, que tinha calculado que suas filhas haveriam de permanecer em Netherfield até a quinta-feira seguinte, dia em que terminaria exatamente a semana de Jane, não via com satisfação a chegada delas antes. A resposta que deu, portanto, não era favorável, pelo menos em relação aos desejos de Elizabeth, que estava impaciente para chegar em casa. A senhora Bennet mandou dizer que possivelmente não teriam a carruagem antes de quinta-feira; e, finalmente, acrescentava que, se o senhor Bingley e a irmã insistissem para que ficassem por mais tempo, ela as dispensaria sem problemas. Elizabeth, contudo, estava categoricamente decidida a não permanecer mais tempo... nem esperava que isso lhe fosse solicitado; pelo contrário, receando que elas próprias fossem consideradas intrusas por permanecerem desnecessariamente mais tempo, pressionou Jane a pedir imediatamente a carruagem emprestada ao senhor Bingley; e, finalmente, foi estabelecido que seu propósito inicial de deixar Netherfield naquela manhã deveria ser comunicado, bem como seria feito o pedido da carruagem.

A comunicação provocou muitos protestos de visível preocupação e todos insistiram para que ficassem pelo menos até o dia seguinte em atenção a Jane; e a partida foi adiada para a manhã seguinte. A senhorita Bingley ficou sentida pela proposta do adiamento, pois seus ciúmes e desgosto por uma das irmãs excediam em muito sua afeição pela outra.

O dono da casa ouviu com verdadeira tristeza a notícia de que partiriam tão logo e tentou, repetidamente, persuadir a senhorita Bennet que não era seguro para ela... que não estava completamente restabelecida. Mas Jane era obstinada quando sentia estar com a razão.

Para o senhor Darcy, foi uma notícia bem-vinda... Elizabeth havia permanecido tempo suficiente em Netherfield. Ela o atraía mais do que desejava... e a senhorita Bingley era indelicada para com ela, além de importuná-lo mais que de costume. Ele sabiamente decidiu ser particularmente cuidadoso para que nenhum sinal de admiração lhe escapasse agora, nada que pudesse destacá-la a ponto de mostrar que influenciava a felicidade dele; consciente de que, se essa ideia tivesse sido sugerida, o comportamento dele durante o último dia deveria ter um peso essencial para sua confirmação ou destruição. Firme em seu propósito, quase não lhe dirigiu a palavra durante todo o dia de sábado e, embora uma vez tivessem ficado a sós durante meia hora, ele tomou decididamente seu livro e nem sequer olhou para ela.

No domingo, após o serviço de culto pela manhã, teve lugar a separação, tão desejável para a maioria. A delicadeza da senhorita Bingley para com Elizabeth aumentou muito rápido finalmente, assim como sua afeição por Jane. E quando se separaram, depois de assegurar a esta última do prazer que sempre teria em vê-la, tanto em Longbourn quanto em Netherfield, e abraçando-a com a maior ternura, ela chegou até a estender a mão para a primeira. Elizabeth se despediu de todo o grupo com a maior animação.

Uma vez em casa, não foram muito bem acolhidas pela mãe. A senhora Bennet ficou surpresa com a chegada e julgou que agiram muito mal ao darem tanto incômodo, e tinha como certo que Jane poderia ter apanhado novo resfriado. Mas o pai delas, embora muito lacônico em suas manifestações de prazer, estava deveras contente por vê-las; tinha percebido a importância delas no círculo familiar. A conversa à noite, quando todos se reuniam, tinha perdido muito de sua animação e quase todo o sentido com a ausência de Jane e Elizabeth.

Encontraram Mary, como de costume, mergulhada no estudo do baixo contínuo musical e da natureza humana; e tinha alguns textos para contemplar e algumas novas observações de moralidade antiga a tecer. Catherine e Lydia tinham novidades bem diferentes. Muito havia sido feito e muito se havia dito no regimento desde a quarta-feira precedente; vários oficiais tinham jantado ultimamente com o tio, um soldado havia sido castigado e se havia realmente insinuado que o coronel Forster estaria para se casar.

≈ CAPÍTULO 13 ≈

— Espero, minha querida – disse o senhor Bennet à esposa quando, na manhã seguinte, tomavam o café –, que tenha previsto um bom jantar para hoje, pois estou aguardando mais alguém para aumentar nosso grupo familiar.

– Que quer dizer, querido? Não sei de ninguém que possa vir, com certeza, a não ser que Charlotte resolva nos visitar... e creio que meus jantares são muito bons para ela. Não acho que tenha um igual com frequência na casa dela.

– A pessoa de quem falo é um cavalheiro, um estranho.

Os olhos da senhora Bennet brilharam.

– Um cavalheiro e um estranho! É o senhor Bingley, sem dúvida! Bem, com certeza vou ficar muito contente em ver o senhor Bingley. Mas... meu Deus! Que falta de sorte! Não há peixe em casa hoje. Lydia, minha querida, toque a campainha... preciso falar com Hill agora mesmo.

– Não é o senhor Bingley – disse o marido. – É uma pessoa que nunca vi em toda a minha vida.

Essa afirmação provocou um espanto geral; e ele teve o prazer de ver-se ansiosamente questionado a uma só vez pela esposa e pelas cinco filhas. Depois de se divertir por algum tempo com a curiosidade delas, deu a seguinte explicação:

– Cerca de um mês atrás recebi esta carta e há cerca de quinze dias decidi respondê-la, pois considerei o assunto um tanto delicado e merecedor de imediata atenção. É de meu primo, o senhor Collins, aquele que, quando eu morrer, poderá expulsá-las desta casa, se assim o quiser.

– Oh! Meu caro – exclamou a esposa –, não suporto ouvir mencionar isso. Por favor, não fale desse homem detestável. Acho que é a coisa mais terrível deste mundo que seus bens sejam tirados de suas próprias filhas. Garanto-lhe que, em seu lugar, há muito tempo teria tentado fazer alguma coisa a respeito.

Jane e Elizabeth tentaram explicar à mãe o sistema de herança vinculada. Já haviam feito isso muitas vezes, mas esse assunto ultrapassava o entendimento da senhora Bennet, mas ela continuava a se queixar amargamente da crueldade de alienar os bens de uma família de cinco filhas em favor de um homem com quem ninguém se importava.

– Certamente é a coisa mais iníqua – disse o senhor Bennet – mas nada poderá impedir o senhor Collins de herdar Longbourn. Mas se escutar o que a carta dele diz, talvez possa se acalmar um pouco pela maneira como ele se expressa.

– Não, tenho certeza de que não vou me acalmar; e acho muita impertinência e muita hipocrisia da parte dele ter a ousadia de lhe escrever a respeito. Odeio tais falsos amigos. Por que ele não deixa essa disputa de lado, como o pai dele fez antes?

– Porque, de fato... parece realmente que teve alguns escrúpulos filiais sobre a questão, como poderá ouvir.

Hunsford, perto de Westerham, Kent, 15 de outubro

Caro Senhor...

O desacordo existente entre o senhor e meu falecido e venerável pai sempre me deixou muito preocupado e, desde que tive a infelicidade de perdê-lo, anseio por superar essa discórdia; mas durante algum tempo me detive por minhas próprias dúvidas, receando que pudesse parecer desrespeitoso para com a memória dele o fato de eu reatar relações com quem ele sempre discordou. – E agora, senhora Bennet. – Agora, porém, estou decidido a respeito do assunto, pois, tendo sido ordenado em Easter, tive a felicidade de ser distinguido pelo patronato da baronesa Lady Catherine de Bourgh, viúva de Sir Lewis de Bourgh, cuja bondade e beneficência me escolheram para o valioso reitorado desta paróquia, onde colocarei todo o meu empenho para me portar com reconhecido respeito para com essa ilustre senhora e para estar sempre pronto a executar os ritos e cerimônias instituídos pela Igreja da Inglaterra. Além disso, na qualidade de clérigo, sinto como meu dever promover e difundir a bênção da paz em todas as famílias ao alcance de minha influência; e, baseado nisso, considero minhas presentes propostas de boa vontade altamente recomendáveis; e que o fato de eu ser o próximo herdeiro da propriedade de Longbourn seja bondosamente ignorado de sua parte e que isso não o leve a rejeitar o ramo de oliveira que lhe é oferecido. Não posso deixar de me sentir preocupado por eventualmente prejudicar suas amáveis filhas, pelo que já me permito pedir-lhe desculpas bem como lhe asseguro que me prontifico a compensá-las em tudo o que for possível... mas no futuro se decidirá. Se o senhor não tiver objeção em me receber em sua casa, proponho que me dê a satisfação de visitá-los na segunda-feira, 18 de novembro, em torno das quatro horas, e provavelmente terei de abusar de sua hospitalidade até sábado da semana seguinte, o que posso fazer sem qualquer inconveniente, visto que Lady Catherine não se opõe à minha eventual ausência num domingo, desde que outro clérigo se comprometa a presidir as funções cultuais do dia.

Com meus respeitosos cumprimentos, caro senhor, para sua esposa e filhas, seu dedicado amigo,

William Collins

– Às quatro horas, portanto, deveremos esperar esse cavalheiro, mensageiro da paz – disse o senhor Bennet, enquanto dobrava a carta. – Palavra de honra, parece que é um jovem muito consciencioso e educado; e não tenho dúvidas de que haverá de ser uma valiosa aproximação, especialmente se Lady Catherine for tão indulgente que o autorize a nos visitar outra vez.

– Não deixa de haver certo senso, contudo, naquilo que ele diz a respeito das meninas e, se estiver disposto a compensá-las, não serei eu a desencorajá-lo.

– Embora seja difícil – disse Jane – adivinhar de que modo pretende indenizar-nos do que acha que nos é devido; mas o simples desejo certamente conta a seu favor.

Elizabeth ficou particularmente impressionada com a extraordinária deferência dele por Lady Catherine e sua generosa intenção de catequizar, casar e sepultar seus paroquianos, sempre que fosse o caso.

– Acredito que ele deve ser um excêntrico – disse ela. – Não consigo entendê-lo... Há algo de muito pomposo em seu estilo... E o que pretende dizer ao se desculpar por ser o presumível herdeiro?... Não podemos supor que recusaria a herança, se pudesse... Seria um homem sensato, pai?

– Não, minha querida, não acho. Tenho grandes esperanças de que seja exatamente o contrário. Há um misto de subserviência e autoimportância na carta dele, que promete muito. Estou impaciente por conhecê-lo.

– No quesito de composição – disse Mary – a carta não parece defeituosa. A ideia do ramo de oliveira talvez não seja totalmente nova, ainda que a considere bem adequada.

Para Catherine e Lydia, nem a carta nem o autor ofereciam qualquer interesse. Era praticamente impossível que o primo aparecesse de manto escarlate, e algumas semanas já tinham passado desde o tempo em que sentiam prazer na companhia de um homem com traje de diferentes cores. Quanto à mãe, a carta do senhor Collins havia dissipado grande parte de sua antipatia por ele e se preparava para recebê-lo com uma compostura digna, o que surpreendia o marido e as filhas.

O senhor Collins chegou pontualmente na hora indicada por ele e foi recebido com grande cortesia por toda a família. O senhor Bennet, na verdade, pouco disse; mas as mulheres estavam mais que dispostas a conversar e o senhor Collins parecia não precisar de encorajamento nem inclinado a ficar calado. Era um jovem alto e encorpado de 25 anos de idade. Tinha um ar grave e solene e seus modos eram muito formais. Mal se havia sentado e logo passou a elogiar a senhora Bennet pelas lindas filhas; disse que ouvira falar da beleza delas, mas que essa fama não era pouca diante da realidade; e acrescentou que não duvidava dos anseios dela em vê-las todas bem casadas no devido tempo. O galanteio não agradou muito a algumas das ouvintes, mas a senhora Bennet, que não dispensava elogios, prontamente respondeu:

– Muito amável de sua parte, com certeza; e do fundo do coração desejo que assim seja, pois, do contrário, terão pouco valor. As coisas são postas de modo tão estranho.

– Está aludindo, talvez, ao direito de herança desta propriedade.

– Ah! Sir, certamente que sim. Deverá admitir que é um duro golpe para minhas filhas. Não é que eu o considere culpado, pois sei que essas coisas são fruto do acaso. Não há como saber da destinação de propriedades que passam para o sistema de alienação.

– Tenho perfeita consciência, minha senhora, da dureza do

golpe para minhas encantadoras primas, e poderia falar mais sobre o assunto, mas prefiro me acautelar do que parecer atrevido e precipitado. Mas posso assegurar às jovens senhoras que vim preparado para admirá-las. Por ora, não pretendo dizer mais; mas, talvez, quando nos conhecermos melhor...

Foi interrompido pelo chamado para o jantar; e as meninas sorriram, olhando uma para a outra. Elas não eram os únicos objetos de admiração do senhor Collins. A sala de entrada, a sala de jantar e toda a mobília foram examinadas e elogiadas; e esses elogios de tudo teriam tocado o coração da senhora Bennet, não fosse a mortificante suposição de que ele olhava tudo como futuro proprietário. O jantar também, por sua vez, foi muito elogiado; e pediu que lhe dissessem a qual das encantadoras primas se devia a excelência desse jantar. Mas foi a senhora Bennet que lhe respondeu, assegurando-lhe, com certa aspereza, que dispunham de meios suficientes para oferecer um bom jantar e que suas filhas nada tinham a ver com a cozinha. Ele pediu perdão por ter sido desagradável. Num tom mais suave, ela afirmou que não se sentia ofendida, mas ele continuou a pedir desculpas por quase um quarto de hora.

≈ CAPÍTULO 14 ≈

Durante o jantar, o senhor Bennet pouco falou. Mas quando os criados se retiraram, achou que era hora de ter uma conversa com seu hóspede e por isso abordou um assunto que esperava ser do agrado do outro, observando que tivera sorte em conseguir tal benfeitora. A atenção de Lady Catherine de Bourgh pelos desejos e o conforto dele pareciam realmente notáveis. O senhor Bennet não poderia ter escolhido melhor. O senhor Collins era eloquente nos elogios a essa senhora. O assunto o levou a uma solenidade ainda maior que a usual e, com ar mais importante ainda, afirmou que "nunca em sua vida havia testemunhado tal comportamento numa pessoa da alta sociedade... tal afabilidade e deferência como ele próprio encontrava em Lady Catherine. Tinha aprovado com grande satisfação e prazer as duas pregações que ele já tivera a honra de fazer na presença dela. Por duas vezes lhe havia pedido para jantar em Rosings e no sábado anterior o havia convidado para ouvir música à noite. Lady Catherine era considerada orgulhosa por muitas pessoas que conhecia, mas ele nunca havia visto nela senão afabilidade. Sempre falava com ele como costumava fazer com qualquer cavalheiro; não se opunha que ele frequentasse a alta sociedade da vizinhança nem que deixasse a paróquia, ocasionalmente, por uma semana ou duas para visitar seus parentes. Chegou até a aconselhá-lo a casar-se o mais breve possível, desde que escolhesse a noiva com discrição; e uma vez o visitou em sua humilde casa paroquial, quando aprovou inteiramente todas as alterações que ele fizera e chegou até a dignar-se sugerir mais algumas... algumas estantes no andar de cima."

– Tudo isso demonstra correção e delicadeza – disse a senhora Bennet – e ouso dizer que é uma mulher muito agradável. É uma pena que as senhoras da alta sociedade em geral não são como ela. Ela mora perto do senhor?

– O jardim em que se situa a minha humilde morada está separado somente por uma viela de Rosings Park, residência da Lady.

– Acho que o ouvi dizer que é viúva. Ela tem filhos?

– Tem apenas uma filha, a herdeira de Rosings e de uma extensa propriedade.

– Ah! – disse a senhora Bennet, meneando a cabeça. – Então é muito mais privilegiada que a maioria das moças. E que tipo de moça é? É bonita?

– De fato, é uma jovem verdadeiramente encantadora. A própria Lady Catherine diz que, sob o ponto de vista da verdadeira beleza, a senhorita de Bourgh é muito superior à mais bela de seu sexo, pois existem nela aquelas feições que distinguem a jovem de nobre ascendência. Infelizmente, é de constituição doentia, o que a tem impedido de fazer aquele progresso em muitos aspectos que, de outro modo, teria alcançado, segundo me informou a senhora que supervisionou a educação dela e que ainda reside com elas. Mas ela é muito afável e, com frequência, vem até minha humilde habitação com sua charrete puxada por pôneis.

– Já foi apresentada à corte? Não me recordo de ter ouvido o nome dela entre as senhoras da corte.

– Seu precário estado de saúde a impede infelizmente de permanecer na capital; e, por essa razão, como eu disse um dia a Lady Catherine, a corte britânica se viu privada do seu mais brilhante adorno. A baronesa ficou lisonjeada com a ideia; e pode imaginar como me sinto feliz em aproveitar todas as ocasiões para tecer pequenos e delicados elogios que sempre são bem recebidos pelas senhoras. Mais de uma vez observei para Lady Catherine que sua encantadora filha havia nascido para ser uma duquesa e que a mais elevada posição, em vez de lhe conferir importância, era adornada por ela. Essas são pequenas coisas que agradam à baronesa e constituem um tipo de atenção que eu mesmo acho particularmente apropriado.

– Julga de modo bem adequado – disse o senhor Bennet – e estou contente pelo senhor por ter o dom de elogiar com delicadeza. Posso perguntar se essas gentis atenções surgem pelo impulso do momento ou se são o resultado de algo premeditado?

– Surgem principalmente do que se passa no momento e, embora às vezes eu me divirta com modificações e arranjos desses pequenos e elegantes cumprimentos para adaptá-los a ocasiões corriqueiras, sempre desejo conferir-lhes um ar tão espontâneo quanto possível.

As expectativas do senhor Bennet foram plenamente satisfeitas. Seu primo era tão absurdo quanto ele esperava e o escutou com a mais viva alegria, mantendo ao mesmo tempo a mais resoluta compostura e, excetuando um olhar ou outro na direção de Elizabeth, não compartilhando seu prazer com ninguém.

Chegada a hora do chá, contudo, a dose já havia sido suficiente e o senhor Bennet teve a satisfação de conduzir seu hóspede de novo para a sala de estar; e, terminado o chá, convidou-o a ler em voz alta para as senhoras. O senhor Collins aceitou prontamente e um livro lhe foi alcançado; mas, ao folheá-lo (pois tudo indicava que vinha de uma biblioteca circulante), recuou e, pedindo perdão, afirmou que ele nunca lia romances. Kitty fitou-o e Lydia soltou uma exclamação. Outros livros lhe foram apresentados e, depois de certa ponderação, escolheu os Sermões de Fordyce. Ao vê-lo abrir o livro, Lydia bocejou e, antes que tivesse lido três páginas, numa solenidade monótona, o interrompeu, dizendo:

– Sabe, mãe, que o tio Phillips pretende despedir o Richard; e se o fizer, o coronel Forster vai contratá-lo? A tia me contou, sábado passado. Vou até Meryton amanhã para saber mais detalhes e perguntar se o senhor Denny vai voltar da capital.

Lydia foi mandada calar pelas duas irmãs mais velhas, mas o senhor Collins, muito ofendido, pôs o livro de lado e disse:

– Com muita frequência observei o pouco interesse que as jovens têm por livros sérios, embora escritos unicamente para benefício delas. Confesso que isso me espanta, pois certamente não poderia haver nada mais vantajosa para a instrução delas. Mas não quero importunar por mais tempo minha jovem prima.

Então, voltando-se para o senhor Bennet, ofereceu-se como seu adversário numa partida de gamão. O senhor Bennet aceitou o desafio, observando que ele agia de modo muito sensato ao deixar as filhas entregues a seus próprios divertimentos frívolos. A senhora Bennet e as filhas pediram sentidas desculpas pela interrupção de Lydia e prometeram que não tornaria a ocorrer, caso ele voltasse ao livro. Mas o senhor Collins, depois de lhes garantir que não via má vontade na prima e que nunca haveria de considerar o comportamento dela como uma afronta, sentou-se à outra mesa com o senhor Bennet e se preparou para a partida de gamão.

≈ CAPÍTULO 15 ≈

O senhor Collins não era um homem sensato e essa deficiência da natureza pouco ou nada havia sido corrigida pela educação ou pela convivência social. Tendo passado a maior parte da vida sob a orientação de um pai iletrado e avarento e, embora tivesse frequentado uma universidade, tinha conservado apenas os laços puramente necessários, sem que tivesse sabido cultivar qualquer conhecimento útil. A submissão em que seu pai o educou lhe havia conferido inicialmente grande humildade no trato; mas agora essa humildade era intensamente contrabalançada pela vaidade própria de uma cabeça fraca, de quem vive isolado e os decorrentes anseios por uma precoce e inesperada prosperidade. Um feliz acaso o havia recomendado a Lady Catherine de Bourgh quando a sede de Hunsford ficou vacante; e o respeito que ele sentia pela elevada posição social da senhora, assim como a veneração por ser ela sua benfeitora, juntamente com uma elevada opinião de si próprio, acrescida de sua autoridade como clérigo e de seus direitos como reitor, faziam dele uma mistura de orgulho e subserviência, presunção e humildade.

De posse agora de uma boa casa e de uma renda mais que suficiente, pretendia se casar; e, ao procurar a reconciliação com a família de Longbourn, tinha uma esposa em vista, pois pretendia escolher uma das jovens primas, se as achasse tão bonitas e simpáticas como corria a fama delas. Esse era seu plano de compensação... de indenização... por herdar os bens do pai delas; e ele achava que era uma compensação excelente, plenamente factível e apropriada, extremamente generosa e desinteressada de sua parte.

Ao vê-las, o plano dele não mudou. O amável rosto das senhoritas Bennet confirmou suas expectativas e passou a aplicar as normas estritas que eram devidas à idade; e para a primeira noite, *ela* foi a escolhida. Na manhã seguinte, porém, houve uma alteração; depois de uma conversa de um quarto de hora com a senhora Bennet, começando pela casa paroquial e levando naturalmente para a revelação de suas aspirações, a de encontrar uma dona de casa em Longbourn, a mãe das meninas, entre afáveis sorrisos e encorajamentos vagos, o colocou de sobreaviso exatamente em relação a Jane, que ele havia escolhido. "Quanto às mais novas, nada poderia dizer... não cabia a ela responder... mas não tinha conhecimento de qualquer compromisso da parte delas; a mais velha, só devia mencionar... sentia que incumbia a ela insinuar, provavelmente já estaria em breve comprometida com outro."

O senhor Collins tinha apenas que mudar de Jane para Elizabeth... e logo estava feito... feito enquanto a senhora Bennet estava acendendo a lareira. Elizabeth, que seguia Jane tanto em idade como em beleza, sucedia-a naturalmente.

A senhora Bennet guardou a insinuação como um tesouro e confiava que em breve teria duas filhas casadas; e o homem de quem na véspera não podia ouvir falar agora gozava de todas as suas boas graças.

A intenção de Lydia em caminhar até Meryton não fora esquecida; e as irmãs, exceto Mary, concordaram em ir com ela. O senhor Collins as acompanharia, a pedido do senhor Bennet, que estava ansioso por se ver livre dele e ter a biblioteca à sua inteira disposição, pois o senhor Collins o havia seguido em todo lugar depois do café; e lá haveria de continuar, teoricamente empenhado com um dos maiores volumes da coleção, mas, na realidade, falando com o senhor Bennet, quase sem cessar, a respeito de sua casa e jardim em Hunsford. Esse procedimento deixava o senhor Bennet fora de si. Em sua biblioteca, ele sempre tinha garantia de sossego e tranquilidade; e, embora preparado, como disse a Elizabeth, a enfrentar loucuras e presunção em todos os outros cômodos da casa, habituara-se a se ver livre de tudo ali; essa a razão de sua pronta gentileza em convidar o senhor Collins a acompanhar as filhas no passeio. E o senhor

Collins, bem mais afeito a caminhadas do que a leituras, mostrou enorme satisfação em fechar seu volumoso livro e partir com elas.

Com a pomposa conversa sem interesse da parte dele e com o apoio delas por mera gentileza, o tempo foi passando até chegarem a Meryton. As mais novas deixaram de lhe prestar qualquer atenção. Os olhos delas se puseram imediatamente a percorrer a rua em busca dos oficiais e nada as faria desviá-los, a não ser um chapéu muito bonito ou uma musselina realmente nova numa vitrine.

Mas a atenção de todas elas logo se prendeu a um jovem de aparência mais que cavalheiresca, que não tinham visto antes, caminhando com um oficial no outro lado da rua. O oficial era o próprio senhor Denny, sobre cujo regresso de Londres Lydia viera informar-se; e ele acenou ao vê-las passar. Todas ficaram impressionadas com a aparência do estranho e se perguntavam quem poderia ser. Kitty e Lydia, decididas a descobrir, se possível, atravessaram a rua sob pretexto de querer alguma coisa na loja do lado oposto e, felizmente, ao alcançarem a calçada, os dois cavalheiros, voltando para trás, chegavam ao mesmo local. O senhor Denny dirigiu-se imediatamente a elas e pediu permissão para lhes apresentar o amigo, senhor Wickham, que com ele regressara na véspera da capital e que se sentia feliz, dizia ele, de ter aceitado um posto em seu regimento. Isso era exatamente o que deveria ser, pois ao jovem só lhe faltava o uniforme para torná-lo realmente encantador. Sua aparência era extraordinária; dotado de inegável beleza, traços delicados, silhueta impecável e maneiras extremamente agradáveis. A apresentação foi seguida de uma conversa pronta e espontânea... uma espontaneidade ao mesmo tempo correta e despretensiosa; e todo o grupo estava ainda de pé e conversando agradavelmente quando o trotear de cavalos lhes chamou a atenção; e Darcy e Bingley foram vistos em suas montarias, descendo a rua. Ao reconhecerem as senhoras do grupo, os dois cavaleiros se dirigiram diretamente para elas e cumprimentaram a todos, segundo as formas usuais. Bingley era quem falava mais e a senhorita Bennet seu principal objeto. Estava, disse ele, a caminho de Longbourn para indagar a respeito dela. O senhor Darcy concordou com o amigo com um aceno de cabeça e estava decidido a não fixar os olhos em Elizabeth quando subitamente se detiveram no desconhecido; Elizabeth, surpreendendo as expressões de ambos ao olharem um para o outro, ficou espantada com o efeito desse encontro. Ambos mudaram de cor, um empalideceu e o outro corou. O senhor Wickham, depois de alguns instantes, levou a mão ao chapéu... cumprimento que o senhor Darcy mal se dignou retribuir. Que poderia significar aquilo? Era impossível adivinhar; era impossível não desejar saber.

No minuto seguinte, o senhor Bingley, sem parecer ter notado o que se passara, despediu-se e se afastou cavalgando com o amigo.

O senhor Denny e o senhor Wickham acompanharam as jovens até a porta da casa do senhor Philips e então se despediram, apesar dos pedidos insistentes de Lydia para que entrassem e mesmo apesar de a própria senhora Phillips abrir a janela da sala de estar e reiterar em voz alta o convite.

A senhora Phillips sempre ficava muito contente ao ver as sobrinhas. Por causa da recente ausência, recebeu as duas mais velhas com carinho especial. E, ansiosa, expressava sua surpresa pelo súbito retorno delas que, ao saber que a carruagem delas não as tinha buscado, não teria ficado sabendo de nada, se não tivesse encontrado na rua o criado do senhor Jones, o qual lhe havia dito que não deveriam mais enviar recados a Netherfield, porque as senhoritas Bennet já tinham voltado. Repentinamente suas gentilezas foram dirigidas ao senhor Collins que Jane acabara de apresentá-lo a ela. Acolheu-o com a maior polidez, que ele retribuiu de forma mais exagerada ainda, desculpando-se pela intrusão, sem ter dela conhecimento prévio, mas que ele esperava poder justificar pelo parentesco dele com as jovens que o haviam apresentado. A senhora Phillips ficou bastante intimidada diante de tal excesso de boa educação; mas sua contemplação de um estranho foi interrompida por exclamações e perguntas acerca do outro, de quem, no entanto, ela só podia dizer às sobrinhas o que já sabiam, que o senhor Denny o havia trazido de Londres e que ele iria desempenhar o cargo de tenente no destacamento. Disse ainda que o tinha observado durante aquela última hora, enquanto ele caminhava para cima e para baixo pela rua, e que, se o senhor Wickham reaparecesse, certamente Kitty e Lydia teriam continuado a observá-lo; mas infelizmente ninguém mais passou por ali, exceto alguns oficiais que, comparados com o estranho, pareciam "camaradas tolos e desagradáveis". Alguns deles haveriam de jantar com os Phillips no dia seguinte, e a tia prometeu convencer o marido a visitar o senhor Wickham e convidá-lo também, se a família de Longbourn viesse também à noite. Todos concordaram e a senhora Phillips anunciou que teriam também o divertido e barulhento jogo de loteria e uma pequena ceia mais tarde. A perspectiva de tais prazeres encheu o grupo de alegria e eles se separaram com ótima disposição. O senhor Collins repetiu as desculpas ao deixar a sala, mas foi-lhe dito, com firme delicadeza, que eram perfeitamente desnecessárias.

Enquanto voltavam para casa, Elizabeth contou a Jane o que tinha visto ocorrer entre os dois cavalheiros; mas, embora Jane tivesse defendido qualquer um deles ou ambos, caso estivessem errados, ela não podia explicar semelhante comportamento mais que a irmã.

Ao retornar, o senhor Collins deixou a senhora Bennet muito feliz ao expressar sua admiração pelas maneiras e polidez da senhora Phillips. Ele afirmou que, excetuando Lady Catherine e a filha dela, nunca tinha visto mulher mais elegante, pois ela não somente o havia recebido com a maior cortesia, mas também o havia incluído formalmente no convite para o dia seguinte, embora nunca o tivesse visto antes. Algo, imaginava ele, poderia ser atribuído ao parentesco com elas, mas ainda assim nunca tinha se deparado com tamanha atenção em toda a sua vida.

≈ CAPÍTULO 16 ≈

Como nenhuma objeção havia sido feita contra o compromisso das jovens com a tia e todos os escrúpulos do senhor Collins em deixar o senhor e a senhora Bennet por uma única noite durante sua visita foram firmemente repelidos, na hora adequada a carruagem o conduziu com suas cinco primas a Meryton. Ao entrar na sala de estar, as moças tiveram o prazer de ouvir que o senhor Wickham havia aceitado o convite do tio e já se encontrava na casa.

Depois dessa informação e depois de todos terem tomado seus lugares, o senhor Collins aproveitou o ensejo para olhar à sua volta e admirar, mostrando-se de tal modo impressionado com as dimensões e a mobília do local que afirmou que podia quase se imaginar na pequena sala de verão de Rosings, usada para tomar o café. A comparação não despertou, de início, maior interesse; mas quando a senhora Phillips obteve dele a explicação sobre o que era Rosings e quem era sua proprietária... quando ouviu a descrição de uma só das salas de estar de Lady Catherine e ficou sabendo que somente a chaminé da lareira havia custado 800 libras, sentiu toda a força do elogio e até mesmo a comparação com o quarto da governanta a teria ofendido.

Ao descrever toda a grandeza de Lady Catherine e de sua mansão, com digressões ocasionais em louvor da humilde habitação dele e dos melhoramentos que estava recebendo, passava agradavelmente o tempo até que os cavalheiros se juntaram a eles. Encontrou na senhora Phillips uma ouvinte atenta, cuja opinião a respeito dele aumentava com o que ouvia e que estava resolvida a contar minuciosamente tudo entre as vizinhas, tão logo tivesse oportunidade. Para as moças, que não conseguiam ouvir o primo e que nada tinham a fazer, a não ser ansiar por um piano e examinar as variadas imitações de porcelana sobre a lareira, o tempo de espera parecia demasiado longo. Os cavalheiros se aproximaram e, quando o senhor Wickham entrou na sala, Elizabeth sentiu que não era de modo algum injustificada sua admiração por ele ao tê-lo visto pela primeira vez como nas vezes em que a imagem dele ressurgia em seu pensamento. Os oficiais do destacamento formavam, em geral, um grupo digno de crédito e de maneiras cavalheirescas, e os melhores do grupo estavam ali presentes; mas o senhor Wickham superava a todos por seu porte, semblante, aspecto e caminhar; todos eles eram superiores ao enfadonho tio Phillips, de rosto disforme e cheirando a vinho do Porto, que os seguia ao entrar na sala.

O senhor Wickham era o felizardo para quem quase todos os olhares femininos se voltavam e Elizabeth era a felizarda, perto de quem ele finalmente veio se sentar; e o modo agradável como ele imediatamente iniciou a conversa, embora se limitasse à chuva daquela noite, a fez pensar que o tópico mais comum, insípido e desgastado poderia se tornar interessante pela habilidade do interlocutor.

Com rivais desse porte na disputa das atenções do belo sexo como o senhor Wickham e os oficiais, o senhor Collins parecia mergulhar na insignificância; para as jovens, certamente ele nada era, mas vez por outra ainda encontrava na senhora Phillips uma bondosa ouvinte e, graças à vigilância dela, era abundantemente servido de café e bolo. Quando as mesas de jogo foram postas, ele teve a oportunidade de lhe retribuir as atenções, aceitando participar do jogo de uíste.

– Pouco sei do jogo ainda – disse ele –, mas terei o prazer de me aperfeiçoar, pois em minha situação...

A senhora Philips ficou feliz com sua amabilidade, mas não podia esperar por mais explicações.

O senhor Wickham não jogava uíste e com espontânea alegria foi acolhido na outra mesa, entre Elizabeth e Lydia. A princípio, parecia haver o perigo de Lydia o absorver totalmente, pois ela era uma inveterada faladora, mas como era igualmente uma apaixonada do jogo de loteria, logo se deixou envolver pelo jogo, ansiosa em fazer apostas e dar exclamações depois de vencer, para chamar a atenção de alguém em particular. Consideradas as exigências normais do jogo, o senhor Wickham se sentia à vontade para conversar com Elizabeth, que estava ansiosa por ouvi-lo, embora não pudesse esperar que lhe contassem o que mais desejava ouvir... a história do relacionamento dele com o senhor Darcy. Não se atrevia sequer mencionar esse cavalheiro. Sua curiosidade, porém, foi inesperadamente satisfeita. O próprio senhor Wickham tocou no assunto. Perguntou pela distância que separava Netherfield de Meryton; e, depois de receber a resposta dela, perguntou, um tanto hesitante, desde quando o senhor Darcy se encontrava ali.

– Aproximadamente um mês – disse Elizabeth; e, não querendo fugir do assunto, acrescentou: – Ele é dono de uma extensa propriedade em Derbyshire, creio.

– Sim – replicou o senhor Wickham –, a propriedade dele é o que há de melhor.

Dá uma renda de 10 mil libras por ano. Não poderia ter encontrado pessoa mais adequada do que eu para lhe transmitir alguma informação, pois estive intimamente ligado à família dele desde minha infância.

Elizabeth não pôde esconder sua surpresa.

– Pode muito bem ficar surpresa, senhorita Bennet, diante dessa afirmação, depois de notar, como provavelmente ocorreu, a frieza que presidiu nosso encontro de ontem. Tem algum relacionamento mais próximo com o senhor Darcy?

– Tanto quanto alguma vez o desejasse ter – exclamou Elizabeth ardorosamente.

– Passei quatro dias com ele na mesma casa e o acho muito desagradável.

– Não tenho o direito de dar minha opinião – disse Wickham – quanto a ele ser agradável ou não. Não tenho qualificação para tanto. Conheço-o há muito tempo e bem demais para me alçar em justo juiz. É impossível para mim ser imparcial. Mas creio que sua opinião a respeito dele causaria espanto geral... e talvez a senhorita não ousasse expressá-la tão vigorosamente em qualquer outro lugar. Aqui está em família.

– Palavra de honra, não digo aqui mais do que diria em qualquer outra casa da vizinhança, exceto em Netherfield. Ele está longe de ser apreciado em Hertfordshire. Todos detestam o orgulho dele. Nunca ouvirá falar bem dele por aqui.

– Não posso fingir ter pena – disse Wickham, depois de breve pausa – por ele ou qualquer outro não ser mais estimado do que merece; mas, com ele, creio que isso não acontece com frequência. O mundo fica cego diante da fortuna e importância dele ou assustado com seu ar superior e imponente, e o vê apenas como ele pretende que o vejam.

– Eu o tomaria, apesar do diminuto conhecimento que tenho dele, como um homem de mau gênio.

Wickham só sacudiu a cabeça.

– Gostaria de saber – disse ele, na oportunidade que se seguiu de falar –, se ele vai permanecer por muito mais tempo por esses lados.

– Nada sei a respeito, mas nada ouvi dizer sobre a partida dele quando estive em Netherfield. Espero que seus planos quanto ao destacamento não sejam afetados pela permanência dele na vizinhança.

– Oh, não... não serei eu que me afastarei daqui por causa do senhor Darcy. Se ele deseja me evitar, ele que se afaste. Nossas relações estão bastante estremecidas e sempre me causa desconforto encontrá-lo, mas não tenho outra razão para evitá-lo que não possa proclamar ao mundo inteiro, isto é, o ressentimento de uma grande injustiça e uma profunda tristeza por ele ser como é. O pai dele, senhorita Bennet, o falecido senhor Darcy, foi um dos melhores homens que jamais existiu e meu amigo mais sincero que já tive; e não há vez em que eu esteja em companhia desse senhor Darcy sem que me sinta magoado até o fundo da alma por milhares de ternas recordações. O comportamento dele para comigo foi escandaloso; mas realmente acredito que poderia lhe perdoar tudo, exceto o fato de ele ter frustrado as esperanças e desgraçado a memória do pai.

Elizabeth viu o interesse no assunto aumentar e escutava com a maior atenção; mas a própria delicadeza dele a impediu de fazer mais perguntas.

O senhor Wickham começou a falar de assuntos mais gerais, como Meryton, as redondezas, a sociedade, mostrando-se extremamente satisfeito com tudo o que já tinha visto e falando da última com afável, mas pertinente galanteria.

– Foi a perspectiva de relações sociais constantes e de uma boa sociedade – acrescentou ele – o que constituiu meu principal objetivo ao ingressar no destacamento. Já sabia que era um regimento de grande prestígio e agradável e meu amigo Denny me tentou ainda mais com a descrição das atuais instalações e das simpáticas atenções e excelentes conhecimentos que Meryton lhe havia propiciado. Confesso que a sociedade me é necessária. Eu era um homem desiludido e não poderia suportar a solidão. Deveria encontrar emprego e companhia. Não pretendia seguir a vida militar, mas as circunstâncias me levaram a optar por ela. Minha carreira deveria estar ligada à igreja... fui educado para a igreja e, nesse momento, estaria de posse de uma valiosa paróquia, se isso tivesse agradado ao cavalheiro de quem há pouco falávamos.

– Verdade?

– Sim... o falecido senhor Darcy me havia legado a sucessão da paróquia de maior rendimento sob seu domínio. Ele era meu padrinho e extremamente apegado a mim. Não consigo descrever tamanha bondade. Ele pretendia me dar uma vida financeiramente tranquila, e pensava tê-lo feito; mas quando a paróquia ficou vaga, foi destinada a outro.

– Meu Deus! – exclamou Elizabeth. – Mas como é possível?

Como poderia ser desconsiderado o testamento dele? E por que razão não procurou uma reparação legal?

– Havia tanta informalidade nos termos do legado que não me dava esperanças de conseguir algo por meio de um processo legal. Um homem de honra nunca haveria de duvidar da intenção, mas o senhor Darcy preferiu duvidar... ou considerar o texto como uma mera recomendação condicional e afirmar que eu havia perdido o direito a ela por extravagância, imprudência... em resumo, tudo ou nada. O que é certo é que o lugar ficou vago há dois anos, exatamente quando atingi a idade adequada para assumi-lo, mas que foi dado a outro; assim como não é menos certo que não posso me acusar de ter realmente feito algo para merecer perdê-lo. Tenho um temperamento vivaz e espontâneo e posso, por vezes, ter dado minha opinião a respeito dele e para ele um pouco livremente demais. Não me recordo de nada de mais grave. Mas o fato é que somos muito diferentes um do outro, e ele me odeia.

– Mas isso é chocante! Ele merece ser desmascarado publicamente.

– Mais dia menos dia poderá sê-lo... mas não por mim. Enquanto conservar em mim a memória do pai dele, nunca irei desafiá-lo ou expô-lo.

Elizabeth felicitou-o por esses sentimentos e considerou-o mais bonito do que nunca ao vê-lo falar.

– Mas qual – perguntou ela, depois de uma pausa – teria sido o motivo? O que o induziu a comportar-se tão cruelmente?

– Uma total e decidida antipatia por mim... uma antipatia que não posso senão atribuir, em certa medida, ao ciúme. Se o falecido senhor Darcy tivesse gostado menos de mim, o filho dele me teria suportado melhor; mas o afeto incomum do pai dele por mim creio que sempre o irritou desde muito cedo. Ele não era homem para suportar o tipo de competição existente entre nós... o tipo de preferência que, muitas vezes, me era dada.

– Não cheguei a pensar que o senhor Darcy fosse tão ruim assim... embora nunca tivesse simpatizado com ele. Nunca cheguei a pensar tão mal dele. Achei que ele desprezava a todos em geral, mas não suspeitava que ele se rebaixasse a tão maldosa vingança, a tal injustiça, a atitude tão desumana como essa.

Depois de alguns minutos de reflexão, ela continuou:

– Lembro-me muito bem de tê-lo ouvido gabar-se, um dia em Netherfield, da implacabilidade de seus ressentimentos, de ter um temperamento que dificilmente perdoa. Seu caráter deve ser terrível.

– Não poderia confiar nem em mim a respeito – replicou Wickham –, dificilmente poderia ser justo com ele.

Elizabeth mergulhou de novo em seus pensamentos e, depois de um tempo, exclamou:

– Tratar de tal modo o afilhado, o favorito do pai, o amigo! – E poderia ter acrescentado: "E também um jovem como o senhor, cujo aspeto diz bem que é afável"... mas contentou-se com: – E também alguém que provavelmente tinha sido seu companheiro desde a infância, ligados da maneira mais íntima, como acho que o senhor disse há pouco.

– Nascemos na mesma paróquia, no mesmo quarteirão, passamos juntos a maior parte de nossa juventude; vivíamos na mesma casa, compartilhávamos as mesmas brincadeiras, éramos objeto dos mesmos cuidados paternais. Meu pai começou a vida na profissão que seu tio, o senhor Phillips, parece tanto honrar... mas abandonou tudo para pôr-se a serviço do falecido senhor Darcy e dedicou todo o seu tempo à administração da propriedade de Pemberley. O senhor Darcy tinha enorme estima por ele, considerava-o amigo íntimo e confidente. Muitas vezes ele próprio reconhecia ser devedor das maiores obrigações pela ativa supervisão de meu pai em tudo e quando, pouco antes da morte de meu pai, o senhor Darcy, de livre vontade, lhe prometeu que cuidaria de mim, estou convencido de que ele o fez tanto por se sentir em dívida com o meu pai como por sua afeição por mim.

– Que estranho! – exclamou Elizabeth. – Que abominável! Pergunto-me a mim mesma se não foi o próprio orgulho do atual senhor Darcy que o impediu de ser justo com o senhor! Na falta de motivo melhor, todo o seu orgulho talvez não o levasse a ser desonesto..., pois desonestidade é que tal procedimento reflete.

– É admirável – replicou Wickham –, pois quase todas as ações dele provêm do orgulho; e o orgulho tem sido muitas vezes seu melhor amigo. Aproximou-o mais da virtude que de qualquer outro sentimento. Mas nós somos incompatíveis e no comportamento dele para comigo houve impulsos mais fortes até que o próprio orgulho.

– Será que tão abominável orgulho como o dele alguma vez o levou a fazer o bem?

– Sim. Com frequência o tem levado a ser liberal e generoso, a dar livremente de seu dinheiro, a ser hospitaleiro, a subsidiar seus arrendatários e a socorrer os pobres. Orgulho familiar e orgulho filial... pois tem muito orgulho da figura que foi o pai... fez isso. Uma poderosa razão, contudo, é a de não parecer desgraçar a família, degenerar das qualidades por todos nele estimadas ou perder a influência da Casa de Pemberley. Ele tem também o orgulho fraternal que, com alguma afeição fraterna, o torna um bondoso e cuidadoso protetor da irmã; e tanto assim que geralmente vai ouvir ser apontado como o mais atencioso e o melhor dos irmãos.

– Que tipo de moça é a senhorita Darcy?

Ele meneou a cabeça.

– Gostaria de chamá-la de afável. Custa-me falar mal de um Darcy. Mas ela se assemelha demais ao irmão... é muito, muito orgulhosa. Quando criança, era afetuosa e simpática, e extremamente afeiçoada a mim. Devotei horas e mais horas a brincar com ela. Mas hoje nada mais é para mim. Com seus 15 ou 16 anos de idade, ela é muito bonita e, creio, muito bem-dotada. Desde a morte do pai ela vive em Londres, na companhia de uma senhora que supervisiona a educação dela.

Depois de numerosas pausas e muitas tentativas de abordar outros assuntos, Elizabeth não pôde evitar voltar ao primeiro, dizendo:

– Estou deveras surpresa com a intimidade dele com o senhor Bingley! Como pode o senhor Bingley, que é a boa disposição em pessoa e que, assim acredito, é verdadeiramente amável, manter relações de amizade com esse homem? Como podem se dar tão bem? Conhece o senhor Bingley?

– Não.

– É um homem de temperamento afável, amável, encantador. Ele não deve conhecer que tipo de pessoa é o senhor Darcy.

– Provavelmente não; mas o senhor Darcy sabe agradar a quem bem entender.

Habilidade não lhe falta. Ele pode ser um companheiro de fino trato, se achar que vale a pena. Entre aqueles que são de seu nível em importância, é um homem totalmente diferente daquele que se mostra entre os menos prósperos. O orgulho nunca o abandona, mas com os ricos ele é liberal, justo, sincero, racional, honrado e talvez agradável... conforme a fortuna e a importância de seu interlocutor.

A partida de uíste foi logo depois interrompida e os participantes do jogo se reuniram em torno de outra mesa; o senhor Collins tomou lugar entre a prima Elizabeth e a senhora Phillips. As costumeiras perguntas sobre o desempenho dele no jogo foram feitas por esta última. Não tinham sido brilhantes; tinha perdido todos os pontos; mas quando a senhora Phillips começou a expressar seu pesar a respeito, ele lhe assegurou, com toda a seriedade, que isso não tinha a menor importância, que considerava o dinheiro mera bagatela e rogou-lhe que não se sentisse incomodada com isso.

– Sei perfeitamente, minha senhora – disse ele –, que, ao sentar-se a uma mesa de jogo, as pessoas estão sujeitas a essas coisas e, felizmente, não estou na situação de ficar acabrunhado por causa de cinco xelins. Sem dúvida, há muitos que não poderiam dizer o mesmo, mas graças a Lady Catherine de Bourgh, estou bem longe da necessidade de me preocupar com pequenas coisas.

Algo despertou a atenção do senhor Wickham; e, depois de observar o senhor Collins durante alguns momentos, perguntou a Elizabeth, em voz baixa, se o parente estava intimamente ligado com a família de Bourgh.

– Lady Catherine de Bourgh – replicou ela – tem-lhe dado, recentemente, o benefício eclesiástico de uma paróquia. Não tenho a mínima informação de como o senhor Collins foi apresentado a ela, mas certamente ele não a conhece há muito tempo.

– Decerto sabe que Lady Catherine de Bourgh e Lady Anne Darcy eram irmãs; por conseguinte, ela é tia do atual senhor Darcy.

– Não, na verdade, não sabia. Não sei nada dos parentescos de Lady Catherine. Nunca soubera da existência dela até anteontem.

– A filha dela, a senhorita de Bourgh, vai herdar uma imensa fortuna e julga-se que ela e o primo vão unir as duas propriedades.

A informação levou Elizabeth a sorrir, ao pensar na pobre senhorita Bingley. Na verdade, vãs seriam todas as suas atenções, vã e inútil sua afeição pela irmã dele e os elogios que ela tecia a ele, se já estivesse destinado a outra.

– O senhor Collins – disse ela – tem elevada consideração por Lady Catherine e pela filha dela; mas por alguns pormenores que revelou sobre essa senhora, receio que a gratidão dele não o iluda; e apesar de ser a protetora dele, é uma mulher arrogante e presunçosa.

– Creio que é ambas as coisas e a um grau elevado – replicou Wickham. – Há muitos anos que não a via, mas recordo-me muito bem de nunca ter simpatizado com ela e que seus modos eram ditatoriais e insolentes. Tem a reputação de ser notavelmente sensata e esperta; mas prefiro acreditar que parte de suas aptidões derivam de sua posição social e fortuna, outra parte de seu jeito autoritário e o resto do orgulho de seu sobrinho, que entende que todo aquele que com ele se relaciona deve ter uma mentalidade de primeira classe.

Elizabeth admitiu que ele tinha feito uma descrição muito racional de tudo e os dois continuaram conversando com mútua satisfação até que a ceia interrompeu o jogo de cartas, permitindo às outras senhoras compartilharem também das atenções do senhor Wickham. Era impossível conversar durante a barulhenta ceia da senhora Phillips, mas as maneiras dele o recomendaram a todos. O que quer que ele dissesse, era bem dito; e tudo o que fizesse era feito com graciosidade. Elizabeth foi embora totalmente inebriada por ele. A caminho de casa, não conseguia pensar em nada a não ser no senhor Wickham e em tudo aquilo que ele lhe havia contado; mas não pôde sequer mencionar o seu nome no trajeto, pois nem Lydia nem o senhor Collins se calaram um só instante. Lydia falava continuamente de bilhetes de loteria, do bilhete em que havia perdido e daquele em que havia ganhado; e o senhor Collins descrevia a cordialidade do senhor e da senhora Phillips, afirmando que não dava qualquer importância a suas perdas no jogo de uíste, enumerando todos os diferentes pratos da ceia e repetindo seguidamente que receava ter incomodado demais as primas; tinha muito mais a dizer do que podia expressar... até que a carruagem parou à porta da casa de Longbourn.

≈ CAPÍTULO 17 ≈

No dia seguinte, Elizabeth contou a Jane o que se havia passado entre o senhor Wickham e ela própria. Jane escutou entre surpresa e preocupada; não conseguia acreditar que o senhor Darcy fosse tão indigno da estima do senhor Bingley; e mais ainda, não era da sua natureza duvidar da veracidade de um jovem de aparência tão afável como Wickham. Só a possibilidade de ele ter alguma vez sofrido tamanha crueldade era suficiente para despertar nela os mais ternos sentimentos; e nada restava a fazer, portanto, senão conservar a boa opinião que tinha dos dois, defender a conduta de cada um deles e atribuir a um incidente ou erro tudo o que, de outro modo, não pudesse ser explicado.

– Os dois – disse ela – ficaram desiludidos, ouso dizer, de um modo ou de outro, e disso não podemos ter a menor ideia. Pessoas interesseiras indispuseram, talvez, um contra o outro. Em resumo, é impossível adivinhar as causas ou as circunstâncias que os afastaram, sem chegar ao conhecimento das versões de ambos os lados.

– É verdade, sem dúvida alguma; e agora, minha querida Jane, o que tem a dizer em defesa dos interesseiros que provavelmente se envolveram nisso? Releva-os também ou será que deveríamos culpar alguém.

– Ria de mim quanto quiser, mas não vai rir para que eu mude de opinião. Minha querida Lizzy, considere somente em que situação delicada isso coloca o senhor Darcy por tratar desse modo o favorito do pai dele, alguém a quem o pai prometeu ajudar. É impossível. Nenhum homem com um mínimo de sentimentos, nenhum que prezasse um pouco o próprio caráter seria capaz disso. Seria o caso de seus amigos mais íntimos estarem tão extremamente desiludidos com ele? Oh! Não!

– Posso mais facilmente acreditar que o senhor Bingley foi vítima de um engano do que o senhor Wickham ter inventado semelhante história a respeito de si próprio, como me contou ontem à noite; nomes, fatos, tudo mencionado sem cerimônia. Se não for assim, que o senhor Darcy o desminta. Além disso, de resto, transparecia a verdade em seu olhar.

– Na verdade, é difícil... é desolador. A gente não sabe o que pensar.

– Peço desculpas; a gente sabe exatamente o que pensar.

Mas Jane podia pensar com certeza somente sobre um ponto... que o senhor Bingley, se tivesse sido enganado, iria sofrer muito mais quando tudo se tornasse público.

As duas jovens foram chamadas do jardim, onde transcorria a conversa, pela chegada das próprias pessoas de quem tinham estado falando. O senhor Bingley e as irmãs vinham pessoalmente convidá-las para o longamente esperado baile em Netherfield, a realizar-se na terça-feira seguinte. As duas senhoras estavam encantadas por se encontrarem de novo com sua querida amiga, falaram que fazia uma eternidade que não se viam e lhe perguntaram repetidas vezes o que andara fazendo desde que se haviam separado. Pouca atenção prestaram ao resto da família, evitando tanto quanto possível a senhora Bennet, dizendo não muita coisa a Elizabeth e simplesmente nada para as outras. Logo em seguida foram embora, levantando-se tão decididamente dos lugares que apanharam o irmão de surpresa ao apressar a saída como que ansiosas para escapar das gentilezas da senhora Bennet.

A perspectiva do baile em Netherfield era extremamente agradável a todas as mulheres da família. A senhora Bennet resolveu considerá-lo como se fosse dado em homenagem à sua filha mais velha e ficou particularmente lisonjeada por ter recebido o convite do próprio senhor Bingley, em vez do usual cartão formal. Jane antevia uma noite maravilhosa na companhia das duas amigas e cercada pelas atenções do irmão; Elizabeth sonhava com o prazer em poder dançar muito com o senhor Wickham e em ver a confirmação de tudo na aparência e no comportamento do senhor Darcy. A felicidade antecipada de Catherine e Lydia dependia menos de um evento peculiar ou de uma pessoa em particular, pois, embora cada uma delas, como Elizabeth, pretendesse dançar metade da noite com o senhor Wickham, ele não era de modo algum o único parceiro que pudesse satisfazê-las, e um baile era sempre, em última análise, um baile. Até Mary podia assegurar à família que não tinha qualquer aversão por ele.

– Desde o momento em que possa dispor de minhas manhãs – disse ela –, é o que me basta... acho que não é nenhum sacrifício participar ocasionalmente de compromissos noturnos. A vida social tem suas exigências; e confesso que eu mesma sou uma daquelas pessoas que consideram momentos de recreação e divertimento como algo desejável para todos.

A animação de Elizabeth era tanta nessa ocasião que, embora não falasse muitas vezes sem necessidade com o senhor Collins, não pôde deixar de lhe perguntar se pretendia aceitar o convite do senhor Bingley e se achava adequado participar do divertimento da noite; e ficou bastante surpresa ao saber que ele não tinha qualquer escrúpulo quanto a isso e não demonstrava receio algum de ser recriminado pelo arcebispo ou por Lady Catherine de Bourgh pelo fato de se aventurar a dançar.

– Asseguro-lhe que não sou de modo algum da opinião – disse ele – que um baile desse tipo, oferecido por um jovem de caráter para pessoas respeitáveis, possa apresentar qualquer tendência maldosa; e estou tão longe de me opor a esse divertimento que espero ter a honra de dançar com cada uma de minhas encantadoras primas no decorrer da noite; e aproveito a oportunidade para lhe solicitar, senhorita Elizabeth, especialmente as duas primeiras danças; espero que minha prima Jane atribua a preferência à justa causa e não a qualquer desconsideração por ela.

Elizabeth ficou completamente transtornada. Ela já se havia comprometido com o senhor Wickham exatamente por aquelas danças; e, em vez dele, ter o senhor Collins como parceiro! Sua animação nunca fora posta a tamanha prova. Não havia mais o que fazer. A felicidade do senhor Wickham e a sua própria foram, por força das circunstâncias, adiadas um pouco mais e a proposta do senhor Collins foi aceita com tanta graciosidade quanto ela podia demonstrar. Não se sentia sequer lisonjeada pelo galanteio dele, pois o mesmo sugeria algo mais. Ocorria-lhe agora, pela primeira vez, que ela era a eleita entre as suas irmãs para se tornar a senhora do presbitério de Hunsford e completar a mesa de jogo em Rosings, na ausência de visitantes mais qualificados. A ideia logo se transformou em convicção, ao observar que as gentilezas dele para com ela se multiplicavam e ao ouvir as frequentes investidas com cumprimentos por sua inteligência e vivacidade. E, embora mais surpresa do que gratificada por esse efeito de seus encantos, não transcorreu muito tempo até que sua mãe lhe desse a entender que a probabilidade do casamento deles a deixava imensamente feliz. Elizabeth, no entanto, não deu muita atenção à insinuação, pois sabia muito bem que uma séria discussão seria a consequência de qualquer resposta. Por outra, o senhor Collins poderia nunca chegar a fazer o pedido e, até lá, era inútil discutir por causa dele.

Se não tivesse havido em Netherfield um baile a preparar e a falar dele, as mais jovens das senhoritas Bennet estariam num estado lamentável nesse período, pois, desde o dia em que receberam o convite até o dia do baile, choveu tanto que as impediu de ir caminhando até Meryton, uma só vez que fosse. Ver a tia, os oficiais, obter notícias, tudo ficou difícil. Até Elizabeth se ressentiu em sua paciência com o clima, que suspendeu totalmente a evolução de seu conhecimento com o senhor Wickham; e nada como o baile de terça-feira poderia ter tornado sexta, sábado, domingo e segunda-feira suportáveis para Kitty e Lydia.

≈ CAPÍTULO 18 ≈

Até entrar no salão em Netherfield e procurar em vão pelo senhor Wickham entre o grupo de casacos vermelhos que ali se encontrava reunido, nunca ocorrera a Elizabeth a dúvida da presença dele no baile. A certeza de encontrá-lo não havia sido contrastada por nenhuma daquelas recordações que poderiam, não sem razão, tê-la alarmado. Ela se havia vestido com maior esmero que o usual e se havia preparado com a maior animação para conquistar tudo o que ainda existia de inconquistável no coração dele, confiante de que não seria mais do que aquilo que poderia ser conquistado no decorrer daquela noite. Mas num instante foi tomada pela terrível suspeita de que ele tivesse sido propositadamente excluído, por influência do senhor Darcy, do convite do senhor Bingley aos oficiais; e, embora não fosse esse exatamente o caso, a confirmação da ausência dele veio por meio do amigo Denny, junto de quem Lydia foi ansiosamente se informar. Ele lhes contou que Wickham se vira obrigado, no dia anterior, a partir para a capital para tratar de alguns assuntos e que ainda não havia retornado; e acrescentou, com um sorriso significativo:

– Não posso imaginar que assuntos exigiam a presença dele justamente agora, a não que tenha querido evitar certo cavalheiro aqui presente.

Esta parte da informação, embora tenha escapado a Lydia, foi ouvida por Elizabeth e, ao lhe dar a certeza de que Darcy não era menos responsável pela ausência de Wickham do que a suposição que ela própria fizera antes, todo sentimento de antipatia contra o primeiro foi de tal modo estimulado por essa desilusão, que a muito custo conseguiu responder com um mínimo de delicadeza às polidas perguntas que ele lhe dirigiu imediatamente depois de se aproximar dela. Atenção, indulgência, paciência para com Darcy era um ultraje contra Wickham. Estava resolvida a não manter qualquer tipo de conversa com ele e se afastou com tamanho mau humor que não conseguiu superar totalmente, mesmo ao falar com o senhor Bingley, cuja cega afeição por ele a provocava.

Mas Elizabeth não se deixava subjugar pelo mau humor; e, embora todas as suas expectativas para essa noite tivessem sido destruídas, esse mau humor não poderia persistir por muito em seu espírito. Depois de desabafar todas as suas mágoas com Charlotte Lucas, que há uma semana não via, logo se viu capaz de falar das esquisitices do primo e chamar a atenção da amiga sobre ele. As duas primeiras danças, contudo, reavivaram essas mágoas. O senhor Collins, desajeitado e solene, desculpando-se em vez de prestar atenção, e com frequência dançando em passo errado, sem se dar conta, a fez passar pela maior vergonha e constrangimento que um desagradável parceiro pode causar ao longo de duas danças. O momento de livrar-se dele foi de total alívio.

Depois dançou com um oficial e teve o consolo de conversar sobre Wickham e de ficar sabendo que ele era estimado por todos. Terminadas essas danças, voltou para junto de Charlotte Lucas e com ela conversava quando subitamente se viu interpelada pelo senhor Darcy, que a apanhou de tal modo de surpresa, com seu pedido para dançar, que ela aceitou sem saber o que estava fazendo. Ele tornou a se afastar logo em seguida e ela ficou sozinha, lamentando sua falta de presença de espírito; Charlotte tentou consolá-la:

– Atrevo-me a dizer que acabará por achá-lo agradável.

– Deus me livre! Seria a maior desgraça! Achar agradável alguém que se odeia! Não me deseje tal desdita.

Quando a dança recomeçou, no entanto, e Darcy se aproximou para convidá-la novamente a dançar, Charlotte não se absteve de sussurrar ao ouvido da amiga que não fosse tola e permitisse que sua inclinação por Wickham a tornasse desagradável aos olhos de um homem dez vezes mais importante. Elizabeth não lhe deu resposta e tomou seu lugar na dança, embaraçada pela honra a que fora alçada ao ser conduzida pela mão do senhor Darcy; e percebeu igual espanto estampado no rosto dos circunstantes ao notarem o fato. Durante algum tempo ficaram sem dizer palavra; ela começou a imaginar que o silêncio entre eles haveria de durar até o fim das duas danças e, de início, estava decidida a não rompê-lo, até que, subitamente pensando que seria o maior castigo para seu parceiro obrigá-lo a falar, fez uma pequena observação sobre a dança. Ele respondeu e ficou novamente em silêncio. Depois de uma pausa de alguns minutos, ela se dirigiu a ele pela segunda vez, dizendo:

– É sua vez de dizer alguma coisa, senhor Darcy. Eu já falei sobre a dança e o senhor deve agora tecer algum tipo de consideração sobre o tamanho da sala ou sobre o número de pares presentes.

Ele sorriu e assegurou-lhe que diria tudo o que ela quisesse.

– Muito bem. Por ora, esta resposta serve. Talvez, a propósito, eu pudesse observar que os bailes privados são muito mais agradáveis que os públicos. Mas agora podemos ficar em silêncio.

– Quer dizer que para você é uma regra falar enquanto dança?

– Às vezes. Bem sabe que a gente deve falar um pouco. Seria estranho ficarmos totalmente em silêncio durante meia hora, estando juntos; e, mesmo assim, no interesse de alguns, a conversa deveria ser de tal modo formalizada, que os levaria a dizer o mínimo possível.

– Está auscultando seus próprios sentimentos no presente caso ou imagina estar respondendo aos meus?

– As duas coisas – replicou Elizabeth, maliciosamente. – Sempre notei uma grande similaridade em nossa maneira de pensar. Ambos somos de caráter insociável e taciturno, pouco propensos a falar, exceto se esperamos dizer algo que impressione todo mundo no salão e que seja transmitido para a posteridade como um provérbio.

– Com certeza, essa não é uma semelhança marcante de seu próprio caráter – disse ele. – Até que ponto se parece com o meu, não sei dizer. A senhorita traça um perfil indubitavelmente fiel.

– Não devo julgar minha própria performance.

Ele não respondeu e silenciaram de novo até que a dança se encerrou; então ele perguntou se ela e as irmãs iam com frequência a Meryton. Ela respondeu afirmativamente e, incapaz de resistir à tentação, acrescentou:

– Quando nos encontramos por lá outro dia, tínhamos acabado de travar um novo conhecimento.

O efeito foi imediato. Uma densa sombra de altivez se espalhou pelas feições dele, mas não disse uma palavra e Elizabeth, embora recriminando-se por sua fraqueza, não ousou continuar. Por fim, Darcy falou e, um tanto contrafeito, disse:

– O senhor Wickham é dotado de modos tão agradáveis que lhe permite fazer amigos com facilidade... se é igualmente capaz de conservá-los, não é tão certo.

– Ele teve a infelicidade de perder sua amizade – replicou Elizabeth com ênfase – e de uma forma que provavelmente o fará sofrer por toda a vida.

Darcy não respondeu e parecia desejar mudar de assunto. Nesse momento, Sir William Lucas apareceu perto deles, fazendo menção de passar por entre os pares para o outro lado da sala; mas, ao perceber o senhor Darcy, parou e fez uma inclinação de extrema cortesia, felicitando-o por sua forma de dançar e pela parceira.

– Sinto-me realmente mais que gratificado, meu caro senhor. Não é com frequência que se vê dançar tão bem. É evidente que o senhor pertence às mais altas esferas. Permita-me dizer, contudo, que sua encantadora parceira em nada o desvaloriza e que espero ter esse prazer por muitas vezes repetido, especialmente quando determinado evento tão desejável, minha querida Eliza (olhando de soslaio para a irmã e para Bingley), tiver lugar. Que felicitações não irão afluir então! O senhor Darcy que o diga..., mas não quero interrompê-lo, senhor. Não haverá de me agradecer por desviá-lo da fascinante conversa com essa jovem, cujos brilhantes olhos também estão me repreendendo.

Essas últimas palavras mal foram ouvidas por Darcy; mas a alusão de Sir William ao amigo parecia tê-lo impressionado violentamente e seus olhos se dirigiram, com uma expressão muito séria, para Bingley e Jane, que estavam dançando juntos. Recuperando-se logo, contudo, voltou-se para a parceira e disse:

– A interrupção de Sir William me fez esquecer o que estávamos falando.

– Não acho que estivéssemos conversando. Sir William não poderia ter interrompido duas pessoas na sala que tivessem menos a dizer um ao outro. Já tentamos dois ou três assuntos sem êxito e não faço a menor ideia sobre o que vamos falar em seguida.

– O que acha se falarmos sobre livros? – disse ele, sorrindo.

– Livros... oh!, não! Estou certa de que não lemos os mesmos ou nunca com os mesmos sentimentos.

– Lamento que pense assim; mas, se esse for o caso, não haverá, pelo menos, o perigo de faltar assunto. Poderemos comparar nossas diferentes opiniões.

– Não... não consigo falar de livros numa sala de baile; minha cabeça está sempre envolvida em outras coisas.

– O presente sempre a ocupa em semelhantes cenários... não é? – disse ele, com um olhar de dúvida.

– Sim, sempre – replicou ela, sem saber bem o que estava dizendo, pois seus pensamentos vagavam bem longe do assunto, como logo depois ficou claro ao exclamar subitamente: – Lembro-me de tê-lo ouvido dizer uma vez, senhor Darcy, que dificilmente perdoa, que seu ressentimento, uma vez suscitado, é irreconciliável. Suponho que seja muito cauteloso quanto às circunstâncias que geram esse ressentimento.

– Sou – respondeu ele, com voz firme.

– E nunca admite que possa ser cegado por um preconceito?

– Espero que não.

– Para aqueles cuja opinião nunca muda, é de sua particular incumbência ter certeza de julgar apropriadamente à primeira vista.

– Posso saber qual o objetivo de todas essas perguntas?

– Simplesmente para a ilustração de seu caráter – disse ela, esforçando-se por disfarçar a seriedade com que falava. – Estou tentando decifrá-lo.

– E qual o resultado a que chegou?

Ela meneou a cabeça.

– Não consegui nada. São tão diversas as opiniões a seu respeito que me sinto totalmente confusa.

– Não posso crer – respondeu ele, gravemente – que as versões possam variar tanto assim a meu respeito; gostaria, senhorita Bennet, que não insistisse em decifrar meu caráter neste momento, pois há motivos para recear que essa atividade não se reflita em crédito para nenhum dos dois.

– Mas, se não o desvendo agora, nunca mais terei outra oportunidade.

– Não pretendo de modo algum bloquear qualquer prazer seu – replicou ele, friamente.

Ela nada mais disse e, depois de dançar mais um pouco, separaram-se em silêncio; e ambos insatisfeitos, embora não em mesmo grau, pois no peito de Darcy havia uma razoável e poderosa afeição por ela, que em breve lhe granjeou o perdão e dirigiu todo o seu rancor contra outro.

Não fazia muito tempo que se haviam separado, quando a senhorita Bingley veio até Elizabeth e, com uma expressão de altivo desdém, a abordou, dizendo:

– Então, senhorita Eliza, ouvi dizer que está encantada com George Wickham! Sua irmã me tem falado a respeito dele e me fez centenas de perguntas; e acho que o jovem se esqueceu de lhe contar, entre suas outras confidências, que era filho do velho Wickham, o administrador das propriedades do falecido senhor Darcy. Permita-me, contudo, aconselhá-la, como amiga, a não confiar cegamente em todas as afirmações dele, pois quanto ao senhor Darcy ter agido injustamente com ele não passa de pura falsidade. Pelo contrário, ele sempre foi de uma notável bondade com esse indivíduo, apesar de George Wickham ter tratado o senhor Darcy do modo mais infame. Não sei dos pormenores, mas sei muito bem que o senhor Darcy não pode de modo algum ser culpado, que não suporta ouvir mencionar George Wickham e que, embora meu irmão achasse que não poderia evitar incluí-lo no convite aos oficiais, ele ficou extremamente contente ao descobrir que o outro tivera o bom senso de não aparecer. Na verdade, a vinda dele para essa região demonstra uma insolência incrível e muito me admira que se tenha atrevido até esse ponto. Sinto muito, senhorita Eliza, por descobrir desse modo a culpa de seu favorito; mas realmente, considerando a ascendência dele, não se poderia esperar coisa melhor.

– A culpa e a ascendência dele parecem a mesma coisa, pelo que acabou de me dizer – replicou Elizabeth, irritada. – Não a ouvi acusá-lo de nada pior do que ser filho do administrador dos bens do senhor Darcy e, sobre isso, posso lhe garantir que ele mesmo me informou.

– Perdoe-me – retrucou a senhorita Bingley, afastando-se com um sorriso de desdém. – Desculpe minha intromissão... foi por bem que o fiz.

"Menina insolente!" – disse consigo mesma Elizabeth. "Está muito enganada se pensa me influenciar com um ataque tão torpe como esse. Nele nada vejo, a não ser sua própria obstinada ignorância e a malícia do senhor Darcy." Procurou então sua irmã mais velha, que se havia encarregado de obter informações sobre o mesmo assunto com Bingley. Jane recebeu-a com um sorriso de tão doce complacência e com expressão de tão radiante felicidade que indicavam de modo suficiente como se sentia satisfeita com as ocorrências da noite. Elizabeth percebeu instantaneamente os sentimentos da irmã e, nesse momento, a solicitude por Wickham, o ressentimento contra os inimigos dele e todo o resto cederam ante a esperança de Jane se encontrar no verdadeiro caminho da felicidade.

– Quero saber – disse ela, com uma expressão não menos sorridente que a da irmã – o que conseguiu levantar a respeito do senhor Wickham. Mas talvez tenha estado agradavelmente ocupada para pensar numa terceira pessoa; nesse caso, pode ter certeza de que a perdoo.

– Não – replicou Jane –, não o esqueci, mas nada tenho de satisfatório para lhe contar. O senhor Bingley não sabe de toda a história e desconhece inteiramente as circunstâncias que particularmente ofenderam o senhor Darcy; mas ele responde pela boa conduta, probidade e honra de seu amigo e está perfeitamente convencido de que o senhor Wickham merecia muito menos atenções do senhor Darcy do que as que recebeu. E lamento dizer, tanto pelo relato do senhor Bingley como pelo da irmã dele, que o senhor Wickham não é de modo algum um jovem respeitável. Receio que ele tenha sido muito imprudente e tenha merecido perder a consideração do senhor Darcy.

– O senhor Bingley não conhece o senhor Wickham?

– Não; nunca o tinha visto até aquela manhã em Meryton.

– Então esse relato é o que ouviu do próprio senhor Darcy. Dou-me por satisfeita. Mas o que ele lhe disse sobre o benefício eclesiástico?

– Ele não se lembra exatamente das circunstâncias, embora mais de uma vez as tenha ouvido da parte do senhor Darcy, mas acredita que lhe tenha sido legado apenas condicionalmente.

– Não tenho dúvida alguma da sinceridade do senhor Bingley – disse Elizabeth, acaloradamente. – Mas espero que me desculpe se não costumo me convencer por simples afirmações. A defesa do amigo por parte do senhor Bingley é, ouso dizer, digna de consideração; mas, visto que ele desconhece diversas partes da história e ouviu o resto do próprio amigo, ainda prefiro conservar a mesma opinião que tinha antes a respeito desses dois cavalheiros.

Mudou então o rumo da conversa para um assunto mais gratificante para ambas e no qual não haveria diferenças de opinião. Elizabeth escutou, encantada, as belas, embora modestas, esperanças que Jane alimentava a respeito de Bingley, e disse tudo o que estava a seu alcance para aumentar a confiança da irmã nelas. Como o próprio senhor Bingley veio até elas, Elizabeth logo se retirou e foi ter com a senhorita Lucas; e mal tivera tempo para responder às perguntas dela sobre o último parceiro com quem havia dançado, quando o senhor Collins se aproximou e, com grande alvoroço, contou que, para sua grande felicidade, acabara de fazer uma das mais importantes descobertas.

– Descobri – disse ele –, por uma singular coincidência, que se encontra agora aqui na sala um parente próximo de minha protetora. Por acaso ouvi esse cavalheiro mencionar à jovem senhora que faz as honras da casa os nomes de sua prima, a senhorita de Bourgh, e da mãe dela, Lady Catherine. É maravilhoso como esse tipo de coisas ocorre! Quem haveria de pensar que eu me encontrasse com um sobrinho, talvez, de Lady Catherine de Bourgh nessa festa! Sinto-me feliz por ter feito essa descoberta a tempo de eu poder lhe apresentar meus respeitos, o que vou fazer agora mesmo e esperar que ele me perdoe por não tê-lo feito antes. Meu total desconhecimento desse parentesco deverá pender a meu favor.

– Não vai se apresentar a si próprio ao senhor Darcy?

– É claro que vou. E vou lhe pedir desculpas por não tê-lo feito antes. Acredito realmente que ele é sobrinho de Lady Catherine. Estará em meu poder assegurar-lhe que a senhora tia dele estava muito bem quando a deixei, há precisamente oito dias.

Elizabeth tentou de tudo para dissuadi-lo de tal plano, assegurando-lhe que o senhor Darcy poderia considerar o fato de ir ao encontro dele sem ser apresentado como uma liberdade impertinente mais que um cumprimento para a tia, que não havia necessidade alguma de que se verificasse uma aproximação de ambos os lados e que, se houvesse, cabia ao senhor Darcy, superior em importância, dar o primeiro passo. O senhor Collins escutou-a com o ar decidido de quem vai seguir sua própria inclinação e quando ela terminou de falar, respondeu desse modo:

– Minha querida senhorita Elizabeth, tenho a mais elevada opinião do excelente julgamento que faz em todos os assuntos ao alcance de seu entendimento, mas permita-me dizer-lhe que deve haver uma grande diferença entre as formalidades protocolares entre os leigos e aquelas que regulam o clero, pois tomo a liberdade de observar que considero que a função clerical se identifica em dignidade com a mais elevada categoria social do reino... desde que uma apropriada humildade de comportamento seja, ao mesmo tempo, mantida. Deve, portanto, me permitir que siga os ditames de minha consciência numa ocasião como esta, que me leva a realizar aquilo que considero como um dever de minha parte. Peço perdão por me recusar a acatar seu conselho que, em qualquer outro assunto deverá ser meu constante guia, embora no presente caso eu me considere mais capacitado, tanto pela educação como pela experiência, a decidir sobre o que é correto fazer do que uma jovem como a senhorita.

E com uma reverência, deixou-a para ir em direção do senhor Darcy, cuja recepção à apresentação de si próprio ela observou com ansiedade e cujo espanto ao ser assim abordado era evidente. O primo prefaciou seu discurso com uma reverência solene e, embora ela não conseguisse ouvir uma palavra do que ele dizia, era como se o estivesse ouvindo e, pelo movimento dos lábios, percebeu as palavras "perdão", "Hunsford" e "Lady Catherine de Bourgh". Incomodava-a vê-lo se expor dessa forma a tal homem. O senhor Darcy o olhava com uma ilimitada surpresa e quando, por fim, o senhor Collins o deixou falar, respondeu-lhe com um ar de fria gentileza. O senhor Collins, contudo, não se desencorajou em dirigir-lhe novamente a palavra, com o que o desdém do senhor Darcy parecia aumentar de intensidade, de acordo com a duração do segundo discurso; e, no final deste, limitou-se a uma leve inclinação e se afastou para outra direção. O senhor Collins voltou então para junto de Elizabeth.

– Não tenho razões, asseguro-lhe – disse ele –, de ficar insatisfeito com a recepção. O senhor Darcy pareceu realmente encantado com o gesto. Ele me respondeu com toda a delicadeza e até se dignou a me elogiar, dizendo que estava tão convencido do discernimento de Lady Catherine que tinha certeza de que ela nunca concederia um favor imerecidamente. Foi realmente um belo pensamento. De modo geral, estou muito satisfeito com ele.

Como Elizabeth não tinha mais qualquer interesse em prosseguir, ela dirigiu sua atenção quase que inteiramente para a irmã e para o senhor Bingley; e a série de reflexões agradáveis que sua observação gerou a deixou quase tão feliz como a própria Jane. Viu-a em pensamento instalada naquela mesma casa e numa felicidade que um casamento por verdadeiro amor pode conceder; e sentia-se capaz, em tais circunstâncias, até de um esforço para passar a gostar das duas irmãs de Bingley. Percebeu que os pensamentos da mãe pendiam claramente para o mesmo alvo e decidiu não se aproximar dela, com receio de que poderia ouvir demais. Por esse motivo, quando se sentaram para a ceia, considerou de todo infeliz o acaso que as colocou perto uma da outra; e ficou profundamente incomodada ao perceber que a mãe estava falando com aquela pessoa (Lady Lucas) livre e abertamente, e sobre nada menos que suas expectativas de, em breve, ver Jane casada com o senhor Bingley. Era um assunto que prometia e a senhora Bennet parecia incapaz de qualquer fadiga na enumeração das vantagens dessa união. O fato de ele ser um jovem tão encantador, tão rico e vivendo apenas a três milhas de distância deles constituíam os três pontos mais favoráveis; e, depois, era um conforto saber da grande simpatia que as duas irmãs nutriam por Jane e estava certa de que elas deveriam desejar esse enlace tanto quanto ela. Era, além disso, um acontecimento promissor para as filhas mais novas, pois o fato de Jane se casar de modo tão notável poderia lançá-las no caminho de outros jovens ricos; e, finalmente, era tão agradável chegar à sua idade e poder confiar suas filhas solteiras aos cuidados da irmã e, desse modo, não se sentir obrigada a comparecer em sociedade senão quando bem lhe aprouvesse. Era necessário transformar essa circunstância em motivo de prazer, porque, em tais ocasiões, faz parte da etiqueta; mas a senhora Bennet seria a última pessoa a sentir algum conforto em ficar em casa em qualquer período da sua vida. E ela concluiu exprimindo os mais sinceros desejos de que Lady Lucas fosse igualmente tão afortunada em breve, embora, evidente e triunfantemente, acreditando que tal não haveria de acontecer.

Em vão Elizabeth tentou refrear a língua de sua mãe ou persuadi-la a descrever a própria felicidade num sussurro menos audível, pois, com indizível aflição, pôde perceber que a maior parte de suas palavras era ouvida pelo senhor Darcy, que estava sentado frente a ela. A mãe só a recriminou por se mostrar tão despropositada.

– O que é o senhor Darcy para mim, por favor, para que eu tenha medo dele? Tenho certeza de que não lhe devo qualquer delicadeza especial que me obrigue a não dizer nada de que ele não possa gostar.

– Por amor de Deus, minha senhora, fale mais baixo. Que vantagem pode ter ao ofender o senhor Darcy? Não é assim que vai conseguir que ele a recomende ao amigo.

Nada do que ela pudesse dizer, contudo, tinha qualquer influência. A mãe continuaria a falar de suas expectativas no mesmo tom inteligível. Elizabeth corava e tornava a corar de vergonha e vexame. Não pôde deixar de olhar de soslaio com frequência para o senhor Darcy, embora cada olhar a convencesse do que mais temia; pois, apesar de ele não estar sempre fitando a mãe dela, Elizabeth tinha certeza de que a atenção dele estava invariavelmente fixa nela. A expressão do rosto dele mudou gradualmente de indignado desprezo para uma composta e firme seriedade.

Finalmente, porém, a senhora Bennet não tinha mais nada a dizer; e Lady Lucas, que já há muito bocejava com a repetição dos prazeres que ela não via como compartilhar, passou a saborear presunto frio e frango. Elizabeth começou então a sentir-se aliviada. Mas o intervalo de tranquilidade não foi muito longo, pois, terminada a ceia, houve quem falasse em cantar, e ela teve o desgosto de ver Mary que, após a solicitação de apenas alguns, se preparava para obsequiar os presentes. Por meio de significativos olhares e pedidos silenciosos, ele se empenhou em evitar semelhante prova de complacência, mas em vão. Mary não entendeu, pois a oportunidade de se exibir a encantava e começou a cantar. Elizabeth mantinha os olhos fixos nela e se revolvia em penosas sensações, enquanto acompanhava o progresso da irmã através das diversas estrofes numa impaciência que foi muito mal recompensada no final, pois Mary, ao receber, entre os aplausos da mesa, o incentivo para que seguisse a brindar a todos com nova canção, passado meio minuto, deu início a outra. A capacidade de Mary lhe permitia semelhante exibição; mas a voz era fraca e os modos, afetados. Elizabeth estava arrasada. Olhou para Jane, a fim de ver como ela suportava isso, mas Jane estava conversando serenamente com Bingley. Olhou para as duas outras irmãs e viu-as fazendo sinais de mofa entre si, e olhou também para Darcy, que continuava, no entanto, imperturbavelmente grave. Olhou ainda para o pai, a fim de solicitar sua interferência, com receio de que Mary passasse a noite inteira cantando. Ele a compreendeu e quando Mary terminou a segunda canção, disse em voz alta:

– Ótimo, filha; por ora chega. Já nos deleitou tempo suficiente. Deixe também às outras a chance de se exibirem.

Mary, embora fingindo não ouvir, ficou um tanto desconcertada; e Elizabeth, com pena dela e lastimando as palavras do pai, receava que sua ansiedade não lhe fizesse bem. Outras jovens do grupo foram solicitadas a se apresentar.

– Se eu – disse o senhor Collins – tivesse a felicidade de ser capaz de cantar, estou certo de que teria o maior prazer de oferecer ao grupo uma ária, pois considero a música uma diversão inocente e perfeitamente compatível com a profissão de um clérigo. Não pretendo, no entanto, afirmar que seja justificável dedicarmos tempo demais à música, pois certamente há outras coisas com que se preocupar. O reitor de uma paróquia tem muito do que fazer. Em primeiro lugar, ele precisa administrar os dízimos, de modo que sejam benéficos para ele próprio e não ofensivos a seu protetor. Deve escrever seus próprios sermões, e o resto do seu tempo nunca será demais para os deveres da paróquia e para o cuidado e melhoramento de sua habitação, a fim de torná-la tão confortável quanto possível. E não considero de menor importância que ele tenha modos atenciosos e conciliadores para com todos, especialmente para com aqueles a quem deve seu cargo. Não posso dispensá-lo dessa obrigação; nem poderia pensar bem daquele que não aproveitasse qualquer ocasião para testemunhar seu respeito para pessoa ligada à família.

E com uma reverência ao senhor Darcy, ele concluiu seu discurso, pronunciado em voz tão alta que quase toda a sala o ouviu. Muitos o fitaram... muitos sorriram; mas ninguém parecia mais divertido que o próprio senhor Bennet, enquanto sua mulher elogiava seriamente o senhor Collins por ter falado tão sensatamente e observou, a meia voz, a Lady Lucas que ele era um bom tipo de jovem, notavelmente inteligente.

Para Elizabeth, parecia que, se sua família tivesse entrado em acordo para se expor tanto quanto pudessem naquela noite, teria sido impossível desempenhar o papel com mais espírito ou com mais sucesso. E achou que Bingley e sua irmã tinham sido afortunados, porquanto parte da exibição escapara à atenção dele e que os sentimentos do próprio não eram de natureza a serem alterados pelas loucuras que ele devia ter presenciado. Que suas duas irmãs e o senhor Darcy tivessem tal oportunidade para ridicularizar seus parentes, não era nada bom; e ela não sabia determinar se o silencioso menosprezo do cavalheiro ou os insolentes sorrisos das damas eram mais intoleráveis.

O resto da noite ofereceu-lhe pouco divertimento. Era importunada pelo senhor Collins que, perseverante, se mantinha a seu lado e, embora não conseguisse convencê-la a dançar com ele de novo, a impossibilitava de dançar com outros. Em vão ela lhe implorou que ficasse com outra pessoa e até se ofereceu para apresentá-lo a qualquer outra moça presente na sala. Ele lhe assegurou que não tinha qualquer interesse em dançar, que seu principal objetivo era fazer dela o alvo de suas mais delicadas atenções e que por isso fazia questão de se manter perto dela a noite inteira. Não havia argumentos contra esse plano. Devia seu maior alívio à amiga senhorita Lucas, que seguidamente se juntava a eles e de bom grado atraía para si a conversa do senhor Collins.

Pelo menos ficava livre de posteriores reparos da parte do senhor Darcy; embora ele muitas vezes se encontrasse a curta distância dela, quase sempre sozinho, nunca se aproximou o suficiente para conversar. Viu nessa sua atitude a provável consequência de suas alusões ao senhor Wickham, e alegrou-se por isso.

O grupo de Longbourn foi o último a deixar o local e, graças a uma manobra da senhora Bennet, tivera de esperar pela carruagem mais de um quarto de hora depois que todos os outros tinham partido, o que lhes deu tempo para constatar como algumas pessoas da casa ansiavam cordialmente a partida deles. A senhora Hurst e a irmã raramente abriam a boca, exceto para se queixar de cansaço, e se mostravam evidentemente impacientes por terem finalmente a casa à sua inteira disposição.

Repeliram todas as tentativas de conversar da senhora Bennet e isso lançou um torpor sobre todo o grupo, que pouco foi dissipado pelas longas falas do senhor Collins, que se desdobrava em parabenizar a senhora Bingley e suas irmãs pela elegância da festa e pela hospitalidade e polidez com que tinham tratado os convidados. Darcy não disse absolutamente nada. O senhor Bennet, igualmente em silêncio, contemplava a cena com prazer. O senhor Bingley e Jane estavam juntos, um pouco separados dos outros, e só falavam entre si. Elizabeth ficou tão calada quanto a senhora Hurst ou a senhorita Bingley; e até Lydia estava cansada demais para proferir algo mais que a ocasional exclamação “Meu Deus, como estou cansada!”, acompanhada de enorme bocejo.

Quando finalmente se levantaram para se despedir, a senhora Bennet se desmanchou em amabilidades na esperança de ver toda a família brevemente em Longbourn; e se dirigiu especialmente ao senhor Bingley para lhe assegurar que teria o maior prazer em recebê-lo para um jantar em família, sem as formalidades de um convite. Bingley agradeceu com grande satisfação e prontamente se comprometeu a colher a primeira oportunidade para tanto, depois de seu retorno de Londres, para onde deveria partir no dia seguinte, por pouco tempo.

A senhora Bennet ficou totalmente satisfeita e deixou a casa na deliciosa persuasão de que, contando com o prazo necessário para preparar contratos, novas carruagens e enxoval, ela haveria de ver, sem dúvida, a filha estabelecida em Netherfield dentro de três ou quatro meses. Pensava com igual certeza e com considerável, mas não igual, prazer ter outra filha casada com o senhor Collins. De todas as suas filhas, Elizabeth era a de quem ela menos gostava; e embora o marido e o casamento fossem realmente bons para dela, o valor de cada um destes era eclipsado pelo senhor Bingley e por Netherfield.

≈ CAPÍTULO 19 ≈

O dia seguinte começou com um novo acontecimento para Longbourn. O senhor Collins fez sua declaração formal. Tendo resolvido fazê-la sem perda de tempo, visto que sua licença expirava no sábado seguinte, e sem desconfiar que criaria para ele próprio uma situação embaraçosa no momento, fez seu pedido de maneira ordenada, com todas as formalidades que supunha serem parte indispensável para o caso. Encontrando reunidas, pouco depois do café da manhã, a senhora Bennet, Elizabeth e uma das irmãs mais novas, dirigiu-se à mãe com estas palavras:

– Poderia eu, minha senhora, em seu próprio interesse e no de sua encantadora filha Elizabeth, solicitar-lhe a honra de uma audiência privada com ela no decorrer desta manhã?

Antes que Elizabeth tivesse tempo para qualquer coisa, exceto corar de surpresa, a senhora Bennet respondeu imediatamente:

– Oh, Deus!... sim... certamente. Acredito que Lizzy ficará feliz... estou certa de que não vai se opor. Venha, Kitty, preciso de você no andar de cima.

E, recolhendo seus apetrechos de costura, estava se apressando para deixá-los, quando Elizabeth exclamou:

– Querida mãe, não vá embora. Peço-lhe que não vá. O senhor Collins me desculpará. Ele nada pode ter a me dizer que outros não possam ouvir. Eu mesma vou sair.

– Não, não; que bobagem, Lizzy. Quero que fique onde está! – E, vendo que Elizabeth, aflita e embaraçada, parecia realmente prestes a sair, acrescentou: – Lizzy, *insisto* que fique e ouça o senhor Collins.

Elizabeth não se oporia a tal injunção... e, considerando por alguns momentos que seria mais sensato acabar com aquilo quanto antes e do modo mais tranquilo possível, tornou a sentar-se e procurou disfarçar, com incessante esforço, os sentimentos que a dividiam entre a aflição e o divertimento. A senhora Bennet e Kitty se afastaram e, mal elas saíram, o senhor Collins começou.

– Acredite, minha querida senhorita Elizabeth, que sua modéstia, longe de lhe causar algum desserviço, apenas vem se juntar a suas outras perfeições. A senhorita pareceria menos graciosa a meus olhos, se não fosse por essa pequena má vontade de sua parte; mas permita-me assegurar-lhe que tenho permissão de sua respeitável mãe para lhe dizer o que pretendo. Dificilmente poderá duvidar do teor de minha comunicação, ainda que sua natural delicadeza a leve a dissuadi-la do contrário; minhas atenções têm sido incisivas para serem interpretadas de outra forma. Quase que imediatamente após ter entrado nesta casa, escolhi a senhorita para companheira de minha vida futura. Mas antes de me deixar levar por meus sentimentos neste assunto, talvez fosse mais aconselhável expor minhas razões para me casar... e, acima de tudo, para me trazer a Hertfordshire com o propósito de procurar uma esposa, como realmente fiz.

A ideia do senhor Collins, com toda a sua solene compostura, sendo levada por seus sentimentos, provocou em Elizabeth quase um ataque de riso que a incapacitou de aproveitar da breve pausa que ele lhe concedeu para tentar interrompê-lo; e ele continuou:

– As razões que me levam a me casar são, primeiro, porque acredito que é a coisa correta para todo clérigo em situação abastada (como eu) dar o exemplo de um bom matrimônio na própria paróquia; segundo, porque estou convencido de que ele haveria de contribuir imensamente para minha própria felicidade; e terceiro... que talvez devesse ter mencionado antes, porque é o conselho especial e a recomendação da nobre senhora a quem tenho a honra de chamar protetora. Por duas vezes ela se dispôs a me dar sua opinião (que não pedi!) sobre o assunto; e foi no próprio sábado à noite, antes de eu deixar Hunsford... entre algumas partidas de cartas, enquanto a senhora Jenkinson ajeitava o escabelo da senhorita de Bourgh, que ela disse: "Senhor Collins, o senhor deve se casar. Um clérigo como o senhor deve se casar. Escolha com acerto, escolha uma mulher distinta por minha causa; e por sua própria, que ela seja uma pessoa ativa e útil, não habituada a grandezas, mas capaz de tirar proveito de um rendimento diminuto. Este é meu conselho. Encontre essa mulher o mais depressa possível, traga-a para Hunsford e eu a visitarei." A propósito, permita-me observar, minha querida prima, que não considero a atenção e a bondade de Lady Catherine de Bourgh entre as menores vantagens que tenho a lhe oferecer. Verá que as maneiras dela vão muito além do que posso descrever; e a inteligência e a vivacidade da senhorita, acredito, deverão ser muito bem aceitas por ela, especialmente quando moderadas pelo silêncio e pelo respeito que a elevada posição social dela deverão inevitavelmente suscitar. Assim expresso minha real intenção em favor do casamento; resta-me dizer por que minhas atenções se dirigiram para Longbourn em lugar de minha própria vizinhança, onde, posso lhe assegurar, existem numerosas jovens amáveis. Mas o fato é que, sendo, como realmente sou, o herdeiro desta propriedade após a morte de seu honrado pai (que, contudo, espero que viva ainda por muitos anos), não poderia ficar satisfeito se não resolvesse escolher uma esposa entre as filhas dele, de modo que a perda para elas pudesse ser minimizada tanto quanto possível, quando o melancólico acontecimento tiver lugar... o qual, no entanto, como já disse, não deverá ocorrer antes de passados muitos anos. Foi este meu principal motivo, minha querida prima, e estou certo de que não vai diminuir sua estima por mim. E, por ora, nada mais me resta do que lhe garantir, na mais entusiástica linguagem, a intensidade de meu afeto. Quanto à fortuna, sou totalmente indiferente, e não farei qualquer exigência a seu pai nesse sentido, uma vez que estou bem ciente não poder contar com isso; e que não deve passar de mil libras o que a senhorita haverá de receber, depois da morte de sua mãe. Sobre este assunto, portanto, não abrirei a boca; e pode estar certa de que nenhuma recriminação menos nobre passará por entre meus lábios, uma vez casados.

Era absolutamente necessário interrompê-lo agora.

– Está se precipitando demais, senhor – exclamou ela. – Esquece que não dei resposta alguma. Aceite meus agradecimentos pelo elogio que me dirige. Sinto-me honrada com sua proposta, mas é impossível para mim outra atitude senão recusá-la.

– Não estou aqui para saber – replicou o senhor Collins, com um aceno formal da mão – que é usual entre as jovens rejeitar as atenções do homem que, secretamente, pretendem aceitar, quando pela primeira vez lhes solicita seu favor; e que, por vezes, a recusa é repetida uma segunda e mesmo uma terceira vez. Não me sinto, portanto, de modo algum desencorajado por aquilo que a senhorita disse e espero poder conduzi-la ao altar em breve.

– Palavra de honra, senhor – exclamou Elizabeth –, sua esperança é bem extraordinária depois de ouvir minha afirmação. Garanto-lhe que não sou nenhuma daquelas jovens (se é que existem) que são tão audaciosas, a ponto de arriscar sua felicidade, na perspectiva de serem pedidas em casamento uma segunda vez. Estou sendo perfeitamente sincera em minha recusa. O senhor nunca poderia *me* fazer feliz e estou convencida de que eu seria a última mulher no mundo capaz de fazê-lo igualmente feliz. Não, se sua amiga Lady Catherine me conhecesse, estou mais que persuadida de que ela me consideraria, sob todos os aspectos, inadequada para a situação.

– Se Lady Catherine tivesse de pensar realmente desse modo – disse o senhor Collins, muito sério –, ainda assim não posso imaginar que ela a desaprovaria. E a senhorita pode estar certa de que, ao ter a honra de rever Lady Catherine, lhe falarei nos mais elevados termos da modéstia, parcimônia e outras amáveis qualidades que adornam a senhorita.

– Na verdade, senhor Collins, todo elogio a meu respeito será desnecessário.

Deve me permitir que julgue isso por mim mesma e me concederá a honra de acreditar no que lhe digo. Desejo que seja muito feliz e muito rico e, ao recusar sua mão, não faço mais do que evitar que o contrário lhe aconteça. Ao me fazer a proposta, deverá ter satisfeito a delicadeza de seus sentimentos a respeito de minha família, e poderá tomar posse da propriedade de Longbourn quando for o momento, sem qualquer recriminação de si próprio. Esse assunto pode ser considerado, portanto, definitivamente acertado.

E levantando-se, depois de ter dito isso, ela teria deixado a sala, se o senhor Collins não lhe dirigisse a palavra da seguinte forma:

– Quando me for concedida novamente a honra de retornar ao assunto, espero receber uma resposta mais favorável que aquela que agora me foi dada; embora esteja longe de acusá-la de crueldade neste momento, porque sei que é costume consagrado de seu sexo rejeitar o homem na primeira solicitação, e talvez a senhorita se tenha expressado dessa forma para encorajar o meu pedido, o que está perfeitamente de acordo com a verdadeira delicadeza, própria do caráter feminino.

– Realmente, senhor Collins – exclamou Elizabeth, com certo ardor –, o senhor me confunde em demasia. Se o que acabei de dizer pode lhe parecer como uma forma de encorajamento, não sei como exprimir minha recusa, de modo que possa convencê-lo de que é definitiva.

– Há de me permitir dizer, minha querida prima, que sua recusa a meu pedido não passa claramente de meras palavras. Minhas razões para acreditar nisso são, brevemente, estas: não me parece que minha mão seja indigna de sua aceitação ou que as condições que posso lhe oferecer não pudessem ser mais que desejáveis. Minha situação na vida, meu relacionamento com a família de Bourgh e minhas relações com a sua são circunstâncias que pesam em meu favor; e poderia tomar isso para posterior consideração que, apesar de suas múltiplas atrações, não é de forma alguma certo que outro pedido de casamento lhe venha a ser feito um dia. Sua sorte infelizmente é tão reduzida que, com toda a probabilidade, vai aniquilar os efeitos de seus encantos e de suas amáveis qualificações. Por isso devo concluir que não está sendo sincera na recusa que me faz; prefiro atribuí-la a seu desejo de ver aumentar meu amor pela incerteza, de acordo com a prática usual das jovens elegantes.

– Garanto-lhe, senhor, que não tenho qualquer pretensão para esse tipo de elegância, que consiste em atormentar um cavalheiro respeitável. Preferiria que me elogiasse por minha sinceridade. Agradeço-lhe mil vezes pela honra de sua proposta, mas aceitá-la é absolutamente impossível. Meus sentimentos, sob todos os aspectos, me proíbem aceitar. Poderia falar mais claro? Não me considere uma jovem elegante pretendendo aborrecê-lo, mas uma criatura racional que lhe fala a verdade de coração.

– A senhorita é sempre encantadora! – exclamou ele, com um ar de desajeitado galanteio. – Estou persuadido de que, ao ser sancionado pela expressa autoridade de seus excelentes pais, minha proposta não deixará de ser aceita.

Diante de tamanha perseverança e obstinação em se iludir a si próprio, Elizabeth preferiu não dizer mais nada e se retirou imediatamente, em silêncio; decidida, caso ele persistisse em considerar suas repetidas recusas como encorajamento, a solicitar a ajuda do pai, cuja negativa poderia ser proferida de maneira a se revelar definitiva e cujo comportamento, pelo menos, nunca poderia ser confundido com afetação ou coquetismo de uma mulher elegante.

≈ CAPÍTULO 20 ≈

O senhor Collins não foi deixado muito tempo na silenciosa contemplação de seu sucesso no amor, pois a senhora Bennet, que tinha ficado rodando no vestíbulo para aguardar o fim da conversa, tão logo viu Elizabeth abrir a porta e passar rapidamente por ela em direção da escada, entrou na sala e congratulou-se efusivamente com ele e consigo mesma pelo feliz plano ou pela próxima ligação. O senhor Collins recebeu e retribuiu essas felicitações com igual prazer e, em seguida, passou a relatar os pormenores de seu encontro, de cujo resultado acreditava ter todas as razões para ficar satisfeito, visto que a firme recusa da prima decorria naturalmente de sua grande modéstia e da genuína delicadeza de seu caráter.

Essa informação, no entanto, sobressaltou a senhora Bennet; desejaria ficar igualmente satisfeita se a filha tivesse pretendido encorajá-lo ao opor-se à proposta dele, mas custava-lhe acreditar nisso e não pôde deixar de dizê-lo.

– Mas pode estar certo, senhor Collins – acrescentou ela – que Lizzy acabará por se convencer. Vou imediatamente conversar com ela sobre o assunto. Ela é uma moça muito teimosa e insensata e não sabe ver seu próprio interesse, mas eu vou fazê-la ver onde está.

– Perdoe-me por interrompê-la, minha senhora – exclamou o senhor Collins. – Se ela é realmente teimosa e insensata, não sei se, em tal caso, poderia ser uma esposa ideal para um homem em minha situação, que procura naturalmente a felicidade no casamento. Se, portanto, ela verdadeiramente persistir na recusa, talvez fosse melhor não forçá-la a me aceitar porque, se está sujeita a esses defeitos, não poderia contribuir muito para minha felicidade.

– Senhor Collins, creio que não me tenha entendido – disse a senhora Bennet, alarmada. – Lizzy é teimosa somente em casos como este. Em tudo mais, ela é uma moça tão meiga como nunca vi igual. Vou de imediato falar com o senhor Bennet e em breve poderemos arranjar tudo com ela, com certeza.

Não lhe dando tempo sequer para responder, mas correndo imediatamente para junto do marido, ela entrou na biblioteca.

– Oh! Senhor Bennet, preciso urgentemente de ajuda, pois estamos todos em alvoroço. Deve intervir e fazer com que Lizzy se case com o senhor Collins, pois ela jura que não o fará e, se o senhor não se apressa, ele poderá mudar de ideia e não querê-la mais.

O senhor Bennet soergueu os olhos do livro ao vê-la entrar e os fixou no rosto dela numa calma indiferença que em nada se alterou com a informação.

– Não me é dado o prazer de compreendê-la – disse ele, quando ela terminou de falar. – De que está falando?

– Do senhor Collins e de Lizzy. Ela afirma que não quer o senhor Collins e este começa a dizer que vai desistir de Lizzy.

– E que acha que eu deva fazer em tal situação? Parece um assunto sem conserto.

– Converse o senhor com Lizzy. Diga-lhe que insiste para que ela case com ele.

– Chame-a, então. Ela vai ouvir minha opinião.

A senhora Bennet tocou a campainha e a senhorita Elizabeth foi chamada a comparecer na biblioteca.

– Venha cá, filha – disse o pai, ao vê-la entrar. – Mandei chamá-la por causa de um assunto importante. Disseram-me que o senhor Collins lhe fez uma proposta de casamento. E verdade?

Elizabeth respondeu que era.

– Muito bem... e você recusou essa proposta de casamento?

– Recusei, senhor.

– Muito bem. Agora chegamos ao ponto. Sua mãe insiste em que você aceite.

Não é assim, senhora Bennet?

– Sim, ou eu nunca mais tornarei a vê-la.

– Você está diante de uma infeliz alternativa, Elizabeth. De hoje em diante, você deverá ser uma estranha para um de seus pais. Sua mãe nunca mais quer vê-la, se não se casar com o senhor Collins, e eu nunca mais a verei, se você o fizer.

Elizabeth não pôde deixar de sorrir diante de tal conclusão em tal começo de conversa; mas a senhora Bennet, que se havia persuadido a si mesma que o marido considerava o assunto do mesmo modo que ela, ficou extremamente desapontada.

– Que é que você quer dizer com isso, senhor Bennet? Você me prometeu que insistiria para que Elizabeth se casasse com ele.

– Minha querida – replicou o marido –, tenho dois pequenos favores a pedir. Primeiro, que me permita ter o livre uso de meu entendimento nesta ocasião; e em segundo lugar, ter o livre uso de minha sala. Gostaria de ter a biblioteca a meu inteiro dispor o mais depressa possível.

A senhora Bennet, contudo, não desistiu de seu intento, apesar do desapontamento causado pelo marido. Falou com Elizabeth repetidas vezes; ora a coagia, ora a ameaçava. Tentou por todos os meios atrair Jane para sua causa; mas Jane, com toda a brandura possível, se recusou a interferir; e Elizabeth, às vezes com toda a seriedade, outras vezes com jocosa faceirice, rebatia os ataques da mãe. Embora sua disposição variasse, sua determinação, no entanto, se mantinha inabalável.

Enquanto isso, o senhor Collins meditava sozinho sobre o que tinha acontecido. Ele tinha uma autoestima elevada demais para compreender por que motivos sua prima podia recusá-lo;

e embora seu orgulho estivesse ferido, intimamente mantinha a serenidade. Seu interesse pela prima era totalmente imaginário; e a possibilidade de ela merecer as recriminações da mãe aplacava seu sentimento de pesar.

Enquanto a família estava nessa confusão, Charlotte Lucas apareceu para passar o dia com eles. Lydia a encontrou no vestíbulo e, correndo para ela, disse em voz baixa:

– Estou contente pelo fato de você ter vindo, pois aqui tudo está muito divertido! O que acha que pode ter acontecido esta manhã? O senhor Collins fez uma proposta de casamento a Lizzy, e ela a recusou.

Antes que Charlotte tivesse tempo para responder, chegou Kitty, que vinha contar a mesma novidade; e mal elas tinham entrado na sala do café, onde a senhora Bennet se encontrava sozinha, que ela também começou a falar do assunto, apelando para a compaixão da senhorita Lucas e suplicando-lhe que persuadisse sua amiga Lizzy a ceder aos desejos de toda a família.

– Por favor, minha querida senhorita Lucas – acrescentou ela, num tom melancólico –, pois ninguém está de meu lado, ninguém me apoia. Sou tratada cruelmente, ninguém tem pena de meus pobres nervos.

Charlotte não pôde responder por causa da entrada, nesse momento, de Jane e Elizabeth.

– Pois é, aí vem ela – continuou a senhora Bennet –, olhando tão despreocupada quanto pode, não se interessando por nós como se estivéssemos em York, contanto que possa fazer o que lhe convém. Mas vou lhe dizer, senhorita Lizzy... se você puser em sua cabeça continuar recusando todas as propostas de casamento desse modo, nunca vai encontrar um marido... e lhe garanto que não sei quem vai sustentá-la depois que seu pai morrer. Eu não vou poder mantê-la... estou avisando. Não tenho mais nada a ver com você a partir de hoje. Já lhe disse na biblioteca, bem sabe, que nunca mais vou falar com você de novo e pode ter certeza de que vou cumprir minha palavra. Não tenho prazer em falar com filhos rebeldes. Na verdade, não tenho prazer em falar com ninguém. Pessoas que sofrem dos nervos como eu não podem ter grande inclinação para falar.

Ninguém pode saber o que eu sofro! Mas é sempre assim. Quem não se queixa nunca encontra compaixão.

Suas filhas ouviram em silêncio esse desabafo, compreendendo que qualquer tentativa de raciocinar com ela ou de confortá-la só serviria para aumentar sua irritação. A senhora Bennet, portanto, continuou falando sem ser interrompida por ninguém, até a chegada do senhor Collins, que entrou na sala com ar mais imponente que de costume; ao vê-lo, ela disse para as moças:

– Agora insisto para que vocês, todas vocês, calem a boca e me deixem ter uma breve conversa com o senhor Collins.

Elizabeth saiu silenciosamente da sala. Jane e Kitty a seguiram, mas Lydia ficou onde estava, decidida a ouvir tudo o que pudesse; e Charlotte, retida primeiramente pela gentileza do senhor Collins, cujas perguntas sobre ela e sua família foram muito breves, e também por um pouco de curiosidade, contentou-se em caminhar até a janela e fingir que não estava ouvindo. Numa voz chorosa, a senhora Bennet começou a planejada conversa, exclamando:

– Oh! Senhor Collins!

– Minha cara senhora – replicou ele –, vamos guardar silêncio para sempre sobre este assunto. Longe de mim – continuou ele então, numa voz que evidenciava seu desgosto – ficar ressentido com o comportamento de sua filha. Resignar-se aos males inevitáveis é um dever de todos nós; é o dever peculiar de um jovem que tem sido tão afortunado, como eu, no início da carreira. E acredite que estou resignado. Talvez um dos menores motivos que me levam a isso não seja a dúvida de minha real felicidade, se minha prima tivesse me honrado com seu consentimento, pois observei muitas vezes que a resignação nunca é tão perfeita como nos casos em que a felicidade que nos é recusada começa a perder um pouco de seu valor em nossa avaliação. Espero que não considere um desrespeito à sua família, minha cara senhora, pela retirada de minhas pretensões em relação à sua filha, sem ter agradecido à senhora e ao senhor Bennet por terem atendido meu pedido de intervir com sua autoridade em meu favor. Minha conduta pode ser reprovável, receio, somente porque aceitei a recusa dos lábios de sua filha e não dos seus. Mas todos estamos sujeitos ao erro. Minha intenção certamente sempre foi boa em todo o episódio. Meu objetivo foi encontrar uma companheira amável, com a devida consideração pelas vantagens de toda a sua família e, se minha atitude foi de qualquer modo repreensível, peço-lhe agora desculpas.

≈ CAPÍTULO 21 ≈

A discussão sobre o pedido do senhor Collins tinha praticamente acabado e Elizabeth estava sujeita apenas à desconfortável sensação que necessariamente acompanha semelhante situação e ocasionalmente às irritantes alusões da mãe. Quanto ao cavalheiro, seus sentimentos eram expressos principalmente, não por embaraço ou abatimento ou ainda por tentar evitá-la, mas por afetação nos modos e rancoroso silêncio. Raramente falava com ela e as assíduas atenções de que ele tanto se ufanava foram transferidas durante o resto do dia para a senhorita Lucas, cuja delicadeza em escutá-lo se tornou um oportuno alívio para todos eles, e especialmente para sua amiga.

A manhã seguinte não mostrou qualquer diminuição no mau humor da senhora Bennet ou melhora em seu estado de saúde. O senhor Collins estava também no mesmo estado de orgulho ferido. Elizabeth havia alimentado a esperança de que o ressentimento poderia abreviar a visita, mas o plano dele não parecia minimamente afetado. A partida estava marcada para sábado e até sábado ele pretendia ficar.

Depois do café da manhã, as moças foram até Meryton, para

saber se o senhor Wickham tinha voltado e para lamentar a ausência dele no baile de Netherfield. Ele foi ao encontro delas na entrada da cidade e as acompanhou até a casa da tia, onde muito se falou sobre a tristeza e o aborrecimento dele e sobre a preocupação por parte de todos. A Elizabeth, no entanto, confessou espontaneamente que ele próprio se havia imposto a necessidade de ausentar-se do baile.

– Pensei – disse ele –, à medida que o tempo se aproximava, que seria melhor não me encontrar com o senhor Darcy; que estar com ele na mesma sala, na mesma festa, por tantas horas seguidas, seria mais do que eu poderia suportar e poderiam surgir cenas desagradáveis para mais gente do que só para mim.

Ela aprovou entusiasmada a atitude dele e tiveram o ensejo para uma discussão mais completa do caso, bem como para tecer todos os elogios que amavelmente trocavam entre si, enquanto Wickham e outro oficial voltavam com elas para Longbourn; e, durante a caminhada, ele se mantinha quase sempre ao lado dela. O fato de ele as ter acompanhado apresentava uma dupla vantagem: era gesto particularmente lisonjeador para ela e se constituía no momento mais propício para apresentá-lo a seus pais.

Pouco depois do retorno delas, uma carta foi entregue à senhorita Bennet; vinha de Netherfield. O envelope continha uma pequena e elegante folha de papel, impecavelmente preenchida com uma letra bonita e harmoniosa de mulher; Elizabeth viu a fisionomia da irmã alterar-se à medida que a lia e viu-a demorar-se atentamente em algumas passagens. Jane logo se recompôs e, guardando a carta, tentou participar, com sua alegria habitual, da conversa dos demais; mas Elizabeth sentiu certa ansiedade pelo assunto que tirou sua atenção até mesmo de Wickham; e tão logo ele e seu companheiro se despediram, um olhar de Jane a convidou a segui-la para o andar de cima. Ao chegarem ao quarto, Jane tomou a carta e disse:

– É de Caroline Bingley; o conteúdo me surpreendeu muito.

Nessa altura, todos já terão deixado Netherfield e estão a caminho da capital... e sem a mínima intenção de voltar de novo. Pode ouvir o que ela diz.

Ela leu então a primeira frase em voz alta, que transmitia a informação de que haviam decidido acompanhar o irmão imediatamente até a capital e da intenção deles de jantar na rua Grosvernor, onde o senhor Hurst possuía uma casa. Seguiam-se estas palavras: "Não pretendo lamentar-me por ter deixado Hertfordshire, exceto por sua companhia, minha querida amiga; mas devemos esperar que, algum dia no futuro, tornemos a desfrutar dos deliciosos momentos que tivemos e, nesse meio tempo, podermos mitigar a dor da separação por meio de uma correspondência assídua e franca. Conto com você para isso." Elizabeth escutou essas expressões estudadas com toda a insensibilidade da desconfiança; e, embora aquela súbita partida a tivesse surpreendido, realmente nada via nela para lamentar; não era de supor que a ausência deles de Netherfield impedisse que o senhor Bingley estivesse lá; e quanto à perda da companhia, estava persuadida de que não deveria levá-la em consideração, em benefício do irmão.

– É uma pena – disse ela, depois de breve pausa – que não tenha conseguido ver suas amigas antes que elas partissem. Mas não podemos esperar que o tal dia de felicidade futura, que a senhorita Bingley antevê, possa chegar mais cedo do que ela pensa e que os deliciosos momentos que tiveram como amigas possam ser revividos com maior satisfação ainda como irmãs? O senhor Bingley não será retido em Londres por eles.

– Caroline afirma incisivamente que nenhum deles virá para Hertfordshire neste inverno. Vou ler a passagem:

"Quando meu irmão nos deixou ontem, imaginava que os assuntos que o levavam a Londres estariam concluídos em três ou quatro dias, mas como estamos certas de que não será assim e, ao mesmo tempo, convencidas de que, uma vez na capital, Charles não terá pressa alguma em deixá-la, decidimos acompanhá-lo para que ele não se sinta obrigado a passar as horas vagas num desconfortável hotel. Muitas pessoas de minhas relações já estão lá para passar o inverno. Gostaria de poder ouvir de você, minha querida amiga, se tem a intenção de fazer parte do grupo... mas não creio nessa possibilidade. Desejo-lhe sinceramente que seu Natal em Hertfordshire seja pródigo em alegrias, que esse período geralmente oferece, e que seus admiradores sejam tão numerosos que a impeçam de sentir a perda dos três de que a privamos."

– É mais que evidente – acrescentou Jane – que ele não volta mais neste inverno.

– É apenas evidente que a senhorita Bingley não pretende que ele venha.

– Por que pensa assim? É ele que deve decidir. Ele é senhor de si. Mas você não sabe tudo. Vou ler a passagem que particularmente me fere. Não quero esconder nada de você:

"O senhor Darcy está impaciente por ver a irmã e, para dizer a verdade, nós não estamos menos ansiosas por encontrá-la de novo. Realmente não acho que Georgiana Darcy tenha igual em beleza, elegância e qualidades; e a afeição que ela inspira a Louisa e a mim é elevada para algo ainda mais interessante, pela esperança que ousamos acalentar de um dia ela se tornar nossa cunhada. Não sei se já lhe mencionei alguma vez meus sentimentos a respeito, mas não vou partir da região sem confiá-los a você e espero que não os considere injustificados. Meu irmão admira muito essa senhorita e agora terá frequentes oportunidades de vê-la e com maior intimidade. A família dela faz questão que essa união se realize, bem como a família dele; e a parcialidade de uma irmã não está me enganando, creio, ao considerar Charles capaz de conquistar qualquer coração feminino. Com todas essas circunstâncias favorecendo um afeto e nada para impedi-lo, estarei eu enganada, minha querida Jane, ao nutrir a esperança de um acontecimento que fará a felicidade de tantos?"

– O que pensa desse trecho, minha querida Lizzy? – disse Jane, ao terminar de lê-lo. – Não é suficientemente claro? Não afirma expressamente que Caroline não espera nem deseja que eu me torne sua cunhada, que ela está perfeitamente convencida da indiferença do irmão e que, se ela suspeita da natureza de meus sentimentos por ele, pretende com isso (muito gentilmente!) prevenir-me? Poderá pensar de outro modo sobre o assunto?

– Sim, pode; pois eu penso de modo totalmente diferente. Quer ouvir?

– Com a maior boa vontade.

– Vai tê-lo em poucas palavras. A senhorita Bingley vê que o irmão gosta de você, mas quer que ele se case com a senhorita Darcy. Ela o segue até a capital na esperança de mantê-lo por lá e tenta persuadi-la de que ele não se interessa por você.

Jane meneou a cabeça.

– Jane, você deve acreditar em mim. Nenhuma pessoa que os tenha visto juntos pode duvidar do afeto dele por você. A senhorita Bingley, pelo menos, não pode duvidar. Ela não é tão tola. Se ela tivesse encontrado uma pequena parcela que fosse de idêntico amor no senhor Darcy, já teria encomendado o vestido de noiva. Mas o que se passa é o seguinte: nós não somos suficientemente ricas ou suficientemente importantes para eles; e, se ela está tão ansiosa por casar o irmão com a senhorita Darcy, é porque imagina que, uma vez unidas as duas famílias, terá menos dificuldade em realizar um segundo casamento, no que certamente há alguma destreza e ouso dizer que daria certo, se a senhorita de Bourgh estivesse fora de questão. Mas, minha querida Jane, você não pode acreditar seriamente nisso só porque a senhorita Bingley diz que o irmão dela tem profunda admiração pela senhorita Darcy; não pense que ele realmente aprecie menos você do que na terça-feira ao se despedirem ou que esteja ao alcance dela persuadi-lo de que, em vez de estar apaixonado por você, está mais que apaixonado pela amiga dela.

– Se ambas pensássemos o mesmo da senhorita Bingley – replicou Jane – sua descrição dos fatos poderia me deixar bastante tranquila. Mas eu sei que o fundamento é injusto. Caroline é incapaz de enganar alguém intencionalmente; e só me resta esperar, nesse caso, que ela esteja enganando a si mesma.

– Está certo. Você não poderia ter encontrado ideia mais feliz, visto que não concorda com a minha. Acredita, de qualquer modo, que ela esteja enganada. Acabou de cumprir sua obrigação com ela, e não deve mais se atormentar.

– Mas, minha querida irmã, poderei ser feliz, mesmo supondo o melhor, ao aceitar um homem cujas irmãs e amigas o desejam casado com outra?

– Você é que deve decidir – disse Elizabeth. – E se, depois de madura deliberação, achar que a tristeza em descontentar as duas irmãs dele é superior à felicidade de você se tornar sua esposa, aconselho-a de qualquer modo a recusá-lo.

– Como pode dizer uma coisa dessas? – perguntou Jane, esboçando um sorriso. – Deveria saber que, embora eu sentisse profundamente pela desaprovação das irmãs, nunca poderia hesitar.

– Não acho que poderia; assim sendo, não posso considerar sua situação com muita compaixão.

– Mas se ele não voltar mais neste inverno, não terei a oportunidade de fazer minha escolha. E mil coisas podem acontecer em seis meses!

Elizabeth tratou com a maior desconsideração a ideia de ele nunca mais voltar.

Parecia-lhe meramente a sugestão inspirada nos desejos interesseiros de Caroline e não podia, nem por um segundo, admitir que esses desejos, embora expressos aberta ou astuciosamente, pudessem influenciar um jovem tão independente como ele.

Ela revelou à irmã, tão convincentemente quanto possível, o que pensava sobre o assunto e logo teve o prazer de constatar seu feliz efeito. O caráter de Jane não era propenso ao desânimo e gradualmente foi serenando, embora às vezes a incerteza de ser amada sobrepujasse a esperança de que Bingley haveria de regressar a Netherfield e corresponder a todos os desejos de seu coração.

Concordaram em informar à senhora Bennet apenas da partida da família, evitando alarmá-la com os motivos da conduta do cavalheiro. Mas até mesmo essa informação parcial despertou nela grande preocupação e deplorou a infelicidade de as senhoras terem partido exatamente quando todas elas estavam se tornando tão íntimas. Depois de lamentar com certa demora o fato, procurou consolo na ideia de que o senhor Bingley logo regressaria e em breve se encontraria jantando em Longbourn; e, como conclusão de tudo isso, declarou que, embora ele tivesse sido convidado somente para um jantar em família, ela teria o cuidado de preparar dois lautos banquetes.

≈ CAPÍTULO 22 ≈

Os Bennet foram convidados a jantar com os Lucas e novamente, durante a maior parte do dia, a senhorita Lucas teve a bondade de dar atenção ao senhor Collins. Elizabeth teve a oportunidade para lhe agradecer:

– Isso o deixa de bom humor – disse ela – e sou mais grata a você do que poderia expressar.

Charlotte assegurou à amiga que tinha a maior satisfação em ser útil e que isso lhe pagava amplamente o pequeno sacrifício de seu tempo. Isso era muito amável, mas a bondade de Charlotte ia muito além do que Elizabeth poderia supor; seu objetivo era nada menos do que preservar Elizabeth de qualquer retorno das atenções do senhor Collins, atraindo-as para si mesma. Esse foi o plano da senhorita Lucas; e as aparências eram tão favoráveis que, ao se separarem à noite, ela se teria sentido quase segura do êxito se ele não tivesse de partir de Hertfordshire dentro de tão pouco tempo. Mas nesse ponto ela se enganou quanto ao ardor e à independência do caráter dele, pois isso o levou a fugir da casa de Longbourn na manhã seguinte com admirável astúcia e correr para a casa dos Lucas e jogar-se aos pés dela. Ele estava ansioso por evitar que as primas ficassem sabendo, convencido de que, se elas o vissem partir, não deixariam de fazer conjeturas sobre o propósito dele e ele não estava querendo que soubessem de sua tentativa até que o êxito desta pudesse ser igualmente conhecido; pois, embora se sentisse totalmente seguro, e com razão, porque Charlotte o havia encorajado, continuava ainda um pouco desconfiado por causa da aventura da quarta-feira passada. A recepção que teve foi, no entanto, a melhor possível. A senhorita Lucas o avistou de uma janela do andar de cima enquanto ele caminhava em direção da casa e imediatamente saiu para encontrá-lo acidentalmente na viela. Mas não poderia esperar que tanto amor e tanta eloquência a aguardasse ali fora.

Num espaço de tempo tão curto quanto o permitiam os longos discursos do senhor Collins, tudo foi combinado para a satisfação de ambos; e, ao entrar em casa, ele pediu seriamente para que ela marcasse o dia em que o faria o mais feliz dos homens; e, embora tal solicitação tivesse de ser adiada por ora, a moça não se sentiu inclinada a brincar com sua felicidade. A estultícia com que fora dotado pela natureza devia privar sua corte de qualquer encanto que pudesse induzir uma mulher a desejar prolongá-la; e a senhorita Lucas, que o aceitou unicamente por puro e desinteressado desejo de estabelecer-se na vida, pouco se preocupava com a data em que isso ocorresse.

O consentimento de Sir William e de Lady Lucas foi rapidamente solicitado e foi concedido com a maior boa vontade. A situação atual do senhor Collins o tornava um partido mais que apropriado para a filha, a quem só podiam deixar uma fortuna bem diminuta; e as perspectivas que ele tinha de enriquecer no futuro eram extremamente boas. Lady Lucas começou imediatamente a calcular, com mais interesse que o assunto jamais lhe despertara antes, quantos anos provavelmente viveria ainda o senhor Bennet; e Sir William manifestou a opinião de que, quando o senhor Collins tomasse posse da propriedade de Longbourn, seria altamente conveniente que ambos, ele e a esposa, se apresentassem em St. James. Em resumo, toda a família se sentiu profundamente feliz nessa ocasião. As moças mais novas nutriam esperanças de debutar um ano ou dois mais cedo do que o previsto e os moços se sentiam aliviados da apreensão de que Charlotte morresse solteira. A própria Charlotte mantinha uma razoável compostura. Tinha conquistado o que pretendia e tinha tempo para tecer considerações a respeito. Suas reflexões eram, geralmente, satisfatórias. O senhor Collins, a bem da verdade, não era nem sensato nem agradável; a companhia dele era cansativa e sua afeição por ela devia ser imaginária. Mas ainda assim seria seu marido. Sem ter grandes ilusões a respeito dos homens ou do matrimônio, o casamento sempre fora seu objetivo; era a única posição para uma moça bem-educada de pouca fortuna e, por mais incertas que fossem as perspectivas de felicidade, era ainda a forma mais agradável de se proteger da necessidade. Essa proteção, agora a obtivera; e, aos 27 anos de idade, sem nunca ter sido bonita, sentia-se mais que bafejada pela sorte. A circunstância menos agradável no fato era a surpresa que aquilo devia causar a Elizabeth Bennet, cuja amizade ela prezava mais do que a de qualquer outra pessoa. Elizabeth ficaria espantada e provavelmente a recriminaria; e, embora isso não afetasse sua resolução, seus sentimentos seriam feridos com semelhante desaprovação. Decidiu então transmitir-lhe pessoalmente a informação e por isso recomendou ao senhor Collins, quando voltasse a Longbourn para jantar, que não deixasse escapar nenhum comentário do que se havia passado diante de qualquer membro da família. Uma promessa de segredo foi naturalmente feita, mas não poderia ser cumprida sem dificuldade, pois a curiosidade despertada por sua longa ausência resultou em perguntas tão diretas no retorno dele que se fez necessária alguma destreza para despistar; e, ao mesmo tempo, ele estava ansioso por tornar público seu auspicioso amor.

Como sua partida no dia seguinte pela manhã ocorreria cedo demais para ver qualquer pessoa da família, a cerimônia de despedida se realizou quando as senhoras se preparavam para se recolher a seus quartos; e a senhora Bennet, com grande polidez e cordialidade, falou da felicidade que todos eles teriam de vê-lo de novo em Longbourn, sempre que seus compromissos lhe permitissem visitá-los.

– Minha querida senhora – replicou ele –, esse convite é particularmente gratificante, porque outra coisa não esperava; e pode estar certa de que me valerei dele o mais breve possível.

Todos ficaram surpresos; e o senhor Bennet, que não desejava, de forma alguma, um retorno tão rápido, disse imediatamente:

– Mas não há perigo de desaprovação por parte de Lady Catherine, meu senhor? É preferível negligenciar seus parentes que correr o risco de ofender sua benfeitora.

– Meu caro senhor – replicou o senhor Collins –, estou particularmente agradecido por essa amigável advertência e tenha certeza de que não darei tal passo sem a aprovação de Lady Catherine.

– Certa cautela nunca é demasiada. Arrisque tudo, exceto dar-lhe motivo de desgosto; e, se o senhor achar que poderá suscitá-lo ao pretender regressar para junto de nós, o que acredito ser muito provável, é melhor que fique tranquilamente em casa e não pense que vamos nos melindrar com isso.

– Acredite, meu caro senhor, que não sei como agradecer por essa afetuosa atenção; e pode ter certeza que muito em breve vai receber, de minha parte, uma carta de agradecimento por isso e por todas as outras provas de atenção de sua parte durante minha estada em Hertfordshire. Quanto a minhas primas, embora minha ausência possa não ser muito longa para torná-la necessária, tomo a liberdade de desejar a elas, sem excetuar minha prima Elizabeth, saúde e felicidade.

Com as adequadas manifestações de delicadeza, as senhoras

então se retiraram; todas elas surpresas por vê-lo planejar breve retorno. A senhora Bennet insistia em não encontrar outra explicação a não ser no fato de ele pretender transferir suas atenções para uma das filhas mais novas e Mary poderia ser convencida a aceitá-lo. Ela classificava as habilidades dele como muito melhores que qualquer outro; via solidez nas reflexões dele, o que muitas vezes a impressionava e, embora não fosse de modo algum tão inteligente quanto ela própria, pensava que, se ele fosse encorajado a ler e a aperfeiçoar-se, seguindo o exemplo dela, ele poderia se tornar um companheiro muito agradável. Na manhã seguinte, porém, todas essas esperanças se desvaneceram. A senhorita Lucas apareceu logo depois do café da manhã e, numa conversa a sós com Elizabeth, descreveu-lhe o acontecimento do dia anterior.

A possibilidade de o senhor Collins estar apaixonado por sua amiga havia ocorrido uma vez a Elizabeth nos últimos dois dias; mas que a própria Charlotte o tivesse encorajado parecia tão impossível como se ela própria o encorajasse, e seu espanto era, por conseguinte, tão grande que ultrapassou, de início, os limites do decoro e não pôde deixar de exclamar:

– Comprometida com o senhor Collins! Minha querida Charlotte... impossível!

A expressão séria que a senhorita Lucas mantivera ao contar a história deu lugar a uma momentânea perturbação ao ouvir uma recriminação tão direta, embora, como não era mais do que aquilo que esperava, logo recuperou sua compostura e calmamente replicou:

– Por que poderia estar tão surpresa, minha querida Eliza? Acha tão incrível que o senhor Collins seja capaz de granjear a boa opinião de uma mulher, só porque não foi tão feliz em conquistar a sua?

Mas Elizabeth se havia recomposto e, fazendo um grande esforço para tanto, viu-se capaz de assegurar, com razoável firmeza, que se sentia gratificada pela perspectiva de um parentesco entre elas e que lhe desejava toda a felicidade possível.

– Sei o que está sentindo – replicou Charlotte. – Deve estar surpresa, muito surpresa... pois ainda recentemente o senhor Collins pretendia casar-se com você. Mas quando tiver tempo para refletir a respeito, espero que fique satisfeita com o que fiz. Bem sabe que não sou romântica; nunca fui. Apenas desejo um lar confortável; e, considerando o caráter do senhor Collins, suas relações e situação na vida, estou convencida de que minha chance de ser feliz com ele é tão grande como a da maioria das pessoas pode almejar ao decidir-se pelo casamento.

Elizabeth respondeu calmamente: "Sem dúvida." E depois de uma pausa embaraçosa, elas retornaram para junto do resto da família. Charlotte não ficou por muito mais tempo e Elizabeth pôde então refletir sobre o que acabara de ouvir. Levou muito tempo até conformar-se com a ideia de casamento tão absurdo. A esquisitice do senhor Collins ao fazer dois pedidos de casamento num prazo de três dias não era nada em comparação com o fato de ter sido aceito. Sempre havia percebido que a opinião de Charlotte sobre o casamento não era exatamente como a dela própria, mas nunca imaginara ser possível que, ao ser-lhe feito o pedido, ela sacrificasse seus melhores sentimentos em favor de vantagens econômicas e sociais. Charlotte, esposa do senhor Collins, que quadro mais humilhante! E ao choque de uma amiga se desgraçando a si mesma e rebaixada em sua estima, acrescentava-se a triste convicção de que era impossível para essa amiga ser razoavelmente feliz com o parceiro que escolhera.

≈ CAPÍTULO 23 ≈

Elizabeth estava na sala com a mãe e as irmãs, refletindo no que ouvira e em dúvida se estaria autorizada a mencioná-lo, quando Sir William Lucas em pessoa apareceu, enviado pela filha, para anunciar o noivado. Depois de muitos cumprimentos e congratulando-se pela perspectiva da união entre as duas famílias, ele abordou o assunto... para uma audiência não somente atônita, mas também incrédula; pois a senhora Bennet, com mais insistência que polidez, retrucou que ele devia estar totalmente enganado; e Lydia, sempre incauta e com frequência malcriada, impetuosamente exclamou:

– Meu Deus! Sir William, como pode contar uma história dessas? Não está sabendo que o senhor Collins quer se casar com Lizzy?

Nada menos que a complacência de um cavalheiro poderia ter suportado sem raiva semelhante tratamento; mas a boa educação de Sir William conseguiu relevar tudo isso; e embora pedisse permissão para confirmar a verdade de sua informação, escutou todas as impertinências delas com a mais paciente cortesia.

Elizabeth, sentindo que cabia a ela livrá-lo de situação tão desagradável, adiantou-se para confirmar o relato dele, mencionando o prévio conhecimento do fato que obtivera da própria Charlotte. E procurou pôr fim às exclamações da mãe e das irmãs pela seriedade de suas congratulações a Sir William, em que logo foi seguida por Jane, e fazendo diversas observações sobre a felicidade que poderia advir daquela união, sobre o excelente caráter do senhor Collins e sobre a conveniente distância que separava Hunsford de Londres.

A senhora Bennet ficou, de fato, conturbada demais para dizer alguma coisa durante a permanência de Sir William; mas assim que ele as deixou, seus sentimentos logo afloraram. Em primeiro lugar, persistia em não acreditar de toda aquela história; em segundo lugar, tinha certeza de que o senhor Collins tinha sido iludido; em terceiro lugar, achava que nunca seriam felizes juntos; e em quarto, que o compromisso poderia ser rompido. Duas coisas, no entanto, podiam ser claramente deduzidas de tudo isso: uma, que Elizabeth era a verdadeira causa de todo aquele mal; outra, que ela própria havia sido tratada grosseiramente por todos; e sobre esses dois pontos principalmente ficou insistindo durante o resto do dia. Nada podia consolá-la, nada podia apaziguá-la. Nem seu ressentimento se esvaiu naquele dia. Uma semana se passou antes que pudesse ver Elizabeth sem recriminá-la, um mês se passou antes que conseguisse conversar novamente com Sir William ou com Lady Lucas, sem ser rude; e muitos meses se passaram antes que conseguisse perdoar realmente a filha deles.

As emoções do senhor Bennet eram muito mais tranquilas na ocasião e de tal modo que as considerava do tipo mais agradável possível; pois se sentia satisfeito, dizia ele, ao descobrir que Charlotte Lucas, que costumava julgá-la razoavelmente sensata, era tão tola quanto sua mulher e mais tola ainda que sua filha.

Jane se confessou um tanto surpresa pela união dos dois, mas falou menos de seu espanto do que no sincero desejo de felicidade para eles; nem Elizabeth conseguia convencê-la de que essa felicidade era improvável. Kitty e Lydia estavam longe de invejar a senhorita Lucas, pois o senhor Collins era apenas um clérigo; e a notícia afetou-as apenas como uma novidade que podiam espalhar em Meryton.

Lady Lucas não podia deixar de celebrar o triunfo e externar à senhora Bennet a alegria de ter uma filha bem casada; e passou a visitar Longbourn com mais frequência do que de costume, para dizer o quanto se sentia feliz, embora os ásperos olhares e as malvadas observações da senhora Bennet fossem suficientes para acabar com sua felicidade.

Entre Elizabeth e Charlotte havia certo constrangimento, que as mantinha silenciosas uma com a outra sobre o assunto; e Elizabeth se sentiu persuadida de que nenhuma verdadeira confiança poderia subsistir novamente entre elas. O desapontamento dela com Charlotte a fez aproximar-se mais da irmã, cuja retidão e delicadeza certamente nunca haveriam de abalar a opinião dela e por cuja felicidade cada dia mais se preocupava, pois fazia uma semana que Bingley partira e nada mais se sabia sobre seu retorno.

Jane havia enviado a Caroline uma resposta imediata à sua carta e contava os dias que teria de esperar até receber outra. A prometida carta de agradecimento da parte do senhor Collins chegou na terça-feira, endereçada ao pai e escrita com toda a solenidade e gratidão como se ele tivesse residido um ano com a família. Depois de tranquilizar sua consciência nesse tópico, passava a informá-los, usando muitas expressões pomposas, de sua felicidade de ter conquistado a afeição da afável vizinha deles, a senhorita Lucas, e explicava então que era apenas com a intenção de desfrutar da companhia dela que ele havia concordado tão prontamente com o amável desejo deles para que voltasse novamente a Longbourn, e onde esperava chegar depois de 15 dias, a contar de segunda-feira; pois Lady Catherine, acrescentava ele, aprovou com tanto prazer o casamento dele que desejava que se realizasse o mais depressa possível; com esse argumento irrefutável esperava convencer Charlotte a marcar uma data próxima para o dia em que haveria de se tornar o mais feliz dos homens.

O retorno do senhor Collins para Hertfordshire já não parecia mais tão agradável para a senhora Bennet. Pelo contrário, estava muito mais disposta a lamentá-lo, como seu marido. Era muito estranho que ele visse a Longbourn, em vez de se hospedar na casa dos Lucas; além disso, era muito inconveniente e extremamente incômoda. Detestava ter hóspedes em casa quando não estava bem de saúde, e os noivos eram as pessoas mais desagradáveis. Esses eram os murmúrios da senhora Bennet e só perdiam para a preocupação muito maior pela prolongada ausência do senhor Bingley.

Nem Jane nem Elizabeth se sentiam tranquilas quanto a isso. Os dias passavam sem trazer nenhuma notícia dele, a não ser o boato que circulou em Meryton de que ele não voltaria para Netherfield durante todo o inverno; boato que enraivecia a senhora Bennet e que ela nunca deixava de contradizer como se fosse a mais escandalosa mentira.

Até Elizabeth começou a temer... não que Bingley fosse indiferente... mas que suas irmãs conseguissem impedir o regresso dele. Relutante como era em admitir uma ideia tão desfavorável à felicidade de Jane e tão desonrosa ao equilíbrio do namorado dela, não podia impedir que essa ideia lhe ocorresse com frequência. Os esforços unidos das duas desalmadas irmãs dele e do autoritário amigo, somados aos atrativos da senhorita Darcy e aos divertimentos de Londres, seriam talvez superiores, temia ela, à profundidade do afeto dele por Jane.

Quanto a Jane, sua ansiedade durante esse período de incerteza era naturalmente mais dolorosa que a de Elizabeth, mas queria esconder tudo o que sentia e, entre ela e Elizabeth, portanto, nunca se fazia qualquer alusão ao assunto. Mas como nenhuma delicadeza desse tipo refreava a senhora Bennet, raramente se passava uma hora sem que ela falasse de Bingley, sem que exprimisse sua impaciência pela chegada dele ou mesmo sem que exigisse de Jane confessar que, se ele não voltasse, ela se consideraria ofendida. Foi necessária toda a firme doçura de Jane para suportar esses ataques com relativa tranquilidade.

O senhor Collins voltou pontualmente na segunda-feira, quinze dias após sua partida, mas sua recepção em Longbourn não foi tão amável quanto da primeira vez. Mas ele se sentia tão feliz que não precisava de muita atenção; e felizmente para os outros, seus compromissos como noivo os livravam por longos períodos da companhia dele. Ele passava a maior parte do dia na casa dos Lucas e por vezes voltava a Longbourn apenas a tempo de se desculpar por sua ausência, antes que a família se retirasse para dormir.

A senhora Bennet estava realmente num estado lamentável. A simples menção de qualquer coisa relativa ao casamento a deixava em profundo mau humor e para onde quer que fosse tinha certeza de ouvir falar do assunto. A presença da senhorita Lucas era detestável para ela. Como sucessora dela naquela casa, olhava-a com ciúme e aversão. Sempre que Charlotte vinha visitá-los, ela concluía que a intenção era a de antecipar a hora da posse; e toda vez que Charlotte falava em voz baixa ao senhor

Collins, tinha a convicção de que estavam falando da propriedade de Longbourn e planejando expulsar a ela e suas filhas da casa, assim que o senhor Bennet morresse. Queixava-se amargamente de tudo isso ao marido.

– Na verdade, senhor Bennet – dizia ela –, é muito duro pensar que Charlotte Lucas será um dia dona desta casa e que eu serei forçada a ceder e viver para vê-la instalada nela!

– Minha querida, não se entregue a esses pensamentos tristes. Esperemos por coisas melhores. Pensemos na possibilidade de que eu sobreviva a você.

Isto não era muito consolador para a senhora Bennet e, portanto, em vez de dar qualquer resposta, ela continuava como antes.

– Não posso suportar a ideia de que eles vão possuir toda esta propriedade. Se não fosse por essa questão de sucessão, eu não me importaria.

– De que é que você não se importaria?

– Não me importaria com nada.

– Fiquemos agradecidos então por você estar preservada de num estado de tal insensibilidade.

– Nunca poderei ficar agradecida, senhor Bennet, por nada que se relacione a essa sucessão Bennet. Não consigo entender como alguém pode ficar tranquilo ao saber que sua propriedade vai ser tirada de suas próprias filhas; e, mais ainda, em favor do senhor Collins! Por que ele e não qualquer outra pessoa?

– Deixo isso para você mesma resolver – disse o senhor Bennet.

≈ CAPÍTULO 24 ≈

A carta da senhorita Bingley chegou e pôs fim a todas as dúvidas. Logo na primeira frase comunicava a certeza da permanência de todos eles em Londres durante o inverno e concluía com o pesar do irmão por não ter tido tempo de prestar as devidas atenções a seus amigos de Hertfordshire, antes de partir.

Todas as esperanças estavam perdidas, inteiramente perdidas; e quando Jane pôde continuar a leitura do resto da carta, nada encontrou para consolá-la a não ser as expressões de afeto da autora da missiva. O elogio da senhorita Darcy ocupava a maior parte da carta. Os muitos atrativos dela eram demoradamente descritos e Caroline se gabava alegremente da crescente intimidade entre elas; e se arriscava a predizer a realização dos desejos que exprimira na carta anterior. Comunicava também, com grande prazer, que o irmão dela era hóspede do senhor Darcy, e mencionava com entusiasmo alguns planos deste último, relativos a nova mobília para a casa.

Elizabeth, a quem Jane logo comunicou a maior parte de tudo isso, ouviu-a em silenciosa indignação. Seu coração estava dividido entre a preocupação pela irmã e o seu ressentimento contra todos os outros. Não deu crédito à afirmação de Caroline de que seu irmão se interessava pela senhorita Darcy. Como nunca duvidara, continuava a não duvidar da verdadeira afeição dele por Jane e, apesar da simpatia com que sempre o havia considerado, não podia pensar, sem raiva, cólera e dificilmente sem desprezo, naquela volubilidade de caráter, naquela falta de resolução pessoal que o tornava um joguete de seus insidiosos amigos e o levava a sacrificar a própria felicidade ao capricho das inclinações deles. Se a própria felicidade fosse, contudo, o único sacrifício, ele poderia permitir-se arriscá-la como bem entendesse, mas a irmã estava envolvida nisso e ele devia ter consciência disso. Em resumo, era um assunto ao qual seria necessário dedicar longa reflexão, embora pudesse ser inútil. Não conseguia pensar em outra coisa; e mais ainda, quer a afeição de Bingley se tivesse realmente esvaído ou tivesse sido supressa pela interferência de seus amigos, quer ele tivesse consciência da afeição de Jane ou, ao contrário, tivesse fugido de sua observação, em qualquer dos casos, embora a opinião dela a respeito dele variasse realmente segundo essas hipóteses, a situação de sua irmã permanecia a mesma, sua paz de espírito igualmente perturbada.

Passaram-se um ou dois dias antes que Jane chegasse a ter coragem de falar a Elizabeth a respeito de seus sentimentos; mas, finalmente, um dia em que a senhora Bennet as deixou sozinhas, depois de se queixar com mais irritação que a costumeira sobre Netherfield e seu proprietário, Jane não se conteve e disse:

– Oh! Se minha querida mãe tivesse mais domínio sobre si mesma... Ela não tem ideia da dor que me causa por tocar continuamente no nome dele. Mas não vou ficar resmungando. Não pode durar muito tempo. Ele será esquecido e todos nós voltaremos a ser como éramos antes.

Elizabeth olhou para a irmã com incrédula solicitude, mas não disse nada.

– Você duvida de mim? – exclamou Jane, corando levemente. – De fato, você não tem razão. Ele pode viver em minha memória como o homem mais amável de minhas relações, mas isso é tudo. Nada tenho que esperar ou temer e nada para recriminá-lo. Graças a Deus não tenho essa dor. Um pouco de tempo, portanto... certamente tentarei esquecê-lo.

Numa voz mais forte, logo acrescentou:

– Tenho desde já este consolo de que tudo não foi mais que um erro de minha imaginação e que esse erro não fez mal a ninguém a não ser a mim mesma.

– Minha querida Jane! – exclamou Elizabeth. – Você é boa demais. Sua doçura e seu desinteresse são realmente angélicos. Não sei o que lhe dizer. Sinto-me como se nunca lhe tivesse feito justiça ou que nunca a amei como você merece.

A senhorita Bennet protestou com veemência contra todos os extraordinários méritos que lhe conferiam e atribuiu o elogio à profunda afeição de sua irmã.

– Não – disse Elizabeth –, isso não é verdade. Você quer pensar que todas as pessoas são respeitáveis e se sente ferida se falo mal de alguém. Quero apenas pensar que você é perfeita e você se recusa a aceitar isso. Não tenha medo de que eu caia em algum excesso, nem lance mão de seu privilégio de benevolência universal. Seria inútil. Há poucas pessoas de quem eu realmente goste, e menos ainda aquelas de quem penso verdadeiramente bem. Quanto mais conheço o mundo, mais me sinto insatisfeita com ele; e cada dia vejo confirmada minha crença na inconsistência de todos os caracteres humanos e da pouca confiança que se pode depositar nas aparências do mérito ou do bom senso. Ultimamente me deparei com dois exemplos; um deles, não vou mencionar; o outro é o casamento de Charlotte. É inexplicável! Sob todos os aspectos, é inexplicável.

– Minha querida Lizzy, não se entregue a sentimentos como esses. Eles vão arruinar sua felicidade. Você não deixa nenhuma margem para diferenças de situação e de temperamento. Considere a respeitabilidade do senhor Collins e o caráter firme e prudente de Charlotte. Lembre-se de que ela pertence a uma família muito grande; que, quanto à fortuna, é a união mais desejável; e mostre-se pronta a acreditar, para bem de todos, que ela pode sentir algo como respeito e estima por nosso primo.

– Para satisfazê-la, tentarei acreditar em quase tudo, mas ninguém mais poderá ser beneficiado por uma crença como essa, pois, se eu estivesse persuadida de que Charlotte tem alguma consideração por ele, só poderia pensar pior de sua inteligência do que agora penso de seu coração. Minha querida Jane, o senhor Collins é um homem convencido, pomposo, tacanho, tolo; você sabe que ele é assim, tão bem como eu; e deve sentir, como eu, que uma mulher que se casar com ele não pode ter um modo muito justo de ver as coisas. Você não vai defendê-la só porque é Charlotte Lucas. Você não pode, por causa de um caso individual, mudar o significado de princípio e de integridade, nem tentar persuadir a você mesma ou a mim que egoísmo é prudência, e que insensibilidade diante do perigo é certeza de felicidade.

– Acho que suas expressões são muito fortes ao falar dos dois – replicou Jane – e espero que você ficará convencida disso ao vê-los felizes juntos. Mas chega disso. Você aludiu a algo mais. Mencionou *dois* exemplos. Não quero interpretá-la mal, mas peço-lhe, querida Lizzy, que não me cause mágoa, julgando que *aquela pessoa* é culpada e dizendo que ela perdeu em seu conceito. Não devemos ser precipitadas e julgar que fomos intencionalmente ofendidas. Não podemos exigir que um jovem despreocupado seja sempre prudente e circunspecto. Muitas vezes é apenas nossa vaidade que nos decepciona. As mulheres imaginam que admiração é mais do que realmente é.

– E os homens fazem tudo para que elas assim pensem.

– Se o fazem propositadamente, não pode haver justificativa; mas acredito que haja tanta artimanha no mundo quanto algumas pessoas imaginam.

– Estou longe de atribuir qualquer aspecto da conduta do senhor Bingley a artimanha – disse Elizabeth –, mas sem o propósito deliberado de agir mal ou de tornar os outros infelizes, pode haver erros, pode haver tristezas. Negligência, falta de atenção para com os sentimentos de outras pessoas e falta de firmeza produzem os mesmos efeitos.

– E você atribui qualquer desses defeitos a ele?

– Sim; até o último. Mas se continuar, vou desgostá-la ao dizer o que penso de pessoas que você estima. Detenha-me enquanto puder.

– Você persiste então em supor que as irmãs dele o influenciam?

– Sim, em combinação com o amigo dele.

– Não posso acreditar nisso. Por que tentariam influenciá-lo? Só podem desejar a felicidade dele; e se ele me ama, nenhuma outra mulher pode lhe dar essa felicidade.

– Sua primeira suposição é falsa. Eles podem desejar muitas coisas além da felicidade dele; podem desejar o aumento de sua riqueza e de sua importância; podem desejar que ele se case com uma moça que tenha toda a importância em questão de dinheiro, relações de alta classe e orgulho.

– Sem dúvida, eles realmente desejam que ele escolha a senhorita Darcy – retrucou Jane. – Mas isso pode provir de sentimentos melhores do que você supõe. Eles a conhecem há muito mais tempo do que a mim; não é de se surpreender que gostem mais dela. Mas quaisquer que sejam seus desejos, é bem pouco provável que elas pudessem se opor à vontade do irmão. Que irmã se sentiria com liberdade de fazer uma coisa dessas, a menos que houvesse algo muito mais repreensível? Se acreditassem que ele gosta realmente de mim, não tentariam nos separar; se assim fosse, não conseguiriam. Ao supor tal afeição, você faz todo mundo agir maldosa e erradamente e me deixa muito infeliz. Não me aflija com essa ideia. Não estou envergonhada por me ter enganado... ou, pelo menos, a vergonha é pouca, não é nada em comparação com o que eu sentiria se pensasse mal dele ou das irmãs dele. Deixe-me ver as coisas do melhor dos modos, do modo em que devem ser entendidas.

Elizabeth não podia se opor a semelhante desejo; e, a partir desse momento, o nome do senhor Bingley raramente voltou a ser mencionado entre elas.

A senhora Bennet continuou ainda a estranhar e a queixar-se de que ele não voltava mais e, embora não se passasse um dia sem que Elizabeth desse uma explicação clara a respeito, havia pouca probabilidade de que a senhora Bennet jamais considerasse o fato com menos perplexidade. Sua filha procurava convencê-la de uma coisa em que ela mesma não acreditava: de que as atenções dele para com Jane tinham sido meramente o efeito de uma simpatia comum e transitória, cessando depois que ele não a viu mais; mas, embora a probabilidade dessa afirmação fosse admitida no momento, ela era obrigada a repeti-la todos os dias. O melhor consolo da senhora Bennet era lembrar-se de que Bingley deveria voltar no verão.

O senhor Bennet tratava o assunto de maneira diferente.

– Então, Lizzy – disse ele um dia –, sua irmã teve uma decepção amorosa, creio. Congratulo-me com ela. Depois do casamento, uma jovem gosta de ter uma decepção amorosa de vez em quando. É uma coisa que dá o que pensar e lhe confere uma espécie de distinção entre suas companheiras. Quando chegará sua vez? Dificilmente vai querer ser suplantada por Jane. Chegou sua hora. Há bastantes oficiais em Meryton para decepcionar todas as moças da região. Escolha Wickham. É um sujeito simpático e lhe daria o fora honrosamente.

– Obrigada, senhor, mas um homem menos agradável seria suficiente para mim. Não devemos todas esperar a boa sorte de Jane.

– É verdade – disse o senhor Bennet –, mas é um conforto pensar que o que quer que lhe aconteça nesse ponto, você tem uma mãe afetuosa que saberia tirar o melhor partido disto.

A companhia do senhor Wickham era muito útil para dissipar a tristeza que as últimas perversas ocorrências tinham trazido para muitos membros da família de Longbourn. Viam-no com frequência e a suas outras qualidades acrescia agora a de uma franqueza total. Tudo o que Elizabeth já tinha ouvido, as queixas dele a respeito do senhor Darcy e o que tinha sofrido por sua causa era agora conhecido de todos e publicamente discutido; e todos se sentiam contentes ao pensar que sempre tinham antipatizado com o senhor Darcy, mesmo antes de saber qualquer coisa de tudo isso.

A senhorita Bennet era a única criatura que supunha que poderia haver circunstâncias atenuantes no caso, desconhecidas da sociedade de Hertfordshire. Sua doce e firme candura sempre pleiteava condescendência e insistia na possibilidade de enganos..., mas todos os outros condenavam o senhor Darcy como o pior dos homens.

≈ CAPÍTULO 25 ≈

Depois de uma semana passada em promessas de amor e planos de felicidade, o senhor Collins foi tolhido da companhia de sua adorável Charlotte pela chegada do sábado. A dor da separação, contudo, seria nele aliviada pelos preparativos para a recepção de sua noiva, porquanto tinha motivos para esperar que, logo depois de seu retorno a Hertfordshire, veria finalmente marcado o dia que o tornaria o mais feliz dos homens. Despediu-se de seus parentes de Longbourn com tanta solenidade como anteriormente; desejou novamente a suas belas primas saúde e felicidade e prometeu ao pai delas outra carta de agradecimentos.

Na segunda-feira seguinte, a senhora Bennet teve o prazer de receber seu irmão e sua cunhada, que vieram como de costume passar o Natal em Longbourn. O senhor Gardiner era um homem sensato e refinado, muito superior à irmã, tanto em natureza como em educação. As senhoras de Netherfield dificilmente haveriam de acreditar que um homem que vivia do comércio e que morava perto de seus armazéns pudesse ser tão bem-educado e agradável. A senhora Gardiner, que era vários anos mais moça do que a senhora Bennet e a senhora Phillips, era uma mulher amável, inteligente, elegante e muito querida por suas sobrinhas de Longbourn. Especialmente entre as duas mais velhas e ela própria havia uma forte amizade. As moças tinham passado temporadas na casa dela, na capital.

A primeira parte da atividade da senhora Gardiner ao chegar consistiu em distribuir os presentes que trazia e descrever as modas mais recentes. Feito isso, seu papel se tornou menos ativo. Chegou a vez dela de ouvir. A senhora Bennet tinha muitas mágoas a contar e muito do que se queixar. Eles tinham sofrido grandes desilusões desde a última vez em que vira a cunhada. Duas de suas filhas tinham estado a ponto de se casar e, no fim, tudo dera em nada.

– Não culpo Jane – continuou ela –, pois Jane teria aceitado o senhor Bingley, se pudesse. Mas Lizzy! Oh, minha cunhada! É muito duro pensar que ela podia ser agora a esposa do senhor Collins, se não fosse pela própria insensatez dela. Ele lhe fez uma proposta aqui mesmo nesta sala e ela o recusou. A consequência disso é que Lady Lucas vai ter uma filha casada antes de mim e que a propriedade de Longbourn está mais do que nunca destinada a passar para mãos estranhas. Os Lucas, de fato, são gente muito esperta, cunhada. Eles só pensam nas vantagens que podem levar. Sinto muito dizer isso deles, mas é verdade. Deixa-me muito nervosa e entristecida ser assim contrariada em minha própria família e ter vizinhos que pensem mais em si mesmos do que nos outros. Sua visita, no entanto, exatamente nesse momento é o maior consolo e muito me alegro em saber o que você acaba de nos contar a respeito das mangas compridas.

A senhora Gardiner, para quem a maior parte dessas notícias já fora transmitida por Jane e Elizabeth na correspondência que mantinham com ela, deu à cunhada uma resposta evasiva e, com pena das sobrinhas, mudou o assunto da conversa.

Mais tarde, uma vez sozinha com Elizabeth, voltou a abordar o assunto.

– Parece provável que tenha sido um partido desejável para Jane – disse ela. – Sinto que não tenha dado certo. Mas essas coisas acontecem com tanta frequência! Um jovem, como você descreve o senhor Bingley, se apaixona facilmente por uma moça bonita durante algumas semanas e quando um acaso os separa, também a esquece facilmente. Essa espécie de inconstância é muito frequente.

– De certo modo, é um excelente consolo – disse Elizabeth –, mas não serve para nós. Não sofremos por acaso. Não acontece muitas vezes que a interferência de amigos possa persuadir um jovem de fortuna independente a não pensar mais numa moça que ele amava apaixonadamente poucos dias antes.

– Mas a expressão "amar apaixonadamente" é tão gasta, tão duvidosa, tão indefinida que pouco me diz. Muitas vezes é aplicada tanto a sentimentos que surgem depois de meia hora apenas de contato, como a verdadeira e profunda afeição. Por favor, qual era o grau de intensidade da paixão do senhor Bingley?

– Nunca vi uma inclinação mais promissora. Ele estava se tornando menos atencioso para com as outras pessoas e totalmente envolvido por Jane. Toda vez que se encontravam, isso se tornava mais claro e digno de nota. No baile que ele próprio organizou, ofendeu duas ou três moças, ao não tirá-las para dançar; e eu mesma falei com ele duas vezes sem obter qualquer resposta. Poderia haver melhores sintomas? Não é a descortesia geral a própria essência do amor?

– Oh, sim!... dessa espécie de amor suponho que tenha sido o dele. Pobre Jane!

Sinto muito por ela, porque, com o jeito que a caracteriza, pode não conseguir esquecê-lo imediatamente. Teria sido melhor que tivesse acontecido com você, Lizzy; teria levado o caso com bom humor e o teria esquecido mais depressa. Mas você acha que podemos convencê-la a voltar conosco? Uma mudança de lugar poderia ser útil... e talvez uma breve ausência de casa pode ser mais útil que qualquer outra coisa.

Elizabeth ficou extremamente contente com essa proposta e convencida da pronta aceitação de sua irmã.

– Espero – acrescentou a senhora Gardiner – que nenhuma consideração por esse jovem a influencie. Moramos em pontos tão afastados da cidade, todas as nossas relações são tão diferentes e, como bem sabe, saímos tão raramente, que é muito improvável que se encontrem, a menos que ele venha realmente visitá-la.

– E isso é inteiramente impossível pois ele está sob a vigilância do amigo e o senhor Darcy não toleraria que ele fosse visitar Jane em tal quarteirão de Londres! Minha querida tia, como pode supor tal coisa? O senhor Darcy talvez tenha ouvido falar de Gracechurch Street, mas ele dificilmente haveria de pensar que um mês de abluções fosse suficiente para purificá-lo das impurezas desse lugar, se alguma vez tivesse de entrar nele; pode ter certeza de que o senhor Bingley nunca circula pela cidade sem ele.

– Tanto melhor. Espero que eles não se encontrem. Mas Jane não se corresponde com a irmã dele? Esta não poderá deixar de visitá-la.

– Ela cortará relações totalmente.

Mas apesar da certeza com que Elizabeth fingia acreditar nesse ponto, bem como no mais interessante ainda de Bingley ser impedido de visitar Jane, sentia certa ansiedade nesse assunto, que a convenceu, depois de refletir, que não o considerava inteiramente perdido. Era possível, e algumas vezes lhe parecia até provável, que a afeição dele poderia ser reavivada e que a influência dos amigos dele pudesse ser contrabalançada com êxito pela influência mais natural dos atrativos de Jane.

A senhorita Bennet aceitou com prazer o convite da tia. E se ao mesmo tempo se lembrava dos Bingley, era apenas para desejar que lhe fosse possível ocasionalmente passar uma manhã com Caroline; e poderia fazê-lo sem correr o perigo de ver Bingley, visto que a amiga não morava com o irmão.

Os Gardiner ficaram uma semana em Longbourn; e não passou um dia sem que tivessem compromissos sociais com os Phillips, com os Lucas e com os oficiais. A senhora Bennet tinha planejado tão cuidadosamente o entretenimento para o irmão e cunhada que eles não sentaram juntos uma só vez para um jantar de família. Quando o encontro se realizava em casa, alguns oficiais sempre participavam dele... entre os quais sempre estava presente o senhor Wickham. E nessas ocasiões, a senhora Gardiner, em cujo espírito os calorosos elogios de Elizabeth tinham despertado suspeitas, observava os dois com muita atenção. Sem supor, pelo que via, que eles estivessem seriamente apaixonados, a preferência que manifestavam um pelo outro era mais que suficiente para inquietá-la; resolveu então falar a Elizabeth sobre o assunto antes de partir de Hertfordshire e fazer ver a ela a imprudência de encorajar essa afeição.

Para a senhora Gardiner, Wickham possuía um meio de despertar interesse, independente de seus múltiplos encantos. Há uns dez ou doze anos, antes de seu casamento, ela tinha passado tempo considerável nessa mesma região de Derbyshire, na qual Wickham havia nascido. Tinham, portanto, muitos conhecidos em comum; e embora Wickham só tivesse ido poucas vezes até lá, depois da morte do pai do senhor Darcy, ele podia dar notícias mais recentes dos antigos amigos da senhora Gardiner do que as que ela poderia obter de outro modo.

A senhora Gardiner tinha estado em Pemberley e conhecia muito bem de nome o falecido senhor Darcy. Ali estava, portanto, um assunto inesgotável de conversa. Comparando suas lembranças de Pemberley com as minuciosas descrições que Wickham lhe fazia e prestando seu tributo de admiração ao caráter de seu antigo possuidor, a senhor Gardiner deliciava-se a si mesma como deixava contente seu interlocutor. Ao ser informada do tratamento que o atual senhor Darcy lhe dispensara, ela tentou se lembrar da reputação que esse cavalheiro tinha quando menino e julgou finalmente recordar-se de ter ouvido dizer que o senhor Fitzwilliam Darcy tinha sido um menino muito orgulhoso e de mau caráter.

≈ CAPÍTULO 26 ≈

O alerta da senhora Gardiner a Elizabeth foi dado sem demora e com amabilidade na primeira oportunidade favorável que teve de falar com ela a sós; depois de lhe ter dito sinceramente o que pensava, prosseguiu da seguinte maneira:

– Você é uma moça suficientemente sensata, Lizzy, para não se apaixonar somente porque te previnem contra isso; e por isso não receio falar abertamente. Deve agir com cautela, é sério. Não se envolva ou se empenhe em envolvê-lo num afeto que a falta de fortuna poderia tornar deveras imprudente. Nada tenho a dizer contra ele; é um jovem muito atraente; e, se ele tivesse a fortuna que lhe estava destinada, acho que você não poderia fazer melhor escolha. Mas como estão as coisas, não se deixe arrastar pela fantasia. Você tem bom senso e todos esperamos que faça bom uso dele. Estou certa de que seu pai conta com sua firmeza e boa conduta. Não deve desapontar seu pai.

– Minha querida tia, trata-se, na verdade, de assunto sério.

– Sim, e espero convencê-la a ser igualmente séria.

– Bem, nesse caso, a senhora não precisa ficar preocupada. Vou tomar cuidado comigo mesma e com o senhor Wickham também. Ele não vai se apaixonar por mim, se eu puder evitar.

– Elizabeth, agora não está sendo séria.

– Peço perdão, vou tentar de novo. De momento não estou apaixonada pelo senhor Wickham; não, é certo que não. Mas ele é, sem comparação, o homem mais simpático que já vi... e, se ele se afeiçoar realmente a mim... creio que seria preferível ele não o fizesse. Vejo a imprudência disso. Oh! Aquele abominável senhor Darcy! A opinião que meu pai tem de mim é de suma honra para mim e me sentiria miserável se viesse a perdê-la. Meu pai, no entanto, simpatiza com o senhor Wickham. Em resumo, minha querida tia, lamentaria muito se eu me tornasse motivo de infelicidade para alguém de vocês; mas, se diariamente vemos que, onde há profunda afeição, os jovens raramente são impedidos pela imediata falta de fortuna a assumir compromisso definitivo um com o outro, como posso prometer ser mais sensata do que tantas de minhas amigas se eu for tentada ou como posso até mesmo saber que seria mais sábio resistir? Tudo o que posso lhe prometer, portanto, é não ter pressa. Não terei pressa em considerar-me o principal objetivo dele. Quando estiver em companhia dele, nada desejarei. Em resumo, farei o melhor que puder.

– Talvez também não fosse má ideia dissuadi-lo de vir aqui tantas vezes. Pelo menos, não deveria lembrar sua mãe de convidá-lo.

– Como fiz no outro dia – disse Elizabeth, com um sorriso malicioso. – Tem razão, será mais sensato evitar isso. Mas não imagine que ele tenha andado por aqui tantas vezes assim. É por sua causa que ele tem sido convidado com tanta frequência durante esta semana. Sabe como é a minha mãe no tocante à necessidade de constante companhia para os amigos. Mas realmente, e por minha honra, tentarei fazer o que achar que é mais prudente; e agora espero que esteja satisfeita.

A tia assegurou-a de que estava e, depois que Elizabeth lhe agradeceu a amabilidade de suas sugestões, elas se separaram; um exemplo maravilhoso de conselho dado sobre assunto tão delicado, sem haver qualquer ressentimento.

O senhor Collins regressou a Hertfordshire logo depois que os Gardiner e Jane haviam partido; mas decidiu se instalar em casa dos Lucas, a chegada dele não trouxe grande inconveniente para a senhora Bennet. O casamento dele se aproximava agora rapidamente e ela já estava, finalmente, tão resignada a ponto de considerá-lo inevitável e de dizer repetidas vezes, num tom malicioso, que "desejava que fossem felizes". Quinta-feira seria o dia da cerimônia e, na quarta-feira, a senhorita Lucas fez sua visita de despedida; e quando ela se ergueu para partir, Elizabeth, envergonhada pelos indelicados e relutantes votos de felicidades da mãe e ela própria sinceramente afetada, acompanhou-a até a porta. Quando elas desciam juntas as escadas, Charlotte disse:

– Espero que me escreva com frequência, Eliza.

– Pode ter certeza disso.

– Tenho outro favor a lhe pedir. Virá um dia me visitar?

– Podemos nos encontrar com frequência, espero, aqui em Hertfordshire.

– Provavelmente não vou sair de Kent por algum tempo. Promete-me, portanto, que virá a Hunsford.

Elizabeth não podia recusar, embora antevisse a visita com pouco prazer.

– Meu pai e Maria irão me ver em março – acrescentou Charlotte – e espero que concorde em acompanhá-los. Na verdade, Eliza, você será tão bem-vinda como qualquer um deles.

O casamento foi realizado; da porta da igreja, os noivos partiram para Kent e todos tinham muito a dizer ou a ouvir, como de costume, sobre o acontecimento. Elizabeth logo teve notícias da amiga; e sua correspondência era tão regular e frequente como sempre havia sido; que fosse igualmente tão franca era impossível. Elizabeth nunca poderia se dirigir a ela sem que sentisse que todo o conforto da intimidade tinha acabado e, embora decidida a não relaxar como correspondente, escrevia mais por aquilo que entre elas existira do que pelo que agora existia. As primeiras cartas de Charlotte foram recebidas com boa dose de ansiedade; tinha, acima de tudo, curiosidade em saber como falaria de seu novo lar, que achara de Lady Catherine e até que ponto ousaria confessar que estava feliz, embora, ao ler as cartas, Elizabeth visse que Charlotte se expressava em cada tópico exatamente como ela poderia ter previsto. Escrevia com alegria, parecia cercada de confortos e nada mencionava que não pudesse elogiar. A casa, a mobília, a vizinhança e as estradas eram todas de seu gosto; e o comportamento de Lady Catherine era mais que amigável e afetuoso. Era o quadro do senhor Collins de Hunsford e Rosings racionalmente suavizado; e Elizabeth percebeu que ela estava esperando sua visita para saber do resto.

Jane já tinha escrito algumas linhas à irmã para lhe anunciar sua chegada tranquila em Londres; e quando tornou a lhe escrever, Elizabeth esperava que ela já pudesse contar alguma coisa sobre os Bingley.

A segunda carta, porém, não correspondeu à sua impaciência. Já fazia uma semana que Jane estava na capital sem que visse Caroline ou ouvisse falar dela. Atribuía o fato, porém, de sua última carta enviada de Longbourn à amiga se tivesse extraviado.

"Minha tia", continuava ela, "vai amanhã para aqueles lados da cidade e eu vou aproveitar a oportunidade para uma visita à Grosvernor Street".

Escreveu novamente depois da visita e dizia ter-se encontrado com a senhorita Bingley.

"Não achei Caroline muito bem-disposta, "eram as palavras dela, "mas ficou muito contente ao me ver e me recriminou por não tê-la avisado de minha vinda a Londres. Eu estava certa, pois ela nunca chegou a receber minha última carta. Naturalmente, perguntei-lhe pelo irmão. Ele estava bem, mas tão ocupado com o senhor Darcy que eles raramente o viam. Percebi que esperavam a senhorita Darcy para o jantar. Teria gostado de vê-la. Minha visita não durou muito, pois Caroline e a senhora Hurst estavam para sair. Creio que em breve as verei aqui".

Elizabeth meneou a cabeça sobre a carta. Convenceu-se de que só por acaso o senhor Bingley viria a saber da presença da irmã na capital.

Quatro semanas se passaram e Jane nada soube dele. Tentou se persuadir de que não lastimava o fato; mas não poderia continuar se iludindo com o desinteresse da senhorita Bingley. Depois de ficar esperando em casa, todas as manhãs e por quinze dias, e inventando todas as noites uma nova desculpa para continuar a fazê-lo, a amiga finalmente apareceu; mas o pouco tempo que ficou e, mais ainda, a alteração de seus modos permitiu a Jane a não se iludir por mais tempo. A carta que escreveu à irmã, por essa ocasião, demonstra o que ela sentiu:

"Minha querida Lizzy, sei que será incapaz de uma atitude de triunfo, às minhas custas, quando lhe confessar que estava inteiramente iludida a respeito da estima da senhorita Bingley por mim. Mas, minha querida irmã, embora o que ocorreu venha lhe dar razão, não me julgue obstinada se eu continuar a afirmar que, considerando o que era o comportamento dela, minha confiança era tão natural quanto sua suspeita. Não entendo qual o propósito dela ao desejar ter intimidade comigo; mas se as mesmas circunstâncias voltassem a se repetir, estou certa de que me deixaria iludir de novo. Só ontem é que Caroline me retribuiu a visita e, nesse meio tempo, não recebi nem um bilhete, nem uma só linha. Quando finalmente apareceu, era bem evidente que não tinha qualquer prazer nisso; deu uma leve e formal desculpa por não ter vindo antes, não disse uma palavra quanto a desejar me ver de novo e estava tão diferente sob todos os aspectos que, ao despedir-se e ir embora, eu já estava perfeitamente decidida a não continuar mais a amizade. Tenho pena, mas não posso deixar de recriminá-la. Ela agiu muito mal ao me descartar como fez; posso afirmar, sem receio algum, que todas as iniciativas para uma intimidade partiram dela. Mas lamento, porque deve sentir que agiu mal e porque estou certa de que a causa disso foi a ansiedade dela pelo irmão. Não preciso me explicar mais delongadamente; e embora saibamos que tal ansiedade é descabida, ainda que a sinta, é facilmente justificada por seu comportamento para comigo; e o irmão lhe devota tal ternura que qualquer que seja a ansiedade que ela sinta por ele é sempre natural e amável. Não deixo de estranhar, contudo, que ela tenha esses receios precisamente agora, porque, se ele tivesse algum interesse por mim, há muito tempo que nós nos teríamos encontrado. Tenho certeza de que ele sabe que estou na capital, pois foi o que deduzi de algo que ela própria disse; e, mais ainda, pareceria, pela maneira dela de falar, que ela quisesse se persuadir de que ele se interessava realmente pela senhorita Darcy. Não posso compreender. Se eu não receasse julgar severamente, estaria quase tentada a dizer que existe em tudo isso uma forte aparência de duplicidade. Mas me esforçarei em banir todo pensamento penoso e pensar somente naquilo que me fará feliz... sua afeição e a infatigável bondade de meus tios. Não demore muito para me escrever. A senhorita Bingley falou em nunca mais voltar a Netherfield e que eles pretendiam largar a casa, mas não com muita certeza. É melhor nem mencionar isso. Fico imensamente feliz de que tenha recebido notícias tão agradáveis de nossos amigos de Hunsford. Peço-lhe que vá visitá-los, junto com Sir William e Maria? Estou certa de que se sentiria muito bem por lá. Sua, etc."

A carta entristeceu Elizabeth; mas se tranquilizou ao pensar que Jane não seria mais ludibriada, pelo menos pela irmã. Quanto ao irmão, toda a expectativa que ela criara ruiu por completo. Não desejava sequer que ele renovasse suas atenções para com ela. Quanto mais analisava o caráter dele, tanto maior era sua desilusão; e como punição para ele, assim como uma possível vantagem para Jane, ela esperava seriamente que ele em breve se casasse realmente com a irmã do senhor Darcy, pois, segundo o relato do senhor Wickham, ela o faria lamentar imensamente o que ele havia desdenhado.

Por esses dias, a senhora Gardiner escreveu a Elizabeth, lembrando-a de sua promessa referente àquele cavalheiro e pedindo-lhe informações; e Elizabeth prontamente acedeu, embora elas fossem motivo de maior contentamento para a tia do que para ela própria. Sua aparente inclinação se havia acalmado, suas atenções tinham cessado, e ele era agora o admirador de outra. Elizabeth era suficientemente perspicaz para perceber tudo, mas podia observá-lo e escrever sobre ele sem maiores mágoas. O coração dela tinha sido apenas levemente afetado e ela se envaidecia em acreditar que teria sido ela a eleita, se a fortuna o tivesse permitido. A súbita aquisição de dez mil libras constituía o principal encanto da jovem para a qual ele agora mostrava toda a sua amabilidade. Mas Elizabeth, menos sagaz talvez neste caso que no de Charlotte, não o criticou por seu desejo de independência. Pelo contrário, nada poderia ser mais natural; e enquanto se sentia capaz de supor que lhe custaria somente um pouco de esforço para renunciar a ela, Elizabeth estava pronta para aceitar o fato como uma medida sensata e desejável para ambos, e muito sinceramente desejou que ele fosse feliz.

A senhora Gardiner foi informada de tudo isso; e depois de relatar as circunstâncias, ela continuou dessa forma:

"Estou agora convencida, minha querida tia, de que não cheguei a estar apaixonada; pois, se eu tivesse experimentado realmente essa pura e elevada paixão, agora eu detestaria ouvir o próprio nome dele e lhe desejaria todo o mal. Mas meus sentimentos não são somente cordiais para com ele, como nada tenho contra a senhorita King. Não posso sentir que a detesto ou que não sinta vontade nenhuma de considerá-la um bom tipo de moça. Nunca poderia haver amor em tudo isso. Minha vigilância tem sido efetiva; e embora eu certamente me tivesse tornado um objeto de maior interesse para todos os meus conhecidos,

se me tivesse insensatamente apaixonado por ele, não posso dizer que lastime minha relativa insignificância. A importância, às vezes, pode custar muito caro. Kitty e Lydia ficaram mais sentidas com a deserção dele do que eu mesma. Elas pouco conhecem do mundo e ainda não estão preparadas para a mortificante convicção de que um jovem bonito necessita tanto de dinheiro para viver como qualquer outro."

≈ CAPÍTULO 27 ≈

Janeiro e fevereiro se passaram sem outros maiores acontecimentos que esses na família de Longbourn e, por outro lado, pouco diversificados, além das caminhadas até Meryton, às vezes com chuva, outras vezes com frio. Em março, Elizabeth iria para Hunsford. De início, ela não tinha encarado com muita seriedade a possibilidade de ir, mas Charlotte, logo descobriu, contava com o plano e aos poucos Elizabeth se habituou a considerá-lo com maior interesse e com mais certeza. O tempo havia aumentado o desejo de rever Charlotte e havia enfraquecido sua aversão pelo senhor Collins. Havia também o sabor da novidade no plano e, com a mãe que tinha e irmãs tão pouco camaradas, sua casa não lhe faria falta e uma mudança não deixava de ser bem-vinda para ela própria. Além disso, a viagem lhe daria a oportunidade de ver Jane; e, em resumo, à medida que o dia se aproximava, menos desejava adiar a partida. Tudo corria normalmente, porém, e finalmente ficou combinado, de acordo com os planos de Charlotte. E Elizabeth iria em companhia de Sir William e de sua segunda filha. O detalhe de passar uma noite em Londres foi acrescentado a tempo e o plano se tornou perfeito como todo plano deve ser.

Elizabeth lamentou apenas ter de deixar o pai, que certamente sentiria sua falta e que; chegado o dia, se mostrou tão pouco satisfeito com a partida dela, que pediu para que lhe escrevesse e quase prometeu responder a carta.

A despedida entre ela e o senhor Wickham foi perfeitamente amigável; da parte dele, mais que isso. Sua busca atual por alguém não o fazia esquecer que Elizabeth fora a primeira a despertar e a merecer suas atenções, a primeira que o ouvira e se compadecera dele, a primeira a ser admirada; e quando disse adeus a ela, desejou-lhe todos os prazeres, lembrando-lhe a descrição que fizera de Lady Catherine de Bourgh e disse que esperava que a opinião de ambos a respeito daquela senhora... a opinião deles sobre todas as outras pessoas... deveria sempre coincidir; em todas as suas palavras havia solicitude e interesse, de modo que ela sentiu que esses sentimentos sempre a uniriam a ele numa sincera afeição. E separou-se dele convencida de que, casado ou solteiro, ele sempre deveria ser para ela o modelo de jovem amável e sedutor.

Seus companheiros de viagem do dia seguinte não eram pessoas capazes de fazer com que ela o achasse menos agradável. Sir William e sua filha Maria, uma jovem bem-humorada, mas tão fútil como ele, nada tinham a dizer que valesse a pena ser ouvido e ela os escutava quase com tanto prazer como escutava o chiado das rodas da carruagem. Elizabeth gostava de coisas absurdas, mas fazia muito tempo que conhecia Sir William. Nada de novo ele podia contar sobre as maravilhas de sua apresentação na corte e de sua inclusão entre a nobreza; e sua gentileza era desgastada como sua conversa.

Era uma viagem de apenas 24 milhas, mas partiram bem cedo para poder chegar a Gracechurch Street por volta do meio-dia. Ao pararem à porta da casa do senhor Gardiner, Jane estava a uma das janelas da sala de estar, aguardando a chegada deles. Quando entraram pelo portão, ela já se encontrava ali para recebê-los e Elizabeth, olhando-a fixamente no rosto, ficou contente ao vê-la tão bonita e amável como sempre. No alto da escada havia um grupo de meninos e meninas, rapazes e garotas, cuja ânsia de ver a prima não lhes permitira esperar na sala de visitas, e cuja timidez, pois há um ano que a não viam, lhes impedia de descer a seu encontro. Tudo era alegria e afabilidade. O dia decorreu da forma mais agradável; as primeiras horas passadas no alvoroço das compras e a noite, num dos teatros.

Ali, Elizabeth decidiu sentar-se ao lado da tia. O primeiro assunto a tocado dizia respeito à irmã e ficou mais preocupada do que surpresa ao ouvir, em resposta a suas minuciosas perguntas que, embora Jane continuasse lutando para manter sua boa disposição, tinha períodos de desânimo. Era normal, contudo, esperar que eles não durassem muito tempo. A senhora Gardiner contou também detalhes da visita da senhorita Bingley a Gracechurch Street e repetiu conversas que desde então tivera com Jane, que provavam que esta tinha desistido de tal amizade.

A senhora Gardiner se referiu então à deserção de Wickham e cumprimentou a sobrinha por suportá-la tão bem.

– Mas, querida Elizabeth – acrescentou ela –, que tipo de moça é a senhorita King? Lamentaria pensar que nosso amigo não passa de um interesseiro.

– Por favor, minha querida tia, qual a diferença no casamento entre o motivo interesseiro e o prudente? Onde acaba a discrição e começa a cobiça? No Natal passado a senhora receava que ele se casasse comigo, porque seria imprudente; e agora, porque ele procura cativar uma moça que possui apenas dez mil libras, e quer concluir que ele é um interesseiro.

– Se me disser que tipo de moça é a senhorita King, saberei o que pensar.

– Ela é uma boa moça, creio. Nunca ouvi falar mal dela.

– Mas ele nunca lhe deu a menor importância, até que a morte do avô a tornou dona dessa fortuna.

– Não... por que agiria assim? Se não lhe era permitido conquistar minha afeição, porque eu não tinha dinheiro, por que razão haveria ele de se interessar por uma moça, a quem não dava importância e que era tão pobre como eu?

– Mas parece uma indelicadeza dirigir as atenções para essa moça logo depois da morte do avô.

– Um homem em situação complicada não tem tempo para

todos esses atos de elegante decoro que os outros podem observar. Se ela não tem objeções, por que nós as deveríamos ter?

– O fato de ela não ter objeções não justifica a atitude dele. Mostra somente que nela há algo que lhe falta... bom senso ou sentimentos.

– Bem – exclamou Elizabeth –, que seja como quiser. Ele deve ser interesseiro e ela, tola.

– Não, Lizzy, isso é o que eu não quero. Lamentaria, bem sabe, pensar mal de um jovem que viveu por tanto tempo em Derbyshire.

– Oh! Se é só isso, tenho uma péssima opinião dos jovens que vivem em Derbyshire; e os íntimos amigos deles que vivem em Hertfordshire não são muito melhores. Estou farta de todos eles. Graças a Deus! Amanhã mesmo vou para onde encontrar um homem destituído de qualquer qualidade atraente, que não possui modos nem bom senso a recomendá-lo. No fundo, os estúpidos são os únicos que vale a pena conhecer.

– Tome cuidado, Lizzy; esse modo de falar se parece muito com desilusão.

Antes que elas se separassem pelo fim da peça, Elizabeth teve a inesperada alegria de um convite para acompanhar os tios num passeio que eles planejavam para o verão.

– Ainda não decidimos até onde iremos – disse a senhora Gardiner –, mas, talvez, até os Lagos.

Nenhum plano poderia ser mais agradável para Elizabeth e aceitou o convite com a maior presteza e gratidão.

– Oh! Minha querida tia – exclamou ela, entusiasmada –, que delícia! Que felicidade! A senhora me dá nova vida e vigor. Adeus à desilusão e à melancolia. Que são os homens comparados com a rochas e montanhas? Oh! Que horas de êxtase haveremos de passar! E quando regressarmos, não será como outros viajantes, que não são capazes de dar uma ideia exata de nada. Nós saberemos para onde fomos... nos lembraremos do que vimos. Lagos, montanhas e rios não se misturarão em nossa imaginação; nem quando tentarmos descrever determinado cenário, começaremos a discutir sobre sua relativa situação. Não deixaremos que nossas primeiras efusões sejam tão insuportáveis como as da maioria dos viajantes.

≈ CAPÍTULO 28 ≈

Tudo, na viagem do dia seguinte, era novo e interessante para Elizabeth; e ela estava num estado de total animação, pois não somente a boa aparência da irmã dissipara todas as preocupações a respeito de sua saúde, como também a perspectiva do passeio pelo norte era para ela uma fonte de constante alegria.

Quando deixaram a estrada principal para tomar a vicinal que os conduziria a Hunsford, todos os olhos estavam em busca do presbitério e a cada curva da estrada esperavam deparar-se com ele. As paliçadas de Rosings Park limitavam a estrada de um lado. Elizabeth sorriu ao recordar-se de tudo o que tinha ouvido sobre seus habitantes.

Finalmente avistaram o presbitério. O jardim descendo até a estrada, a casa logo acima, as estacas verdes, a sebe de loureiro, tudo indicava que estavam chegando. O senhor Collins e Charlotte apareceram à porta e a carruagem parou diante do pequeno portão, que se abria para uma viela cascalhada até a casa, por entre acenos e sorrisos de todos. Num instante desceram da carruagem e todos estavam exultantes por se verem de novo. A senhora Collins recebeu a amiga com grande satisfação e Elizabeth se sentia sempre mais feliz ao constatar que era tão carinhosamente recebida. Notou de imediato que os modos do primo não tinham mudado com o casamento. Sua delicadeza formal era exatamente o que sempre fora e deteve Elizabeth por alguns minutos junto ao portão para ouvir e perguntar sobre toda a família. Foram então, sem mais demora, depois de ele apontar para a beleza da entrada, conduzidos para dentro de casa; e logo que chegaram à sala de visitas, ele voltou a dar as boas-vindas, desculpando-se com ostensiva formalidade por sua humilde morada, e repetiu todas as recomendações de sua esposa para que sentissem à vontade.

Elizabeth estava preparada para vê-lo em toda a sua pompa; e não pôde deixar de imaginar que, ao mostrar a proporção ideal da sala, seu aspecto e mobília, ele estava se dirigindo particularmente a ela, como que desejando fazê-la sentir o que havia perdido ao recusá-lo. Mas, embora tudo parecesse belo e confortável, ela não estava disposta a gratificá-lo com qualquer suspiro de arrependimento; e mal olhou para a amiga, com espanto mal disfarçado, ao vê-la tão animada junto ao companheiro. Quando o senhor Collins dizia alguma coisa que poderia envergonhar a esposa, o que certamente não era raro, Elizabeth voltava involuntariamente seus olhos para Charlotte. Uma ou duas vezes pôde notar que ela corou levemente; mas em geral Charlotte sabiamente fingia não ouvir. Depois de terem permanecido na sala tempo suficiente para admirar todos os objetos de mobília, desde o guarda-louça até os utensílios da lareira, e para contar detalhes da viagem e tudo o que tinham feito em Londres, o senhor Collins os convidou para uma caminhada pelo jardim, que era grande e muito bem cuidado, cultivado por ele próprio. Trabalhar nesse jardim era um de seus maiores prazeres; e Elizabeth admirava a moderação com que Charlotte falava dos benefícios para a saúde desse exercício e ela o recomendava sempre que possível. Nesse ponto, seguindo por todas as trilhas e raramente concedendo-lhes tempo para tecerem elogios, tudo era explicado com minúcias que acabavam deixando a beleza inteiramente de lado. Ele era capaz de contar os campos que se estendiam em cada direção e podia dizer quantas árvores havia no bosque mais distante. Mas de toda a beleza de que seu jardim ou daqueles da região ou mesmo do reino poderiam se vangloriar, nenhum deles poderia ser comparado ao projeto do jardim de Rosings, provido de uma entrada entre as árvores que cercavam o parque do lado oposto da frente da casa, que era uma bela e moderna construção, situada num terreno em aclive.

Do jardim, o senhor Collins os teria conduzido através dos dois prados, que eram dele; mas as senhoras, que não dispunham de sapatos apropriados para enfrentar os restos de geada, preferiram voltar; e, enquanto Sir William o acompanhava no passeio, Charlotte reconduziu a irmã e a amiga para casa, extremamente satisfeita, provavelmente por ter a oportunidade de mostrá-la sem a ajuda do marido. Era bastante pequena, mas bem construída e aconchegante; e tudo era bem adequado e disposto com arte e bom gosto, que Elizabeth atribuiu obviamente a Charlotte. Uma vez esquecido o senhor Collins, passaram a sentir-se realmente mais à vontade; e pela evidente animação de Charlotte, Elizabeth concluiu que ele devia ser esquecido com frequência.

Já a haviam informado que Lady Catherine ainda se encontrava na região. Tocaram novamente no assunto durante o jantar, quando o senhor Collins observou:

– Sim, senhorita Elizabeth, deverá ter a honra de ver Lady Catherine de Bourgh no próximo domingo na igreja e não preciso lhe dizer que ficará encantada com ela. É de uma afabilidade e condescendência sem par e não duvido que possa ser honrada com alguma atenção da parte dela após o término do culto. Não hesito em afirmar que ela a incluirá, bem como à minha irmã Maria em todos os convites que ela se dignar nos fazer durante sua estada por aqui. Sua conduta em relação à minha querida Charlotte é encantadora. Jantamos em Rosings duas vezes por semana e nunca nos deixa voltarmos para casa a pé. A carruagem dela é regularmente requisitada por nós. Diria melhor, uma das carruagens dela, pois tem várias.

– Lady Catherine é, na verdade, uma senhora muito respeitável e sensata – acrescentou Charlotte – e uma vizinha extremamente atenciosa.

– É verdade, minha querida; é exatamente o que eu digo.

Ela é um tipo de mulher que nunca se pode tratar com demasiada deferência.

À noite, o tempo foi preenchido especialmente com conversa sobre as notícias de Hertfordshire e com a repetição de assuntos já abordados. Depois de encerrado o encontro, Elizabeth, na solidão de seu quarto, ficou meditando sobre o grau de contentamento de Charlotte, para entender seu modo de levar a vida e sua serenidade em suportar o marido, e reconheceu que desempenhava muito bem seu papel. Ela queria também antecipar como seria essa sua visita, a monotonia das ocupações de todos, as irritantes interrupções do senhor Collins e as alegrias resultantes de suas visitas a Rosings. Uma vivaz imaginação logo deixou tudo em seu devido lugar.

Em torno do meio-dia do dia seguinte, enquanto estava em seu quarto se preparando para uma caminhada, um súbito barulho no andar de baixo parecia revelar uma confusão generalizada na casa; e, depois de ficar à escuta por um momento, ouviu alguém correndo escada acima, numa pressa exasperadora, e gritando seu nome. Abriu a porta e encontrou Maria, que, sem fôlego pela agitação, exclamou:

– Oh, minha querida Eliza! Por favor, depressa, venha comigo até a sala de jantar, pois vai se surpreender com o que vai ver! Não vou lhe dizer do que se trata. Depressa e desça nesse instante.

Elizabeth fez perguntas em vão; Maria não lhe diria mais nada e ambas desceram correndo até a sala de jantar, que dava para a trilha, em busca dessa novidade. Eram duas senhoras numa pequena carruagem parada na frente do portão do jardim.

– E isso é tudo? – exclamou Elizabeth. – Esperava, pelo menos, que os porcos tivessem invadido o jardim, e aí está nada mais que Lady Catherine e sua filha.

– Que nada, minha querida! – disse Maria, bastante chocada com o engano. – Não é Lady Catherine. A senhora idosa é a senhora Jenkinson, que vive com elas; a outra é a senhorita de

Bourgh. Repare nela. É realmente franzina. Quem poderia pensar que fosse tão frágil e pequena?

– Ela é de uma crueldade atroz obrigar Charlotte a sair com um vento desses. Por que ela não entra?

– Oh! Charlotte diz que ela raramente o faz. É a maior honra quando a senhorita de Bourgh se digna entrar.

– A aparência dela me agrada – disse Elizabeth, impressionada com uma associação específica. – Tem um aspeto doentio e de pessoa mal-humorada. Sim, ela parece ter nascido para ele. Será sua esposa ideal.

O senhor Collins e Charlotte encontravam-se ambos diante do portão conversando com as senhoras; e Sir William, para regozijo de Elizabeth, conservava-se na soleira da porta, em séria contemplação da grandeza que tinha diante de si e fazendo contínuas reverências, sempre que a senhorita de Bourgh olhava naquela direção.

Finalmente, nada mais havia a dizer; as senhoras partiram e os outros voltaram para dentro de casa. O senhor Collins, assim que viu as duas garotas, começou a felicitá-las pela boa sorte; coube a Charlotte explicar que todos tinham sido convidados para jantar em Rosings no dia seguinte.

≈ CAPÍTULO 29 ≈

O triunfo do senhor Collins, em decorrência desse convite, foi completo. A possibilidade de exibir a grandeza de sua benfeitora para seus maravilhados hóspedes e deixá-los ver a delicadeza dessa senhora para com ele e com sua esposa, era exatamente o que mais havia desejado; e que uma oportunidade de realizar esse desejo se apresentasse tão cedo era mais um exemplo da condescendência de Lady Catherine, a quem não sabia como admirá-la mais ainda.

– Confesso – dizia ele – que não me surpreenderia se acaso no domingo essa senhora nos convidasse para tomar chá e passar a tarde em Rosings. Conhecendo sua afabilidade, acho até natural que possa ocorrer. Mas quem poderia prever uma atenção como essa? Quem poderia ter imaginado que receberíamos um convite para jantar naquela casa (um convite, aliás, que inclui todo o grupo), tão imediatamente depois de sua chegada?

– Eu sou o menos surpreso com o que aconteceu – replicou Sir William – pelo conhecimento que possuo de quais são realmente os modos dos grandes, que minha situação na vida me proporcionou adquiri-los. Na corte, tais exemplos de primorosa educação não são incomuns.

Quase nada mais se falou durante o dia inteiro e na manhã seguinte, senão da vista a Rosings. O senhor Collins teve o cuidado de lhes explicar sobre o que os esperava, de modo a que a visão das salas, dos inúmeros criados e do opulento jantar não os surpreendesse completamente.

Antes que as senhoras se retirassem, para se preparar, ele disse a Elizabeth:

– Não se preocupe com suas vestes, querida prima. Lady Catherine está longe de exigir aquela elegância em se vestir que ela e sua filha ostentam. Eu a aconselharia a escolher simplesmente aquele dentre seus vestidos que é mais elegante que os demais... nada mais que isso é necessário. Lady Catherine não levará a mal se estiver vestida de maneira muito simples. Ela gosta de ter a distinção da classe preservada.

Enquanto se vestiam, ele veio por duas ou três vezes bater à porta dos diferentes quartos e recomendar que não demorassem, pois Lady Catherine não gostava que a fizessem esperar para o jantar. Esses relatos formidáveis sobre essa distinta senhora e seu modo de viver quase chegaram a assustar Maria Lucas, que pouco estava acostumada à convivência social, e entrevia sua apresentação em Rosings com tanta apreensão como seu pai sentira no momento de sua apresentação em St. James.

Como o tempo estava bom, fizeram uma agradável caminhada de cerca de meia hora através do parque. Todos os parques têm suas belezas e suas configurações; e Elizabeth sentia-se muito satisfeita com o que via, embora não se entregasse a efusões que o senhor Collins esperava que o cenário inspirasse; e quase não se interessava pela enumeração que ele fazia das janelas da parte dianteira da casa e do relato de quanto haviam custado a Sir Lewis de Bourgh todas as vidraças.

Enquanto subiam a escadaria para o hall de entrada, a emoção de Maria aumentava a cada momento e o próprio Sir William não aparentar estar perfeitamente calmo. A coragem de Elizabeth, porém, não a abandonou. Ela nada ouvira a respeito de Lady Catherine que a impressionasse, tanto por quaisquer talentos extraordinários como por miraculosa virtude e, quanto à mera pompa de que tanto o dinheiro como sua classe a rodeavam, ela acreditava poder contemplar sem tremor.

Do hall de entrada, do qual o senhor Collins ressaltou, com ar extasiado, as belas proporções e os ricos ornamentos, eles seguiram os criados através de uma antecâmara até a sala onde se encontravam Lady Catherine, sua filha e a senhora Jenkinson. A nobre senhora, com grande condescendência, levantou-se para recebê-los; e como a senhora Collins havia combinado com o marido que a função de apresentação seria sua, foi realizada de forma adequada, sem nenhuma daquelas desculpas e agradecimentos que ele teria achado necessários.

Apesar de já ter sido recebido em St. James, Sir William estava tão embasbacado pelo esplendor que o rodeava que mal teve coragem para fazer uma profunda reverência e sentar-se sem proferir palavra; e a filha dele, sensivelmente amedrontada, sentou-se na borda da cadeira, sem saber para que lado olhar. Elizabeth sentia-se perfeitamente à vontade no local e pôde observar serenamente as três senhoras diante dela. Lady Catherine era uma mulher alta, forte, de feições muito carregadas e que outrora teriam sido belas. Seu ar não cativava nem sua maneira de recebê-los fazia os visitantes esquecer a própria inferioridade de classe. Quando em silêncio, nada tinha de terrível; mas tudo o que dizia era proferido num tom tão autoritário que revelava toda a sua presunção, e trouxe imediatamente o senhor Wickham à mente de Elizabeth; e pelo que observou no decorrer desse dia, ela acreditou que Lady Catherine era exatamente como ele a havia descrito.

Depois de examinar a mãe, em cujo semblante e comportamento descobriu alguma semelhança com senhor Darcy, ela voltou os olhos para a filha e compartilhou do espanto de Maria ao considerá-la tão frágil e tão baixa. Não existia no porte e no rosto nenhuma semelhança entre as duas senhoras. A senhorita de Bourgh era pálida e de doentia; suas feições, embora não fossem feias, eram insignificantes; e falava muito pouco, e em voz baixa, para a senhora Jenkinson, em cuja aparência nada havia de notável e que estava totalmente compenetrada em escutar o que ela dizia e colocando uma proteção na direção apropriada diante de seus olhos.

Após permanecerem sentados por alguns minutos, foram todos levados para de uma janela, a fim de admirar a vista, com o senhor Collins encarregando-se de lhes indicar as belezas e Lady Catherine informando-os amavelmente que era muito melhor contemplar esse panorama durante o verão.

O jantar foi magnífico e lá estavam todos os criados e toda a baixela de prata de que havia falado o senhor Collins; e como ele próprio havia igualmente adiantado, tomou assento à cabeceira da mesa, por desejo expresso da nobre senhora, e olhava como se a vida nada tivesse de mais grandioso a lhe oferecer. Ele cortava a carne e comia, e elogiava com efusiva alacridade; e cada prata era servido primeiramente a ele e depois a Sir William, que agora já estava bastante recuperado para ecoar tudo o que seu genro dissesse, de uma maneira que Elizabeth se surpreendia que Lady Catherine pudesse tolerar. Mas Lady Catherine parecia satisfeita com aquela excessiva admiração e se exprimia com os mais graciosos sorrisos, especialmente quando alguma das iguarias se revelava uma novidade para eles. O grupo não era de muita conversa. Elizabeth estava pronta a falar sempre que houvesse oportunidade, mas estava sentada entre Charlotte e a senhorita de Bourgh... a primeira estava entretida escutando Lady Catherine e a segunda não lhe dirigiu uma só palavra durante todo o jantar. A senhora Jenkinson estava principalmente ocupada em observar como a pequena senhorita de Bourgh se alimentava, insistindo para que experimentasse algum prato específico e receando que estivesse indisposta. Maria achava que falar estava fora de questão, e os cavalheiros nada mais faziam que comer e admirar.

Quando as senhoras voltaram para a sala de estar, havia pouco a fazer senão ouvir Lady Catherine, que falou, sem interrupção até o café ser servido, dando sua opinião sobre cada assunto de maneira tão incisiva que mostrava que não estava habituada a ser contestada. Fez perguntas a Charlotte a respeito de questões domésticas, de modo familiar e minucioso, deu-lhe muitos conselhos quanto ao trato a ser dado aos visitantes; disse-lhe como tudo deveria ser regulado numa família pequena como a sua e a instruiu sobre como cuidar das vacas e das aves. Elizabeth constatou que nenhum assunto, por mais humilde que fosse, escapava à atenção de Lady Catherine, contanto que encontrasse neles uma oportunidade para doutrinar. Nos intervalos de suas recomendações à senhora Collins, dirigia variadas perguntas a Maria e a Elizabeth, mas especialmente a esta última, que conhecia menos e que, observou ela para a senhora Collins, era uma moça muito simpática e bonita. Perguntou-lhe, em diferentes momentos, quantas irmãs tinha, se eram mais novas ou mais velhas que ela, se alguma delas estava prestes a se casar, se eram bonitas, onde tinham sido educadas, que carruagem seu pai tinha e o nome de solteira de sua mãe. Elizabeth sentiu toda a impertinência de suas perguntas, mas respondeu com muita serenidade. Lady Catherine observou então:

– A propriedade de seu pai está com vínculo de sucessão e deve ser legada ao senhor Collins, creio. Alegro-me por sua causa

– voltando-se para Charlotte –, mas, de outro modo, não vejo por que privam a descendência feminina do direito de herdar propriedades. Na família de Sir Lewis de Bourgh não julgaram necessária essa medida. Sabe tocar piano e cantar, senhorita Bennet?

– Um pouco.

– Oh! Então... um dia desses teremos o prazer de ouvi-la. Nosso piano é maravilhoso, provavelmente superior a... algum dia haverá de experimentá-lo. Suas irmãs também tocam e cantam?

– Uma delas sim.

– Por que vocês todas não aprenderam? Todas deviam ter aprendido. Todas as senhoritas Webb sabem tocar e o pai delas não é mais rico que o seu. Sabe desenhar?

– Não, absolutamente nada.

– O quê, nenhuma de vocês?

– Nenhuma.

– É muito estranho. Mas suponho que não tiveram oportunidade. Sua mãe deveria tê-las levado para a capital na primavera, para receberem lições.

– Minha mãe não haveria feito qualquer objeção, mas meu pai detesta Londres.

– Sua preceptora as deixou?

– Nós nunca tivemos preceptora.

– Nenhuma preceptora? Como é possível! Cinco filhas educadas em casa sem uma preceptora! Nunca ouvi coisa semelhante! Sua mãe deve ter sido uma escrava na educação de vocês todas.

Elizabeth não pôde deixar de sorrir ao assegurar-lhe que esse não havia sido o caso.

– Então, quem lhes ensinou alguma coisa? Quem se encarregou de vocês? Sem uma preceptora, vocês devem ter sido negligenciadas.

– Em comparação com algumas famílias, acredito que sim. Mas lá em casa, a quem de nós quis aprender, nunca lhe faltaram os meios. Sempre fomos encorajadas a ler e tivemos todos os mestres que eram necessários. Aquelas que não quiseram estudar, certamente podiam tê-lo feito.

– Sim, sem dúvida; mas é isso que uma preceptora vai evitar e, se eu tivesse conhecido sua mãe, a teria aconselhado energicamente a contratar uma. Sempre digo que nada se pode fazer em educação sem firme e regular instrução e ninguém a não ser uma preceptora pode dar. É espantoso o número de famílias que consegui suprir com preceptoras. Sempre me sinto bem em ajudar uma jovem a obter uma boa colocação. Quatro sobrinhas da senhora Jenkinson estão otimamente situadas graças a mim; e foi exatamente há poucos dias que recomendei outra pessoa jovem, que simplesmente por acaso me foi mencionada, e a família está inteiramente feliz com ela. Senhora Collins, não lhe contei que Lady Metcalf veio me visitar ontem para me agradecer? Ela acha a senhorita Pope um verdadeiro tesouro. "Lady Catherine", disse ela, "a senhora me deu um tesouro".

– Alguma de suas irmãs mais novas já foi apresentada à sociedade, senhorita Bennet?

– Sim, minha senhora, todas elas.

– Todas! Como, as cinco de uma só vez? Muito estranho! E a senhorita é apenas a segunda. As mais novas já frequentam a sociedade antes que as mais velhas estejam casadas! Suas irmãs mais novas são muito jovens?

– Sim, a mais nova não completou 16 anos ainda. Talvez seja um pouco jovem demais para ter vida social. Mas realmente, minha senhora, considero uma crueldade para com as irmãs mais novas não deixá-las participar da vida social e dos divertimentos porque a mais velha não teve oportunidade ou inclinação para se casar mais cedo. A caçula tem tanto direito pelos prazeres da juventude como a mais velha. E ficar agarrado a tal motivo! Acho que não seria o caso de promover a afeição entre irmãs ou delicadeza de espírito.

– Palavra de honra – disse a nobre senhora –, a senhorita exprime sua opinião de modo muito incisivo para uma pessoa tão jovem. Diga-me, quantos anos tem?

– Com três irmãs mais novas já adultas – replicou Elizabeth, sorrindo –, a nobre e distinta senhora não pode esperar que lhe deva dar uma resposta.

Lady Catherine pareceu realmente atônita por não ter recebido uma resposta direta e Elizabeth suspeitou que teria sido ela a primeira pessoa que já tivesse ousado brincar com tão dignificada impertinência.

– Não pode ter mais de 20, com certeza; não precisa, portanto, esconder sua idade.

– Ainda não completei 21.

Quando os cavalheiros se juntaram a elas e o chá tinha terminado, as mesas de jogo de cartas foram postas. Lady Catherine, Sir William e o senhor e a senhora Collins se sentaram para jogar; e como a senhorita de Bourgh preferiu jogar no cassino, as duas moças tiveram a honra de se unir à senhora Jenkinson para formar um grupo. Sua mesa era superlativamente estúpida. Raramente era proferida uma palavra que não se relacionasse com o jogo, exceto quando a senhora Jenkinson expressava o receio de que a senhorita de Bourgh estivesse com muito calor ou com muito frio ou estivesse com muito pouca ou com demasiada luz. Muito mais coisas se passaram na outra mesa. Lady Catherine estava geralmente falando... apontando os erros dos três outros ou contando episódio ocorrido com ela. O senhor Collins se ocupava em concordar com tudo o que a nobre senhora dizia, agradecendo-lhe por todas jogadas que ele vencia e pedindo desculpas se ganhava demais. Sir William não falava muito. Estava alimentando sua memória com episódios e nomes nobres.

Quando Lady Catherine e sua filha tinham jogado tempo suficiente, as mesas foram desfeitas, a carruagem foi oferecida ao senhor Collins, aceita com gratidão e imediatamente requerida. O grupo então se reuniu em torno da lareira para ouvir Lady Catherine prever o tempo que deveria fazer no dia seguinte. Depois dessas instruções, foram chamados pela chegada da carruagem; e com muitos agradecimentos da parte do senhor Collins e outras tantas reverências da parte de Sir William, eles partiram. Assim que se afastaram da porta, Elizabeth foi convidada pelo primo para dar sua opinião sobre tudo o que havia visto em Rosings que, por causa de Charlotte, ela descreveu de maneira mais favorável do que realmente era. Mas seus elogios, embora lhe custassem algum esforço, não poderiam, de modo algum, satisfazer ao senhor Collins e ele logo se viu obrigado a tomar em suas próprias mãos o encargo de tecer rasgados louvores à nobre e distinta senhora.

≈ CAPÍTULO 30 ≈

Sir William passou apenas uma semana em Hunsford; mas a visita foi bastante longa para convencê-lo de que sua filha estava confortavelmente instalada e de que possuía um marido e uma vizinha como poucos. Durante o tempo em que Sir William permaneceu com eles, o senhor Collins lhe dedicava as manhãs para levá-lo em sua charrete e mostrar-lhe a região; mas quando ele partiu, toda a família voltou a suas ocupações habituais e Elizabeth ficou feliz ao descobrir que não teria mais o primo em sua companhia por causa da alteração, pois a maior parte do tempo, entre o café da manhã e o almoço, ele passava trabalhando no jardim, ou lendo e escrevendo e olhando pela janela de sua própria biblioteca, que dava para a estrada. A sala das senhoras ficava nos fundos. Elizabeth, a princípio, estranhou que Charlotte não preferisse a sala de jantar para uso comum, pois era maior e de aspecto mais agradável. Mas logo compreendeu que sua amiga tinha um excelente motivo para a escolha, pois, sem dúvida, o senhor Collins passaria muito menos tempo em seu próprio cômodo, se elas se acomodassem numa sala igualmente agradável; e ela deu crédito a Charlotte pelo arranjo.

Da sala de estar não conseguiam distinguir nada na estrada e cabia ao senhor Collins transmitir as informações de que carruagens passavam e, especialmente, quantas vezes a senhorita de Bourgh vinha em sua carruagem, coisa que ele jamais deixaria de anunciar, embora isso acontecesse quase todos os dias. Ela parava com frequência diante do presbitério e conversava alguns minutos com Charlotte, mas muito raramente se decidia por apear.

Poucos dias decorriam sem que o senhor Collins fosse a Rosings, e não muitos em que sua mulher achasse necessário ir também; e até que Elizabeth se lembrasse de que poderia haver outros cargos eclesiásticos que dependiam da família, não podia compreender o sacrifício de tantas horas. Vez por outra eles eram honrados com uma visita de Lady Catherine e nada do que se passava na sala escapava de sua observação, nessas visitas. Examinava as várias ocupações das moças, olhava para seus trabalhos e aconselhava-as a fazê-los de modo diferente; fazia reparos na disposição dos móveis ou descobria alguma negligência da criada; e se ficava para alguma refeição, parecia que o fazia somente para constatar que as porções de carne da senhora Collins eram grandes demais para a família.

Elizabeth logo percebeu que, embora essa grande senhora não fosse investida dos poderes de juiz de paz para o condado, desempenhava em sua paróquia as funções de magistrado muito ativo e as menores preocupações relativas a tudo isso eram levadas a conhecimento do senhor Collins. E sempre que em alguma das casas houvesse atritos, descontentamento ou pobreza extrema, ela partia para a vila para acertar as diferenças, silenciar as queixas e intimar a todos à harmonia e ao bem-estar.

As reuniões com jantar em Rosings se repetiam geralmente duas vezes por semana e, se não fosse pela ausência de Sir William e pelo fato de se formar apenas uma mesa de jogo, todos esses encontros eram iguais ao primeiro. Outros compromissos eram raros, pois o estilo de vida da vizinhança em geral não se enquadrava com o do senhor Collins. Isso, no entanto, não era empecilho para Elizabeth que, em geral passava seu tempo confortavelmente; tinha bons momentos para se entreter em agradáveis conversas com Charlotte e, como fazia um tempo excepcionalmente bom para essa época do ano, muitas vezes encontrava grande prazer nos passeios ao ar livre.

Sua caminhada favorita, que frequentemente a fazia enquanto os outros visitavam Lady Catherine, era ao longo do bosque que beirava aquele lado do parque, onde havia uma bela trilha em degraus, que ninguém parecia lhe dar importância a não ser ela, e onde se sentia fora do alcance da curiosidade de Lady Catherine.

Desse modo tranquilo, logo passaram os primeiros quinze dias de sua visita. Aproximava-se a Páscoa e a semana que a precedia traria uma pessoa mais a Rosings que, num círculo tão reduzido, deveria ser importante. Pouco depois de sua chegada, Elizabeth tinha ouvido dizer que o senhor Darcy era esperado dentro de algumas semanas e, embora ela preferisse qualquer outra pessoa de seu conhecimento, a chegada dele contribuiria para o aparecimento de um rosto de certo modo novo nas reuniões em Rosings. Além do mais, ela poderia se divertir ao ver até que ponto eram infundadas as esperanças da senhorita Bingley nele, pelo comportamento dele com a prima, a quem ele estava, evidentemente, destinado por Lady Catherine, que falava dele com a maior satisfação, com os termos mais elogiosos e parecia quase zangada ao saber que ele já tinha sido visto com frequência pela senhorita Lucas e Elizabeth.

A notícia da chegada dele logo chegou ao presbitério, pois o senhor Collins passou a manhã inteira caminhando perto dos portões que davam para a estrada de Hunsford, a fim de se assegurar que ele viria e, depois de fazer uma reverência quando a carruagem passava diante do parque, correu para casa com a grande notícia. Na manhã seguinte, apressou-se em seguir para Rosings, a fim de fazer suas respeitosas saudações. Havia dois sobrinhos de Lady Catherine a cumprimentar, pois o senhor Darcy havia trazido consigo o coronel Fitzwilliam, filho mais novo de seu tio, Lord... e, para grande surpresa de todo o grupo, quando o senhor Collins voltou, os dois cavalheiros o acompanhavam. Charlotte os tinha visto, da janela do quarto do marido, cruzando a estrada e, correndo imediatamente para o outro cômodo, disse-lhes quanta honra deveriam esperar ter, acrescentando:

– Devo lhe agradecer, Eliza, por esse gesto de gentileza. O senhor Darcy não viria aqui tão cedo por minha causa.

Elizabeth mal teve tempo para protestar contra esse elogio, quando a chegada dos cavalheiros foi anunciada pela campainha da porta e logo depois os três entraram na sala. O coronel Fitzwilliam, que entrou por primeiro, tinha aproximadamente 30 anos, não era bonito, mas no porte e nos modos mostrava-se um verdadeiro cavalheiro. O senhor Darcy continuava com a mesma aparência de quando se encontrava em Hertfordshire... fez seus cumprimentos à senhora Collins, com a reserva habitual e, quaisquer que fossem seus sentimentos para com a amiga da dona da casa, ele a cumprimentou com toda a compostura. Elizabeth respondeu com leve aceno, sem dizer uma só palavra.

O coronel Fitzwilliam começou imediatamente a conversar com a disposição e a simplicidade de um homem bem-educado e se exprimia de maneira muito agradável. Mas seu primo, depois de ter feito uma breve observação sobre a casa e o jardim para a senhora Collins, sentou-se por algum tempo sem falar com ninguém. Por fim, por questões de gentileza, perguntou a Elizabeth como a família estava passando. Ela lhe respondeu de maneira usual e, depois de breve pausa, acrescentou:

– Minha irmã mais velha esteve na capital nesses últimos três meses. Teve oportunidade de vê-la na cidade?

Ela sabia perfeitamente que ele nunca a encontrara, mas desejava ver se ele haveria de revelar algo que se passara entre os Bingley e Jane, e achou que ele estava um pouco confuso enquanto respondia que nunca tivera a felicidade de encontrar a senhorita Bennet. O assunto se encerrou dessa forma e, pouco tempo depois, os dois cavalheiros foram embora.

≈ CAPÍTULO 31 ≈

Os modos do coronel Fitzwilliam foram muito admirados no presbitério e todas as senhoras previram que ele deveria contribuir consideravelmente ao prazer de seus encontros em Rosings. Fazia alguns dias, no entanto, que não recebiam novo convite... pois, enquanto houvesse visitas em casa, eles não eram tão necessários; e foi só no domingo de Páscoa, quase uma semana depois da chegada dos cavalheiros, que foram honrados com essa atenção, mas foram convidados para, ao deixar a igreja, passar apenas a tarde em Rosings. Durante essa semana raramente chegaram a ver Lady Catherine ou sua filha. O coronel Fitzwilliam visitou o presbitério mais de uma vez, mas o senhor Darcy foi visto somente na igreja.

O convite, sem dúvida, foi aceito e, a uma hora apropriada, eles se reuniram ao grupo que já estava na sala de estar de Lady Catherine. Ela os recebeu amavelmente, mas era evidente que a companhia deles não lhe agradava tanto como nos dias em que não tinha mais ninguém; e ela, com efeito, estava quase totalmente envolvida nos assuntos dos sobrinhos; e falava com eles, especialmente com Darcy, mais do que com qualquer outra pessoa na sala.

O coronel Fitzwilliam parecia realmente contente em vê-los; qualquer coisa era um alívio bem-vindo para ele em Rosings; e a atraente amiga da senhora Collins já o havia mais que cativado. Ele procurou um lugar perto dela para sentar-se e falou tão agradavelmente sobre Kent e Hertfordshire, sobre viagens e sobre permanecer em casa, sobre livros e música que Elizabeth nunca se havia entretido tanto nessa sala antes; e conversaram com tanta animação e fluência que chamou a atenção de Lady Catherine, bem como a do senhor Darcy. Os olhos deste logo se voltaram repetidas vezes naquela direção, com uma expressão de curiosidade; e em pouco se tornou evidente que Lady Catherine compartilhava dos sentimentos do sobrinho, pois não se furtou de exclamar:

– O que está dizendo, Fitzwilliam? Sobre que estão conversando? O que anda contando à senhorita Bennet? Quero ouvir também.

– Falamos de música, minha senhora – disse ele, quando não pôde mais evitar uma resposta.

– De música! Então fale em voz alta, por favor. De todos os assuntos, é meu preferido. Se estão falando de música, quero participar da conversa. Acho que há poucas pessoas na Inglaterra que apreciem música como eu, ou que tenham um gosto mais natural que o meu para música. Se eu tivesse aprendido convenientemente, seria uma grande intérprete. E Anne igualmente, se sua saúde tivesse permitido dedicar-se a essa arte. Tenho certeza de que ela tocaria divinamente. Georgiana tem feito muitos progressos, Darcy?

O senhor Darcy falou com afetuosos elogios do talento da irmã.

– Fico muito contente em ouvir tão boa notícia – disse Lady Catherine. – Diga-lhe, por favor, de minha parte, que só poderá brilhar se praticar com muito empenho.

– Pode estar certa, minha senhora – replicou ele –, de que ela não precisará de semelhante conselho. Ela pratica constantemente.

– Tanto melhor. Nunca será demais. Quando tornar a lhe escrever, recomendarei para que não descuide a prática de forma alguma. Sempre digo às jovens que nenhuma excelência poderá ser alcançada na música sem prática constante. Várias vezes disse à senhorita Bennet que nunca chegará a tocar realmente bem, se não praticar mais; e embora a senhora Collins não possua um piano, convido-a de coração, como muitas vezes lhe disse, a vir a Rosings todos os dias e exercitar-se no piano, no quarto da senhora Jenkinson. Ela não incomodaria ninguém, como sabe, naquela parte da casa.

O senhor Darcy pareceu um pouco envergonhado com a grosseria da tia e nada falou.

Terminado o café, o coronel Fitzwilliam lembrou a Elizabeth a promessa que ela lhe fizera de tocar para ele; e ela se dirigiu imediatamente para o piano. Ele aproximou sua cadeira para perto dela. Lady Catherine ouviu metade de uma canção e então falou novamente com seu outro sobrinho, até que este se afastou e, resoluto como costumava ser, dirigiu-se para o piano, colocando-se de maneira a obter uma visão perfeita do rosto da bela executante. Elizabeth percebeu e, na primeira pausa, voltou-se para ele com um sorriso malicioso e disse:

– Pretende me assustar, senhor Darcy, ao se aproximar com toda essa imponência? Não ficarei alarmada, embora sua irmã toque tão bem. Existe uma resistência em mim que nunca vai permitir ser amedrontada pela vontade dos outros. Minha coragem sempre ressurge diante de qualquer tentativa de me intimidar.

– Não direi que está enganada – replicou ele –, porque não poderia realmente acreditar que eu tivesse a intenção de alarmá-la; e tive o prazer de conhecê-la há bastante tempo para saber que gosta ocasionalmente de exprimir opiniões que, de fato, não são as suas.

Elizabeth riu com gosto da descrição dele e disse ao coronel Fitzwilliam:

– Seu primo lhe dará uma bela ideia a meu respeito e o prevenirá a não acreditar numa só palavra do que eu digo. É realmente falta de sorte encontrar alguém capaz de expor aos outros meu verdadeiro caráter, num lugar onde eu esperava deixar uma boa impressão. Na verdade, senhor Darcy, é falta de generosidade de sua parte mencionar tudo o que descobriu em meu desfavor em Hertfordshire... e, permita-me dizer, muito imprudente... pois me provoca a retaliar, e essas coisas podem resultar chocantes para seus parentes.

– Não tenho medo de você – disse ele, sorrindo.

– Por favor, deixe-me ouvir as acusações que tem contra ele – exclamou o coronel Fitzwilliam. – Gostaria de saber como ele se comporta entre estranhos.

– Vai ouvir, pois... mas prepare-se para algo horrível. A primeira vez que o vi em Hertfordshire, deve saber, foi num baile... e nesse baile, que pensa que ele fez? Dançou apenas quatro danças, embora os cavalheiros fossem escassos; e, de meu conhecimento, mais de uma moça ficou sentada por falta de parceiro. Senhor Darcy, o senhor não pode negar o fato.

– Na época não tinha a honra de conhecer outras moças no salão, além das de meu próprio grupo.

– É verdade; e ninguém pode ser apresentado a outro num salão de baile. Bem, coronel Fitzwilliam, que devo tocar em seguida? Meus dedos esperam ordens suas.

– Talvez – disse Darcy – eu tivesse julgado melhor, se tivesse solicitado uma apresentação, mas me considero mal qualificado para me recomendar pessoalmente a estranhos.

– Deveremos perguntar a seu primo a explicação disso? – disse Elizabeth, dirigindo-se sempre ao coronel Fitzwilliam. – Deveremos lhe perguntar por que um homem sensato e bem-educado e que tem a experiência do mundo se considera mal qualificado para se recomendar a estranhos?

– Posso responder à sua pergunta – disse Fitzwilliam – sem consultá-lo. É porque ele não quer se dar a esse trabalho.

– Eu certamente não tenho o talento que alguns possuem – disse Darcy – de dirigir facilmente a palavra a pessoas que nunca vi anteriormente. Não consigo captar seu estilo de conversa dos outros ou parecer interessado nos problemas deles, como muitas vezes vejo acontecer.

– Meus dedos – disse Elizabeth – não se movem nesse instrumento de modo tão magistral como os de muitas mulheres. Eles não têm a mesma força ou rapidez e não produzem a mesma expressão. Mas sempre imaginei que é só culpa minha... porque não me dou ao trabalho de praticar. Não é que eu não acredite que meus dedos sejam tão capazes como os de qualquer outra mulher de execução superior.

Darcy sorriu e disse:

– Tem toda a razão. Empregou seu tempo muito melhor. Nenhum dos que tiveram o privilégio de ouvi-la podem apontar qualquer falha. Nenhum de nós toca para estranhos.

Nesse momento, foram interrompidos por Lady Catherine, que quis saber sobre o que estavam conversando. Elizabeth recomeçou a tocar de imediato. Lady Catherine se aproximou e, depois de ouvir durante alguns minutos, disse para Darcy:

– A senhorita Bennet não tocaria nada mal se praticasse mais e pudesse receber lições de um mestre de Londres. Ela tem uma ótima noção de como articular os dedos, embora não dê tanta expressão como Anne. Anne seria uma pianista notável, se sua saúde tivesse permitido que aprendesse mais.

Elizabeth olhou para Darcy, para ver com quanta cordialidade ele acolhia aquele elogio à prima; mas nada naquele momento ou em qualquer outro pôde discernir qualquer sintoma de amor; e de todo o comportamento dele em relação à senhorita de Bourgh ela deduziu esse consolo para a senhorita Bingley, ou seja, que ele poderia estar propenso a casar-se com ela, se ela figurasse entre suas relações.

Lady Catherine continuou suas observações sobre a execução de Elizabeth ao piano, alternando-as com instruções sobre técnica e expressão. Elizabeth recebeu-as com toda a paciência e polidez e, a pedido dos cavalheiros, permaneceu ao piano até que a carruagem de Lady Catherine estivesse pronta para levá-los todos para casa.

≈ CAPÍTULO 32 ≈

Na manhã seguinte, Elizabeth estava sozinha em casa, escrevendo para Jane, enquanto a senhora Collins e Maria tinham ido até a vila fazer compras, quando teve um sobressalto ao ouvir a campainha da porta tocar, sinal certo de algum visitante. Como não tinha ouvido o ruído de qualquer carruagem, achou que não fosse improvável tratar-se de Lady

Catherine e, apreensiva, estava guardando a carta ainda incompleta, para evitar perguntas indiscretas, quando a porta se abriu e, para sua grande surpresa, o senhor Darcy, e somente o senhor Darcy, entrou na sala.

Ele pareceu igualmente surpreso por encontrá-la sozinha e se desculpou pela intrusão, dizendo ter pensado encontrar todas as senhoras em casa.

Sentaram-se então e, depois de ela ter feito algumas perguntas sobre as moradoras de Rosings, pareciam estar correndo o risco de cair num silêncio total. Era absolutamente necessário, portanto, pensar em alguma coisa e, nessa emergência, lembrando-se da última vez que o vira em Hertfordshire e sentindo-se curiosa em saber o que ele diria sobre a inopinada partida deles, observou:

– Com que precipitação todos vocês deixaram Netherfield em novembro último, senhor Darcy! Deve ter sido uma surpresa muito agradável para o senhor Bingley revê-los a todos tão cedo, pois, se bem me lembro, ele partira apenas no dia anterior. Ele e as irmãs estavam bem, espero, quando os viu em Londres.

– Perfeitamente, obrigado.

Já esperava que não haveria de receber outra resposta e, após breve pausa, acrescentou:

– Pelo que pude entender, o senhor Bingley não pretende voltar nunca mais a Netherfield.

– Nunca o ouvi dizer isso; mas é provável que ele possa passar ali muito pouco de seu tempo, no futuro. Ele tem muitos amigos e está numa idade da vida em que os amigos e os compromissos aumentam continuamente.

– Se ele pretende passar tão pouco tempo em Netherfield, seria preferível para a vizinhança que ele desistisse inteiramente do lugar, pois, nessa altura, conseguiríamos provavelmente instalar ali outra família. Mas talvez o senhor Bingley não tenha tomado a casa para a conveniência dos vizinhos, mas para a própria; e devemos esperar que ele a conserve ou a deixe pelo mesmo princípio.

– Não me surpreenderia – disse Darcy – que ele optasse pela desistência, se surgir uma oportunidade vantajosa de venda.

Elizabeth não retrucou. Receava continuar falando do amigo dele; e, como nada mais tinha a dizer, estava decidida a deixar para ele o trabalho de encontrar outro assunto.

Ele colheu a oportunidade e logo passou a dizer:

– Parece uma casa muito confortável. Lady Catherine, creio, a reformou bastante quando o senhor Collins chegou em Hunsford.

– Creio que ela o tenha feito... e estou certa de que ela não poderia ter dispensado sua bondade por um objetivo mais gratificante.

– O senhor Collins parece ter tido muita sorte com a esposa que escolheu.

– Sim, de fato, seus amigos podem se regozijar por ele ter encontrado uma das poucas mulheres sensatas que alguma vez o teriam aceitado ou que o teriam feito feliz, se pudessem. Minha amiga é muito compreensiva... embora eu não tenha certeza que possa considerar seu casamento com o senhor Collins como o mais sensato de seus atos. Ela parece, no entanto, perfeitamente feliz e, sob o ponto de vista da prudência, sem dúvida é um ótimo casamento para ela.

– Deve ser muito agradável para ela estar instalada a tão pequena distância de sua própria família e amigos.

– Chama-a de pequena distância? São cerca de 50 milhas.

– E o que são 50 milhas de boa estrada? Pouco mais de meio dia de viagem. Sim, considero-a uma distância pequena.

– Eu nunca teria considerado a distância como uma das vantagens de um casamento – exclamou Elizabeth. – Nunca teria dito que a senhora Collins morava perto da família.

– É uma prova de seu próprio apego a Hertfordshire. Suponho que nada além das proximidades de Longbourn pareceria distante.

Enquanto falava, havia nele uma espécie de sorriso que Elizabeth julgou compreender; deveria supor que ela estava pensando em Jane e em Netherfield e, ao responder, ela enrubesceu:

– Não quero dizer que uma mulher não possa morar muito perto da família. O distante e o próximo devem ser relativos e dependem de várias circunstâncias. Onde há condições financeiras para enfrentar viagens insignificantes, a distância não é nenhum empecilho. Mas esse não é o caso aqui. O senhor e a senhora Collins têm um razoável rendimento, mas não tão significativo que possa permitir viagens frequentes... e estou persuadida de que minha amiga só se consideraria perto da família se a distância fosse metade do que é.

O senhor Darcy aproximou um pouco mais a cadeira em direção dela e disse:

– A senhorita não pode ter direito a apego tão forte a um local. Não poderá permanecer para sempre em Longbourn.

Elizabeth olhou com surpresa. O cavalheiro Darcy pareceu mudar de ideia; recuou a cadeira, apanhou um jornal que estava sobre a mesa e disse, num tom de voz mais frio:

– Gosta de Kent?

Seguiu-se um breve diálogo sobre a região, calmo e conciso de cada um dos lados... e logo encerrado pela entrada de Charlotte e de sua irmã, que retornavam da caminhada. A cena as surpreendeu. O senhor Darcy contou sobre o engano que ocasionara a intrusão e o encontro com a senhorita Bennet; e, depois de permanecer sentado mais alguns minutos sem dizer quase nada, foi embora.

– Qual pode ser o significado disso? – disse Charlotte, logo depois que ele partiu. – Minha querida Eliza, ele deve estar apaixonado por você ou nunca nos teria visitado dessa maneira tão familiar.

Mas quando Elizabeth contou do silêncio dele, a ideia não pareceu muito provável que fosse o caso, como pensava Charlotte; e depois de várias conjeturas, elas concluíram que a visita se devia apenas à dificuldade de encontrar qualquer outra coisa para fazer, o que era o mais plausível para a época do ano. Todos os esportes ao ar livre estavam encerrados. Dentro de casa, havia

Lady Catherine, livros e uma mesa de bilhar, mas os cavalheiros não suportam ficar sempre dentro de casa; e pela proximidade do presbitério ou pelo prazer da caminhada até ele ou pelas pessoas que nele residiam, os dois primos se sentiam tentados, nesse período, a percorrer aquela distância quase todos os dias. Chegavam a horas variadas, pela manhã, por vezes separados, outras vezes juntos e, de vez em quando, acompanhados pela tia. Era evidente para todos que o coronel Fitzwilliam vinha porque se sentia bem na companhia deles, fato que o recomendava ainda mais; e Elizabeth, pela satisfação de estar na companhia dele, bem como pela admiração que ele lhe devotava, lembrava-se de antigo favorito George Wickham; e embora, comparando os dois, ela visse que havia menos doçura cativante nas maneiras do coronel Fitzwilliam, acreditava, no entanto, que ele seria um indivíduo mais bem informado.

Mas por que o senhor Darcy vinha com tanta frequência ao presbitério era mais difícil de compreender. Não poderia ser pelo prazer da companhia, pois ele frequentemente permanecia ali sentado dez minutos sem abrir a boca; e quando realmente falava, parecia mais o efeito de necessidade do que de escolha... um sacrifício para o bom tom e não um prazer para consigo mesmo. Raramente parecia verdadeiramente animado. A senhora Collins não sabia o que fazer com ele. O coronel Fitzwilliam, que ocasionalmente ria do ar taciturno dele, provava que ele era, de modo geral, diferente. E como gostaria de ver nessa mudança o efeito do amor e que o objeto desse amor fosse sua amiga Eliza, Charlotte se dispôs seriamente a procurar a causa. Observava-o sempre que o encontrava em Rosings e sempre que vinha a Hunsford, mas não obteve grande sucesso. Ele certamente olhava bastante para sua amiga, mas a expressão daquele olhar era duvidosa. Era um olhar sério, fixo, mas ela duvidava muitas vezes que houvesse muita admiração nesse olhar e, às vezes, não parecia nada a não ser distração.

Uma ou duas vezes insinuou a Elizabeth a possibilidade de

o senhor Darcy estar interessado nela, mas Elizabeth sempre ria diante dessa ideia. Então a senhora Collins não achou correto forçar a situação e assim evitaria o perigo de despertar esperanças que pudessem acabar em desapontamento; pois, na opinião dela, não tinha dúvida de que toda a relutância da amiga sumiria quando o supusesse em seu poder.

Nos belos planos que arquitetava para Elizabeth, por vezes a imaginava casando-se com o coronel Fitzwilliam. Ele era, sem comparação, o mais atraente; certamente ele a admirava e a situação dele na vida era de destaque; mas, para contrabalançar essas vantagens, o senhor Darcy tinha considerável influência na igreja, ao passo que seu primo não tinha nenhuma.

≈ CAPÍTULO 33 ≈

Mais de uma vez, durante seus passeios pelo parque, Elizabeth se encontrou inesperadamente com o senhor Darcy. Ela sentia toda a perversidade do acaso, que o levava onde ninguém mais costumava aparecer e, para evitar que isso ocorresse novamente, teve o cuidado de informá-lo que aquele era o lugar favorito dela. Que isso se repetisse mais uma vez, portanto, seria muito estranho! Mas se repetiu, e até mesmo uma terceira vez. Parecia uma vontade maldosa, ou uma penitência voluntária, pois, nessas ocasiões, nada mais se verificava a não ser algumas perguntas formais e uma desairosa pausa, e depois partir; mas ele realmente achava necessário voltar e acompanhá-la. Ele nunca dizia muita coisa e Elizabeth não se dava ao trabalho de falar ou de escutá-lo com muita atenção. Mas no decorrer do terceiro encontro, ficou impressionada com algumas perguntas, estranhas e desconexas, que ele fez... sobre o prazer de ela estar em Hunsford, sua predileção por caminhadas solitárias e sua opinião sobre a felicidade do senhor e da senhora Collins; e, ao falar de Rosings e da falta de conhecimento dela da casa, parecia esperar que, caso ela viesse novamente a Kent, poderia se alojar ali também. As palavras dele pareciam implicar isso. Poderia ele ter o coronel Fitzwilliam em seus pensamentos? Ela supôs que, se ele nada pretendesse com isso, deveria aludir ao que poderia acontecer naquela região. Afligiu-a um pouco, mas ficou contente ao ver-se diante do portão das paliçadas do lado oposto do presbitério.

Certo dia ela estava concentrada, enquanto caminhava, lendo a última carta de Jane, demorando-se em certas passagens que mostravam que Jane as havia escrito em estado de certa depressão, quando, em vez de ser surpreendida novamente pelo senhor Darcy, viu, ao erguer os olhos, que se encontrava diante do coronel Fitzwilliam. Guardou imediatamente a carta e, forçando um sorriso, disse:

– Não sabia que caminhava por esses lados.

– Estava dando uma volta pelo parque – replicou ele – como geralmente faço todos os anos e pretendo encerrar o passeio com uma visita ao presbitério. Está seguindo mais adiante?

– Não, eu ia voltar dentro de instantes.

E, dizendo isso, deu meia volta e eles voltaram juntos em direção do presbitério.

– Vai mesmo deixar Kent no sábado? – perguntou ela.

– Sim... se Darcy não torne a adiar a partida. Mas estou a seu inteiro dispor; ele decide as coisas como bem entende.

– E se a programação não for do agrado dele, tem pelo menos o maior prazer na preferência da escolha. Não conheço ninguém que pareça ter tanto prazer em fazer sua própria vontade do que o senhor Darcy.

– Ele gosta muito de fazer o que e como quer – replicou o coronel Fitzwilliam.

– Como todos nós, aliás. Só que ele tem mais meios para agir desse modo do que muitos outros, porque ele é rico e a maioria dos outros é pobre. Falo com sinceridade. Um filho mais novo, bem sabe, deve estar acostumado à abnegação e à dependência.

– Em minha opinião, o filho mais novo de um nobre não

pode saber muito dessas situações da vida. Mas, seriamente, que sabe o senhor a respeito de abnegação e dependência? Quando foi impedido, por falta de dinheiro, de ir para onde quisesse ou de obter qualquer coisa que desejasse?

– São perguntas de caráter privado... e talvez eu não possa dizer que tenha experimentado muitas dificuldades dessa natureza. Mas em questão de maior importância, posso sofrer com a falta de dinheiro. Os filhos mais novos não podem se casar de acordo com seus pendores afetivos.

– A não ser que se apaixonem por mulheres de fortuna, o que acho que muitas vezes acontece.

– Nossos hábitos de gastar dinheiro nos tornam dependentes demais e não são muitos aqueles que, em situação igual à minha, se permitem casar sem dar alguma atenção ao dinheiro.

"Será isso dirigido a mim?", pensou Elizabeth, e corou com a ideia; mas, recuperando-se, disse, num tom alegre:

– E me diga, qual é o preço habitual para o filho mais novo de um nobre? A não ser que o irmão mais velho seja muito doente, suponho que não possam pedir mais de 50 mil libras.

Ele respondeu no mesmo tom e o assunto morreu. Para interromper um silêncio que o poderia levar a pensar que se sentira afetada pelo que se havia passado, ela disse, pouco depois:

– Imagino que seu primo o tenha trazido especialmente para ter alguém à disposição dele. Admira-me que ele não se case, pois, desse modo, resolveria definitivamente o problema. Mas talvez a irmã, de momento, preencha esse requisito, pois está inteiramente sob o cuidado dele, que pode fazer com ela o que quiser.

– Não – disse o coronel Fitzwilliam –, é uma vantagem que ele deve compartilhar comigo. Exerço juntamente com ele a tutela da senhorita Darcy.

– Verdade? Que espécie de tutores são? Essa tutela dá muito trabalho? Moças da idade dela são, às vezes, difíceis de controlar e, se ela possui o verdadeiro espírito dos Darcy, deve preferir seguir seu próprio caminho.

Enquanto falava, ela observou que ele a olhava seriamente e, pela maneira como ele lhe perguntou imediatamente por que supunha que a senhorita Darcy lhes pudesse causar preocupações, ficou convencida de que tinha chegado, de um modo ou de outro, bem perto da verdade. E logo replicou:

– Não precisa se assustar. Nunca ouvi nada de mal a respeito dela e ouso dizer que ela é uma das pessoas mais maleáveis do mundo. Conheço duas senhoras que a apreciam demais, a senhora Hurst e a senhorita Bingley. Acho que já o ouvi dizer que as conhece.

– Conheço-as um pouco. O irmão delas é um cavalheiro muito simpático... é um grande amigo de Darcy.

– Ah! sim – disse Elizabeth, secamente – O senhor Darcy é especialmente atencioso com o senhor Bingley e tem com ele um cuidado realmente prodigioso.

– Cuidado com ele! Sim, realmente acredito que cuida dele em situações que mais exigem cautela. Pelo que ele me contou durante nossa viagem para cá, tenho razões para pensar que Bingley deve muito a ele. Mas devo pedir-lhe desculpa, pois não tenho o direito de supor que Bingley seja o protagonista dessa história. É uma simples conjetura.

– Que quer dizer com isso?

– É uma coisa que Darcy não desejaria que fosse conhecida de todos, pois, se chegasse aos ouvidos da família da moça, seria bastante desagradável.

– Pode ter certeza de que nada direi a respeito.

– E lembre-se de que não tenho muitas razões para supor que se trate de Bingley. O que ele me contou foi apenas o seguinte: que ele se felicitava por ter salvo ultimamente um amigo dos inconvenientes de um dos mais imprudentes casamentos, mas sem mencionar nomes ou qualquer outro detalhe; e eu só suspeitei de que se tratasse de Bingley porque acho que é o tipo de jovem capaz de se meter nessa espécie de apuros e porque sei que eles estiveram juntos durante todo o último verão.

– E o senhor Darcy lhe revelou os motivos dessa interferência?

– Compreendi que havia objeções muito fortes contra a moça.

– E que artifícios ele empregou para separá-los?

– Ele não me falou de suas próprias artimanhas – disse Fitzwilliam, sorrindo. – Só me disse o que acabei de lhe contar.

Elizabeth não respondeu e continuou caminhando, com o coração cheio de indignação. Depois de observá-la um momento, Fitzwilliam perguntou por que ela estava tão pensativa.

– Estou pensando no que andou me contando – disse ela. – A conduta de seu primo não combina com meus sentimentos. Por que ele achou que devia ser o juiz?

– Parece estar disposta a considerar inoportuna a interferência dele.

– Não vejo que direito tinha o senhor Darcy para decidir sobre a propriedade da inclinação do amigo ou por que, por seu próprio julgamento, haveria de determinar e orientar de que maneira o amigo poderia ser feliz. Mas – continuou ela, voltando a si – como não temos conhecimento de nenhum dos pormenores, não é justo condená-lo. Não se deve supor que houvesse grande paixão no caso.

– Não é uma suposição improvável – disse Fitzwilliam –, mas representa uma deplorável diminuição da honra do triunfo de meu primo.

Estas palavras foram ditas em tom de gracejo; mas para ela pareceram um retrato tão fiel de Darcy que achou mais prudente não dar resposta e por isso mudou abruptamente de assunto, passando a falar sobre coisas indiferentes até chegarem ao presbitério. Ali, fechada em seu próprio quarto, mal o visitante as deixou, ela pôde pensar sem interrupção sobre tudo o que ouvira. Não havia como supor que se tratasse de outras pessoas, a não ser daquelas com as quais ela estava ligada. Não poderia existir no mundo dois homens sobre quem o senhor Darcy pudesse exercer uma influência tão ilimitada. Ela nunca duvidara de que ele estava envolvido nas medidas adotadas para separar

Bingley de Jane; mas sempre havia atribuído à senhorita Bingley a iniciativa do plano e a execução. Se a vaidade dele, no entanto, não o iludira, ele era a causa, seu orgulho e capricho eram a causa de tudo o que Jane tinha sofrido e ainda continuava sofrendo. Ele havia arruinado, por algum tempo, todas as esperanças de felicidade para o coração mais afetuoso e mais generoso do mundo; e ninguém poderia prever quão duradouro era o mal infligido por ele.

"Havia fortes objeções contra a moça", foram as palavras do coronel Fitzwilliam; e essas fortes objeções eram, provavelmente, o fato de ela ter um tio advogado na província e outro, que era comerciante, em Londres.

"Contra a própria Jane" exclamou ela, "não poderia haver nenhuma possibilidade de objeção; toda graça e bondade como ela é!... Sua ótima inteligência, sua educação aprimorada, suas maneiras são cativantes. Nada poderia ser movido contra meu pai, que, apesar de algumas excentricidades, tem qualidades que o próprio senhor Darcy não pode desdenhar, e uma respeitabilidade que ele provavelmente nunca irá alcançar." Quando pensou na mãe, sua confiança cedeu um pouco; mas não podia admitir que qualquer objeção nesse ponto pesasse aos olhos do senhor Darcy, cujo orgulho, estava certa, haveria de receber um duro golpe pela falta de importância das relações do amigo, mais do que pela falta de bom senso. Por fim, ela estava plenamente convencida de que ele se havia deixado levar, em parte, pela pior espécie de orgulho e, em parte, pelo desejo de guardar o senhor Bingley para sua irmã.

A agitação e as lágrimas que o assunto provocou resultaram numa dor de cabeça, que se agravou tanto pela tarde que, aliada à sua repugnância em ver o senhor Darcy, a impediu de acompanhar os primos a Rosings, para onde foram convidados a um chá. A senhora Collins, vendo que ela realmente não estava bem, não insistiu para que fosse e, tanto quanto possível, evitou que fosse forçada pelo marido; mas o senhor Collins não pôde esconder sua apreensão de que Lady Catherine ficasse bastante aborrecida por ela ficar em casa.

≈ CAPÍTULO 34 ≈

Depois que todos tinham partido, Elizabeth, como se pretendesse exasperar-se ainda mais contra o senhor Darcy, escolheu como ocupação a leitura de todas as cartas que Jane lhe havia escrito desde que ela estava em Kent. Não continham nenhuma queixa real nem reavivavam acontecimentos passados ou comunicavam sofrimentos presentes. Mas em todas elas e quase em cada linha, havia uma falta daquela alegria que sempre caracterizara o estilo dela que, provindo da serenidade de um espírito tranquilo consigo mesmo e bem-disposto para com todos, raramente era ocultado. Com uma atenção maior do que na primeira leitura, Elizabeth notava agora que cada frase expressava a ideia de inquietude. A vergonhosa atitude do senhor Darcy com relação aos sofrimentos que pudesse ter causado fazia com que ela sentisse mais vivamente os sofrimentos da irmã. Foi motivo de consolo pensar que a visita dele a Rosings haveria de terminar dois dias depois... e, maior ainda, que em menos de quinze dias ela própria haveria de estar com Jane novamente e capaz de contribuir para a recuperação de seu bom humor, por meio de toda a afeição que poderia lhe dedicar.

Não podia pensar na partida de Darcy de Kent sem lembrar-se de que o primo também o acompanharia; embora o coronel Fitzwilliam fosse muito simpático e tivesse deixado claro que ele não tinha qualquer segunda intenção, ela não estava disposta a sofrer por causa dele.

Enquanto analisava esse ponto, foi subitamente despertada pelo som da campainha da porta e ficou um pouco emocionada com a ideia de que pudesse ser o próprio coronel Fitzwilliam, que uma vez já aparecera pela manhã adentrada e que agora viesse especialmente para saber notícias dela. Mas essa ideia foi logo banida e a emoção diversamente afetada quando, para sua total surpresa, viu o senhor Darcy entrar na sala. De modo apressado, ele passou logo a perguntar sobre sua saúde, atribuindo a visita dele ao desejo de saber se ela estava melhor. Ela respondeu com fria amabilidade.

Ele ficou sentado por alguns momentos e, levantando-se, começou a andar pela sala. Elizabeth estava surpresa, mas não disse uma só palavra. Depois de um silêncio de vários minutos, ele se aproximou um tanto agitado e começou dizendo:

– Em vão tenho lutado. Mas não houve jeito. Meus sentimentos não podem ser reprimidos. Deve me permitir dizer-lhe que a admiro e a amo ardentemente.

O espanto de Elizabeth ultrapassou todos os limites. Fitou-o, corou, duvidou e ficou calada. O senhor Darcy viu nisso suficiente encorajamento e imediatamente se seguiu a confissão do que ele sentia e desde quando o sentia. Ele se expressou muito bem, mas havia outros sentimentos a serem detalhados, além daqueles do coração; e ele não falava com maior eloquência de sua ternura do que de seu orgulho. O sentimento da inferioridade dela... do rebaixamento que aquele amor representava... os obstáculos da família que a razão sempre opusera à inclinação, foram descritos com um ardor que parecia provir da classe superior que estava ferindo, mas que pouco provavelmente recomendava suas pretensões.

Apesar de sua profunda antipatia, ela não poderia ficar insensível à paixão de tal homem e, embora suas intenções não mudassem por um único instante, a princípio lamentou ter de decepcioná-lo; ainda ressentida com tudo o que ele disse, ela perdeu toda a compaixão em sua raiva. Tentou, contudo, recompor-se para responder com paciência quando ele terminasse de falar. Ele concluiu descrevendo a força de sua paixão que, apesar de todos os seus esforços, não conseguira dominar; e exprimiu sua esperança de ver essa afeição recompensada pela aceitação de sua mão. Ao dizer isso, Elizabeth pôde facilmente perceber que ele não duvidava de que sua resposta fosse positiva. Ele falava de apreensão e ansiedade, mas seu rosto expressava plena certeza. Tal atitude só a exasperava ainda mais e, quando ele terminou, ela ficou de rosto intensamente vermelho e disse:

– Em casos como este, creio que é costume exprimir gratidão pelos sentimentos confessados, qualquer que seja a incapacidade de retribuí-los. É natural sentir gratidão, e se eu pudesse sentir gratidão, não deixaria de lhe agradecer. Mas não posso... nunca desejei sua boa opinião que, aliás, o senhor me confere contra sua vontade. Lamento ter causado sofrimento a alguém. Não é propositadamente que o faço, no entanto, e só me resta esperar que não dure muito. Os sentimentos que, segundo o senhor me disse, o impediram durante muito tempo de reconhecer seu amor, terão pouca dificuldade em superá-lo, depois desta explicação.

O senhor Darcy, que estava apoiado na borda da lareira, com os olhos fixos no rosto dela, pareceu captar as palavras dela com um ressentimento não inferior à sua surpresa. Seu rosto ficou pálido de raiva e a perturbação de sua mente era visível em cada um de seus traços. Lutava por aparentar serenidade e não abriria a boca sem julgar que tivesse conseguido acalmar-se. A pausa era insuportável para os sentimentos de Elizabeth. Finalmente, numa voz de forçada calma, ele disse:

– E é esta a única resposta a que tenho a honra de esperar! Poderia, talvez, almejar ser informado por que, com tão pouco empenho por alguma delicadeza, me rejeitar desse modo? Mas não tem importância.

– Também eu poderia perguntar – replicou ela – por que, com o intuito tão evidente de me ofender e insultar, resolveu me dizer que gostava de mim contra sua vontade, contra sua razão e mesmo contra seu caráter? Não é essa desculpa suficiente para minha falta de cortesia, se fui descortês? Mas tenho outros motivos para me sentir ferida. Sabe que os tenho. Se meus sentimentos não me indispusessem contra o senhor... se fossem indiferentes ou se fossem até mesmo favoráveis, acredita que qualquer consideração me tentaria a aceitar o homem que arruinou, talvez para sempre, a felicidade de uma adorada irmã?

Ao pronunciar essas palavras, o senhor Darcy mudou de cor; mas a emoção foi breve e ele escutava sem tentar interrompê-la, enquanto ela continuou:

– Tenho todas as razões do mundo para pensar mal do senhor. Nenhum motivo poderá desculpar o ato injusto e mesquinho que praticou. Não ousará, não poderá negar que foi o principal, senão o único, que agiu para separar um do outro... ao expô-los, um à censura do mundo por capricho e instabilidade, e a outra, ao ridículo pela decepção de suas esperanças, envolvendo os dois numa situação extremamente embaraçosa.

Ela fez uma pausa e viu, com grande indignação, que ele a escutava com ar de quem não se sentia movido por nenhum sentimento de remorso. Ele a olhava até mesmo com um sorriso de incredulidade afetada.

– Pode negar o que fez? – repetiu ela.

Com uma fingida tranquilidade, ele então respondeu:

– Não desejo negar que fiz tudo o que estava a meu alcance para separar meu amigo de sua irmã nem vou negar que me alegro por meu sucesso. Fui mais previdente com ele do que comigo mesmo.

Elizabeth desdenhou mostrar que compreendera a delicadeza dessa observação, mas seu sentido não lhe escapou, nem era provável que a apaziguasse.

– Mas não é apenas esse assunto – continuou ela – que dá fundamento à minha antipatia. Muito antes disso eu já tinha opinião formada a seu respeito. Seu caráter foi revelado pelo relato que recebi, muitos meses atrás, do senhor Wickham. Que tem a dizer sobre esse assunto? Em que ato imaginário de amizade poderá aqui se defender? Ou com que embustes poderá ora iludir os outros?

– A senhorita mostra um ávido interesse por esse cavalheiro – disse Darcy, num tom menos tranquilo e corando intensamente.

– Quem, ao conhecer seus infortúnios, haveria de deixar de se interessar por ele?

– Seus infortúnios! – repetiu Darcy, com desprezo. – Sim, seus infortúnios foram realmente grandes.

– E foi o senhor que os infligiu! – exclamou Elizabeth, energicamente. – Foi o senhor que o reduziu a seu estado atual de pobreza... relativa pobreza O senhor lhe sonegou, como bem deve saber, as vantagens que lhe estavam destinadas. Privou-o, durante os melhores anos da vida dele, da independência que lhe era devida e que ele, por outra, merecia. Tudo isso o senhor fez! E ainda assim, consegue tratar o infortúnio dele com desprezo e ironia.

– É essa – exclamou Darcy, enquanto andava com passos rápidos pela sala –, essa é a opinião que tem de mim! Essa é a estima com que me considera! Agradeço por tê-la explicado tão claramente. Minhas faltas, de acordo com essa explanação, são realmente pesadas! Mas talvez – acrescentou ele, parando de caminhar e voltando-se para ela – essas ofensas pudessem ser negligenciadas, se seu orgulho não tivesse sido ferido por minha honesta confissão dos escrúpulos que, durante tanto tempo, me impediram de tomar uma decisão séria. Poderia ter evitado essas amargas acusações, se eu, com maior habilidade, tivesse escondido minhas lutas e levando-a a crer que era impelido por uma inclinação ilimitada e genuína, e ainda, pela razão, pela reflexão, por tudo. Mas odeio toda a espécie de fingimento. Nem me sinto envergonhado pelos sentimentos que relatei. Eram naturais e justos. Acaso esperava que me regozijasse pela inferioridade de sua parentela?... Que me congratulasse com a esperança de me relacionar com pessoas de condição tão decididamente inferior à minha?

Elizabeth sentia que estava ficando mais zangada a cada momento; ainda assim, esforçou-se ao máximo para falar com serenidade quando disse;

– Está enganado, senhor Darcy, se imaginar que a forma de

sua declaração me afetou de qualquer outro modo do que me poupar a inquietação que poderia ter sentido ao recusá-lo, se a tivesse feito de maneira mais cavalheiresca.

Ela o viu sobressaltar-se ao ouvir isso, mas ele nada disse e ela continuou:

– O senhor poderia ter feito o pedido de qualquer outra forma possível, que não me teria levado a aceitá-lo.

E novamente seu espanto se tornou evidente; ele a olhou com uma expressão mesclada de incredulidade e mortificação. Ela prosseguiu:

– Desde o início... desde o primeiro instante, posso quase dizer... em que o conheci, suas maneiras me deixaram a impressão de sua desmedida arrogância, de sua pretensão e de seu egoísta desprezo pelos sentimentos dos outros, de tal modo que constituíram o alicerce de desaprovação, sobre o qual sucessivos acontecimentos construíram tão inabalável antipatia, e ainda não o havia mais de um mês e já pressentia que o senhor seria o último dos homens no mundo com quem jamais seria convencida a me casar.

– Já disse mais que o suficiente, minha senhora. Compreendo perfeitamente seus sentimentos e nada me resta senão me envergonhar dos meus. Perdoe-me ter tomado tanto de seu precioso tempo e aceite meus mais sinceros votos de saúde e felicidade.

E com estas palavras ele abandonou apressadamente a sala; e Elizabeth o ouviu, no momento seguinte, abrir a porta da frente e deixar a casa.

A inquietação de sua mente era agora dolorosamente grande. Não sabia como suportar-se a si mesma e, tomada de verdadeira fraqueza, sentou-se e chorou durante meia hora. Sua surpresa, ao refletir sobre o ocorrido, aumentava a cada revisão do que se passara. Que ela pudesse ter recebido uma proposta de casamento do senhor Darcy! Que ele estivesse apaixonado por ela há muitos meses! Tão apaixonado que desejava desposá-la apesar de todas as objeções que tinham contribuído para que ele impedisse o casamento do amigo com a irmã dela e que deveriam aparecer, pelo menos, com igual força no próprio caso dele... era quase inacreditável! Era gratificante saber que ela tinha inconscientemente inspirado uma afeição tão forte. Mas a pena que, por momentos, a ideia de tal paixão suscitara em Elizabeth foi imediatamente sufocada pelo orgulho dele, o abominável orgulho dele... pela cínica confissão do que havia feito com relação a Jane... pela imperdoável tranquilidade dele ao reconhecer isso, embora não pudesse justificá-lo, e pela insensível maneira com que mencionara o senhor Wickham, sem que tentasse negar a crueldade com que o tinha tratado. Ela continuou nessas agitadas reflexões até que o ruído da carruagem de Lady Catherine a levou a sentir-se sem condições de aturar as observações de Charlotte e correu para o quarto.

≈ CAPÍTULO 35 ≈

Elizabeth acordou na manhã seguinte com os mesmos pensamentos e reflexões com que havia finalmente fechado os olhos. Não tinha se recuperado ainda da surpresa do que havia acontecido; era impossível pensar em outra coisa e, totalmente indisposta para qualquer ocupação, resolveu, logo depois do café, fazer um pouco de exercício ao ar livre. Estava se encaminhando para seu passeio favorito quando a lembrança de que o senhor Darcy costumava, às vezes, aparecer por lá, a deteve e, em vez de seguir para o parque, tomou a trilha que a levava para além da barreira da estrada. A paliçada do parque era o limite de um lado e ela logo passou por um dos portões.

Depois de percorrer duas ou três vezes aquele trecho, sentiu-se tentada, pelo agradável tempo daquela manhã, a parar junto de um dos portões e contemplar o parque. As cinco semanas já passadas em Kent tinham operado uma grande transformação na região e cada dia as árvores ficavam mais verdes. Ela se preparava para continuar a caminhada quando viu de relance um cavalheiro no pequeno bosque que limitava o parque; ele estava caminhando em sua direção. Receando tratar-se do senhor Darcy, ela começou imediatamente a se afastar. Mas a pessoa que avançava já estava agora bastante perto para conseguir vê-la e, apressando o passo, pronunciou o nome dela. Já estava se voltando para outro lado, mas ao ouvir sendo chamada, embora numa voz que lhe parecia a do senhor Darcy, virou-se novamente para o portão. Nesse momento, ele também já havia chegado ao mesmo local e, estendendo-lhe uma carta, que ela instintivamente aceitou, disse com ar altivo:

– Andei pelo bosque durante algum tempo, na esperança de encontrá-la. Quer dar-me a honra de ler essa carta? – E, com uma leve reverência, voltou para o campo cultivado e desapareceu de vista.

Sem qualquer expectativa de prazer, mas com a maior curiosidade, Elizabeth abriu a carta e, para seu espanto sempre crescente, viu que o envelope continha duas folhas de papel, preenchidas totalmente com uma letra apertada. Prosseguindo seu caminho pela trilha, começou a lê-la. Estava datada de Rosings, às oito horas da manhã, e dizia o seguinte:

"Não fique alarmada, minha senhora, ao receber esta carta, pela apreensão de que contenha a repetição daqueles sentimentos ou a renovação daquelas propostas que ontem à noite tanto a aborreceram. Escrevo sem qualquer intenção de irritá-la ou de me humilhar, insistindo em expressar votos que, para a felicidade de ambos, não poderão ser esquecidos cedo demais; e o esforço que a redação e a leitura desta carta poderá representar teria sido poupado, se meu caráter não exigisse que ela fosse escrita e lida. Deverá, portanto, perdoar a liberdade com que solicito sua atenção; sei que seus sentimentos não estão propensos a dá-la, mas peço que me distinga com esse favor.

Duas acusações de natureza muito diferente e, de modo algum, de igual magnitude me fez ontem à noite. A primeira mencionada foi que, indiferente aos sentimentos dos dois, eu tenha separado o se-

nhor Bingley de sua irmã; e a outra, que eu tenha, desafiando diversos direitos e desafiando a própria honra e a humanidade, arruinado a prosperidade imediata e destruído as perspectivas do senhor Wickham. Ter repudiado voluntária e gratuitamente o companheiro de minha juventude, o favorito declarado de meu pai, um jovem que dependia exclusivamente de nossa proteção e que havia crescido alimentando a esperança de vê-la exercida, seria uma perversidade comparavelmente mais grave que a separação de duas pessoas cuja afeição nunca poderia ter crescido excessivamente durante aquelas poucas semanas. Espero que, no futuro, eu esteja salvaguardado da severidade da recriminação que me foi dirigida sobre esses dois casos, depois que tiver lido a explicação que darei de meus atos e de seus motivos. Se nesta explanação, que é devida exclusivamente a mim, me deparar com a iminência de exprimir sentimentos que a possam ofender, só posso dizer que lamento sinceramente. A necessidade a isso me obriga e ulterior pedido de desculpas seria absurdo.

Pouco tempo depois de chegar a Hertfordshire, percebi, juntamente com outras pessoas, que Bingley preferia sua irmã mais velha a qualquer outra moça da região. Mas foi só por ocasião do baile em Netherfield que pela primeira vez fiquei apreensivo por ele demonstrar forte queda por ela. Várias vezes já o tinha visto apaixonado. Naquele baile, enquanto eu tinha a honra de dançar com a senhorita, fiquei sabendo, por meio da informação acidental de Sir William, que as atenções de Bingley para com sua irmã tinham dado margem a um rumor generalizado acerca do casamento de ambos. Sir William falou disso como um acontecimento certo, do qual só a data era incerta. A partir desse momento, observei o comportamento de meu amigo atentamente; e pude então perceber que a inclinação dele pela senhorita Bennet era mais forte do que qualquer uma das que presenciara anteriormente. Observei também sua irmã. O olhar e as maneiras dela eram francos, alegres e atraentes como sempre, mas sem qualquer sintoma especial de afeição, e fiquei convencido com a observação daquela noite que, embora ela recebesse as atenções de Bingley com prazer, não as provocava visando qualquer participação do mesmo sentimento. Se a senhorita não se enganou nesse ponto, eu me enganei. Seu conhecimento mais profundo de sua irmã tornará mais provável a última hipótese. Nesse caso, se fui levado por meu erro a infligir desgosto à sua irmã, seu ressentimento não é injustificado. Mas afirmo sem escrúpulos que a serenidade do rosto de sua irmã e a tranquilidade de seus modos eram tais que teriam dado ao observador mais perspicaz a convicção de que, apesar da amabilidade de seu temperamento, o coração não era dos mais fáceis de atingir. É certo que desejava acreditar na indiferença dela... mas ouso afirmar que minhas investigações e decisões não são geralmente influenciadas por minhas esperanças ou receios. Não acreditei que fosse indiferente porque assim eu o desejava, mas simplesmente porque cheguei a essa convicção imparcial e ela é tão sincera quanto o desejo pela razão. Minhas objeções contra esse casamento não foram apenas aquelas que ontem à noite lhe expus e que, em meu próprio caso, exigiram toda a força da paixão para serem postas de lado; a desigualdade social não poderia constituir um mal tão grande para meu amigo como para mim. Mas havia outras causas para minha resistência; causas que, embora ainda existentes e existentes em idêntico grau para ambos os casos, eu tentei esquecer porque não diziam respeito a mim. Essas causas precisam ser mencionadas, embora brevemente. A situação da família de sua mãe, ainda que pouco recomendável, nada era em comparação com aquela falta total de delicadeza tão frequente e quase permanentemente demonstrada por ela própria, por suas três irmãs mais jovens e às vezes até por seu pai. Perdoe-me. Custa-me ofendê-la. Mas, qualquer que seja o aborrecimento que seus parentes mais próximos lhe possam causar ou a tristeza que a presente descrição poderá provocar, certamente lhe servirá de consolo esta consideração: que a senhorita e sua irmã mais velha sempre se comportaram de modo a evitar uma censura semelhante é o melhor elogio que se poderá fazer à sensatez e ao caráter de ambas. Só gostaria de dizer ainda que tudo o que se passou naquela noite veio confirmar minha opinião sobre todas as pessoas em questão e fortalecer minha resolução de proteger meu amigo de uma união que eu considerava infeliz. Ele deixou Netherfield para ir a Londres no dia seguinte, como certamente deverá estar lembrada, com a intenção de regressar em breve.

Devo explicar agora qual o papel que desempenhei no caso. A inquietude das irmãs dele havia sido igualmente despertada juntamente com a minha; e logo descobrimos a coincidência de nossos sentimentos a respeito; e igualmente convencidos de que não havia tempo a perder em afastar o irmão, decidimos acompanhá-lo diretamente a Londres. Consequentemente, partimos... e ali me empenhei realmente a revelar a meu amigo os inconvenientes de semelhante escolha. Eu os descrevi e reforcei com toda a seriedade. Mas, por mais que essa advertência possa ter abalado sua determinação, não creio que poderia ter impedido definitivamente o casamento, se não tivesse sido apoiada pela afirmação, que não hesitei em fazer, da indiferença de sua irmã. Ele acreditara até aquele momento que ela correspondia sinceramente à sua afeição, se não com a mesma consideração. Mas Bingley é por natureza muito modesto e confia mais em minha opinião que na dele próprio. Convencê-lo, portanto, de que ele se havia enganado não foi difícil. Persuadi-lo de não voltar a Hertfordshire, depois de resolver o primeiro ponto, foi coisa de um instante. Não me arrependo de ter feito tudo isso. Existe apenas uma parte de minha conduta em todo esse assunto que não me satisfaz plenamente; é que condescendi em usar de certos artifícios para esconder dele o fato de sua irmã se encontrar na capital. Sabia disso, bem como a senhorita Bingley, mas ele ainda o ignora. Que eles possam ter-se encontrado sem outras consequências pode ser até provável; mas seu afeto não me pareceu suficientemente extinto para que ele pudesse ver sua irmã sem correr algum perigo. Talvez esse encobrimento, esse subterfúgio fosse indigno de mim; está feito, contudo, e foi feito para melhor. Sobre esse assunto, nada mais tenho a dizer, nenhuma desculpa a pedir. Se feri os sentimentos de sua irmã, foi sem saber que o fiz e, embora os motivos que guiaram minha conduta lhe pareçam naturalmente insuficientes, não vejo ainda por que condená-los.

Com relação à outra acusação, mais grave, a de ter prejudicado o senhor Wickham, só poderei refutá-la revelando-lhe a história de sua relação com minha família. Ignoro do que ele, de modo particular, me acusou; mas acerca da verdade do que vou relatar posso lhe indicar mais de uma testemunha insuspeita.

O senhor Wickham é filho de um homem muito respeitável, que durante muitos anos administrou os bens da propriedade de Pemberley e cuja boa conduta no desempenho de seu cargo mereceu a gratidão de meu pai que se refletiu especialmente em George Wickham, seu afilhado, para quem se mostrou de uma generosidade sem limites. Meu pai lhe pagou os estudos num colégio e mais tarde em Cambridge... Auxílio deveras importante, pois o pai dele, sempre pobre pelas extravagâncias da esposa, não tinha condições para dar ao filho uma educação de cavalheiro. Meu pai não só apreciava a companhia desse jovem, cujas maneiras eram sempre distintas, como tinha por ele a maior admiração e alimentou a esperança de que o jovem abraçasse a carreira eclesiástica e pretendia usar de sua influência para tanto. Quanto a mim, faz muitos e muitos anos desde que comecei a pensar nele de maneira bem diferente. As más inclinações... a falta de princípios, que ele tinha o cuidado de esconder de seu melhor amigo, não poderiam passar despercebidas a um jovem de aproximadamente a mesma idade, que tinha a oportunidade de vê-lo em momentos de descuido, que o senhor Darcy não tinha. De novo me vejo forçado a magoá-la... Até que ponto, só a senhorita poderá dizê-lo. Mas quaisquer que sejam os sentimentos que o senhor Wickham lhe possa ter inspirado, a suspeita que tenho a respeito da natureza deles não me impedirá de lhe revelar o verdadeiro caráter dele... Há ainda outro motivo.

Meu excelente pai morreu há cerca de cinco anos e sua afeição pelo senhor Wickham se manteve tão firme até o fim que em suas últimas vontades me recomendou de modo particular que me encarregasse de promover o progresso dele da melhor maneira que sua profissão pudesse permitir... e, se fosse ordenado presbítero, que providenciasse para que viesse a conseguir um valioso benefício eclesiástico, mal houvesse um posto vacante. Deixou-lhe também um legado de mil libras. O pai dele não sobreviveu muito tempo ao meu e, meio ano depois desses acontecimentos, recebi uma carta do senhor Wickham em que me informava ter decidido não se ordenar, e me pedia o adiantamento da compensação pecuniária pelo lugar que ele nunca ocuparia. Tinha a intenção, dizia ele, de estudar Direito e esperava que eu compreendesse que mil libras não seriam suficientes para tal intento. Apesar de meu desejo de acreditar que ele era sincero, não consegui; mas, de qualquer modo, mostrei-me perfeitamente pronto a satisfazer a proposta dele. Eu sabia que o senhor Wickham nunca seria um clérigo; o assunto foi logo resolvido... Ele desistiu de toda a proteção relativa à sua entrada na Igreja e aceitou em troca a quantia de três mil libras. A partir daí, toda ligação entre nós estava dissolvida. Pensava muito mal dele para convidá-lo a Pemberley e nem procurava sua companhia na capital. Creio que ele passava a maior parte do tempo na capital, sua intenção de estudar não passou de pretexto e, achando-se agora livre de qualquer obrigação, entregou-se a uma vida de indolência e dissipação. Por aproximadamente três anos poucas notícias tive dele; mas, quando faleceu a pessoa que ocupava o posto que lhe fora destinado, ele tornou a me escrever, solicitando o lugar. Dizia que sua atual situação, e não tive dificuldade alguma em acreditar, era extremamente precária. Descobrira que o estudo de Direito era pouco proveitoso e agora estava totalmente resolvido a ser ordenado clérigo; se eu o apresentasse para o posto em questão... Coisa de que ele não duvidava, pois estava informado de que não havia outro pretendente e confiava que eu não tivesse esquecido as intenções de meu venerável pai. Espero que não haverá de me recriminar por lhe ter recusado essa solicitação e resistido a todas as suas novas tentativas a respeito. Seu ressentimento foi proporcional à situação desesperada em que se encontrava... Mostrou-se, sem dúvida, tão violento no ataque à minha pessoa diante de outros como nas críticas que me dirigia pessoalmente. Depois desse período, todas as relações de mera formalidade foram cortadas. Como e de que ele viveu, não sei. Mas no último verão a se intrometer em minha vida de maneira realmente penosa.

Devo mencionar agora certa circunstância que eu mesmo desejaria esquecer e que apenas uma obrigação tão forte como a presente me induz a revelá-las a alguém. Depois de ter dito isso, confio plenamente em sua discrição. Minha irmã, que é dez anos mais jovem que eu, foi deixada sob tutela ao sobrinho de minha mãe, o coronel Fitzwilliam, e a mim próprio. Há cerca de um ano, ela saiu do colégio e foi morar em

Londres, na companhia de uma senhora encarregada de sua educação. No verão passado, ela e essa senhora foram para Ramsgate; e para lá foi também o senhor Wickham, sem dúvida propositadamente; pois descobriu-se mais tarde que houvera um entendimento prévio entre ele e a senhora Younge, sobre cujo caráter infelizmente nos enganamos; e com a conivência e a ajuda dela, Wickham conseguiu cativar de tal modo Georgiana, cujo coração extremamente afetivo conservava ainda viva a impressão da bondade com que ele a tratara em criança, que ela se convenceu de que estava apaixonada e consentiu em fugir com ele. Ela tinha então apenas 15 anos, o que lhe servirá de desculpa; e, depois de ter constatado sua imprudência, sinto-me feliz em acrescentar que soube disso por meio dela própria. Encontrei-os inesperadamente, um ou dois dias antes da projetada fuga, e então Georgiana, incapaz de suportar a ideia de desgostar e ofender um irmão que ela considerava quase como um pai, me confessou tudo. Pode imaginar o que senti e como agi. Por respeito pela reputação de minha irmã e de seus sentimentos, evitei de tornar público o fato; mas escrevi ao senhor Wickham, que deixou a localidade imediatamente e a senhora Younge, obviamente, foi despedida. O principal objetivo do senhor Wickham era, inquestionavelmente, a fortuna de minha irmã, que é de 30 mil libras. Mas não posso deixar de supor que o desejo de se vingar de mim tenha também influído fortemente. Sua vingança, na verdade, teria sido completa.

Esta, minha senhora, é a narrativa fiel de todos os acontecimentos que nos dizem respeito a ambos; e, se não a rejeitar como absolutamente falsa, espero que me absolva doravante da crueldade com que agi contra o senhor Wickham. Não sei de que maneira, sob que forma de falsidade, ele a atraiu para a causa dele; mas o êxito por ele alcançado talvez não seja de estranhar. Considerando sua prévia ignorância de todos os fatos relativos a ambos, a descoberta de tudo não poderia estar a seu alcance e seu temperamento certamente não é dado a suspeita.

Possivelmente se surpreenda por que tudo isso não lhe foi dito ontem à noite; mas eu não tinha suficiente domínio sobre mim mesmo para decidir o que poderia ou o que deveria ser revelado. Quanto à verdade de tudo o que aqui ficou relatado, posso apelar mais particularmente para o testemunho do coronel Fitzwilliam que, dado nosso parentesco e constante intimidade, e, ainda mais, na qualidade de executor do testamento de meu pai, está inevitavelmente a par de todos os pormenores dessas transações. Se a antipatia que nutre por mim tivesse de tornar sem valor minhas asserções, não poderá, pela mesma causa, deixar de confiar em meu primo e, para que haja a possibilidade de consultá-lo, procurarei encontrar algum meio de fazer chegar a suas mãos esta carta no decorrer da manhã. Acrescentarei apenas, Deus a abençoe!

Fitzwilliam Darcy."

≈ CAPÍTULO 36 ≈

Se Elizabeth, quando recebeu a carta das mãos do senhor Darcy, não esperava que ela contivesse a repetição das propostas dele, também não tinha qualquer ideia sobre o que pudesse narrar. Mas, como estavam as coisas, é fácil imaginar com que avidez ela percorreu as linhas da missiva e quantas emoções contraditórias despertaram. Seus sentimentos, enquanto lia, eram indefinidos. Com assombro constatou que ele acreditava poder se desculpar; e ela estava firmemente persuadida de que ele não teria qualquer explicação a dar, que um justo senso de pudor haveria de ocultar. Fortemente prevenida contra tudo o que ele pudesse dizer, começou a ler o relato que ele fazia do que tinha acontecido em Netherfield. Leu com uma ansiedade que quase a impedia de compreender e, pela impaciência de saber o que a frase seguinte poderia trazer, se tornava incapaz de captar o sentido daquela que tinha diante dos olhos. Desde logo decidiu que era falsa a alegação dele de que havia acreditado na insensibilidade da irmã dela. E o relato das reais objeções contra o casamento, as mais difíceis de aceitar, deixaram-na tão zangada a ponto de subtrair-lhe todo o desejo de ser justa. Não expressava qualquer arrependimento por aquilo que ele tinha feito, que a satisfizesse; seu estilo não era o de um penitente, mas altivo. Era todo orgulho e insolência.

Mas quando esse assunto foi seguido pelo relato dele a respeito do senhor Wickham... Quando leu com um pouco mais de atenção a narração dos fatos que, se verdadeiros, deitariam por terra sua elevada opinião do valor de Wickham e que mostravam uma alarmante semelhança com a história que este último havia contado a seu próprio respeito... seus sentimentos se tornaram ainda mais agudamente dolorosos e mais difíceis de definir. Espanto, apreensão e até mesmo horror a oprimiam. Não queria de forma alguma acreditar nisso e exclamava repetidamente: "Deve ser falso! Não pode ser! Deve ser a mais grosseira das mentiras!"... E depois de ter lido toda a carta, embora mal se lembrasse do que havia lido na última página ou duas, guardou rapidamente a carta, decidida a não olhar para ela, a nunca mais tomá-la em mãos.

Nesse perturbado estado de espírito, com pensamentos que não se fixavam em nada, ela continuou andando; mas não havia jeito; em meio minuto a carta foi novamente desdobrada e, concentrando-se tanto quanto podia, retomou a mortificante leitura de tudo o que dizia respeito a Wickham e se esforçou por examinar o sentido de cada frase. A história de suas relações com a família de Pemberley era exatamente igual à que ele próprio lhe havia contado; e a bondade do falecido senhor Darcy, embora anteriormente não lhe conhecesse toda a extensão, concordava igualmente com as próprias palavras dele. Até aqui as duas narrativas coincidiam: mas, quando ela chegou ao testamento, a diferença era marcante. O que Wickham havia contado sobre o benefício eclesiástico continuava ainda vivo na memória dela e, ao recordar as próprias palavras dele, era impossível não perceber que havia uma grosseira duplicidade de um lado e de outro; e, por alguns momentos, ela teve a sensação de que não tinha errado. Mas, quando leu e releu com a maior atenção os pormenores que se seguiam mediatamente à desistência de Wickham de todas as pretensões ao benefício eclesiástico, recebendo em troca a considerável soma de três mil libras, ela foi novamente forçada a hesitar. Deixou a carta de lado, pesou cada circunstância com aquilo que ela considerava imparcialidade... Ponderou na probabilidade de cada afirmação... mas com pouco sucesso. De ambos os lados, havia apenas asserções. Retomou a leitura; mas cada linha provava mais claramente que a história, que a princípio achara impossível interpretar de maneira a tornar a conduta do senhor Darcy menos infame, podia ser vista sob um enfoque que deveria eximi-lo totalmente de culpa em todo esse episódio.

A extravagância e o desregramento que ele não tinha escrúpulos em atribuir ao caráter do senhor Wickham a chocavam de modo excessivo; tanto mais que ela não podia apresentar uma prova de que essas acusações eram injustas. Ela nunca tinha ouvido falar deste último antes da entrada no destacamento de... no qual ele se havia engajado por sugestão de um jovem que ele acidentalmente havia encontrado na capital. Nada se sabia em Hertfordshire de sua vida pregressa, a não ser o que ele próprio contava. Quanto a seu verdadeiro caráter, mesmo que pudesse obter informações, ela nunca se sentiu propensa a investigar. Seu semblante, sua voz e suas maneiras haviam sido suficientes para que ela lhe atribuísse todas as virtudes. Ela tentou lembrar-se de algum exemplo de bondade, de algum traço marcante de integridade ou de benevolência que pudesse salvá-lo dos ataques do senhor Darcy; ou, pelo menos, pela predominância da virtude, reparar aqueles eventuais erros sob cujo título deveria classificar o que o senhor Darcy descrevia como indolência e vício por muitos anos seguidos. Mas nenhuma lembrança vinha em seu socorro. Poderia revê-lo instantaneamente diante dela com todo o encanto de suas boas maneiras, mas não conseguia recordar nenhum ato concreto de virtude, além da aprovação geral da vizinhança e a consideração que sua convivência social lhe havia granjeado. Depois de refletir muito sobre esse ponto, continuou lendo. Mas, infelizmente, a história que se seguia, relativa a seus desígnios de fugir com a senhorita Darcy, era confirmada pela conversa que na manhã anterior tivera com o coronel Fitzwilliam; e, por fim, era-lhe indicado como testemunha o coronel Fitzwilliam para saber da verdade em todos os seus pormenores... Por informação prévia do próprio coronel, sabia das estreitas ligações deste com todos os assuntos relacionados ao primo e não tinha qualquer motivo para duvidar do caráter dele. Por momentos, ela esteve quase tentada a procurá-lo, mas a ideia foi afastada pelo embaraço que lhe causaria e, finalmente, totalmente banida pela convicção de que o senhor Darcy jamais teria sugerido semelhante proposta, se não tivesse total certeza da confirmação do primo dele.

Ela se lembrava perfeitamente de tudo o que tinha ocorrido na conversa que tivera com o senhor Wickham, na primeira noite na casa da senhora Phillips. Muitas das expressões dele se conservavam ainda frescas em sua memória. Ela estava agora impressionada com a impropriedade dessas confidências feitas a uma pessoa estranha e admirou-se de não ter pensado nisso antes. Percebeu a indelicadeza daquela exibição de si mesmo e a incongruência entre suas afirmações e sua conduta. Lembrava-se de que ele se havia vangloriado de não ter medo de se encontrar com o senhor Darcy... que o senhor Darcy poderia deixar a região, mas que ele haveria de permanecer ali; mesmo assim, ele tinha evitado participar do baile em Netherfield, na semana seguinte. Recordou-se também de que, até o momento da partida da família de Netherfield, ele não havia contado sua história a ninguém, a não ser a ela própria; mas que, depois da partida deles, era comentada em toda parte; que ele não tinha, portanto, nenhuma discrição, nenhum escrúpulo em denegrir o caráter do senhor Darcy, embora tivesse assegurado a ela que o respeito pela memória do pai sempre o impediria de expor o filho.

Como lhe parecia agora diferente tudo o que dizia respeito a ele! Suas atenções com a senhorita King eram a consequência de odiosas intenções puramente mercenárias; e a reduzida fortuna da moça não provava tanto a moderação dos desejos dele como a ansiedade em se agarrar a alguma coisa. Seu comportamento para com ela própria podia revelar agora que não tinha um motivo razoável; ele se havia enganado com relação à fortuna dela ou havia agido por pura vaidade, encorajando uma preferência que ela tivera, acreditava, a imprudência de revelar. Todos os esforços em favor dele se tornaram cada vez mais tênues; e, como justificação adicional ao senhor Darcy, ela não podia se esquecer do que havia dito o senhor Bingley que, ao ser interrogado por Jane, não titubeara em afirmar a inocência do amigo; por mais orgulhosos e repulsivos que fossem os modos dele, ela nunca, no inteiro decurso de suas relações... relações que ultimamente os tinha levado a se encontrar seguidamente e resultaram numa espécie de intimidade com os pontos de vista dele... nada que o revelasse como irreligioso ou de hábitos imorais; e que, entre os próprios amigos, ele era estimado e valorizado... que até mesmo Wickham lhe havia reconhecido qualidades como irmão e que muitas vezes o ouvira falar afetuosamente de sua irmã, o que provava que ele era capaz de alguns sentimentos de ternura; que, se os atos dele fossem como Wickham os descrevera, se tivesse violado tão brutalmente todos os direitos, dificilmente ele poderia ocultar essa sua conduta perante o mundo; e que a amizade entre alguém capaz disso e um homem tão afável como o senhor Bingley era incompreensível.

Elizabeth se sentiu então profundamente envergonhada. Não podia pensar em Darcy nem em Wickham sem perceber que ela tinha sido cega, parcial, preconceituosa, absurda.

"Como agi de modo desprezível!", exclamou ela. "Eu, que me orgulhava tanto de meu discernimento! Eu, que me vangloriava tanto de minhas qualidades! Eu, que tantas vezes desdenhei a generosa candura de minha irmã e recompensei minha vaidade com inúteis e censuráveis desconfianças! Como é humilhante essa descoberta! Sim, como é justa essa humilhação! Se estivesse apaixonada, não poderia ter sido mais desastrosamente cega!

Mas a vaidade, e não o amor, foi minha loucura. Lisonjeada pela preferência de um deles e ofendida com a negligência do outro, logo no início de nossas relações, cortejei a prevenção e a ignorância e expulsei a razão. Até este momento, nunca cheguei a me conhecer."

Dela própria para Jane e de Jane para Bingley, seus pensamentos seguiram um curso que em breve lhe sugeriram que a explicação do senhor Darcy a esse respeito lhe parecera insuficiente, e ela voltou a lê-la. Amplamente diverso foi o efeito dessa segunda leitura. Como poderia ela negar esse crédito às afirmações do senhor Darcy num ponto que ela tinha sido obrigada a dar em outro? Ele declarava que estava bem longe de suspeitar da afeição da irmã dela; e ela não pôde deixar de lembrar-se da opinião de Charlotte. Nem poderia negar que fosse justa a descrição que ele fazia de Jane. Ela sabia que os sentimentos de Jane, embora fervorosos, pouco eram exteriorizados e que sempre havia uma constante complacência em seu semblante e em seus modos, nem sempre unidos a uma grande sensibilidade.

Quando chegou àquela parte da carta em que sua família é mencionada em termos mortificantes, ainda que com repreensão merecida, ela se sentiu ainda mais envergonhada. A justiça dessas afirmações era inegável e as circunstâncias a que ele particularmente aludia se referiam ao que havia ocorrido no baile de Netherfield e que confirmavam toda a sua primeira desaprovação; tudo isso não poderia ter causado uma impressão mais forte no espírito dele do que no dela.

O elogio feito a ela e à irmã não a deixou insensível. Amenizou, mas não a compensava pelo menosprezo que atraíra sobre si da parte do resto de sua família; e, ao considerar que o desapontamento de Jane tinha sido realmente causado por seus parentes mais próximos, e refletir sobre quanto a reputação de ambas deveria ser prejudicada por essa conduta imprópria, sentiu-se tão deprimida como nunca estivera antes.

Depois de ter passeado durante duas horas ao longo da estrada, entregando-se a toda espécie de pensamentos... reconsiderando fatos, determinando probabilidades e reconciliando-se como podia com uma mudança tão súbita e tão importante, o cansaço e a lembrança de sua longa ausência fizeram que ela finalmente voltasse para casa; e entrou em casa parecendo alegre como sempre e com a resolução de reprimir essas reflexões que a impossibilitavam de tomar parte na conversa.

Ela foi imediatamente informada de que os dois cavalheiros de Rosings tinham aparecido durante sua ausência; o senhor Darcy durante alguns minutos somente, para se despedir... mas que o coronel Fitzwilliam havia ficado com elas durante uma hora pelo menos, esperando por sua volta, e quase se decidindo a partir a pé pelos campos até encontrá-la. Elizabeth *fingiu* sentir-se decepcionada por não se encontrar com ele; mas, na verdade, ela se regozijava por isso. Tinha perdido todo o interesse pelo coronel Fitzwilliam; ela só pensava na carta.

≈ CAPÍTULO 37 ≈

Os dois cavalheiros deixaram Rosings na manhã seguinte e o senhor Collins, que estava esperando perto da residência deles para apresentar sua despedida formal, voltou trazendo a boa notícia de que eles pareciam estar muito bem de saúde e relativamente bem-dispostos, apesar da melancolia que ultimamente parecia ter-se abatido sobre Rosings. O senhor Collins se dirigiu então apressadamente para Rosings, para consolar Lady Catherine e sua filha; e quando retornou, trazia, com grande satisfação, um recado de Lady Catherine que, dizendo-se tomada de tédio, se sentia desejosa de tê-los a todos em sua casa para um jantar.

Elizabeth não podia ver Lady Catherine sem lembrar-se de que, se o tivesse desejado, poderia agora ser apresentada a ela como sua futura sobrinha; nem podia pensar, sem um sorriso, na indignação dessa nobre senhora com a notícia. "O que teria dito? Como se teria comportado?" eram perguntas que a divertiam.

O primeiro assunto foi a diminuição do grupo de Rosings.

– Asseguro-lhes que sinto profundamente – disse Lady Catherine. – Creio que ninguém sente tanto a perda de amigos como eu. Tenho grande afeição por aqueles dois jovens e sei que também eles estão muito afeiçoados a mim! Estavam extremamente tristes por partir! Mas assim sempre ficam. O caro coronel conseguiu dominar seus sentimentos quase até o fim, mas Darcy parecia sentir mais agudamente, mais, acredito, do que no ano passado. Seu apego a Rosings aumenta cada vez mais.

O senhor Collins aproveitou o ensejo para tecer um elogio e fazer um comentário nesse momento, que foram recebidos com um sorriso pela mãe e pela filha.

Lady Catherine observou que, depois do jantar, a senhorita Bennet parecia abatida e, atribuindo a tristeza à proximidade de sua partida, acrescentou:

– Mas, se esse for o caso, deve escrever à sua mãe e pedir-lhe que a deixe ficar mais um pouco. Estou certa de que a senhora Collins ficará muito contente com sua companhia.

– Agradeço imensamente, minha senhora, por seu amável convite – replicou Elizabeth –, mas infelizmente não posso aceitar. Preciso estar na capital no próximo sábado.

– Pois bem, de qualquer modo, só terá passado aqui seis semanas. Esperava que permanecesse aqui dois meses. Foi o que eu disse à senhora Collins, antes de sua vinda.

Não pode haver motivo para uma partida tão prematura. A senhora Bennet poderia certamente dispensá-la por mais quinze dias.

– Mas meu pai não vai concordar. Ele me escreveu na semana passada, pedindo para que apressasse meu retorno.

– Oh! Seu pai certamente poderá dispensá-la, se sua mãe pode. Uma filha nunca é muito necessária a um pai. E, se quiser ficar mais um *mês* completo, poderei levar uma de vocês até Londres, pois irei para lá no início de junho, pelo espaço de uma semana; e como Dawson não vai se opor, na carruagem haverá suficiente espaço para uma de vocês... e, na verdade, se o tempo estiver agradável, não deixarei de levar as duas, porque ambas são bem magras.

– É muita bondade sua, minha senhora; mas creio que devemos seguir nosso plano original.

Lady Catherine pareceu resignar-se.

– Senhora Collins, deverá mandar uma criada com elas. Sabe como eu digo sempre o que penso e não posso suportar a ideia de duas jovens viajando sozinhas numa diligência. É realmente inapropriado. Deverá conseguir mandar alguém com elas. Tenho a maior aversão do mundo para esse tipo de coisa. As jovens devem ser sempre adequadamente protegidas e acompanhadas, de acordo com sua situação na vida. Quando a minha sobrinha Georgiana foi para Ramsgate, no verão passado, fiz questão de que dois criados a acompanhassem. A senhorita Darcy, filha do senhor Darcy de Pemberley e de Lady Anne, não poderia viajar com propriedade de maneira diferente. Fico extremamente atenta a todas essas coisas. Senhora Collins, deve mandar John com essas duas jovens. Alegra-me ter-me ocorrido de mencionar esse pormenor, pois seria realmente desonroso deixá-las partir sozinhas.

– Meu tio vai enviar um criado para nos acompanhar.

– Oh, seu tio! Ele tem um criado? Sinto-me feliz que tenha alguém que pense nessas coisas. Onde vão mudar de cavalos? Oh! Bromley, claro. Se mencionarem meu nome por lá, serão muito bem atendidas.

Lady Catherine tinha ainda muitas perguntas a fazer a respeito da viagem e, como ela própria não respondia a todas, era necessário prestar atenção, coisa que Elizabeth apreciou; ou, de outro modo, com a mente tão ocupada, poderia ter esquecido onde estava. A reflexão deveria ser reservada para horas solitárias; sempre que estava sozinha, entregava-se a ela com o maior alívio; e não se passou um dia sequer sem uma caminhada solitária, em que podia dar-se ao consolo de recordar coisas desagradáveis.

Ela quase sabia de cor a carta do senhor Darcy. Estudava cada frase e seus sentimentos com o autor eram por vezes totalmente diferentes. Quando se recordava do modo como se dirigia a ela, enchia-se de indignação; mas quando considerava a injustiça com que o tinha reprovado e condenado, sua raiva se voltava contra si mesma; e os desiludidos sentimentos dele se tornavam objeto de compaixão. O afeto dele suscitava gratidão e o caráter, respeito; mas não podia concordar com ele; nem podia arrepender-se de tê-lo recusado ou sentir sequer vontade de tornar a vê-lo. No próprio comportamento passado dela, havia uma constante fonte de amargura e pesar, e nos infelizes defeitos da própria família, um motivo ainda mais forte de aborrecimento. Não havia remédio. Seu pai, contentando-se em rir delas, nunca faria um esforço para corrigir as leviandades de suas filhas mais novas; e sua mãe, com suas maneiras pouco corretas, era totalmente insensível a esse mal. Elizabeth tinha se unido frequentemente com Jane num esforço para refrear as imprudências de Catherine e de Lydia; mas enquanto continuassem sendo protegidas pela indulgência da própria mãe, que possibilidades haveria para que elas se emendassem? Catherine, sem iniciativa, irritadiça e completamente sob o domínio de Lydia, sempre levava a mal os conselhos das irmãs mais velhas; e Lydia, teimosa e descuidada, nem sequer lhes dava ouvidos. Ambas eram ignorantes, indolentes e fúteis. Enquanto houvesse um oficial em Meryton, elas haveriam de flertar com ele; e enquanto Meryton se conservasse à distância de uma caminhada de Longbourn, elas haveriam de ir sempre para lá.

A ansiedade pelo futuro de Jane era outra de suas maiores preocupações; e a explicação do senhor Darcy, restaurando toda a boa opinião que ela tinha inicialmente de Bingley, realçava o valor daquilo que Jane havia perdido. A afeição dele tinha sido realmente sincera e sua conduta, isenta de toda recriminação, a não ser, talvez, a de uma demasiada confiança em seu amigo. Como era doloroso, pois, pensar que Jane havia sido privada de uma situação tão desejável sob todos os aspectos, tão repleta de vantagens, tão promissora em felicidade, pela loucura e indecência de sua própria família!

Quando a essas recordações se acrescentava a descoberta decepcionante do caráter de Wickham, era fácil acreditar que o bom humor, raramente reprimido antes, estivesse agora tão afetado a tal ponto que era quase impossível para ela aparecer razoavelmente alegre.

Os convites para Rosings foram tão frequentes durante a última semana de sua permanência como tinham sido no início. A última noite foi passada ali; e Lady Catherine perguntou de novo e minuciosamente a respeito de todos os pormenores da viagem; deu conselhos sobre a melhor maneira de fazer as malas e insistiu tanto na necessidade de ajeitar os vestidos da forma correta que Maria se sentiu obrigada, ao retornar, a desfazer todo o trabalho da manhã e fazer novamente sua mala.

Quando se despediram, Lady Catherine, com grande amabilidade, lhes desejou boa-viagem e as convidou a voltarem a Hunsford no ano seguinte; e a senhorita de Bourgh levou sua benevolência a ponto de fazer uma reverência e estender a mão para as duas.

≈ CAPÍTULO 38 ≈

Sábado de manhã, Elizabeth e o senhor Collins se encontraram no café da manhã, poucos minutos antes que os outros aparecessem, e ele aproveitou a oportunidade para apresentar suas despedidas com toda a formalidade que ele julgava indispensável.

– Não sei, senhorita Elizabeth – disse ele –, se a senhora Collins já teve a ocasião de lhe exprimir os sentimentos de gratidão pela visita que nos fez; mas tenho absoluta certeza de que não deixará esta casa sem receber todos os agradecimentos da parte dela. Asseguro-lhe que o privilégio de sua companhia foi muito apreciado. Temos consciência do pouco que há aqui para induzir alguém a vir até nossa humilde residência. Nossa maneira simples de viver, nossos pequenos aposentos e o reduzido número de criados, e o pouco que vemos do mundo devem tornar Hunsford extremamente aborrecido para uma jovem como a senhorita; mas espero que acredite que ficamos gratos por sua amabilidade e que fizemos tudo o que estava a nosso alcance para que passasse seu tempo da forma mais agradável.

Elizabeth estava ansiosa para expressar seus próprios agradecimentos e assegurar-lhe que havia sido muito feliz. Havia passado seis semanas muito agradáveis; e o prazer de estar com Charlotte, assim como as afáveis atenções de que fora alvo, fazia com que fosse ela que devia mostrar-se agradecida. O senhor Collins ficou satisfeito e replicou com a mais sorridente solenidade:

– Com muito prazer ouço que não passou seu tempo de forma desagradável.

– Nós certamente fizemos nosso melhor; e tivemos a maior felicidade em poder apresentá-la à mais alta sociedade e, graças a nossas relações com Rosings, tivemos a oportunidade de variar frequentemente a humilde cena doméstica e creio que podemos nos sentir orgulhosos de que sua visita a Hunsford não tenha sido inteiramente aborrecida. Nossa situação com relação à família de Lady Catherine é, de fato, o tipo de extraordinária vantagem e bênção de que poucos podem se vangloriar. Pode perceber em que posição estamos. Pode ver como somos continuamente convidados por essa nobre senhora. Na verdade, devo reconhecer que, com todas as desvantagens deste humilde presbitério, seus hóspedes não são de modo algum objeto de compaixão, porquanto compartilham de nossa intimidade com Rosings.

As palavras eram insuficientes para traduzir a elevação de seus sentimentos; e sentiu-se obrigado a andar pela sala, enquanto Elizabeth tentava unir gentileza e verdade em algumas breves frases.

– Poderá, de fato, levar consigo para Hertfordshire um relato muito favorável a nosso respeito, minha querida prima – continuou ele. – Não posso duvidar, pelo menos, de que haverá de fazer isso. Testemunhou diariamente as atenções com que Lady Catherine cumula a senhora Collins; e, depois de tudo, espero que se tenha tornado evidente que sua amiga não fez mal ao... mas sobre esse ponto prefiro guardar silêncio. Permita-me somente assegurar-lhe, minha querida senhorita Elizabeth, que possa desejar-lhe de todo o coração igual felicidade no casamento. Minha adorável Charlotte e eu só temos um espírito e um modo de pensar. Há em tudo, entre nós, a mais notável semelhança de caráter e de ideias. Tudo indica que nascemos um para o outro.

Elizabeth pôde afirmar que essa era uma grande felicidade e com igual sinceridade pôde acrescentar que ela acreditava firmemente em sua harmonia doméstica, com o que se regozijava. Não lamentou, contudo, ter sido interrompida em suas palavras pela entrada da pessoa, sobre cuja felicidade comentavam. Pobre Charlotte! Era triste deixá-la em tal companhia! Mas ela havia escolhido isso de olhos abertos; e, embora evidentemente lastimasse a partida de suas visitantes, não parecia querer compaixão. A casa, as tarefas domésticas, a paróquia, a criação de aves e todo o resto ainda não haviam perdido seu encanto.

Finalmente, a carruagem chegou, as malas foram ajeitadas, os embrulhos foram dispostos e a partida foi anunciada. Depois de afetuosa despedida, Elizabeth foi conduzida à carruagem pelo senhor Collins e, enquanto atravessavam o jardim, ele a encarregou de transmitir seus mais respeitosos cumprimentos a toda a sua família, não esquecendo os seus agradecimentos pelas atenções que havia recebido em Longbourn no inverno e suas saudações para o senhor e a senhora Gardiner, embora não os conhecesse. Então ele a ajudou a subir na carruagem, Maria a seguiu e a porta estava a ponto de ser fechada quando, subitamente, ele as lembrou, um tanto consternado, de que tinham esquecido de deixar qualquer mensagem para as senhoras de Rosings.

– Mas – acrescentou ele – certamente desejarão que eu transmita seus humildes respeitos, com os mais cordiais agradecimentos pela bondade delas enquanto estiveram aqui.

Elizabeth não se opôs; a porta então pôde ser fechada e a carruagem se afastou.

– Meu Deus! – exclamou Maria, depois de alguns minutos de silêncio. – Parece que faz um dia ou dois que chegamos e, no entanto, quanta coisa aconteceu!

– Muita coisa mesmo. – disse sua companheira, com um suspiro.

– Jantamos nove vezes em Rosings, além de ali tomar chá por duas vezes! Quantas coisas tenho para contar!

Elizabeth acrescentou para si mesma: "E quanta coisa eu tenho para esconder!"

A viagem transcorreu sem muita conversa e sem qualquer incidente. Quatro horas depois de terem partido de Hunsford chegaram à casa do senhor Gardiner, onde deveriam passar alguns dias.

Jane parecia estar bem e Elizabeth não teve oportunidade de observar a disposição da irmã, por causa das variadas distrações que a bondade de sua tia havia reservado para elas. Mas Jane voltaria para casa com ela e em Longbourn haveria tempo suficiente para observá-la.

Não foi sem esforço, entrementes, que ela pôde esperar até chegar em Longbourn para contar à irmã sobre a proposta do senhor Darcy. Saber que tinha a possibilidade de revelar o que haveria de surpreender imensamente Jane e que despertaria agradavelmente em si o resto de vaidade que lhe restava, era uma tentação a que nada se poderia opor, senão o estado de indecisão em que ela se encontrava sobre o número exato de fatos que deveria transmitir e até que ponto estender sua revelação; e o receio, uma vez entrando no assunto, de ter de repetir certas coisas a respeito de Bingley que poderiam ferir a irmã ainda mais.

≈ CAPÍTULO 39 ≈

Era a segunda semana de maio quando as três jovens partiram da Gracechurch Street para a cidade de..., em Hertfordshire; e, ao se aproximarem da estalagem onde a carruagem do senhor Bennet deveria encontrá-las, elas logo avistaram, como sinal da pontualidade do cocheiro, Kitty e Lydia, olhando de uma das janelas do andar de cima. Fazia mais de uma hora que as duas moças se encontravam nesse local, felizes e passando o tempo visitando uma modista de chapéus logo em frente, observando a sentinela de plantão e preparando uma salada com pepino.

Depois de darem as boas-vindas às irmãs, exibiram triunfalmente uma mesa posta com vários tipos de carnes frias, que geralmente se encontram na despensa de uma estalagem, exclamando:

– Não está bem assim? Não acham uma surpresa agradável?

– E pretendemos convidá-las a todas – acrescentou Lydia –, mas terão de nos emprestar dinheiro, pois gastamos o nosso naquela loja ali do outro lado. E então, mostrando suas compras... – Olhem, comprei este chapéu. Não o acho muito bonito, mas achei que devia comprá-lo assim mesmo. Vou desmanchá-lo logo que chegar em casa e ver se posso rearranjá-lo de uma forma mais elegante.

E quando as irmãs lhe disseram que era feio, ela acrescentou, com toda a tranquilidade:

– Oh! Mas havia dois ou três mais feios ainda na loja; e quando eu comprar um pouco de cetim mais bonito e colorido para enfeitá-lo, acho que vai ficar apresentável. Além disso, não interessa muito o que vamos usar neste verão, depois que o destacamento tiver deixado Meryton, partida prevista para daqui a quinze dias.

– Vai sair mesmo? – exclamou Elizabeth, com grande satisfação.

– Vai se estabelecer perto de Brighton; e queria tanto que papai nos levasse até lá para passarmos o verão! Seria algo delicioso. E atrevo-me a dizer que não haveria de custar muito. Mamãe ficaria encantada se pudesse ir também. Pensem só que verão mais enfadonho vamos ter, se ficarmos por aqui.

– Sim – pensou Elizabeth. – De fato, seria um plano realmente maravilhoso e completamente para nós. Meu Deus! Brighton e um acampamento repleto de oficiais, para nós que já ficamos alvoroçadas com um pobre destacamento da milícia e com os bailes mensais em Meryton!

– Tenho ainda outra novidade para vocês – disse Lydia, enquanto tomavam lugar à mesa. – O que acham? É uma excelente novidade... formidável novidade... e é sobre certa pessoa de quem todas gostamos muito.

Jane e Elizabeth olharam uma para a outra e o criado foi informado de que não precisava ficar ali. Lydia riu e disse:

– Pois é, parece que isso convém para a formalidade e a discrição de vocês. Acharam que o criado não deve ouvir, como se ele se importasse! Aposto que ouve com frequência coisas muito piores do que a que vou dizer. Mas ele é um sujeito muito feio. Fico contente que tenha saído. Nunca vi um queixo tão comprido em minha vida. Bem, mas vamos agora à novidade; é sobre o querido Wickham; boa demais para o criado, não é? Não há perigo de Wickham se casar com Mary King. Ótimo para vocês! Ela foi para a casa do tio dela em Liverpool; foi para ficar. Wickham está salvo.

– E Mary King está salva! – acrescentou Elizabeth. – Salva de um casamento financeiramente imprudente.

– Ela é uma grande tola em partir, se gosta dele.

– Mas espero que não haja uma paixão muito forte de ambos os lados – disse Jane.

– Estou certa de que não há da parte *dele*. Respondo por isso, ele nunca se importou com ela... Quem se interessaria por uma pequena e horrorosa sardenta daquelas?

Elizabeth ficou chocada ao pensar que, embora fosse incapaz de se *expressar* com tamanha grosseria, a grosseria dos *sentimen-*

tos era bem pouco diferente daquela que seu próprio coração havia abrigado e a imaginava liberal!

Depois que todas se haviam alimentado, as mais velhas pagaram a conta e pediram a carruagem. Após trocar algumas ideias, todo o grupo, com caixas, malas e embrulhos, e o malvisto acréscimo das compras de Kitty e Lydia, todas subiram e tomaram seus lugares.

– Como nos acomodamos bem – exclamou Lydia. – Estou contente por ter comprado meu chapéu, mesmo que seja somente para ter mais uma bela caixa de chapéus! Bem, agora estamos bem confortáveis e tranquilas e vamos conversar e rir durante todo o percurso para casa. Em primeiro lugar, vamos ouvir o que aconteceu com vocês desde que partiram. Conheceram jovens simpáticos? Flertaram? Tive esperanças de que uma de vocês conseguisse um marido antes de voltar. Jane, não tenho dúvidas, vai ser em breve uma velha solteirona. Ela tem quase 23 anos! Meu Deus, que vergonha sentiria se não me casasse antes dos 23 anos! A tia Phillips só pensa em vê-las casadas. Ela diz que Lizzy deveria ter aceitado o senhor Collins. Mas não acho que deveria ser muito divertido com ele. Meu Deus! Como gostaria de me casar antes de todas vocês; e então eu as acompanharia a todos os bailes. Puxa! Nós nos divertimos tanto outro dia na casa do coronel Forster. Kitty e eu tínhamos ido lá passar o dia e a senhora Forster prometeu organizar um pequeno baile naquela noite (a propósito, a senhora Forster e eu somos tão amigas!) e assim convidou as duas Harrington, mas Harriet estava adoentada e, desse modo, Pen foi obrigada a ir sozinha; e sabem então o que fizemos? Vestimos o Chamberlayne com roupas de mulher, com a finalidade de que se fizesse passar por uma lady; imaginem só como foi engraçado! Ninguém sabia disso, exceto o coronel e a senhora Forster, Kitty e eu, e nossa tia, que foi quem emprestou o vestido; não podem imaginar como ele ficava bem! Quando Denny, Wickham, Pratt e mais dois ou três homens entraram, não o reconheceram. Meu Deus! Como ri! E a senhora Forster também. Achei que ia morrer de rir. E isso levou os homens a suspeitar de alguma coisa e logo depois descobriram do que se tratava.

Com esse tipo de histórias de suas festas e boas piadas, Lydia, auxiliada por sugestões e acréscimos de Kitty, se empenhou em distrair as companheiras durante todo o trajeto até Longbourn. Elizabeth escutava o menos possível, mas não havia como fugir da frequente menção do nome de Wickham.

A recepção em casa foi afetuosa. A senhora Bennet se alegrava por ver a beleza sempre igual de Jane; e mais de uma vez, durante o jantar, o senhor Bennet se voltou para Elizabeth e disse:

– Estou contente por você estar de volta, Lizzy.

O grupo na sala de jantar era numeroso, pois quase todos os Lucas tinham vindo para rever Maria e ouvir as novidades; e vários foram os assuntos abordados; Lady Lucas fazia perguntas a Maria acerca da prosperidade e da criação de aves de sua filha mais velha. A senhora Bennet estava duplamente ocupada; de um lado, perguntava a Jane acerca das últimas tendências da moda e, do outro, repetia essas informações para as filhas mais jovens dos Lucas; e Lydia, numa voz mais alta que a de qualquer outra pessoa, enumerava os vários acontecimentos da manhã para todos que quisessem ouvi-la.

– Oh! Mary – disse ela –, é uma pena que não tenha ido conosco, pois nos divertimos muito. Durante o percurso, Kitty e eu fechamos as cortinas da carruagem e fingimos que não havia ninguém dentro; e eu teria ido desse jeito durante todo o caminho, se Kitty não começasse a passar mal. E, quando chegamos à estalagem, creio que nos portamos muito bem, pois oferecemos às outras três o melhor almoço frio do mundo e, se você nos tivesse acompanhado, teria o mesmo tratamento. E depois, quando viemos embora, também foi muito divertido. Pensei que nunca conseguiríamos subir na carruagem. Quase morri de tanto rir. E alegres continuamos durante todo o tempo, até chegar em casa. Falamos e rimos tão alto que qualquer pessoa poderia nos ouvir a dez milhas de distância.

A isso, Mary replicou, muito seriamente:

– Longe de mim, minha querida irmã, menosprezar esses prazeres! Sem dúvida, seriam os que geralmente mais cativam o espírito feminino. Mas confesso que não teriam qualquer atrativo para mim... Preferiria mil vezes um livro.

Mas Lydia não ouviu uma só palavra dessa resposta. Raramente escutava alguém por mais de meio minuto e nunca se interessava pelo que Mary dizia.

À tarde, Lydia insistiu com as outras para que fossem todas a Meryton, a fim de saber como todos estavam passando; mas Elizabeth foi totalmente contra. Diriam que as senhoritas Bennet não aguentavam ficar meio dia em casa sem ter de correr atrás dos oficiais. Havia ainda outro motivo para que ela se opusesse. Temia ver o senhor Wickham de novo e estava decidida a evitá-lo, tanto quanto possível. A partida do destacamento lhe causava, na verdade, um alívio inexprimível. Dentro de quinze dias os oficiais partiriam... e, uma vez longe, ela esperava que, em relação a ele, não haveria mais nada que pudesse aborrecê-la.

Poucas horas depois de chegar em casa, ela descobriu que a viagem a Brighton, a que Lydia aludira na estalagem, estava frequentemente em discussão entre os pais. Elizabeth percebeu imediatamente que seu pai não tinha a menor intenção de ceder, mas suas respostas eram, ao mesmo tempo, tão vagas e ambíguas que sua mãe, embora muitas vezes desanimada, nunca tinha perdido as esperanças de, finalmente, levar a melhor.

≈ CAPÍTULO 40 ≈

Elizabeth não conseguiu conter por mais tempo a impaciência de contar a Jane o que tinha acontecido; e, finalmente, resolveu omitir todos os pormenores que diziam respeito à irmã e, preparando-a para a surpresa, na manhã seguinte lhe contou grande parte da cena que se passara entre o senhor Darcy e ela mesma.

O assombro da senhorita Bennet foi logo mitigado pela forte afeição fraternal que fez parecer qualquer admiração por Elizabeth perfeitamente natural; e toda surpresa era imediatamente superada por outros sentimentos. Lamentava que o senhor Darcy tivesse manifestado seus sentimentos de maneira tão pouco cativante para recomendá-lo; mas o que mais a entristeceu foi o desgosto que a recusa de sua irmã teria causado a ele.

– A certeza que ele tinha de seu êxito foi despropositada – disse ela – e certamente não deveria ter deixado transparecer; mas considere quanto mais intenso deve ter tornado seu desapontamento.

– Na verdade – replicou Elizabeth –, tenho muita pena dele; mas ele tem outros sentimentos que logo eliminarão a consideração que ele possa ter por mim. Você não me recrimina, portanto, por tê-lo recusado?

– Recriminá-la! Oh, não!

– Mas me recrimina por ter falado tão calorosamente de Wickham?

– Não... não tenho conhecimento de causa para dizer que estava errada ao dizer o que disse.

– Mas em breve o terá, quando lhe contar o que se passou na manhã seguinte.

Ela falou então da carta, repetindo toda a parte que se referia a George Wickham. Que choque foi para a pobre Jane, que de bom grado passaria por este mundo sem acreditar que pudesse existir tanta maldade em toda a raça humana como a que aqui se concentrava num só indivíduo. Nem a vingança de Darcy, embora grata aos sentimentos dela, era capaz de consolá-la por semelhante descoberta. Com grande seriedade, ela procurou ainda provar a probabilidade de erro, tentando inocentar um deles sem envolver o outro.

– Isso de nada serve – disse Elizabeth. – Nunca vai conseguir provar que ambos são bons. Faça sua escolha, mas deverá contentar-se com um deles somente. Há tamanha quantidade de méritos neles que seria suficiente para transformar um deles num homem bom, mas ultimamente a situação esteve variando até demais. De minha parte, estou inclinada a acreditar no senhor Darcy; mas você pode fazer o que quiser.

Passou-se algum tempo, no entanto, antes que um sorriso pudesse ser arrancado de Jane.

– Não sei quando sofri um choque maior que esse – disse ela. – Wickham tão mau assim! É quase inacreditável. E o pobre do senhor Darcy! Querida Lizzy, imagine só o que deve ter sofrido. Que decepção! E sabendo do mau conceito que você tinha dele! E tendo de revelar tal coisa de sua própria irmã! Realmente, é muito desolador. Creio que sente o mesmo.

– Oh, não; meu pesar e compaixão se dissiparam ao ver você tão tomada por esses sentimentos. Sei que você lhe faria plena justiça, ao passo que eu me sinto cada vez mais despreocupada e indiferente. Sua prodigalidade dispensa muito bem a minha; e, se continuar lamentando por ele por muito mais tempo, meu coração ficará tão leve como uma pena.

– Pobre Wickham! Há uma expressão de tanta bondade em seu semblante! O rosto dele parece exprimir tanta bondade! Tanta franqueza e delicadeza em seus modos!

– Certamente houve um grande equívoco na educação desses dois jovens. Um tem toda a bondade e o outro, apenas toda a aparência dela.

– Nunca achei o senhor Darcy tão deficiente na *aparência* dela como você costuma vê-la.

– E, no entanto, considerava-me notavelmente perspicaz ao tomar tão incisivo partido contra ele, sem qualquer motivo. Ter uma antipatia desse tipo provém de um impulso da própria mente, de uma luz da inteligência. Uma pessoa pode gracejar continuamente sem nada expressar de justo, mas não pode rir a vida toda de um homem sem, de vez em quando, esbarrar em algo sensato.

– Lizzy, quando leu pela primeira vez aquela carta, estou certa de que não tratava o assunto como o faz agora.

– Na verdade, não podia. Estava totalmente perturbada, posso dizer infeliz. E com ninguém para falar sobre o que sentia, não tinha uma Jane para me consolar e dizer que eu não tinha sido tão fraca, leviana e insensata como eu sabia que o fora. Oh! Como desejei ter você a meu lado!

– Foi pena que usasse expressões tão fortes ao falar de Wickham ao senhor Darcy, pois agora parecem real e totalmente imerecidas.

– Certamente. Mas a infelicidade de falar com amargura é uma consequência natural dos preconceitos que eu vinha alimentando. Há um ponto sobre o qual desejo seu conselho. Quero que me diga se devo ou não revelar a nossos conhecidos em geral o verdadeiro caráter do senhor Wickham.

A senhorita Bennet fez uma pequena pausa e então replicou:

– Certamente pode não ser oportuno expô-lo tão terrivelmente. Qual é sua opinião?

– Que não se deve tentar isso. O senhor Darcy não me autorizou a tornar públicas suas revelações. Pelo contrário, fez questão de me solicitar que guardasse para mim, tanto quanto possível, todos os pormenores relativos à irmã dele. E se eu me predispor a não decepcionar as pessoas quanto ao restante da conduta dele, quem vai acreditar em mim? O preconceito geral contra o senhor Darcy é tão violento que metade da população de Meryton preferiria morrer a tentar colocá-lo sob uma luz mais favorável. Não me sinto capaz para tanto. Wickham em breve partirá; e por isso pouca gente por aqui vai se importar com o que ele realmente é. Algum dia ele poderá ser desmascarado e então poderemos rir da estupidez daqueles que não descobriram isso antes. Por ora, nada direi a respeito.

– Tem toda a razão. Tornar públicos os erros dele poderia arruiná-lo para sempre. Talvez ele já tenha se arrependido do que fez e esteja ansioso por refazer sua reputação. Não devemos mostrá-lo como irrecuperável.

Essa conversa serviu para conter o tumulto que se instalara na mente de Elizabeth. Havia conseguido libertar-se de dois segredos que lhe pesavam havia quinze dias e estava certa de ter encontrado em Jane uma ouvinte disposta, sempre que quisesse falar novamente sobre qualquer um desses segredos. Mas havia ainda algo que se escondia por detrás disso e que a prudência impedia desvendar. Não ousava relatar a Jane a outra metade da carta de Darcy, nem revelar à irmã com que sinceridade o amigo havia correspondido ao afeto dela. Esse segredo não poderia compartilhar com ninguém; e tinha consciência de que nada menos que um perfeito entendimento entre as partes poderia corroborar para que ela se livrasse desse último e triste embaraço. "E então", dizia ela, "se esse improvável acontecimento ocorresse um dia, eu simplesmente haveria de dizer o que o próprio Bingley pode dizer de uma forma muito mais agradável. A liberdade de comunicação não pode ser minha até que tenha perdido todo o seu valor."

Instalada em casa, ela tinha agora todo o tempo para observar o verdadeiro estado de espírito de sua irmã. Jane não estava feliz. Conservava ainda uma terna afeição por Bingley. Como nunca se havia julgado apaixonada antes, esse sentimento tinha todo o ardor de um primeiro amor e, por causa de sua idade e caráter, mostrava maior firmeza do que as primeiras paixões; e tão fervorosamente guardava sua lembrança e de tal modo o preferia a qualquer outro homem que precisava lançar mão de todo o seu bom senso e de toda a sua consideração para os sentimentos dos amigos dela para dominar aquelas tristezas, que corriam o risco de se tornar prejudiciais à sua saúde e à tranquilidade das pessoas à sua volta.

– Bem, Lizzy – disse a senhora Bennet, um dia –, qual é sua opinião *agora* sobre o triste *affair* de Jane? De minha parte, estou decidida a nunca mais falar do assunto a ninguém. Foi o que eu disse outro dia à minha irmã Phillips. Mas não sei se Jane se encontrou com ele em Londres. Bem, ele é um jovem que não a merece... e suponho que não haja para ela a mínima chance de revê-lo agora. Ninguém fala sobre a vinda dele para Netherfield no verão; e perguntei a todos que poderiam saber.

– Creio que ele nunca mais vai voltar a Netherfield.

– Bem, vai fazer o que quiser. Ninguém está pedindo para que ele volte. Embora eu continue dizendo que ele se portou extremamente mal com minha filha; se eu fosse ela, não teria desistido. Bem, meu consolo é que Jane vai morrer de desgosto e então ele vai se arrepender do que fez.

Mas como Elizabeth podia ver consolo algum em semelhante expectativa, não deu resposta.

– Bem, Lizzy – continuou a mãe, logo depois –, os Collins vivem no maior conforto, não é? Bem, bem, só espero que isso dure. E como é a comida da casa deles? Acredito que Charlotte deve ser uma excelente dona de casa. Se for tão econômica como a mãe, deve estar poupando bastante. Ouso dizer que nada de extravagante se faz na casa deles.

– Não, nada.

– Com certeza, eles se empenham em administrar muito bem a casa. Sim, sim, cuidam de não gastar mais do que ganham. Nunca irão se afligir por causa de dinheiro. Bem, poderão fazer muitas coisas com ele. E assim, suponho, devem falar com frequência em assumir a propriedade de Longbourn depois da morte de seu pai. Atrevo-me a dizer que já a consideram como própria deles.

– Foi um assunto que não poderiam mencionar na minha frente.

– Teria sido estranho se o fizessem. Mas não tenho dúvidas de que toquem seguidamente no assunto entre eles. Bem, se eles podem se sentir bem com uma propriedade que legalmente não lhes pertence, tanto melhor para eles. Eu teria vergonha de ter uma que estivesse ligada a mim apenas por esse vínculo de eventual herança.

≈ CAPÍTULO 41 ≈

A primeira semana, depois do retorno delas, tinha passado. A segunda começou e era a última da permanência do destacamento em Meryton; e todas as jovens das redondezas se enchiam de tristeza a olhos vistos. A melancolia era quase geral. Apenas as duas senhoritas mais velhas da família Bennet conseguiam ainda comer, beber, dormir e passar seu tempo com suas ocupações habituais. Frequentemente eram recriminadas por essa insensibilidade por Kitty e Lydia, cujo desgosto era extremado e que não podiam compreender tal indiferença em qualquer membro da família.

– Meu Deus! Que vai ser de nós? O que vamos fazer? – exclamavam elas seguidamente. – Como pode se mostrar tão sorridente, Lizzy?

A afetuosa mãe compartilhava de toda a tristeza delas; lembrava-se do que ela própria havia sofrido em semelhante ocasião, vinte e cinco anos antes.

– Recordo bem – disse ela. – Chorei durante dois dias seguidos quando o regimento do coronel Miller partiu. Pensei que meu coração iria se partir.

– Estou certa de que o meu vai mesmo se partir – disse Lydia.

– Se ao menos pudéssemos ir até Brighton! – observou a senhora Bennet.

– Oh! Sim!... Se ao menos pudéssemos ir até Brighton! Mas o pai nem de longe pensa nisso.

– Alguns banhos de mar me restabeleceriam para sempre.

– E a tia Phillips está segura de que me fariam muito bem – acrescentou Kitty.

Esse era o tipo de lamentações que ecoava constantemente na casa de Longbourn. Elizabeth tentava se divertir com elas, mas a vergonha lhe tirava todo o prazer. Ela se lembrava da justeza das objeções do senhor Darcy e nunca se havia sentido tão disposta a perdoar a interferência dele na vida do amigo.

Mas as sombrias perspectivas de Lydia em breve foram dissipadas, pois recebeu um convite da senhora Forster, mulher do coronel do regimento, para acompanhá-la a Brighton. Essa inestimável amiga era muito jovem e estava casada há bem pouco tempo. Uma semelhança de bom humor e de disposição recomendava uma à outra e, depois de três meses de relacionamento, se haviam tornado íntimas.

Os arroubos de Lydia nessa ocasião, sua adoração pela senhora Forster, a alegria da senhora Bennet e a mortificação de Kitty eram difíceis de descrever. De todo indiferente aos sentimentos da irmã, Lydia voava pela casa em agitado êxtase, exigindo congratulações de todos, rindo e falando com mais impetuosidade que nunca, enquanto a desafortunada Kitty permanecia na sala de estar, lamentando seu destino em termos despropositados e numa voz irritadiça.

– Não compreendo por que a senhora Forster não me convidou também como o fez com Lydia – dizia ela. – Embora eu não seja tão íntima dela, tenho tanto direito de ser convidada como Lydia, e mais até, pois sou dois anos mais velha.

Em vão Elizabeth tentou fazer com que fosse mais sensata e Jane procurava induzi-la a resignar-se. Quanto a Elizabeth, esse convite estava longe de suscitar nela os mesmos sentimentos que em sua mãe e em Lydia, pois o considerava como uma espécie de sentença de morte para todas as possibilidades de sua irmã vir a ter um dia algum bom senso. E por mais detestável que pudesse parecer o passo que iria dar, não podia deixar de confidencialmente aconselhar seu pai a não deixá-la ir. Chamou a atenção dele para todas as impropriedades da conduta de Lydia, para as poucas vantagens que poderia colher da intimidade com uma mulher como a senhora Forster e para a probabilidade de se tornar ainda mais imprudente na companhia dessa pessoa em Brighton, onde as tentações seriam maiores do que em casa. Ele a ouviu atentamente, e disse então:

– Lydia não vai se aquietar enquanto não se expuser em algum lugar público ou outro e nunca poderemos esperar que não o faça às expensas ou para a inconveniência da própria família, como ocorre nas circunstâncias atuais.

– Se o senhor se desse conta – disse Elizabeth – dos grandes inconvenientes para todos nós que deverão resultar do comportamento descuidado e imprudente de Lydia em público... Não, que já resultaram dele, estou certa de que o senhor haveria de julgar de forma diferente a questão.

– Já resultaram? – repetiu o senhor Bennet. – Como será que ela já afugentou algum de seus pretendentes? Minha pobre Lizzy! Mas não fique assim desanimada. Esses jovens esquisitos, que não suportam a proximidade de um pouco de absurdo, não são dignos nem de pesar. Vamos, deixe-me ver a lista dos pobres sujeitos que se mantiveram à distância por causa da doidice de Lydia.

– Na verdade, está enganado. Não tenho tais danos a lamentar. Não é de algo particular, mas dos malefícios gerais que me queixo agora. Nossa reputação e nossa respeitabilidade na sociedade devem ser afetadas pela desenfreada leviandade, pela impertinência e pelo desprezo de toda restrição que marcam o caráter de Lydia. Perdoe-me, mas preciso falar claramente. Se o senhor, pai, não se der ao trabalho de refrear seu exuberante espírito e não a alertar que seu atual modo de agir não condiz com o futuro de sua vida, em breve se tornará incorrigível. O caráter dela está se definindo e, aos 16 anos, só pensará em flertar, fazendo cair no ridículo tanto ela como a família; além de tudo, um flerte no pior e no sentido mais desprezível da palavra; sem qualquer atrativo além da juventude e da razoável aparência; e, por sua ignorância e futilidade, totalmente incapaz de se proteger contra parte desse menosprezo geral que seu apetite imoderado de admiração haverá de suscitar. Kitty corre o mesmo perigo também. Ela seguirá para onde quer que Lydia vá. Vaidosa, ignorante, ociosa e absolutamente descontrolada! Oh! Meu querido pai, acaso pode supor possível que elas não sejam censuradas e desprezadas em todo lugar onde forem conhecidas e que as irmãs dela se vejam, com frequência, envolvidas nessa desgraça?

O senhor Bennet percebeu a profunda ansiedade da filha e, tomando afetuosamente a mão dela, replicou da seguinte maneira:

– Não se preocupe demais, minha querida. Onde quer que você e Jane sejam conhecidas, deverão ser sempre respeitadas e apreciadas; e não serão menos admiradas por terem duas... melhor, três... irmãs realmente tolas. Não teremos paz em Longbourn, se Lydia não for a Brighton. Que vá, portanto. O coronel Forster é um homem sensato e não deixará que ela faça bobagens; e felizmente ela é muito pobre para se tornar objeto de cobiça de alguém. Em Brighton passará mais despercebida, mesmo para eventuais flertes, do que aqui. Os oficiais vão encontrar mulheres mais prendadas e dignas das atenções deles. Esperemos, portanto, que a permanência dela por lá lhe faça ver sua própria insignificância. De qualquer modo, não pode piorar tanto que nos leve a trancá-la pelo resto da vida.

Com essa resposta, Elizabeth se sentiu obrigada a contentar-se; mas sua própria opinião continuava a mesma e deixou o pai, desapontada e triste. Não era de sua natureza, no entanto, aumentar seus dissabores, remoendo-os. Estava tranquila por ter cumprido com seu dever e ficar lamentando males inevitáveis ou aumentá-los pela ansiedade não fazia parte de seu caráter.

Se Lydia e sua mãe tivessem sabido do teor da conversa dela com o pai, a volubilidade reunida das duas dificilmente teria encontrado termos adequados para expressar a indignação das mesmas. Na imaginação de Lydia, uma visita a Brighton compreendia todas as possibilidades de felicidade terrena. Ela via, com os olhos criativos da fantasia, as ruas daquela alegre cidade balneária repletas de oficiais da milícia. Imaginava-se o centro das atenções de dezenas e centenas deles. Via todo o esplendor do acampamento... Tendas montadas e lindamente alinhadas, repletas de jovens alegres vestidos de deslumbrante uniforme escarlate; e, para completar a visão, via-se ela mesma sentada sob uma tenda, flertando ternamente com pelo menos seis oficiais de uma só vez.

Se tivesse sabido que sua irmã procurou arrancá-la de perspectivas e de realidades como essas, qual teria sido sua sensação? Ela poderia ser compreendida somente por sua mãe, que teria sentido praticamente o mesmo. O fato de Lydia ir a Brighton era o que consolava a senhora Bennet de sua melancólica convicção de que o marido jamais pretenderia ir também para lá. Mas as duas nada sabiam do que se havia passado; e seus arroubos continuaram, com pequenos intervalos, até o dia em que Lydia partiu.

Elizabeth veria então o senhor Wickham pela última vez. Estiveram juntos com frequência depois do retorno dela, mas toda a agitação desses encontros havia desaparecido e as emoções de sua antiga preferência se haviam esvaído inteiramente. Conseguia até mesmo detectar, na própria amabilidade que de início a deliciara, uma afetação e uma mesmice que desgostavam e aborreciam. Além disso, no comportamento atual em relação a ela, encontrava uma nova fonte de desprazer, pois a vontade que ele manifestava em renovar aquelas atenções que tinham caracterizado os primeiros tempos de suas relações agora só poderia servir, depois de tudo o que se passara, para irritá-la ainda mais. Ela acabou por perder toda a consideração para com ele, ao ver-se assim escolhida como objeto de tão inúteis e frívolos galanteios; e enquanto ela reprimia isso firmemente, só podia sentir a reprovação contida na confiança dele de que, não importando por quanto tempo e por qual causa, suas atenções fossem rejeitadas, sua vaidade haveria de ser, por fim, recompensada e sua preferência garantida a qualquer momento pela renovação dessas atenções.

No último dia em que o destacamento permaneceu em Meryton, Wickham jantou em Longbourn, juntamente com outros oficiais; e Elizabeth estava tão pouco disposta a despedir-se dele com bom humor que, quando ele quis saber como ela havia passado seu tempo em Hunsford, respondeu que o coronel Fitzwilliam e o senhor Darcy tinham passado três semanas em Rosings, e perguntou-lhe se conhecia o primeiro.

Ele pareceu surpreso, desgostoso, alarmado, mas depois de um momento de concentração e com um sorriso, respondeu que outrora se havia encontrado com ele muitas vezes; e, depois de afirmar que ele era um verdadeiro cavalheiro, perguntou-lhe se tinha gostado dele. A resposta dela foi calorosamente afirmativa. Com ar de indiferença, logo depois ele acrescentou:

– Quanto tempo disse que ele ficou em Rosings?

– Perto de três semanas.

– E o viu com frequência?

– Sim, quase todos os dias.

– As maneiras dele são muito diferentes daquelas do primo.

– Sim, muito diferentes. Mas acho que o senhor Darcy ganha muito quando o conhecemos melhor.

– Verdade? – exclamou Wickham, com um olhar que não escapou a Elizabeth. – E, por favor, posso perguntar?... – Mas detendo-se, acrescentou em tom mais alegre: – É na maneira de falar que ele melhora? Ele se dignou a adicionar um mínimo de cortesia a seu estilo habitual?... Pois não ouso esperar – continuou ele em tom mais baixo e mais sério – que ele tenha melhorado no essencial.

– Oh, não! – disse Elizabeth. – Quanto ao essencial, creio que ele continua exatamente como sempre foi.

Enquanto ela falava, Wickham parecia não saber se haveria de se regozijar com as palavras dela ou desconfiar do sentido das mesmas. Havia algo no semblante dela que o obrigava a escutar com apreensiva e ansiosa atenção, enquanto ela acrescentava:

– Quando eu disse que ele ganhava em ser conhecido, não queria dizer que seu espírito e suas maneiras estavam em vias de aprimoramento, mas que, por conhecê-lo melhor, seu caráter era bem mais compreendido.

A inquietação de Wickham transparecia agora no rubor do rosto e no olhar agitado; ficou em silêncio por alguns minutos até que, vencendo o embaraço, voltou-se para ela novamente e disse, em tom particularmente moderado:

– A senhorita, que conhece tão bem meus sentimentos em relação ao senhor Darcy, haverá de prontamente compreender quanto eu sinceramente me alegro por saber que ele é bastante sensato em assumir pelo menos a *aparência* do que é correto. Nesse sentido, o orgulho dele pode ser útil, se não para ele próprio, para muitos outros, pois o impedirá de se comportar tão sordidamente como aconteceu comigo. Temo somente que essas precauções, às quais, imagino, a senhorita acaba de aludir, sejam adotadas apenas durante as visitas à tia dele, de cuja opinião e julgamento ele morre de medo. O temor que a tia lhe incute sempre atuou nele, eu sei, quando se encontravam juntos; e grande parte se deve ao desejo que ele tem de favorecer seu projetado casamento com a senhorita de Bourgh que, tenho certeza, ele há muito alimenta.

Elizabeth não pôde reprimir um sorriso, mas respondeu apenas com uma leve inclinação da cabeça. Percebeu que ele queria levá-la para o velho assunto de suas mágoas e ela não estava disposta a tolerá-lo. O resto da noite se passou com a *aparência*, do lado dele, da habitual alegria, mas sem qualquer ulterior tentativa de distinguir Elizabeth com suas atenções. Finalmente, se separaram com mútua cortesia e possivelmente com o mútuo desejo de nunca mais se encontrarem.

Quando o grupo se dispersou, Lydia retornou com a senhora Forster para Meryton, de onde partiriam bem cedo no dia seguinte. A separação dela do resto da família foi mais ruidosa que patética. Kitty foi a única que derramou lágrimas, mas chorou de desgosto e inveja. A senhora Bennet se mostrou prolífica em seus desejos de felicidade para a filha e eloquente em suas insinuações para que ela não perdesse a oportunidade de se divertir tanto quanto possível... Conselho que, como tudo levava a crer, seria seguido fielmente; e, no meio do clamor de felicidade da própria Lydia ao dizer adeus, as mais amáveis expressões de despedida das outras irmãs eram proferidas sem que pudessem ser ouvidas.

≈ CAPÍTULO 42 ≈

Se a opinião de Elizabeth decorresse do exemplo de sua própria família, não teria formado um conceito muito agradável de felicidade conjugal ou de conforto doméstico. Seu pai, cativado pela juventude e beleza e por aquela aparência de bom humor que juventude e beleza geralmente conferem às mulheres, se havia casado com uma mulher cujo reduzido entendimento e espírito mesquinho tinha muito cedo, em seu casamento, dado fim a toda verdadeira afeição por ela. Respeito, estima e confiança tinham-se esvaído para sempre; e todos os seus anseios de felicidade doméstica foram destruídos. Mas o senhor Bennet não era desses homens que muitas vezes procuram consolo pela desilusão que sua própria imprudência causou em nenhum desses prazeres que com demasiada frequência reconforta os infelizes por suas loucuras e vícios. Ele era apaixonado pelo campo e pelos livros, e deles auferia suas principais distrações. Por outro lado, pouco ou quase nada devia à sua mulher, além dos momentos divertidos que a ignorância e a loucura dela lhe haviam propiciado. Não é essa a espécie de felicidade que um homem, em geral, deseja encontrar no casamento; mas, onde falta capacidade de relacionamento, o verdadeiro filósofo procura se beneficiar da pouca que lhe é concedida.

Elizabeth, no entanto, nunca fora cega perante a impropriedade do comportamento de seu pai como marido. Sempre vira isso com aflição; mas respeitando suas qualidades e grata pelo tratamento afetuoso que ele lhe dedicava, ela tentava esquecer o que não poderia negligenciar e banir de seus pensamentos aquela contínua quebra das obrigações conjugais e do decoro que, ao expor sua esposa ao desprezo de suas próprias filhas, eram totalmente repreensíveis. Mas nunca, como agora, havia sentido tão fortemente as desvantagens que levavam os filhos de um casal tão desunido nem jamais estivera tão consciente dos males decorrentes de uma orientação desajustada de talentos; talentos que, corretamente usados, poderiam pelo menos ter preservado a respeitabilidade de suas filhas, mesmo que fosse incapaz de abrir a mente da esposa.

Ao se sentir aliviada com a partida de Wickham, Elizabeth encontrou menos satisfação com a partida do destacamento militar. As reuniões sociais fora de casa eram menos variadas que antes e, em casa, tinha uma mãe e uma irmã cujas contínuas lamentações sobre o enfado de tudo o que as rodeava projetavam uma verdadeira melancolia sobre o círculo familiar; e embora Kitty pudesse com o tempo recuperar seu índice natural de bom senso, desde que os perturbadores de sua mente tinham partido, a outra irmã, de cujo caráter se poderia esperar o pior, irmã parecia fortalecer-se em toda a sua loucura e ousadia diante desse duplo perigo, como seriam a estação de águas e o acampamento militar. De modo geral, no entanto, acabou por se dar conta de que um acontecimento, pelo qual havia ansiado com real impaciência, não trazia, ao se realizar, toda aquela satisfação que ela havia prometido a si mesma. Era necessário, consequentemente, marcar um outro período para o começo da verdadeira felicidade... Ter outros pontos em que seus desejos e esperanças pudessem se apoiar e voltar a ter o prazer de antecipar o imaginário futuro, consolar-se no presente e preparar-se para outra desilusão. Sua viagem aos Lagos constituía agora o objeto de seus pensamentos mais felizes; era seu melhor consolo para todas as desagradáveis horas que o descontentamento de Kitty e de sua mãe tornavam inevitáveis; e se pudesse incluir Jane em seu plano, tudo seria perfeito.

"Mas estou com sorte", pensava ela, "que tenho alguma coisa para desejar, pois, se tudo em meu plano fosse perfeito, o desapontamento seria mais que certo. Mas neste caso, levando comigo uma contínua fonte de tristeza pela ausência de minha irmã, posso razoavelmente esperar que todas minhas expectativas de prazer se realizem. Um plano, em que cada parte promete prazer, nunca vai ter pleno êxito; e o desapontamento total só se evita pelo controle dos breves momentos de irritação."

Ao partir, Lydia prometeu escrever com frequência e minuciosamente para a mãe e Kitty. Mas suas cartas eram sempre longamente esperadas e sempre muito curtas. Nas que escrevia à mãe, continham pouco mais do que lhe dizer que tinham acabado de voltar da biblioteca, onde tais e tais oficiais as haviam acompanhado e onde ela tinha visto tão belas roupas que a deixavam enlouquecida; que tinha comprado um vestido novo ou uma nova sombrinha, que desejaria descrever com mais detalhes, mas que era obrigada a largar tudo às pressas, pois a senhora Forster a chamara para dar um passeio pelos lados do acampamento; e da correspondência com a irmã, muito menos se podia saber... pois as cartas, embora um pouco mais longas, grande parte do sentido só podia ser captado nas entrelinhas.

Depois de duas a três semanas de ausência dela, a saúde, o bom humor e a alegria começaram a reaparecer em Longbourn. Tudo tomou um aspeto mais agradável.

As famílias que tinham ido passar o inverno na capital voltaram e a elegância e os encontros de verão foram retomados. A senhora Bennet voltou à sua habitual e queixosa serenidade; e, em meados de julho, Kitty havia melhorado tanto que já lhe era possível entrar em Meryton sem verter lágrimas, acontecimento tão promissor que deu a Elizabeth a esperança de que no próximo Natal ela tivesse juízo suficiente para não mencionar o nome de um oficial mais de uma vez por dia, a não ser que, por uma ordem maliciosa e cruel do Departamento de Guerra, outro regimento viesse a aquartelar-se em Meryton.

A data fixada para o início de sua viagem pelo norte se aproximava rapidamente. E quando faltavam apenas quinze dias, chegou uma carta da senhora Gardiner, que, de uma só vez, adiava a partida e abreviava a duração. O senhor Gardiner teria sido impedido pelos negócios de sair até a última quinzena de julho e deveria estar de volta em Londres dentro de um mês; e como lhes havia deixado muito pouco tempo para irem tão longe e visitar tudo o que se haviam proposto ou, pelo menos, vê-lo com vagar e conforto, eles foram obrigados a desistir de ir aos Lagos e substituir por um passeio mais reduzido; e, de acordo com o novo plano, não iriam mais longe, em direção norte, do que Derbyshire. Naquele condado havia muito que ver para preencher as três semanas de que dispunham; e para a senhora Gardiner essa viagem tinha particularmente uma forte atração. A cidade em que outrora havia passado alguns anos de sua vida e onde agora passariam alguns dias era provavelmente objeto tão grande de sua curiosidade como todas as celebradas belezas de Matlock, Chatsworth, Devedale ou Peak.

Elizabeth ficou extremamente desapontada. Desejava ardentemente ver os Lagos e ainda achava que teriam tido tempo suficiente para isso. Mas tinha que se contentar... e certamente mostrar-se feliz; e logo tudo estava perfeitamente bem.

Com a menção de Derbyshire, muitas ideias se associavam. Era impossível para ela ler a palavra sem pensar em Pemberley e em seu proprietário. "Mas certamente", dizia ela, "poderei entrar no condado dele tranquila e contemplar suas belezas, sem que ele perceba."

O período de espera fora agora duplicado. Quatro semanas deveriam passar até a chegada dos tios. Mas passaram e o senhor e a senhora Gardiner, acompanhados dos quatro filhos, apareceram finalmente em Longbourn. As crianças, duas meninas de seis e oito anos, e dois meninos mais novos, ficariam sob os cuidados especiais da prima Jane, que era a preferida de todas essas crianças e cujo bom senso e doçura a tornava precisamente adequada a cuidar delas durante o dia inteiro... ensinando, brincando com elas com todo o carinho.

Os Gardiner ficaram apenas uma noite em Longbourn e partiram na manhã seguinte com Elizabeth, em busca de novidades e divertimento. Um prazer era garantido... o de ter bons companheiros de viagem, saudáveis e dispostos a suportar contra contratempos... bem-humorados para ressaltar todos os prazeres... e afetuosos e inteligentes, prontos a sugerir novas distrações, se tivessem desilusões pelo caminho.

Não é objetivo dessa obra dar uma descrição de Derbyshire, nem dos locais famosos por que passaram em seu percurso. Oxford, Blenheim, Warwich, Kenilworth, Birmingham, etc. são suficientemente conhecidos. Uma pequena parte de Derbyshire é tudo o que interessa no momento. Depois de terem visto as principais belezas da região, eles pararam na pequena cidade de Lambton, onde a senhora Gardiner havia residido outrora e onde, como ficara sabendo recentemente, ainda moravam alguns de seus velhos conhecidos; e ali Elizabeth soube, pela tia, que Pemberley se encontrava situada a cinco milhas de Lambton. Não estava no caminho deles, mas não distava mais que uma ou duas milhas daquele ponto. Na noite anterior, ao falarem do itinerário, a senhora Gardiner manifestou o desejo de rever a localidade. O senhor Gardiner concordou e perguntaram a Elizabeth se ela aprovava a ideia.

– Minha querida, não gostaria de ver esse lugar de que tanto ouviu falar? – perguntou a tia. – Um lugar, também, com o qual estão ligados muitos de seus conhecidos. Wickham passou ali toda a sua juventude, como bem sabe.

Elizabeth ficou embaraçada. Sentia que não tinha qualquer interesse em ver Pemberley e foi obrigada a manifestar sua pouca disposição para visitá-la. Teve de dizer que estava cansada de ver grandes casas e, depois de percorrer tantas, realmente não encontrava mais prazer nos belos tapetes ou nas cortinas de cetim.

A senhora Gardiner zombou de sua ingenuidade.

– Se fosse apenas uma casa ricamente mobiliada – disse ela –, eu também não me importaria em ir; mas o parque é maravilhoso. Tem os mais belos bosques da região. Elizabeth não disse mais nada... mas intimamente não concordava. Ocorreu-lhe instantaneamente a possibilidade de encontrar o senhor Darcy enquanto visitava o local. E isso seria terrível! A simples ideia a fazia corar e pensou que talvez fosse melhor falar abertamente para a tia do que correr semelhante risco. Mas havia objeções; e, finalmente, decidiu que seria o último recurso, caso as indagações particulares que fizesse sobre a ausência da família em Pemberley fossem respondidas desfavoravelmente.

Consequentemente, quando se retirou à noite para se deitar, perguntou à criada se era verdade que Pemberley era um local muito bonito, qual era o nome do proprietário e, com clara inquietação, se a família se encontrava ali passando o verão.

A mais bem-vinda das negativas se seguiu à última pergunta... e, removidas suas preocupações, sentia-se agora grande curiosidade em ver a casa; quando o assunto foi novamente abordado na manhã seguinte e voltaram a lhe pedir sua opinião, pôde responder prontamente e com um apropriado ar de indiferença, que realmente não punha objeções a fazer ao plano. Para Pemberley, portanto, deveriam ir.

≈ CAPÍTULO 43 ≈

Elizabeth, enquanto seguiam de carruagem, esperava com alguma perturbação a primeira aparição dos bosques de Pemberley; e quando, finalmente, entraram no parque, sua agitação cresceu ainda mais.

O parque era muito grande e apresentava aspectos muito variados. Entraram nele pela parte mais baixa e durante algum tempo rodaram através de um belo bosque que cobria uma considerável extensão.

A mente de Elizabeth estava ocupada demais para poder participar das conversas, mas via e admirava cada local digno de nota e todas as vistas pitorescas. Foram subindo suavemente por meia milha e então se encontraram no topo de uma bela elevação, onde o bosque cessava e imediatamente se avistava a casa de Pemberley, situada no lado oposto de um vale, em direção do qual descia a estrada um tanto íngreme. Tratava-se de uma imponente e linda construção, erguendo-se num terreno inclinado, atrás da qual surgia uma série de colinas arborizadas; na frente, um riacho bastante largo que, represado, formava um pequeno lago, mas sem nenhuma aparência artificial. Suas margens não haviam sido adornadas pela mão do homem. Elizabeth estava encantada. Nunca havia visto um lugar tão naturalmente preservado ou lugar em que a beleza natural tinha sido tão pouco adulterada por algum gosto duvidoso. Todos eles manifestavam sua admiração calorosamente; e nesse momento ela sentiu que ser dona de Pemberley significaria alguma coisa!

Desceram a colina, atravessaram a ponte e se aproximaram da porta da casa; e, enquanto examinavam mais de perto o aspecto da construção, toda a apreensão voltou a tomar conta de Elizabeth quanto à possibilidade de encontrar o proprietário. Temia que a criada se tivesse enganado. Depois de pedirem para ver a casa, foram introduzidos no hall; e, enquanto esperavam pela governanta, Elizabeth teve todo o tempo para se admirar com o fato de estar onde estava.

A governanta apareceu; era uma mulher idosa, de aspecto respeitável, muito menos bonita e muito mais gentil do que Elizabeth esperava. Seguiram-na até a sala de jantar. Era uma sala ampla, bem proporcionada e mobiliada com extremo bom gosto. Elizabeth, depois de examiná-la por alto, foi até uma das janelas para apreciar a vista. A colina coroada de árvores, pela qual haviam descido, parecia mais abrupta e ganhava em beleza vista de longe. Tudo naquele terreno estava bem-disposto; e ela contemplou toda a paisagem com encanto, o rio, as árvores espalhadas por suas margens e o vale serpenteando até onde podia ser visto. À medida que passavam para outros aposentos, a cena variava, mas de todas as janelas a vista era estonteante. Os quartos eram espaçosos e bonitos e a mobília revelava a fortuna de seu proprietário. Mas Elizabeth reparou que, ao admirar o bom gosto dele, que a mobília não era nem vistosa demais nem inutilmente simples, com menos esplendor e mais elegante que a de Rosings.

"Eu poderia ter sido a dona deste lugar!" – pensou ela. "A esta altura, eu já poderia estar familiarizada com todos estes aposentos! Em vez de vê-los como uma estranha, poderia alegrar-me dentro deles como meus e receber neles, como visitantes, meus tios. Mas não... lembrou-se... isso nunca poderia acontecer; meus tios estariam perdidos para mim; não haveriam de permitir que os convidasse."

Essa foi uma lembrança feliz... Ela evitou que ela sentisse algo parecido com arrependimento.

Ela ansiava perguntar à governanta se o dono estava realmente ausente, mas não teve coragem. Finalmente, no entanto, a pergunta acabou sendo feita pelo tio; ela se afastou alarmada enquanto a senhora Reynolds respondia que ele estava ausente, acrescentando: "Mas esperamos por ele amanhã com um grande grupo de amigos." Elizabeth ficou imensamente contente pelo fato de a viagem não ter sido adiada, de forma alguma, para o dia seguinte.

Sua tia chamou-a então para ver um quadro. Ela se aproximou e viu, suspenso entre várias outras miniaturas acima da lareira, o retrato do senhor Wickham. A tia, sorrindo, lhe perguntou se gostava do quadro. A governanta se adiantou e lhes disse que era o retrato de um jovem, filho do administrador de seu falecido patrão, que o tinha criado como se fosse seu próprio filho. "Agora está no exército", acrescentou ela, "mas receio que se tenha tornado um sujeito à toa."

A senhora Gardiner olhou para a sobrinha com um sorriso que Elizabeth não conseguiu retribuir.

– E este – disse a senhora Reynolds, apontando para outra miniatura – é meu patrão... o retrato é muito fiel. E foi feito ao mesmo tempo que o outro... cerca de oito anos atrás.

– Tenho ouvido dizer que seu patrão é uma pessoa simpática – disse a senhora Gardiner, olhando para o retrato. – Tem um belo rosto. Mas, Lizzy, você é que nos pode dizer se ele se parece ou não.

– Esta senhorita conhece o senhor Darcy?

Elizabeth corou e disse:

– Um pouco.

– E não o acha um belo cavalheiro, minha senhorita?

– Sim, muito bonito.

– Estou certa de que não conheço ninguém mais bonito; mas na galeria no andar de cima poderão ver outro retrato dele, maior e melhor que este. Esta sala era o lugar favorito de meu falecido patrão e essas miniaturas estão exatamente no lugar onde estavam quando ele era vivo. Ele gostava muito delas.

Isso surpreendeu Elizabeth, pois o retrato do senhor Wickham ainda permanecia ali entre os outros. A senhor Reynolds chamou então a atenção deles para um retrato da senhorita Darcy, pintado quando ela tinha apenas oito anos de idade.

– E a senhorita Darcy é tão bonita como o irmão? – perguntou a senhora Gardiner.

– Oh, sim... a jovem mais bonita que jamais vi; e tão dotada!... Toca piano e canta o dia inteiro. Na sala contígua há um novo instrumento que acabou de chegar para ela... Um presente de meu patrão; ela chega amanhã, junto com ele.

O senhor Gardiner, cujas maneiras eram delicadas e agradáveis, encorajava a facilidade de comunicação dela com perguntas e observações. A senhora Reynolds, por orgulho ou por afeição, tinha obviamente grande prazer em falar de seu patrão e da irmã dele.

– Seu patrão vem muitas vezes a Pemberley, no decorrer do ano?

– Não tanto quanto eu desejaria, senhor, mas atrevo-me a dizer que passa a metade de seu tempo aqui; e a Senhorita Darcy sempre vem durante os meses de verão.

"Exceto," pensou Elizabeth, "quando ela vai a Ramsgate."

– Se seu patrão se casasse, a senhora poderia vê-lo mais por aqui.

– Sim, senhor; mas não sei quando *isso* acontecerá. Não sei quem possa estar à altura dele.

O senhor e a senhora Gardiner sorriram. Elizabeth não conseguiu se conter e disse:

– Tenho certeza de que esse é um grande elogio que a senhora lhe dirige.

– Nada mais digo que a verdade e todos que o conhecem dirão a mesma coisa – replicou a outra. Elizabeth achou que ela estava indo longe demais e ouviu com maior assombro ainda a governanta acrescentar: – Nunca o ouvi dizer uma palavra ríspida em minha vida e eu o conheço desde que ele tinha quatro anos de idade.

Era o elogio mais extraordinário de todos, mais oposto às ideias dela. Que ele não era um homem bem-humorado tinha sido a opinião mais firme de Elizabeth. Sua mais viva atenção foi acirrada; ansiava por ouvir mais e ficou grata ao tio, que disse:

– Há poucas pessoas de quem se possa dizer tanto. A senhora tem sorte por ter um patrão assim.

– Sim, senhor, sei que tenho. Se eu saísse a correr por esse mundo, estou certa de que não encontraria outro melhor. Mas sempre observei que aqueles que são afáveis quando crianças também o são quando adultos; e ele sempre foi o mais amável e mais generoso menino deste mundo.

Elizabeth ficou estática. "Será que se trata do senhor Darcy?", pensou ela.

– O pai dele era um homem excelente – disse a senhora Gardiner.

– Sim, minha senhora, isso ele era realmente; e o filho vai ser precisamente como ele... tão afável com os pobres.

Elizabeth ouvia, se maravilhava, duvidava e estava impaciente por mais. A senhora Reynolds não a poderia interessar em qualquer outro ponto. Em vão ela falava das pessoas dos retratos, das dimensões da sala e do preço dos móveis. O senhor Gardiner, altamente entretido pelo tipo de prevenção da família, a que atribuía os excessivos louvores dela a seu patrão, logo voltou ao assunto; e ela discorreu com energia sobre os muitos méritos dele enquanto subiam juntos a ampla escadaria.

– Ele é o melhor proprietário de terras e o melhor dos patrões que jamais existiu – dizia ela. – Não é como os jovens desvairados de hoje, que só pensam em si próprios. Não há um só de seus arrendatários ou criados que não fale dele com admiração. Alguns o chamam de orgulhoso, mas estou certa de que nunca vi algo que refletisse isso. Imagino que é só porque ele não anda fazendo algazarra como outros jovens.

"Sob que luz favorável ela o coloca", pensou Elizabeth.

– Essa bela descrição dele – sussurrou a tia, enquanto caminhavam – não condiz com seu comportamento para com nosso pobre amigo.

– Talvez estejamos enganadas.

– Não é muito provável; o testemunho do outro era muito melhor.

Depois de chegarem ao espaçoso vestíbulo, foram introduzidos numa linda sala de estar, recentemente decorada com a maior elegância e leveza que os aposentos debaixo; e foram informados de que tudo aquilo tinha sido feito em atenção à senhorita Darcy, que tinha manifestado preferência por aquela sala, da última vez que estivera em Pemberley.

– Ele é, certamente, um bom irmão – disse Elizabeth, enquanto se dirigia para uma das janelas.

A senhora Reynolds antecipava a surpresa da senhorita Darcy ao entrar naquele aposento.

– E é sempre assim seu modo de agir – acrescentou ela. – Tudo o que ele possa fazer para agradar a irmã, manda executar imediatamente. Não há nada que não faça por ela.

A galeria de arte e dois ou três dos principais quartos era tudo o que restava a mostrar. A galeria continha muitos quadros interessantes, mas Elizabeth nada entendia de arte; e, pelo que já se tinha visto no andar debaixo, ela se havia afastado prontamente para olhar alguns desenhos a crayon de autoria da senhorita Darcy, cujos temas eram geralmente mais interessantes e também mais fáceis de entender.

Na galeria havia também muitos retratos da família, mas deveriam despertar pouco interesse a uma pessoa estranha. Elizabeth caminhou em busca do único rosto, cujos traços ela haveria de reconhecer. Finalmente, se deteve... e notou uma marcante semelhança com o senhor Darcy, com tal sorriso no rosto que ela se lembrava de já ter visto nele, quando ele a contemplava. Ficou parada durante vários minutos diante do quadro, examinando-o apuradamente, e, antes de sair da galeria, voltou a ele novamente. A senhora Reynolds informou então que havia sido pintado ainda em vida do falecido senhor Darcy.

Certamente, naquele momento, pairava no espírito de Elizabeth um sentimento de afabilidade para com o original representado como jamais sentira no auge do relacionamento deles. Os elogios prestados a ele pela senhora Reynolds não eram de natureza trivial. Qual elogio é mais valioso que o de uma criada inteligente? Como irmão, dono, patrão, ela considerava como a felicidade de muita gente estava sob a proteção dele!... Quanta alegria ou sofrimento estava em condições de testemunhar!... Quanto bem ou não poderia ser feito por ele! Toda ideia trazida à tona pela governanta era favorável ao caráter dele e, enquanto Elizabeth ficava de pé diante do quadro que o representava e no qual os olhos dele pareciam se fixar nela, pensava nesse olhar com tão profundo sentimento de gratidão como jamais tivera antes; recordava o ardor dele e suavizava a impropriedade da expressão.

Quando todos os cômodos da casa que estavam abertos à visitação haviam sido vistos, tornaram a descer as escadas e, despedindo-se da governanta, foram entregues aos cuidados do jardineiro, que os esperava na sala de entrada.

Enquanto atravessavam o gramado em direção ao riacho, Elizabeth voltou-se para olhar novamente a casa; seus tios também pararam e, enquanto a primeira fazia conjeturas sobre a data da construção, o proprietário em pessoa surgiu de súbito na alameda que conduzia, por trás da casa, aos estábulos.

Encontravam-se a cerca de vinte jardas um do outro e tão repentino foi seu aparecimento que era impossível fugir da vista dele. Seus olhares se cruzaram de imediato e ambos coraram intensamente. Ele teve um verdadeiro sobressalto e, por um momento, parecia paralisado pela surpresa; mas, recuperando-se em instantes, avançou em direção do grupo e falou com Elizabeth, senão em termos de perfeita serenidade, pelo menos de perfeita gentileza.

Ela se havia instintivamente voltado para outro lado; parando, no entanto, ao perceber sua aproximação, recebeu seus cumprimentos com um embaraço impossível de dominar. Se sua aparência ou sua semelhança com o retrato, que tinham acabado de examinar, tinha sido insuficiente para os outros dois perceberem que estavam agora diante do senhor Darcy, a expressão de surpresa do jardineiro ao ver seu patrão deveria tê-lo revelado imediatamente. Conservaram-se um pouco afastados, enquanto ele conversava com a sobrinha que, atônita e confusa, mal ousava levantar os olhos e não sabia que resposta dar às gentis perguntas dele sobre sua família. Surpresa com a alteração de seus modos desde a última vez que o vira, cada frase que ele pronunciava aumentava ainda mais seu embaraço; e a ideia da inconveniência de ele tê-la encontrado ali retornando a todo instante à sua mente, os poucos minutos em que estiveram juntos se tornaram os mais desconfortáveis de sua vida. Nem ele parecia estar muito à vontade; quando falava, o tom da voz não tinha mais aquela serenidade habitual; e repetia as perguntas de quando tinham deixado Longbourn e por quanto tempo haveria de ficar em Derbyshire com tanta frequência e de maneira tão apressada, que tornava evidente a verdadeira dispersão de seus pensamentos.

Por fim, parecia que não tinha mais ideia alguma; e, depois de permanecer alguns momentos sem dizer palavra, o senhor Darcy voltou de súbito a si e se despediu.

Os outros então se juntaram a ela e exprimiram admiração pelo belo porte dele; mas Elizabeth não ouviu uma palavra sequer e, totalmente absorta em seus próprios pensamentos, seguiu-os em silêncio. Estava coberta de vergonha e vexame. Sua vinda até ali foi a ideia mais infeliz e irrefletida do mundo! Como deve ter parecido estranha para ele! Sob que enfoque desastroso não a deveria colocar esse homem tão vaidoso! Poderia até parecer que ela se pusera de novo e propositadamente em seu caminho! Oh! Por que tinha vindo? Ou por que ele voltou um dia antes que o previsto? Se tivessem saído dez minutos mais cedo, eles já deveriam estar longe da vista dele, pois era evidente que havia chegado naquele momento... Naquele momento tinha acabado de apear do cavalo ou da carruagem. Ela corou várias e várias vezes por causa da perversidade do encontro. E o comportamento dele, tão surpreendentemente alterado... que poderia significar? Que ele pudesse até mesmo falar com ela era espantoso!... Mas falar com tanta gentileza, perguntar por sua família! Nunca em sua vida ela tinha visto maneiras tão pouco cerimoniosas, jamais ele tinha falado com tanta gentileza como nesse inesperado encontro. Que contraste, desde aquela ocasião em que se dirigira a ela no parque de Rosings, quando colocou a carta nas mãos dela! Não sabia o que pensar ou como explicar tudo aquilo.

Tinham enveredado agora por uma bela trilha que margeava o riacho e cada passo os fazia avançar para um declive mais suave do terreno ou para a mais encantadora parte dos bosques de que estavam se aproximando; mas foi algum tempo antes que Elizabeth se mostrasse interessada por tudo isso; e, embora respondesse mecanicamente aos repetidos apelos dos tios e parecesse dirigir seus olhos na direção que lhe apontavam, não distinguia absolutamente nada da paisagem. Seus sentimentos estavam todos voltados para aquele local da casa de Pemberley, qualquer que fosse, onde o senhor Darcy poderia estar então. Ansiava em saber o que estava se passando em sua mente naquele momento... De que maneira pensava nela e se, apesar de tudo, ainda gostava dela. Talvez ele tivesse sido gentil só porque se sentia tranquilo; ainda assim, havia algo na voz dele que não indicava que estivesse tranquilo. Ela não poderia dizer se ele havia sentido mais aborrecimento ou prazer ao vê-la, mas certamente não a havia visto com serenidade.

Finalmente, no entanto, as observações dos companheiros sobre sua distração despertaram-na e ela sentiu a necessidade de mostrar maior naturalidade.

Penetraram no bosque e, dando adeus ao riacho por algum tempo, subiram para uma região mais elevada; ali, em pontos em que havia clareiras que lhes permitiam ver para além do bosque, contemplaram encantadoras vistas do vale, das colinas do lado oposto, recobertas de árvores, e ocasionalmente parte do riacho. O senhor Gardiner exprimiu o desejo de percorrer todo o parque, mas temia que fosse demais para uma simples caminhada. Com um sorriso triunfante, o jardineiro informou que o circuito do parque tinha mais de dez milhas. Com isso, encerrou o assunto e eles seguiram o percurso habitual, que os levou novamente, depois de algum tempo, numa descida por entre árvores fortemente inclinadas até as margens do riacho e numa de suas partes mais estreitas. Atravessaram-no por uma pequena e simples ponte, combinando com todo o ambiente circunstante; era um local menos adornado que qualquer outro que haviam visitado; e o vale, estreitando-se aqui entre escarpas, mal dava espaço para a passagem das águas do riacho e para uma estreita trilha por entre o matagal que o margeava. Elizabeth desejava explorar os meandros do riacho, mas, depois de atravessarem a ponte e perceberem a considerável distância da casa, a senhora Gardiner, que não gostava muito de caminhar, disse que não podia mais seguir e que só pensava em voltar para a carruagem o mais depressa possível. Sua sobrinha se viu, portanto, obrigada a submeter-se e eles tomaram de novo o caminho em direção da casa, do outro lado do rio, seguindo a trilha mais curta; mas sua progressão era lenta, pois o senhor Gardiner, que gostava muito de pescar, mas raramente tinha oportunidade de fazê-lo, detinha-se a todo o instante para ver se aparecia alguma truta e falando sobre elas com o homem que os acompanhava. Enquanto estavam caminhando assim devagar, foram novamente surpreendidos pela aproximação, a pouca distância, do senhor

Darcy; e o espanto de Elizabeth foi igual ao que tivera no primeiro encontro. A trilha pela qual seguiam era menos abrigada que a do outro lado, o que lhes permitiu vê-lo antes de se encontrarem. Elizabeth, embora espantada, estava, pelo menos, mais preparada a uma conversa com ele do que antes e resolveu adiantar-se e falar com calma, se o senhor Darcy pretendesse realmente abordá-los. Por alguns momentos, na verdade, ela pensou que ele provavelmente iria enveredar por outro caminho, mas a ideia perdurou apenas enquanto uma curva da trilha o ocultava da vista deles, pois, passada a curva, ele surgiu imediatamente diante deles. Com um rápido olhar, ela percebeu que ele nada tinha perdido de sua gentileza e, para imitá-lo na cortesia, começou, depois de se encontrarem, a elogiar as belezas do local; mas não tinha pronunciado mais que as palavras "delicioso" e "encantador", quando algumas tristes lembranças a assaltaram e imaginou que aqueles seus elogios a Pemberley poderiam ser mal interpretados. Empalideceu e nada mais disse.

A senhora Gardiner estava um pouco atrás; e quando Elizabeth se calou, ele pediu que lhe desse a honra de ser apresentado aos amigos que a acompanhavam. Essa foi uma demonstração de cortesia para a qual ela não estava preparada; e mal pôde deixar de sorrir ao vê-lo agora procurando conhecer aquelas mesmas pessoas contra as quais o orgulho dele se havia revoltado quando lhe fizera a proposta de casamento. "Qual vai ser a surpresa dele", pensou ela, "quando souber quem são? Toma-os, sem dúvida, por pessoas de elevada posição social."

A apresentação, no entanto, foi imediatamente feita; e, ao mencionar o grau de parentesco de cada um em relação a ela, não pôde deixar de olhar de soslaio para ele, a fim de ver como suportaria isso, esperando até que ele fugisse o mais depressa possível de companheiros de classe tão modesta. Que estivesse *surpreso* pelo parentesco era evidente; suportou-o, no entanto, com firmeza e, em vez de ir embora, voltou com eles e passou a conversar com o senhor Gardiner. Elizabeth só podia estar feliz, só podia se sentir triunfante. Era consolador ter a certeza de que ele sabia agora que ela não precisava se envergonhar dos parentes dela. Ouvia com a maior atenção tudo o que se passava entre os dois e ficava radiante toda vez que uma expressão ou uma frase do tio revelava sua inteligência, seu bom gosto e suas boas maneiras.

Logo estavam conversando sobre pesca; ela ouviu o senhor Darcy convidá-lo, com a maior delicadeza, para pescar ali todas as vezes que quisesse, enquanto continuasse pela vizinhança, oferecendo-se também para lhe fornecer varas de pescar e indicando os trechos do riacho em que a pesca geralmente rendia mais. A senhora Gardiner, que caminhava de braço dado com Elizabeth, fitou a companheira com um expressivo olhar de surpresa. Elizabeth nada disse, mas sentiu-se extremamente gratificada; aquela gentileza toda tinha a ver com ela; seu espanto, contudo, chegava a ser total e repetia continuamente para consigo mesma: "Por que ele está tão mudado? E por que motivo? Não pode ser por mim... Não pode ser por minha causa que seus modos sejam tão meigos. Minhas recriminações em Hunsford não poderiam causar tamanha mudança nele. É impossível que ainda me ame".

Depois de caminhar durante algum tempo dessa forma, as duas senhoras na frente e os dois cavalheiros atrás, após descerem até a margem do rio para examinar melhor uma curiosa planta aquática, houve uma pequena alteração. A senhora Gardiner, fatigada pelo exercício da manhã, achou o braço de Elizabeth inadequado para nele se apoiar e, consequentemente, preferiu o do marido. O senhor Darcy tomou o lugar ao lado de Elizabeth e continuaram caminhando juntos. Depois de breve silêncio, a jovem foi a primeira a falar. Desejava deixar claro que fora assegurada da ausência dele antes que ela se decidisse a visitar o local e, em decorrência disso, começou por observar que a chegada dele havia sido totalmente inesperada...

– Sua governanta – acrescentou ela – nos informou que, com

toda a certeza, o senhor chegaria somente amanhã; e, de fato, antes de sairmos de Bakewell, disseram-nos que o senhor não era esperado tão cedo na região.

Ele confirmou a verdade de tudo isso e disse que, alguns negócios a tratar com seu administrador, tinham causado a antecipação de sua volta de algumas horas e chegara antes do resto do grupo com o qual estivera viajando.

– Eles vão chegar amanhã cedo – continuou ele – e entre eles há alguns que a conhecem... o senhor Bingley e as irmãs dele.

Elizabeth respondeu apenas com uma leve inclinação da cabeça. Seus pensamentos instantaneamente a levaram para a ocasião em que, pela última vez, o nome do senhor Bingley havia sido pronunciado entre eles; e, a julgar pela expressão do rosto dele, os pensamentos *dele* haviam tomado rumo semelhante.

– Há também outra pessoa no grupo – continuou ele, depois de uma pausa – que mais particularmente deseja conhecê-la. A senhorita irá me permitir, ou será que lhe peço demais, que lhe apresente minha irmã durante sua estada em Lambton?

A surpresa perante tal solicitação foi realmente grande; era grande demais para que ela soubesse de que modo haveria de concordar. Compreendeu imediatamente que esse desejo da senhorita Darcy de conhecê-la deveria ser obra do irmão e, sem pensar muito mais, achou que isso a deixaria contente; era gratificante saber que o ressentimento dele não o indispusera totalmente contra ela.

Continuaram caminhando em silêncio, ambos mergulhados em reflexões.

Elizabeth não se sentia à vontade; era impossível; mas sentia-se lisonjeada e satisfeita. O desejo dele de lhe apresentar a irmã era altamente lisonjeador. Logo se haviam distanciado dos outros e, quando chegaram junto da carruagem, o senhor e a senhora Gardiner estavam ainda meia milha atrás.

Ele então a convidou a entrar na casa... mas ela garantiu que não estava cansada e eles esperaram juntos no relvado. Numa ocasião como aquela, muitas coisas podiam ser ditas e o silêncio era verdadeiramente embaraçoso. Ela queria conversar, mas parecia que havia um obstáculo em todos os assuntos. Finalmente, ela se lembrou de que estivera viajando e então falaram de Matlock e de Dove Dale durante bons momentos. Mas o tempo e sua tia caminhavam lentamente... e a paciência e as ideias dela estavam prestes a esgotar-se, antes que a conversa terminasse. Quando o senhor e a senhora Gardiner chegaram, foram convidados a entrar para tomar um refresco; mas declinaram do convite e eles se separaram com a maior cortesia. O senhor Darcy ajudou as senhoras a entrar na carruagem; e quando esta se afastou, Elizabeth o viu caminhando devagar em direção da casa.

As observações dos tios tiveram então início e ambos afirmaram que o tinham achado infinitamente superior ao que esperavam.

– Ele é perfeitamente bem-educado, polido e despretensioso – disse o tio.

– Há algo de imponente nele, com certeza – replicou a tia. – Mas está confinado a seu ar e não é indecoroso. Posso agora dizer, com a governanta, que, embora algumas pessoas o chamem de orgulhoso, nada notei dessa natureza.

– O que mais me surpreendeu foi seu comportamento para conosco. Era mais que cortês; era realmente atencioso; não havia necessidade de tamanha atenção. E seu relacionamento com Elizabeth era muito superficial.

– Com certeza, Lizzy – disse a senhora Gardiner –, ele não é tão bonito como Wickham; melhor, não tem o porte de Wickham, embora seus traços sejam perfeitamente bons. Mas por que chegou a me dizer que ele era tão desagradável?

Elizabeth desculpou-se da melhor forma possível; disse que gostara mais dele quando se haviam encontrado em Kent do que antes e que nunca o tinha visto tão amável como nessa manhã.

– Mas talvez ele possa ser um pouco excêntrico em suas amabilidades – replicou o senhor Gardiner. – Os homens importantes frequentemente o são; por isso não vou tomar ao pé da letra o convite para pescar, visto que amanhã pode mudar de ideia e me expulse de seu parque.

Elizabeth sentiu que eles se enganavam redondamente sobre o caráter dele, mas nada disse.

– Pelo que vimos dele – continuou a senhora Gardiner –, eu realmente não teria pensado que ele fosse capaz de se comportar tão cruelmente contra alguém como fez com o pobre Wickham. Ele não tem uma expressão de malvado. Pelo contrário, há algo de agradável em sua boca quando fala. E há uma dignidade em seu rosto que não poderia dar a alguém uma ideia desfavorável de seu coração. Mas, sem dúvida, a boa senhora que nos mostrou a casa lhe atribui o mais brilhante caráter! Pouco me faltava, às vezes, para rir abertamente. Mas ele é um patrão liberal, suponho, e *isso*, aos olhos de um criado, compreende todas as virtudes.

Elizabeth sentiu que era o momento de dizer alguma coisa para justificar o comportamento dele em relação a Wickham; e por isso deu a entender a eles, de uma maneira tão reservada quanto possível, que, pelo que ouvira dos parentes dele em Kent, seus atos eram suscetíveis de uma interpretação totalmente diferente; e que o caráter dele não era, de modo algum, tão mau nem o de Wickham tão afável como tinham suposto em Hertforshire. Para confirmar o que lhes dizia, relatou os pormenores de todas as transações monetárias em que eles se haviam envolvido, sem revelar o nome de quem a havia informado a respeito, mas afirmando que era merecedor de todo o crédito.

A senhora Gardiner ficou surpresa e preocupada; mas como se aproximavam do local onde havia morado outrora, todas as ideias deram lugar ao encanto das recordações; e estava tão ocupada em apontar ao marido todos os pontos interessantes das redondezas que não podia pensar em outra coisa. Apesar de estar cansada pela caminhada da manhã, logo depois do almoço ela saiu novamente em busca dos antigos conhecidos e passou a tarde entregue ao prazer de reatar os laços de amizade, depois de anos de interrupção.

As ocorrências do dia tinham sido demasiado interessantes para permitirem a Elizabeth prestar uma maior atenção em algum desses novos amigos; e não podia fazer outra coisa senão pensar e refletir com assombro sobre as amabilidades do senhor Darcy e, acima de tudo, sobre o desejo de lhe apresentar a irmã.

≈ CAPÍTULO 44 ≈

Elizabeth havia combinado com o senhor Darcy que poderia trazer a irmã para visitá-la logo no dia seguinte ao da chegada dela a Pemberley; e, consequentemente, resolveu não se afastar da estalagem durante toda a manhã. Mas não deu certo, pois, logo na manhã seguinte ao da chegada deles a Lambton, surgiram esses visitantes. Elizabeth e os tios tinham andado passeando pela localidade com alguns de seus novos amigos e acabavam de retornar à estalagem, a fim de trocar de roupa para almoçar com a mesma família, quando o ruído de uma carruagem os atraiu a uma janela e viram um cavalheiro e uma jovem senhora numa carruagem subindo a rua. Elizabeth reconheceu imediatamente a libré, compreendeu do que se tratava e participou, com não menor surpresa que a de seus parentes, a honra que estava esperando. Os seus tios ficaram estupefatos; e tanto o embaraço de Elizabeth ao comunicar isso como a circunstância em si, acrescida à lembrança das muitas outras circunstâncias do dia anterior, lhes deram uma nova visão do que realmente ocorria. Nada o havia sugerido antes, mas sentiam agora que não havia outra maneira de explicar as atenções da parte dele, sem supor um interesse por sua sobrinha. Enquanto essas novas ideias lhes passavam pela cabeça, a perturbação dos sentimentos de Elizabeth crescia a cada momento. Ela mesma se surpreendeu com seu nervosismo; mas, entre outras causas de inquietação, ela temia que a parcialidade do irmão tivesse exagerado nos elogios a favor dela; e, ansiosa como nunca para se mostrar agradável, desconfiava naturalmente de que todos os seus recursos para agradar poderiam falhar.

Ela se afastou da janela, receando ser vista; e, enquanto caminhava de um lado para outro da sala, procurando acalmar-se, reparou nos olhares de surpresa inquiridora dos tios, o que deixou tudo pior ainda.

A senhorita Darcy e o irmão apareceram e essa temível apresentação teve lugar.

Com espanto, Elizabeth percebeu que sua nova conhecida estava, pelo menos, tão embaraçada quanto ela. Desde que se encontrava em Lambton, já ouvira dizer que a senhorita Darcy era extremamente orgulhosa; mas, observando-a por uns poucos minutos, convenceu-se de que ela era apenas extremamente tímida. Foi difícil até mesmo arrancar uma palavra dela, além de monossílabos.

A senhorita Darcy era alta e mais encorpada que Elizabeth; e, embora com pouco mais de dezesseis anos, suas formas eram bem desenvolvidas e sua aparência, bem feminina e graciosa. Era menos bonita que o irmão; mas refletia bom senso e humor em seu rosto, e seus modos eram perfeitamente despretensiosos e delicados. Elizabeth, que esperava encontrar nela uma observadora tão perspicaz e implacável como o senhor Darcy se mostrara, sentiu-se realmente aliviada ao constatar sentimentos tão diferentes.

Não fazia muito tempo que estavam juntos e o senhor Darcy informou-a de que Bingley também viria apresentar seus cumprimentos; e ela mal tivera tempo de exprimir sua satisfação e de se preparar para tal visita, quando foram ouvidos os rápidos passos de Bingley na escada e, num momento, entrou na sala. Já fazia tempo que todo o ressentimento de Elizabeth contra ele se esvaíra; mas, mesmo que ainda sentisse algum, dificilmente haveria de persistir diante da singela cordialidade com que ele se expressou ao tornar a vê-la. Ele perguntou de modo amigável, embora vago, pela família dela, e olhava e falava com a mesma tranquilidade bem-humorada de sempre.

Para o senhor e a senhora Gardiner, ele dificilmente era um personagem menos interessante do que para ela. Há muito que desejavam conhecê-lo. O grupo todo, na verdade, despertava neles a mais viva curiosidade. As suspeitas que neles surgiram em relação ao senhor Darcy e à sobrinha fizeram com que os observassem de modo atento, embora discreto; e logo tiraram dessas observações a plena convicção de que um deles, pelo menos, sabia o que era o amor. Quanto aos sentimentos da sobrinha, ficaram ainda um pouco em dúvida; mas que o jovem estava transbordando de admiração era mais que evidente.

Elizabeth, por seu lado, tinha muito que fazer. Queria certificar-se dos sentimentos de cada um dos visitantes; queria dominar os seus e tornar-se agradável a todos; e, como último objetivo, onde mais temia falhar, sentia maior segurança de sucesso, pois aqueles a quem procurava agradar já estavam previamente a seu favor. Bingley estava bem-disposto, Georgiana ansiava por agradá-la e Darcy decidido a ser agradável.

Ao ver Bingley, Elizabeth lembrou-se naturalmente de sua irmã; e, oh!, como ela ansiava ardentemente saber se qualquer um dos pensamentos dele haviam tomado o mesmo rumo que os dela. Às vezes achava que ele falava menos do que nas ocasiões anteriores e uma ou duas vezes parecia que, ao olhar para ela, ele procurava encontrar em seu rosto a semelhança de outra pessoa. Mas, embora isso pudesse ser pura imaginação, ela não se iludia quanto ao comportamento dele com a senhorita Darcy, que tinha sido vista como rival de Jane. Nem de um lado nem de outro, um só olhar deixou transparecer qualquer interesse especial. Nada se passou entre eles que pudesse justificar as esperanças da irmã dele. Nesse ponto, logo ficaria satisfeita; e, antes de partir, dois ou três pequenos fatos ocorreram que, segundo a ansiosa interpretação dela, denotavam uma recordação de Jane, não destituída de ternura, e um desejo de dizer algo mais que poderia conduzir à menção do nome dela, se ele tivesse ousado. Ele observou, num momento em que os outros se encontravam conversando, e num tom que denotava verdadeira mágoa, que "fazia muito tempo que ele não tinha o prazer de vê-la"; e, antes que ela pudesse responder, acrescentou: "Faz mais de oito meses. Não nos vemos desde o dia 26 de novembro, quando estávamos todos nós dançando em Netherfield".

Elizabeth ficou contente ao perceber a exatidão da data lembrada; e depois ele aproveitou a oportunidade para lhe perguntar, quando não era interpelado por mais ninguém do grupo, se *todas* as suas irmãs estavam em Longbourn. Não havia nada de especial na pergunta nem na observação precedente, mas havia um olhar e uns modos que lhes conferiam sentido.

Não era com frequência que ela podia voltar seus olhos para o senhor Darcy; mas, sempre que o olhava de relance, via nele uma expressão de contentamento, e em tudo o que ele dizia ela percebia um tom tão distante de altivez e desdém para com os companheiros dele, que a convenceu de que o aprimoramento dos modos que ela havia presenciado no dia anterior, por mais temporário que fosse, perdurava pelo menos por mais de um dia. Quando ela o via assim ocupado em procurar a companhia e a apoiar a boa opinião de pessoas com as quais ainda há poucos meses ele teria julgado desonroso manter qualquer relacionamento... Quando o via assim tão gentil, não só para com ela própria, mas também com os próprios parentes, que ele havia abertamente menosprezado, durante aquela cena no presbitério de Hunsford... A diferença, a mudança parecia tão grande e a impressionava a tal ponto que só com a maior dificuldade conseguia esconder que seu espanto transparecesse. Nunca, mesmo na companhia dos amigos íntimos dele em Netherfield ou de suas honradas parentes de Rosings, nunca o havia visto tão desejoso de agradar, tão livre de orgulho ou de irredutível reserva como agora, quando nada de importante poderia resultar do sucesso de seus esforços e quando até mesmo a amizade daqueles a quem suas atenções eram dirigidas teriam provocado a mofa e a recriminação das senhoras de Netherfield e de Rosings.

Os visitantes permaneceram com eles mais de meia hora; e quando se levantaram para partir, o senhor Darcy chamou a irmã para que juntasse a ele ao expressar o desejo de ver o senhor e a senhora Gardiner e a senhorita Bennet em Pemberley para um jantar, antes que eles partissem da região. A senhorita Darcy prontamente obedeceu, embora com uma timidez que revelava que não estava acostumada a fazer convites. A senhora Gardiner olhou para a sobrinha, desejosa de saber se *esta,* a quem o convite principalmente se destinava, estava disposta a aceitar, mas Elizabeth havia voltado o rosto. Presumindo, no entanto, que essa atitude estudada exprimia mais um momentâneo embaraço do que qualquer aversão à proposta e, vendo que no marido, que apreciava a convivência social, uma grande vontade de aceitar, ela se aventurou em dar seu consentimento, e o jantar foi marcado para daí a dois dias.

Bingley expressou grande prazer com a certeza de tornar a ver Elizabeth, pois tinha ainda muito a lhe dizer e perguntas a fazer sobre todos os seus amigos de Hertfordshire. Elizabeth, notando em tudo isso o desejo dele de ouvir falar em sua irmã Jane, ficou satisfeita e, por esse motivo, e por alguns outros também, sentiu-se capaz, depois que os visitantes partiram, de considerar aquela última meia hora com alguma satisfação, embora, enquanto passava, o prazer tivesse sido diminuto. Ansiosa por ficar a sós e temendo perguntas e insinuações dos tios, permaneceu na companhia destes apenas o tempo necessário para ouvir sua opinião favorável sobre Bingley, e então se afastou deles apressadamente para se vestir de outro modo.

Mas ela não tinha razão em temer a curiosidade do senhor e da senhora Gardiner, pois não desejavam forçar suas confidências. Ficou evidente que ela conhecia o senhor Darcy muito mais intimamente do que eles podiam supor; era evidente que ele estava realmente apaixonado por ela. Tinham grande interesse por tudo isso, mas nada que justificasse indagações.

Com relação ao senhor Darcy, ansiavam por pensar o melhor que pudessem a respeito dele; e até onde o conheciam, não encontravam nele qualquer defeito. Não podiam deixar de se sentir tocados pela gentileza dele; e, se fossem julgar o caráter dele por suas próprias impressões e pelas informações da governanta, sem qualquer referência a outra fonte, o círculo de pessoas de Hertfordshire, no qual ele era conhecido, não o teria reconhecido como sendo o do senhor Darcy. Havia agora certo interesse, contudo, em acreditar na governanta; e logo concluíram que a opinião de uma criada, que o conhecia desde que ele tinha quatro anos de idade, e cujos modos indicavam uma pessoa respeitável, não poderia ser precipitadamente rejeitada. Nem qualquer outra coisa poderia inferir das informações de seus amigos de Lambton que pudesse diminuir essencialmente seu peso. De nada o acusavam, a não ser de orgulho; orgulho, provavelmente ele tinha e, se não, certamente seria imputado pelos habitantes de uma pequena cidade que a família não visitava. Era fato reconhecido, porém, que ele era um homem liberal e que fazia muito pelos pobres.

Com respeito a Wickham, os visitantes logo descobriram que ele não era muito estimado no lugar, pois, embora suas principais relações com o filho do patrão não fossem claramente conhecidas, era, contudo, um fato bem conhecido que, ao sair de Derbyshire, ele havia deixado muitas dívidas que, mais tarde, o senhor Darcy saldou.

Quanto a Elizabeth, seus pensamentos estavam em Pemberley nessa noite mais do que na precedente, embora, enquanto passava lhe parecesse longa, não foi suficientemente longa para chegar a definir seus sentimentos para com *alguém* naquela mansão; e ficou acordada duas horas ininterruptas, tentando defini-los. Certamente não o odiava. Não, o ódio se havia dissipado já fazia muito tempo e há quase tanto tempo ela se envergonhava de ter alguma vez sentido antipatia por ele. O respeito decorrente da convicção das valiosas qualidades dele, embora de início admitido com relutância, já há bastante tempo cessara de repugnar a seus sentimentos; e agora se havia transformado em algo como um sentimento mais cordial, graças ao testemunho tão claro em seu favor e à impressão favorável de que ele dera provas no dia anterior. Mas, acima de tudo, acima do respeito e da estima, havia em si mesma um motivo de boa vontade que não poderia ignorar. Era gratidão; gratidão não só porque ele a amara uma vez, mas também porque ele ainda a amava o suficiente para esquecer toda a petulância e aspereza de modos ao rejeitá-lo e todas as acusações injustas com que acompanharam sua rejeição. Ele que, assim ela se havia persuadido, a evitaria como sua pior inimiga, parecia, nesse encontro acidental, mais ansioso em preservar o relacionamento; e sem qualquer mostra indelicada de consideração ou qualquer excentricidade de maneiras, sempre que dissesse respeito somente a eles dois, ele procurava angariar a boa opinião dos amigos dela e insistia em apresentá-la à própria irmã. Tal mudança num homem tão orgulhoso suscitava não só espanto, mas também gratidão... pois ao amor, ardente amor, deve ser atribuída; e a impressão que sobre ela esse amor era do tipo a ser encorajado, visto que não era de modo algum desagradável, embora não pudesse ser exatamente definido. Ela o respeitava, o estimava, era-lhe grata, sentia um verdadeiro interesse por seu bem-estar; e só queria saber até que ponto ela desejava que esse bem-estar dependesse dela e, para a felicidade de ambos, até que ponto ela deveria empregar o poder que imaginava ainda ter para atrair sobre ela a renovação das atenções dele.

Ficara decidido naquela noite, entre tia e sobrinha, que uma delicadeza tão marcante como aquela manifestada pela senhorita Darcy, ao vir visitá-las no dia de sua própria chegada a Pemberley, deveria ser imitada, embora não pudesse ser igualada, por meio de um esforço de cortesia da parte delas; e, em decorrência, seria altamente conveniente fazer uma visita a Pemberley na manhã seguinte. Deveriam, portanto, ir. Elizabeth gostou da ideia, embora, se perguntasse a si mesma o motivo, teria muito pouco a dizer em resposta.

O senhor Gardiner deixou-as logo depois do café. O convite para pescar havia sido renovado no dia anterior e um encontro tinha sido marcado com alguns dos cavalheiros em Pemberley, antes do meio-dia.

≈ CAPÍTULO 45 ≈

Convencida agora de que a antipatia da senhorita Bingley por ela se devia ao ciúme, Elizabeth não podia deixar de antever como deveria ser desagradável para a outra sua presença em Pemberley, e sentia-se curiosa em saber até que ponto ela haveria de mostrar delicadeza e sobranceria ao reatar suas relações.

Ao chegar à casa, foram conduzidas, através do hall de entrada, para o salão, que, voltado para o norte, o tornava muito agradável no verão. Suas janelas se abriam para o interior da propriedade e ofereciam uma vista encantadora das altas colinas cobertas de árvores, atrás da casa, e dos belos carvalhos e castanheiras que se espalhavam pelo relvado entre a casa e as colinas.

Nesse cômodo foram recebidas pela senhorita Darcy, que estava sentada juntamente com a senhora Hurst e a senhorita Bingley, e pela senhora com quem ela morava em Londres. Georgiana as recebeu com toda a cortesia, mas deixando transparecer todo aquele embaraço que, embora proveniente da timidez e do medo de errar, poderia facilmente dar àqueles que se sentiam inferiores a impressão de orgulho e reserva. A senhora Gardiner e a sobrinha, no entanto, a compreendiam e tinham pena dela.

A senhora Hurst e a senhorita Bingley se limitaram a cumprimentá-las de longe com uma reverência; e quando todas estavam sentadas, houve uma pausa, embaraçosa como todas essas pausas costumam ser, que durou alguns momentos. Foi rompida pela senhora Annesley, uma senhora afável, simpática, cujo esforço para introduzir algum tipo de conversa provava ser verdadeiramente mais bem-educada que qualquer uma das outras duas; e a conversa prosseguiu entre ela e a senhora Gardiner, com a ocasional ajuda de Elizabeth. A senhorita Darcy parecia desejar um pouco de coragem para participar dela e, algumas vezes, arriscava uma frase curta quando havia menos perigo de ser ouvida.

Elizabeth logo percebeu que estava sendo atentamente observada pela senhorita Bingley e que não dizia uma só palavra, especialmente à senhorita Darcy, sem chamar sua atenção. Essa observação não teria impedido Elizabeth de tentar conversar com a senhorita Darcy, se não estivessem sentadas a uma distância inconveniente uma da outra; mas ela não lamentava por ser poupada da necessidade de dizer alguma coisa. Seus próprios pensamentos a ocupavam. Esperava a cada momento a entrada na sala de alguns dos cavalheiros. Desejava, e ao mesmo tempo temia, que o dono da casa pudesse estar entre eles; e não conseguia discernir entre o que mais desejava e o que mais temia. Depois de ficar sentada dessa forma por um quarto de hora e sem ouvir a voz da senhorita Bingley, Elizabeth foi despertada ao receber dela uma fria pergunta sobre a saúde de sua família. Ela respondeu com igual indiferença e brevidade, e a outra nada mais disse.

A variação seguinte que a visita deles proporcionou foi a entrada dos criados com travessas de carnes frias, bolos e uma variedade das melhores frutas da estação; mas isso só ocorreu depois de muitos olhares significativos e sorrisos da senhora Annesley, dirigidos à senhorita Darcy, lembrando-lhe suas obrigações como dona da casa. Havia agora ocupação suficiente para todo o grupo... pois, embora nem todas pudessem conversar, todas podiam comer; e logo se reuniram em torno da mesa, diante das belas pirâmides de uva, ameixas e pêssegos.

Assim ocupada, Elizabeth teve uma boa oportunidade de decidir se mais temia ou mais desejava o comparecimento do senhor Darcy, pelos sentimentos que haveriam de prevalecer quando ele entrasse na sala; e então, embora momentos antes acreditasse que o desejo haveria de predominar, começou a recear que ele aparecesse.

Ele estivera por algum tempo com o senhor Gardiner que, com dois ou três outros cavalheiros da casa, estava pescando no rio e o tinha deixado somente ao saber que as senhoras da família pretendiam visitar Georgiana naquela manhã. Assim que ele apareceu, Elizabeth resolveu sensatamente fazer o possível para se mostrar perfeitamente tranquila e desembaraçada; resolução essa mais fácil de ser tomada do que de ser cumprida, porque ela percebeu que a suspeita de todo o grupo fora despertada em relação aos dois e que, desde o momento em que ele entrou na sala, não havia quase olhar que não observasse o comportamento dele. Em nenhuma fisionomia a curiosidade era tão fortemente marcada como na da senhorita Bingley, apesar dos sorrisos que se esparramavam em seu rosto, sempre que ele lhe dirigia a palavra, pois o ciúme ainda não a fizera desesperar e de modo algum deixaria de cumular de atenções o senhor Darcy. A senhorita Darcy, com a chegada do irmão, fez um esforço ainda maior para conversar e Elizabeth percebeu que estava ansioso para que sua irmã e ela própria se conhecessem melhor e, tanto quanto possível, encorajava todas as tentativas de conversa entre elas. A senhorita Bingley viu tudo isso também; e, na imprudência de sua raiva, colheu a primeira oportunidade para dizer, com irônica gentileza:

– Por favor, senhorita Eliza, o destacamento da milícia não foi transferido de Meryton? Deverá ter sido uma grande perda para sua família.

Na presença de Darcy ela não ousava pronunciar o nome de Wickham; mas Elizabeth instantaneamente compreendeu que ele ocupava totalmente os pensamentos dela; e as variadas recordações ligadas a ele lhe causaram um momento de angústia; mas esforçando-se vigorosamente para repelir o malvado ataque, ela respondeu então à pergunta num tom bastante indiferente. Enquanto falava, lançou um olhar involuntário para

Darcy e viu que este, com o rosto alterado, olhando seriamente para ela e que a irmã dele, tomada de confusão, não conseguia levantar os olhos. Se a senhorita Bingley soubesse o desconforto que estava causando à sua querida amiga, certamente teria evitado a insinuação; mas ela só tivera a intenção de descompor Elizabeth, ao aludir a um homem por quem acreditava que ela nutria afeição, obrigando-a a mostrar uma suscetibilidade que poderia prejudicá-la perante Darcy e, talvez, lembrando a este último todas as loucuras e os absurdos que envolviam parte da família dela com a unidade militar instalada na região. A senhorita Bingley nada sabia a respeito do planejado rapto da senhorita Darcy. Não havia sido revelado a ninguém, exceto a Elizabeth; e particularmente ansioso estava o irmão de escondê-lo da família dos Bingley, pois há tempo Elizabeth lhe havia dito que um dia essa família haveria de se tornar a da irmã dele também. Ele deve ter traçado esse plano e, embora não admitisse que haveria de afetar sua tentativa de separar seu amigo da senhorita Bennet, era provável que poderia aumentar seu vivo interesse pelo bem-estar do amigo.

O digno comportamento de Elizabeth, contudo, logo acalmou a emoção dele; e como a senhorita Bingley, irritada e desiludida, não ousasse aludir mais diretamente a Wickham, Georgiana se recompôs a tempo, mas não o suficiente para poder falar. O irmão dela, cujos olhos Elizabeth temia encontrar, já não se lembrava quase do interesse que Georgiana tivera por Wickham, e esse ataque, que tinha o propósito de afastar seus pensamentos de Elizabeth, parecia tê-los fixado nela cada vez mais animadamente.

A visita não durou muito tempo depois da pergunta e da resposta mencionadas há pouco; e enquanto o senhor Darcy acompanhava as senhoras até a carruagem, a senhorita Bingley dava vazão a seus sentimentos, criticando a pessoa, o comportamento e o vestido de Elizabeth. Mas Georgina não a apoiava. A recomendação do irmão era suficiente para tanto; o julgamento dele não podia estar errado. E ele tinha falado em tais termos de Elizabeth que deixava Georgiana sem poder decidir de outra forma, a não ser que ela era amável e gentil. Quando Darcy voltou ao salão, a senhorita Bingley não pôde deixar de repetir uma parte do que estivera dizendo à irmã dele.

– Como a senhorita Eliza Bennet pareceu indisposta esta manhã, senhor Darcy! – exclamou ela. – Nunca em minha vida vi uma pessoa tão mudada como ela desde o inverno. Como ficou morena e rude! Louisa e eu estávamos precisamente comentando que quase não a reconhecemos.

Por mais que essas palavras tivessem desagradado ao senhor Darcy, ele se limitou a replicar friamente que não havia percebido outra alteração senão que ela estava um tanto bronzeada, consequência nada milagrosa para quem viaja no verão.

– De minha parte – continuou ela –, devo confessar que nunca pude ver nela tanta beleza assim. Seu rosto é fino demais; sua pele não tem frescor; e seus traços não são nada bonitos. Seu nariz não tem definição... não é nada distinto em suas linhas. Seus dentes são razoáveis, mas nada fora do comum; quanto a seus olhos, que por vezes são definidos como realmente lindos, nunca pude ver nada de excepcional neles. Expressam um olhar duro e agressivo, que não me agrada nem um pouco; e em seus modos em geral há uma autossuficiência deselegante, que é intolerável.

Persuadida como estava a senhorita Bingley de que Darcy admirava Elizabeth, esse não era o melhor método de se recomendar; mas as pessoas iradas nem sempre são sensatas; e ao vê-lo, finalmente, um tanto irritado, ela teve todo o êxito que esperava. Ele, porém, permaneceu resolutamente calado; e, decidida a fazê-lo falar, ela continuou:

– Lembro-me de quando a vi pela primeira vez em Hertfordshire e como todos nós ficamos estupefatos ao saber que ela tinha a fama de ser muito bonita; e me recordo particularmente de ouvi-lo dizer, certa noite, depois de um jantar em Netherfield: "*Ela*, bonita!... Logo deveria dizer que a mãe dela é inteligente". Mas depois disso, parece-me que ela o fez mudar de opinião, e acredito que já a considere bem bonita.

– Sim – replicou Darcy, que não conseguia se conter por mais tempo –, mas isso foi somente quando a vi pela primeira vez, pois já faz muitos meses que passei a considerá-la uma das mulheres mais lindas que conheço.

Ele então se afastou e a senhorita Bingley foi deixada entregue à satisfação de tê-lo forçado a dizer o que não causava mágoa a ninguém, a não ser a ela própria.

Enquanto retornavam, a senhora Gardiner e Elizabeth conversaram a respeito de tudo o que havia ocorrido durante a visita, exceto sobre o que as interessava particularmente. Discutiram a aparência e o comportamento de todos, menos da pessoa que mais havia atraído a atenção delas. Falaram da irmã dele, dos amigos, da casa, das frutas... de tudo, menos dele próprio; mas Elizabeth estava ansiosa por saber o que a senhora Gardiner pensava dele; e a senhora Gardiner teria ficado muito satisfeita se a sobrinha tivesse introduzido o assunto.

≈ CAPÍTULO 46 ≈

Elizabeth tinha ficado muito desapontada por não encontrar uma carta de Jane, em sua chegada a Lambton; e seu desapontamento se havia renovado em cada uma das manhãs seguintes; no terceiro dia, porém, suas queixas terminaram e sua irmã perdoada, pois recebeu duas cartas dela ao mesmo tempo, numa das quais estava assinalado seu extravio de uns dias. Elizabeth não se surpreendeu, pois Jane havia escrito consideravelmente mal o endereço.

Estavam precisamente se preparando para sair quando as cartas chegaram; e os seus tios, deixando-a à vontade para ler suas cartas, partiram sozinhos. A carta que havia sido temporariamente extraviada deveria ser lida primeiro, pois tinha sido escrita há cinco dias. O início continha um relato de todas as pequenas reuniões e compromissos da família, assim como as últimas novidades da região; mas a segunda metade, que datava do dia seguinte, e fora escrita com evidente agitação, trazia informações mais importantes. Dizia o que se segue:

"Depois do que escrevi acima, querida Lizzy, aconteceu um fato totalmente inesperado e de extrema gravidade; mas receio deixá-la alarmada... esteja certa de que todos estamos bem. O que tenho a contar se refere à nossa pobre Lydia. Um mensageiro chegou ontem à meia-noite, exatamente quando já nos encontrávamos todos deitados, vindo da parte do coronel Forster, para informar que Lydia tinha partido para a Escócia com um de seus oficiais; para dizer a verdade, com Wickham! Imagine nossa surpresa. Para Kitty, porém, isso não parece totalmente inesperado. Estou realmente muito triste. Um casamento tão imprudente para ambos! Mas pretendo esperar pelo melhor e faço o possível por acreditar que o caráter dele foi mal compreendido. Irrefletido e insensato posso facilmente julgar que seja, mas esse passo (e vamos nos regozijar com isso) não revela um mau coração. A escolha dele, pelo menos, é desinteressada, pois deve saber que nosso pai nada tem para dar à filha. A mãe, pobrezinha, está profundamente magoada. O pai suporta tudo isso muito melhor. Como me sinto bem por não lhes termos contado nada do que havia sido dito contra ele; e agora devemos também nós mesmas esquecer isso. Partiram no sábado, em torno da meia-noite, ao que parece, mas sua ausência só foi notada ontem de manhã, às oito. O mensageiro foi enviado imediatamente. Minha querida Lizzy, eles devem ter passado a dez milhas de distância daqui. O coronel Forster diz que tem motivos para esperar vê-lo por aqui em breve. Lydia deixou algumas linhas à senhora Forster, informando-a de sua resolução. Preciso concluir, pois não posso manter-me muito tempo afastada de minha pobre mãe. Receio que não compreenda bem esta carta, pois já nem sei o que realmente escrevi."

Sem se conceder algum tempo para refletir e sem saber o que exatamente sentia, Elizabeth, ao acabar essa carta, tomou instantaneamente a outra e, abrindo-a com a maior impaciência, leu o que se segue (tinha sido escrita um dia depois da conclusão da primeira):

"A essa hora, minha querida irmã, já terá recebido minha apressada carta; espero que esta seja mais inteligível, pois, embora com tempo suficiente, minha cabeça está tão confusa que não posso responder por minha coerência. Querida Lizzy, eu nem sei o que deveria escrever, mas tenho más notícias para dar e não posso me demorar em transmiti-las. Por mais imprudente que seja o casamento do senhor Wickham com nossa pobre Lydia, vivemos agora na ânsia de obter a confirmação de que tenha sido realizado, pois existem fortes indícios para acreditar que eles não foram para a Escócia. O coronel Forster veio para cá ontem, tendo saído de Brighton no dia anterior, poucas horas depois de ter enviado o mensageiro. Embora a breve carta de Lydia para a senhora Forster desse a entender que eles estavam indo para Gretna Green, algo foi revelado por Denny que, segundo ele, Wickham não pretendia de forma alguma ir para lá ou casar-se com Lydia; e isso foi comunicado ao coronel Forster que, totalmente alarmado, partiu de Brighton com a intenção de ir ao encalço dos dois. Conseguiu descobrir facilmente o caminho que tinham tomado até Clapham, mas nada mais, pois, ao chegarem a essa localidade, eles tomaram uma diligência e deixaram a carruagem que os trouxera de Epson. Tudo o que se sabe depois disso é que foram vistos seguir pela estrada para Londres. Não sei o que pensar. Depois de ter feito todas as indignações possíveis daquele lado em direção a Londres, o coronel Forster voltou para Hertfordshire, detendo-se ansiosamente em todas as encruzilhadas e estalagens em Barnet e Hartfield, mas sem qualquer resultado... Nenhuma pessoa assim descrita fora vista passar. Sumamente preocupado por nossa causa, ele veio a Longbourn e nos revelou sua apreensão da forma mais delicada para seu caráter. Estou sinceramente magoada por ele e pela senhora Forster, mas ninguém poderá culpá-los de nada. Nossa aflição, querida Lizzy, é muito grande. Nossos pais acreditam no pior, mas eu não posso pensar tão mal dele. Muitas circunstâncias podem ter contribuído para que preferissem casar-se em segredo, na capital, em vez de seguir o primeiro plano; e mesmo que ele tenha arquitetado tal desígnio contra uma moça bem relacionada como Lydia, o que não é provável, não posso crer que Lydia tenha perdido

todo o bom senso. Impossível! Lamento, no entanto, dizer que o coronel Forster não acredita no casamento deles; ele abanou a cabeça quando lhe exprimi minhas esperanças e disse que temia que Wickham não fosse um homem confiável. A pobre mamãe está realmente abatida e não quer deixar o quarto. Poderia se esforçar para reagir, seria bem melhor; mas não se pode esperar por isso. Quanto ao papai, nunca em minha vida o vi tão perturbado. Ele se zangou muito com a pobre Kitty por ela ter escondido aquele namoro; mas como se tratava de um segredo, não é de se admirar. Estou deveras contente, querida Lizzy, que tenha sido poupada um pouco dessas cenas penosas; mas agora, superado o primeiro choque, posso lhe dizer que anseio por seu retorno? Não sou tão egoísta, no entanto, a ponto de pressioná-la, se for inconveniente. Até breve! Tomo novamente minha pena para fazer o contrário do que acabo de lhe dizer, mas as circunstâncias são tais que não posso deixar de seriamente lhe suplicar que venham todos o mais depressa possível. Conheço os tios tão bem que não receio fazer tal pedido, embora tenha outro a fazer. O papai vai partir imediatamente para Londres com o coronel Forster, a fim tentar descobrir onde os dois estão. O que ele pretende fazer, não sei. Mas sua extrema aflição não lhe permitirá tomar todas as medidas do modo melhor e mais seguro, e o coronel Forster é obrigado a estar amanhã à tarde em Brighton. Numa circunstância como esta, os conselhos e a ajuda do tio seriam inestimáveis. Compreenderá imediatamente o que devo estar sentido e confio na bondade dele."

– Oh! Onde, onde está meu tio? – exclamou Elizabeth, saltando da cadeira ao terminar de ler a carta, na ansiedade de ir com ele, sem perder um só momento do tão precioso tempo; mas, ao chegar à porta, esta foi aberta por um criado e o senhor Darcy apareceu.

A palidez do rosto de Elizabeth e seus modos agitados o deixaram sobressaltado e, antes que pudesse se recompor para falar, ela, em cuja mente todas as ideias eram substituídas pela situação de Lydia, exclamou precipitadamente:

– Peço desculpas, mas tenho que deixá-lo. Preciso encontrar

o senhor Gardiner neste instante por causa de um assunto que não pode ser adiado; não tenho um instante a perder.

– Meu Deus! O que está acontecendo? – exclamou ele, com mais inquietude que cortesia; mas, recompondo-se, acrescentou: – Não a deterei um minuto, mas deixe que eu ou deixe que o criado vá procurar o senhor e a senhora Gardiner. A senhorita não está bem, não pode ir.

Elizabeth hesitou, mas os joelhos tremiam tanto que ela compreendeu que não poderia ir muito longe, ao tentar ir à procura deles. Chamando o criado, encarregou-o, embora quase sem fôlego e de modo quase ininteligível, de sair à procura dos patrões e dizer-lhes que voltassem imediatamente para casa.

Depois que o criado saiu, ela se sentou, incapaz de se suster nas pernas e num estado tão lastimável que era impossível para Darcy deixá-la sozinha ou evitar lhe dizer, num tom de extrema delicadeza e comiseração:

– Deixe que eu chame sua criada. Quer tomar alguma coisa? Não há nada que possa tomar para lhe dar alívio? Um copo de vinho? Posso buscar um? A senhorita está muito mal.

– Não, obrigada – replicou ela, procurando recobrar-se. – Nada tenho. Sinto-me inteiramente bem. Estou apenas aflita por causa de uma terrível notícia que acabo de receber de Longbourn.

Ao aludir a isso, ela caiu em lágrimas e, durante alguns minutos, não conseguiu dizer palavra. Darcy, em triste suspense, só pôde exprimir vagamente sua preocupação e observá-la em compassivo silêncio. Finalmente, ela tornou a falar:

– Acabo de receber uma carta de Jane com terríveis notícias. Não é possível escondê-las de ninguém. Minha irmã mais nova abandonou todos os seus parentes e... foi raptada; entregou-se a... ao senhor Wickham. Partiram juntos de Brighton. O senhor o conhece bem demais para duvidar do resto da história. Ela não tem dinheiro, relações, nada que possa tentar para... está perdida para sempre!

Darcy ficou imobilizado de espanto.

– E quando eu penso – acrescentou ela, num tom de voz mais agitado ainda – que eu poderia ter evitado isso! Eu, que sabia quem ele era. Se tivesse apenas revelado uma parte... uma parte do que sabia à minha própria família! Se o caráter dele fosse conhecido, nada disso teria acontecido. Mas é tudo... tarde demais agora.

– Estou profundamente desgostoso, de fato – exclamou Darcy –, magoado... chocado. Mas isso é certo... absolutamente certo?

– Oh, sim! Eles saíram de Brighton juntos sábado à noite e seguiram as pistas deles quase até Londres, mas não mais além; certamente não foram para a Escócia.

– E o que foi feito, o que foi tentado para recuperá-la?

– Meu pai foi para Londres e Jane escreveu pedindo o auxílio imediato de meu tio; e partiremos, assim o espero, dentro de meia hora. Mas nada pode ser feito... sei muito bem que nada pode ser feito. Como obrigar um homem como aquele a proceder corretamente? Como se poderá descobrir onde estão? Não tenho a menor esperança. De todo jeito, é horrível!

Darcy abanou a cabeça, em silenciosa aquiescência.

– Quando abri os olhos para o verdadeiro caráter dele... Oh! se eu soubesse o que deveria fazer! Mas eu não sabia... Tinha medo de ir longe demais. Que erro estúpido!

Darcy não respondeu. Ele mal parecia ouvi-la e caminhava de um lado para outro da sala, em profunda meditação, sobrancelhas franzidas, expressão sombria. Elizabeth observou e imediatamente compreendeu. Sua ascendência sobre ele estava desmoronando, tudo *deveria* desmoronar diante de tal demonstração de fraqueza da família, diante desse terrível escândalo. Não se surpreendia nem poderia condenar, mas a certeza de que ele exercia um grande domínio sobre si mesmo não lhe trouxe nada de consolador ao coração, não lhe propiciou qualquer paliativo à aflição. Pelo contrário, era exatamente calculado para fazê-la entender seus próprios desejos; e ela nunca havia sentido tão claramente, como nesse momento, quando todo o amor é vão, que poderia tê-lo amado.

Mas as considerações pessoais, embora ocorressem, não eram predominantes. Lydia... a humilhação, a desgraça que ela estava causando a todos eles logo dominaram todos os pensamentos de caráter particular; e, cobrindo o rosto com o lenço, Elizabeth esqueceu tudo mais. Depois de uma pausa de vários minutos, só voltou à realidade pela voz do companheiro que, com um tom de voz que transmitia compaixão e também constrangimento, disse:

– Receio que há muito que estaria desejando minha ausência e nada posso pleitear como desculpa de minha permanência, a não ser a minha sincera, mas inútil simpatia. Oxalá eu pudesse fazer ou dizer algo que pudesse consolá-la nesse momento de amargura! Mas não a atormentarei com vãos desejos, que pareceriam expressos propositadamente para ansiar por gratidão. Esse infeliz acontecimento, receio, deverá impedir minha irmã de vê-la hoje à noite em Pemberley.

– Oh, sim! Tenha a bondade de apresentar nossas desculpas à senhorita Darcy.

Diga-lhe que assuntos urgentes nos obrigam a voltar imediatamente para casa. Esconda a infeliz verdade por tanto tempo quanto puder; sei que não poderá ser por muito.

Ele assegurou prontamente que poderia contar com sua discrição; tornou a expressar seu pesar por essa grande aflição, desejou-lhe o mais feliz desfecho do caso que, no momento, não havia motivos para esperar e, deixando cumprimentos para os parentes, com apenas um grave olhar de despedida, foi embora.

Depois que ele deixou a sala, Elizabeth sentiu que seria muito improvável que eles voltassem a ver-se um dia em termos tão cordiais como os que tinham marcado seus vários encontros em Derbyshire; e, ao lançar um olhar retrospectivo sobre todo o período de seu relacionamento, tão cheio de contradições e surpresas, não pôde deixar de suspirar pela perversidade daqueles sentimentos que agora teriam promovido sua continuação, quando anteriormente se rejubilariam por sua cessação.

Se gratidão e estima são bons fundamentos para a afeição, a mudança no sentir de Elizabeth não seria nem improvável nem inadequada. Mas se, pelo contrário... a afeição oriunda dessas fontes é insensata e pouco natural, comparada com aquela que tão comumente se diz que se origina no próprio instante do primeiro encontro e mesmo antes de qualquer palavra seja trocada, nada poderá ser dito em defesa de Elizabeth, a não ser que ela experimentou essa última forma em sua aproximação de Wickham e que seu fracasso talvez a autorize a procurar a outra forma menos interessante de afeição. Seja como for, foi com tristeza que ela o viu partir. E, ao refletir sobre aquele infeliz acontecimento, encontrou um motivo adicional de angústia por pensar que aquele era apenas um exemplo dos males que a leviandade de Lydia poderia causar. Nunca, desde que lera a segunda carta de Jane, nunca manteve qualquer esperança de que Wickham pretendesse realmente casar-se com sua irmã. Ninguém, a não ser Jane, pensava ela, poderia alimentar essa esperança. Surpresa era o menor de seus sentimentos nesse caso. Enquanto o conteúdo da primeira carta permanecia em sua mente, ela estava totalmente surpresa... Até se espantava que Wickham pretendesse casar-se com uma jovem, com quem era impossível casar-se por dinheiro; e como Lydia poderia ter se apaixonado por ele, parecia algo incompreensível. Mas agora tudo era perfeitamente natural. Para tal apego como esse, ela teria encontrado encantos suficientes; e, embora não conseguisse supor que Lydia tivesse consentido deliberadamente numa fuga sem intenção de casamento, não tinha dificuldade em acreditar que nem a virtude nem o entendimento da irmã a preservariam de se tornar uma presa fácil.

Nunca havia percebido, enquanto o destacamento estava em Hertfordshire, que Lydia manifestasse qualquer preferência por ele; mas estava convencida de que Lydia precisava somente de encorajamento para se apegar a qualquer um. Por vezes um oficial, por vezes outro, tinha sido seu favorito, de acordo com as atenções de que ela era alvo. Seu afeto estava sempre flutuando, mas nunca sem motivo. Os danos da negligência e a errônea condescendência para com semelhante moça... Oh, como o sentia profundamente agora!

Ela estava louca para chegar em casa... ouvir, ver e estar lá para compartilhar com Jane os cuidados que agora deveriam recair totalmente sobre ela, numa família tão desorganizada, com um pai ausente, uma mãe incapaz de um esforço e exigindo constante atenção; e, embora praticamente certa de que nada poderia ser feito por Lydia, a interferência do tio lhe parecia ser da maior importância e, até o momento em que entrou na sala, sua impaciência se tornou insuportável. O senhor e a senhora Gardiner tinham regressado apressadamente, alarmados, supondo, pela versão do criado, que a sobrinha tivesse adoecido subitamente; mas, tranquilizando-os sobre esse ponto, ela lhes revelou o verdadeiro motivo de tê-los chamado, lendo as duas cartas em voz alta e demorando-se no *post scriptum* da última, com trêmula veemência, e embora Lydia nunca tivesse sido a preferida dos tios, o senhor e a senhora Gardiner só podiam estar profundamente aflitos. Não só por Lydia, mas por todos os envolvidos; e, depois das primeiras exclamações de surpresa e de horror, o senhor Gardiner prometeu toda a ajuda possível. Elizabeth, embora não esperasse outra coisa, agradeceu com lágrimas de gratidão; e como os três viviam na mesma tensão, tudo o que se relacionava com a viagem foi rapidamente combinado. Deveriam partir o mais rápido possível.

– Mas o que pode ser feito com relação a Pemberley? – exclamou a senhora Gardiner. – John nos disse que o senhor Darcy se encontrava aqui quando nos mandou chamar; é isso mesmo?

– Sim; e eu lhe disse que não poderíamos honrar com nosso compromisso. Está tudo resolvido.

– Então, está tudo resolvido? – repetiu a outra, enquanto ela corria para o quarto, a fim de se preparar. – E será que, apesar de tudo, ela não vai revelar a verdade? Oh! Eu sei como são essas coisas!

Mas desejos são desejos ou, pelo menos, só podiam servir para distraí-la na pressa e na confusão da hora seguinte. Se Elizabeth tivesse inclinação para a preguiça, teria tido certeza de que toda ocupação era impossível para alguém em tão mau estado como ela; mas tinha uma porção de coisas a fazer, bem como sua tia, além de bilhetes para escrever a todos os amigos de Lambton com falsas desculpas pela súbita partida. Numa hora, no entanto, tudo estava pronto; entrementes, o senhor Gardiner já havia acertado a conta da estalagem e nada mais tinham a fazer senão partir; e Elizabeth, depois de todas as aflições da manhã, encontrou-se, num espaço de tempo mais breve do que poderia supor, sentada na carruagem e a caminho de Longbourn.

≈ CAPÍTULO 47 ≈

– Estive pensando novamente sobre o caso, Elizabeth – disse o tio, quando já se afastavam da cidade –, e, realmente, após sérias considerações, sinto-me mais inclinado do que antes a julgar o fato como sua irmã mais velha. Parece-me muito pouco provável que qualquer jovem possa arquitetar um desígnio desses contra uma moça que não é de forma alguma desprotegida ou sem amigos e que, além disso, residia com a família do coronel do próprio destacamento; por isso estou fortemente inclinado a esperar pelo melhor. Ele poderia supor que os amigos dela não haveriam de intervir em favor dela? Ele poderia esperar ser novamente aceito pelo destacamento depois de tal afronta ao coronel Forster? O risco seria maior que a tentação.

– Pensa realmente assim? – exclamou Elizabeth, alegrando-se por um momento.

– Palavra de honra – disse a senhora Gardiner –, começo a

ser da mesma opinião de seu tio. – Essa atitude é realmente uma tão grande violação da decência, da honra e do bom senso que não considero esse jovem capaz de praticá-lo. Não posso pensar tão mal de Wickham. E você, Lizzy, mudou tanto a respeito dele que acredita que ele fosse capaz de fazer isso?

– Não, talvez, de negligenciar os próprios interesses dele; mas para qualquer outra negligência, acredito que ele seja capaz. Se, de fato, assim for! Mas não ouso esperar. Por que eles não foram para a Escócia, se esse era o plano?

– Em primeiro lugar – replicou o senhor Gardiner –, não há prova cabal de que não tenham ido para a Escócia.

– Oh! Mas o fato de eles terem tomado uma diligência, abandonando a carruagem, indica claramente a intenção! E, além disso, não encontraram sinal de sua passagem pela estrada de Barnett.

– Bem, então... supondo que eles estejam em Londres. Podem estar lá, embora com o propósito de se esconder, e não com qualquer propósito excepcional. Não é provável que algum deles tenha muito dinheiro; pode muito bem ser que tenham achado mais econômico, embora menos expedito, se casarem em Londres do que na Escócia.

– Mas por que todo esse segredo? Por que temem ser descobertos? Por que seu casamento deve ser secreto? Oh! Não, não... isso não é provável. – O amigo mais íntimo dele, como puderam ver pela carta de Jane, está persuadido de que ele jamais pretendia se casar com ela. Wickham nunca vai se casar com uma mulher sem algum dinheiro. Ele pode se dar a esse luxo. E que atrativos possui Lydia... que atrativo tem além da juventude, saúde e bom humor para que ele renuncie, por causa dela, a toda oportunidade de se beneficiar casando-se bem? A que restrições estaria ele sujeito pela ofensa aos brios de um regimento causada por esse desonroso atentado com ela, não estou em condições de julgar, pois nada sei sobre os efeitos que tal passo possa produzir. Mas, quanto à sua outra objeção, receio que não tenha muito peso. Lydia não tem irmãos para defendê-la; e ele terá julgado, pelo comportamento de meu pai, por sua indolência e a pouca atenção que parece dar a tudo o que se relaciona com a família, que *ele* pouco faria e pouco pensaria a respeito.

– Mas você pensa que Lydia está tão perdidamente apaixonada por ele que consinta em viver com um homem sem serem casados?

– Parece que sim, e é verdadeiramente chocante – respondeu Elizabeth, com lágrimas nos olhos – que o senso de decência e de virtude possa ser posto em dúvida. Mas realmente não sei o que dizer. Talvez eu esteja sendo injusta. Mas ele é muito jovem; nunca lhe ensinaram a pensar em coisas sérias; e durante os últimos seis meses, não, durante o ano inteiro... ela nada mais fez do que se entregar a divertimentos e à vaidade. Ela se permitiu dispor de todo o seu tempo da forma mais incoerente e frívola, e adotar qualquer modismo que aparecesse em seu caminho. Desde que o destacamento militar se fixou em Meryton, nada mais que amor, flerte e oficiais passavam por sua cabeça. Ela andou fazendo tudo o que estava a seu alcance, pensando ou falando sobre o assunto, para dar maior... como poderia dizer isso?... susceptibilidade a seus sentimentos, que já por natureza são bastante ardentes. E todos sabemos que Wickham tem todo um encanto pessoal e atenções para cativar uma mulher.

– Mas pode ver que Jane – disse a tia – não pensa tal mal de Wickham para julgá-lo capaz do atentado.

– De quem Jane já pensou mal alguma vez? E há alguém, qualquer que tenha sido sua conduta passada, que ela haveria de julgá-lo capaz de tal atentado, até que houvesse provas cabais contra ele? Mas Jane conhece, tão bem como eu, quem é esse Wickham. Nós duas sabemos que se trata de um devasso no estrito sentido da palavra; que não tem integridade nem honra; que é tão falso e velhaco como insinuante.

– E você sabe realmente tudo isso? – exclamou a senhora Gardiner, cuja curiosidade, para o nível de sua inteligência, era totalmente ativa.

– Sim, de fato – replicou Elizabeth, corando. – Já lhe contei, outro dia, a respeito da infame conduta dele com o senhor Darcy; e até mesmo a senhora, quando esteve em Longbourn da última vez, ouviu de que maneira ele falou do homem que se mostrou tão tolerante e generoso para com ele. Existem ainda outras circunstâncias que não tenho a liberdade... que não vale a pena relatar; mas as mentiras dele a respeito da família de Pemberley são intermináveis. Pelo que ele me disse da senhorita Darcy, eu estava totalmente preparada para encontrar uma moça orgulhosa, reservada e desagradável. E ele próprio sabia que era exatamente o contrário. Ele deve saber que ela é amável e despretensiosa, como nós pudemos constatar.

– Mas Lydia não sabe nada de tudo isto? Será que ela ignora o que você e Jane parecem compreender tão bem?

– Oh, sim!... Isso, isso é o pior de tudo! Até ir para Kent e ter relações mais estreitas tanto com o senhor Darcy como o coronel Fitzwilliam, seu primo, eu mesma ignorava toda a verdade. E quando voltei para casa, soube que o destacamento deixaria Meryton dentro de uma semana ou quinze dias. Diante disso, nem Jane, a quem contei todo o caso, nem eu, julgamos necessário tornar pública nossa descoberta, pois de que serviria aparentemente para alguém que a boa reputação de que ele gozava em toda a vizinhança fosse destruída? E mesmo quando ficou decidido que Lydia iria com a senhora Forster, nunca me ocorreu a necessidade de abrir os olhos dela quanto ao caráter de Wickham. Nunca entrou em minha cabeça que *ela* corresse o riso de ser iludida. Que tal consequência como *esta* pudesse se seguir, pode facilmente acreditar, estava bem longe de meus pensamentos.

– E quando todos partiram para Brighton, não tinha motivos, suponho, para acreditar que eles gostassem um do outro?

– Nem o menor deles. Não me lembro de nenhum sintoma de afeição, tanto de um lado como do outro. Quando ele apareceu no destacamento militar, Lydia estava pronta para admirá-

-lo; mas como todas nós estávamos. Todas as moças de ou perto de Meryton ficavam enlouquecidas por ele nos dois primeiros meses; mas ele nunca *a* distinguiu com qualquer atenção particular; e, consequentemente, depois de um breve período de extravagante e desvairada admiração, a fantasia dela abriu alas e outros oficiais do regimento, que a tratavam com maior distinção, acabaram se tornando seus favoritos.

Pode-se facilmente compreender que, durante toda a viagem, conquanto pouco de novo pudesse ser acrescido a seus temores, esperanças e conjeturas sobre o assunto pela contínua discussão a respeito, nenhum outro poderia desviá-los dele por muito tempo. Dos pensamentos de Elizabeth nunca esteve ausente. Fixada nele com a mais aguda de todas as angústias e remorso, não conseguia encontrar um momento de paz ou de esquecimento.

Viajaram o mais velozmente possível e, tendo dormido uma noite no caminho, chegaram a Longbourn na hora do jantar do dia seguinte. Era um consolo para Elizabeth saber que Jane não deveria ficar cansada de tanto esperar.

Quando eles entraram pelo portão, os pequenos Gardiner, atraídos pela carruagem, vieram para os degraus da escada; e quando a carruagem chegou perto da porta, a alegre surpresa que se estampou em seus rostos e se expandiu pelo corpo todo das crianças numa variedade de pulos e cambalhotas, era o primeiro agradável gesto de boas-vindas.

Elizabeth apeou de um salto; e depois de dar a cada um rápido beijo, correu para o vestíbulo, onde Jane, que desceu apressada do aposento da mãe, imediatamente se encontrou com ela.

Elizabeth, ao abraçá-la afetuosamente enquanto lágrimas enchiam os olhos de ambas, não perdeu um momento sequer para perguntar se sabiam alguma coisa dos fugitivos.

– Ainda não – replicou Jane. – Mas agora, que nosso tio veio, espero que tudo corra bem.

– O pai está em Londres?

– Sim. Foi para lá na terça-feira, conforme lhe escrevi.

– Já receberam notícias dele?

– Sim, só duas vezes. Ele me escreveu algumas linhas na quarta-feira para dizer que havia chegado bem e para me dar seu endereço, como eu lhe tinha pedido que fizesse. Acrescentava apenas que não tornaria a escrever enquanto não tivesse algo de importante a comunicar.

– E a mãe... como está? Como estão todos?

– A mãe está razoavelmente bem, acredito, embora muito deprimida. Está lá em cima e terá imenso prazer em ver a todos. Não saiu ainda do quarto. Mary e Kitty, graças a Deus, estão muito bem.

– Mas você... como está? – perguntou Elizabeth. – Parece pálida. Que momentos difíceis não terá passado!

Sua irmã, no entanto, garantiu-lhe que estava perfeitamente bem; e a conversa, que tinha ocorrido enquanto o senhor e a senhora Gardiner estavam ocupados com as crianças, foi interrompida pela aproximação de todo o grupo. Jane correu para os tios, deu-lhes as boas-vindas e lhes agradeceu entre sorrisos e lágrimas.

Quando todos estavam na sala de estar, as perguntas que Elizabeth já tinha feito foram naturalmente repetidas pelos outros, mas logo se inteiraram de que Jane não tinha qualquer informação nova a lhes repassar. A otimista esperança, no entanto, de boas notícias, que seu coração benevolente sugeria, não a havia abandonado ainda; esperava que tudo acabasse bem e que a cada manhã chegaria uma carta, de Lydia ou do pai, para explicar o procedimento dos fugitivos e anunciar, talvez, seu casamento.

Depois de alguns minutos de conversa, todos subiram ao aposento da senhora Bennet, que os recebeu exatamente como era de se esperar; com lágrimas de tristeza e lamentações, com invectivas contra a conduta infame de Wickham e queixas por seus próprios sofrimentos, culpava a todos, exceto a pessoa esquecendo-se a cuja insensata indulgência deviam ser especialmente atribuídos os erros da filha.

– Se tivesse conseguido – dizia ela – defender meu ponto de vista e tivesse ido também a Brighton com toda a família, nada *disso* teria acontecido; mas a pobre Lydia não tinha ninguém que tomasse conta dela. Por que os Forster a deixaram sempre afastar-se da vista deles? Estou certa de que houve grande descuido ou qualquer outra coisa da parte deles, pois ela não é o tipo de moça para fazer tal coisa se tivesse sido bem cuidada. Sempre pensei que eles nunca serviriam para tomar conta dela; mas nesse ponto fui vencida, como sempre, aliás. Pobre filha! E agora, lá se foi o senhor Bennet e sei que vai se bater em duelo com Wickham, desde que o encontre, e decerto vai ser morto; que vai ser de nós, então? Os Collins vão nos expulsar daqui, antes que o corpo tiver tido tempo de esfriar na sepultura. E se você não for generoso conosco, meu irmão, não sei o que poderemos fazer.

Todos protestaram contra ideias tão sinistras; e o senhor Gardiner, depois de tranquilizá-la quanto à afeição que sentia por ela e por sua família, disse que pretendia estar em Londres no dia seguinte e que haveria de prestar auxílio ao senhor Bennet, não medindo esforços para encontrar Lydia.

– Não se entregue a medos inúteis – acrescentou ele. – Embora seja correto preparar-se para o pior, não há motivo para considerá-lo como certo. Ainda não faz uma semana que saíram de Brighton. Dentro de mais alguns dias deveremos receber notícias deles; e até que soubermos que não se casaram e que não têm intenção de se casar, nem tudo está perdido. Assim que chegar à capital, vou encontrar seu marido e o levarei para Gracechurch Street; e então iremos definir juntos o que deve ser feito.

– Oh, meu caro irmão – replicou a senhora Bennet –, é exatamente isso que mais desejo. E quando chegar à cidade, faça de tudo para encontrá-los, onde quer que estejam; e, se não estiverem casados, *faça*-os casar. Quanto ao enxoval, diga-lhes que não precisam esperar, mas diga a Lydia que terá todo o dinheiro que quiser para comprá-lo depois de se casar. E, acima de tudo, não deixe o senhor Bennet bater-se em duelo. Conte-lhe no péssimo estado em que me encontro, que estou terrivelmente assustada... e tenho tais tremores, tais excitações por todo o corpo... tais espasmos e tais dores de cabeça, e tais palpitações do coração, que não posso descansar de dia nem de noite. E diga à minha querida Lydia que nada decida nada sobre as roupas até falar comigo, pois ela não conhece as melhores lojas. Oh! meu irmão, como você é bom! Sei que vai resolver tudo.

Mas o senhor Gardiner, embora lhe assegurasse que faria todos os esforços possíveis, não podia deixar de lhe recomendar moderação, tanto em suas esperanças como em seus receios; e depois de falar com ela dessa maneira até que o jantar estivesse posto à mesa, todos eles a deixaram para que desabafasse todos os seus sentimentos com a governanta, que a servia na ausência das filhas.

Embora o senhor e a senhora Gardiner estivessem persuadidos de que não havia motivo para tal reclusão, preferiram não se opor, pois sabiam que ela não tinha prudência suficiente para ficar calada diante dos criados, enquanto serviam a mesa; e julgaram que era melhor que *uma* só pessoa da casa, e aquela em quem mais confiavam, ficasse sabendo de todos os seus temores e apreensões sobre o assunto.

À sala de jantar chegaram também Mary e Kitty, que até então estavam ocupadas em seus respectivos quartos e que ainda não haviam aparecido. Uma estava entretida com seus livros e a outra se demorara na toalete. Os rostos das duas, no entanto, aparentavam razoável calma; e não se notava nenhuma mudança visível em ambas; apenas Kitty parecia mais mal-humorada que de costume, fosse por causa da perda da irmã preferida, fosse pela raiva que sentia por se ver envolvida no fato. Mary, por outro lado, mostrava total domínio sobre si mesma, chegando a sussurrar a Elizabeth, com uma expressão muito séria, logo depois de se sentarem à mesa:

– É um acontecimento muito desagradável e provavelmente será muito comentado. Mas nós devemos lutar contra a maré de maledicência e derramar sobre nossos corações feridos o bálsamo do consolo fraternal.

Percebendo então que Elizabeth não estava disposta a responder, acrescentou:

– Por mais infeliz que o ocorrido possa ser para Lydia, podemos tirar dele uma lição muito útil: que a perda da virtude numa mulher é irreversível; que um passo em falso a envolve em interminável ruína; que sua reputação não é menos frágil que sua beleza; e que uma mulher nunca será cautelosa demais em seu comportamento com as pessoas do sexo oposto que não merecem confiança.

Elizabeth ergueu os olhos, atônita, mas se sentia demasiadamente oprimida para dar qualquer resposta. Mary, contudo, continuou se consolando, extraindo máximas morais do péssimo acontecimento.

Durante a tarde, as duas senhoritas Bennet mais velhas conseguiram ficar meia hora sozinhas; e Elizabeth imediatamente aproveitou a oportunidade para fazer algumas perguntas e Jane estava igualmente ansiosa em conversar sobre o assunto. Depois de lamentar as terríveis consequências desse acontecimento, que Elizabeth considerava como totalmente certas, Jane não podia afirmar que isso fosse de todo impossível; a primeira continuou o assunto, dizendo:

– Mas conte-me tudo e cada coisa que ainda não sei. Fale-me de outros pormenores. Que disse o coronel Forster? Não estavam apreensivos com absolutamente nada antes que a fuga tivesse lugar? Devem ter visto os dois sempre juntos.

– O coronel Forster confessou que muitas vezes suspeitou de que havia alguma coisa, especialmente da parte de Lydia, mas nada que o deixasse alarmado. Tenho muita pena dele! Seu comportamento foi extremamente atencioso e bondoso. Logo veio até aqui para nos comunicar sua preocupação, mesmo antes de saber que eles não tinham ido para a Escócia. Os rumores que começaram a circular apressaram a partida dele.

– E Denny estava convencido de que Wickham não pretendia se casar com ela? Sabia que eles planejavam fugir? O coronel Forster falou com Denny pessoalmente?

– Sim; mas, ao ser interrogado pelo coronel, Denny negou saber qualquer coisa sobre os planos deles e não daria sua verdadeira opinião sobre o caso. Não tornou a repetir que estava convencido de que não se casariam... e por tudo isso, estou propensa a acreditar que ele possa ter sido mal interpretado antes.

– E até o coronel Forster chegar, nenhuma de vocês suspeitou que eles tivessem realmente se casado?

– Como seria possível que tal ideia pudesse nos passar pela cabeça? Eu me senti um pouco desconfortável... um pouco temerosa quanto à felicidade de minha irmã com esse casamento, porque sabia que a conduta dele nem sempre havia sido das melhores. O pai e a mãe nada sabiam a respeito; sentiam apenas que aquele casamento deveria ser mais que imprudente. Kitty então confessou, triunfante, que sabia mais do que nós, pois Lydia, em sua última carta, a tinha preparado sobre o passo que pretendia dar. Ela já sabia havia muitas semanas, ao que parece, que os dois estavam apaixonados.

– Mas não antes que fossem para Brighton?

– Não, creio que não.

– E o coronel Forster parecia ter bom conceito de Wickham? Ele conhece o verdadeiro caráter do jovem?

– Devo confessar que ele não falou tão bem de Wickham como anteriormente. Disse que o considerava imprudente e extravagante. E desde que este infeliz caso teve lugar, soube-se que ele saiu de Meryton muito endividado; mas espero que isso seja falso.

– Oh! Jane, se nós não tivéssemos sido tão discretas, se tivéssemos dito o que sabíamos dele, nada disso teria acontecido!

– Talvez tivesse sido melhor – replicou Jane. – Mas me parecia injustificável expor os erros passados de uma pessoa sem saber quais eram seus sentimentos naquele momento. Nós agimos com a melhor das intenções.

– E o coronel Forster poderia repetir os detalhes do bilhete de Lydia para sua esposa?

– Ele o trouxe consigo para que o víssemos.

Jane tirou-o então do bolso e o estendeu a Elizabeth. Esse era o conteúdo:

"Minha querida Harriet

Haverá de rir quando souber para onde fui, e eu não posso deixar de rir também ao pensar em sua surpresa, assim que, amanhã de manhã, der por minha falta. Vou para Gretna Green e, se não adivinhar com quem, vou achar que é uma tola, pois só existe um homem no mundo que eu amo, e ele é um anjo. Nunca poderia ser feliz sem ele, por isso não vejo mal em partir. Não precisa escrever para Longbourn sobre minha partida, se não quiser, pois isso só pode tornar maior a surpresa quando eu mesma lhes escrever e assinar meu nome: 'Lydia Wickham'. Que bela piada não vai ser! Quase não consigo escrever, de tanto rir. Por favor, transmita minhas desculpas a Pratt por não poder cumprir minha palavra e dançar com ele hoje à noite. Diga-lhe que espero que ele me perdoe quando souber de tudo; e diga-lhe também que terei o maior prazer em dançar com ele no próximo baile em que nos encontrarmos. Mandarei buscar minhas roupas quando chegar em Longbourn; mas gostaria que dissesse a Sally para costurar um grande rasgão em meu vestido de musselina, antes de guardar tudo na mala. Até breve. Meus cumprimentos ao coronel Forster. Espero que bebam à nossa saúde, desejando-nos uma boa viagem.

Sua afetuosa amiga,

Lydia Bennet."

– Oh! Desmiolada, desmiolada Lydia! – exclamou Elizabeth, depois de ler o bilhete. – Que bilhete é esse, a ser escrito num momento assim! Mas pelo menos mostra que falava sério sobre a viagem deles. Se depois ele a persuadiu a fazer qualquer outra coisa, da parte dela o *plano* de infâmia não foi premeditado. Pobre pai! Como deve ter sofrido!

– Nunca vi ninguém tão abalado. Não conseguiu proferir uma palavra durante dez longos minutos. A mãe adoeceu imediatamente e toda a casa ficou numa confusão total!

– Oh! Jane! – exclamou Elizabeth. – Houve um criado nesta casa que não soubesse de toda a história antes do final do dia?

– Não sei, acho que houve. Mas, numa ocasião dessas, é muito difícil conservar a discrição. A mãe ficou histérica e, embora eu procurasse auxiliá-la da melhor maneira possível, receio que não fiz tanto quanto devia ter feito! Mas o horror do que poderia acontecer quase me privou do uso de minhas faculdades.

– Seus cuidados para com ela exigiram muito de você. Você não parece estar bem. Oh! Se eu tivesse estado aqui com você! Você teve de arcar com todos os cuidados e ansiedade sozinha.

– Mary e Kitty se mostraram muito prestativas e estou certa de que fariam de tudo para amenizar minha fadiga; mas achei que não fosse conveniente para nenhuma das duas. Kitty é frágil e delicada; e Mary estuda tanto que suas horas de repouso não deveriam ser interrompidas. A tia Phillips veio para Longbourn na terça-feira, depois que o pai tinha partido, e teve a bondade de ficar comigo até quinta-feira. Sua ajuda e conforto foram preciosos para nós. Lady Lucas também tem sido muito amável; veio para cá na quarta-feira de manhã, para nos acompanhar em nossas mágoas e oferecer seus serviços ou os de qualquer uma de suas filhas, se pudessem ser úteis.

– Seria melhor que ela tivesse ficado em casa – exclamou Elizabeth. – Talvez a intenção dela fosse boa, mas, num infortúnio como esse, deve-se procurar os vizinhos o menos possível. Qualquer auxílio é impossível; as condolências são insuportáveis. Que desfrutem de seu triunfo à distância e que se considerem satisfeitos.

Ela continuou perguntando sobre as medidas que o pai tinha arquitetado tomar enquanto estivesse na capital, para o resgate ou a recuperação de Lydia.

– Creio que ele pretendia – replicou Jane – ir a Epsom, local onde eles trocaram de cavalos pela última vez, falar com os estafetas e tentar saber alguma coisa da parte deles. Seu principal objetivo devia ser descobrir o número da diligência que os levou até Clapham. Ela tinha acabado de chegar com encomendas de Londres; e como achou que o fato de um cavalheiro e de uma dama passando de uma carruagem a outra pudesse ter sido notado por alguém, decidiu fazer indagações em Clapham. Se pudesse, de qualquer modo, descobrir em que casa o cocheiro tinha entregado antes a encomenda, ele decidiu proceder a indagações também ali e esperava que não fosse impossível descobrir o tipo e o número da carruagem. Não sei se o pai tem outros planos em mente, mas estava com tanta pressa em partir, completamente alterado, que foi com dificuldade que consegui arrancar dele o que acabo de dizer.

≈ CAPÍTULO 48 ≈

Todo o grupo esperava receber, no dia seguinte, uma carta do senhor Bennet, mas o correio chegou sem trazer uma simples linha da parte dele. A família sabia que, em circunstâncias normais, ele era um correspondente negligente e relaxado; mas, num momento como esse, eles esperavam que fizesse um esforço. Sentiram-se obrigados a concluir que ele nada tinha de informações agradáveis a transmitir; apesar *disso*, teriam ficado contentes em ter uma certeza. O senhor Gardiner só havia esperado pela carta, antes de partir.

Com sua partida, estavam certos, pelo menos, de receber informações mais frequentes sobre o andamento das buscas; e, ao despedir-se, o tio prometeu insistir com o senhor Bennet para que ele voltasse a Longbourn o mais rápido possível, o que foi de grande consolo para a irmã, que considerava o regresso dele como a única possibilidade para seu marido não cair morto num duelo.

A senhora Gardiner e as crianças deveriam permanecer em Hertfordshire durante mais alguns dias, pois ela achava que sua presença poderia ser de alguma utilidade para as sobrinhas. Ela participava na ajuda prestada à senhora Bennet, o que deixava a todas gozar de algumas horas de liberdade. A outra tia também as visitava com frequência e sempre, como dizia, com o propósito de lhes infundir coragem e confiança... embora, como nunca vinha sem relatar novos exemplos da extravagância e da volubilidade de Wickham, raramente partia sem deixá-las mais desanimadas do que as havia encontrado.

Meryton em peso parecia esforçar-se por denegrir o homem que, menos de três meses antes, tinha sido considerado quase um anjo de bondade. Diziam que ele devia dinheiro a todos os comerciantes da localidade e que suas intrigas, todas honradas com o título de sedução, se haviam estendido a todas as famílias dos comerciantes. Todos eram unânimes em afirmar que era o jovem mais perverso do mundo; e todos começaram a descobrir que sempre haviam desconfiado da aparência de bondade dele. Elizabeth, embora só desse crédito à metade do que diziam, achava aquilo suficiente para tornar ainda mais acertadas suas antigas previsões quanto ao infortúnio que recairia sobre sua irmã. E até a própria Jane, que acreditava ainda menos nesses comentários, perdeu quase todas as esperanças, especialmente porque já era tempo, caso tivessem ido para a Escócia, o que nunca deixara de acreditar, de receber alguma notícia deles.

O senhor Gardiner havia partido de Longbourn no domingo; na terça-feira, sua esposa recebeu uma carta dele. Contava-lhes que, ao chegar, havia encontrado imediatamente o cunhado e o havia persuadido a instalar-se na Gracechurch Street; que o senhor Bennet já estivera em Epsom e Clapham, mas sem ter conseguido qualquer informação satisfatória; e que agora ele estava decidido a fazer indagações em todos os principais hotéis da cidade, pois o senhor Bennet achava possível que eles tivessem se hospedado em algum deles, logo depois de chegar a Londres e antes de procurar novas acomodações. O senhor Gardiner, pessoalmente, não esperava ter sucesso com essa medida, mas, como o senhor Bennet insistia nela, estava disposto a ajudá-lo nesse ponto. Acrescentava que o senhor Bennet não estava disposto, de momento, a deixar Londres e prometia escrever de novo muito em breve. Havia ainda um *post scriptum* que dizia o seguinte:

"Escrevi ao coronel Forster, pedindo-lhe que descobrisse, se possível, entre alguns dos amigos mais íntimos de Wickham no destacamento, se ele teria parentes ou relações que pudessem saber em que parte da cidade ele se encontra agora escondido. Se entre eles houvesse alguém de quem se pudesse, com alguma probabilidade, obter tal informação, isso poderia ser de suma importância. De momento, nada temos para nos guiar. Ouso dizer que o coronel Forster fará tudo o que estiver a seu alcance para nos ajudar nesse ponto. Mas, em última análise, talvez Lizzy, melhor do que ninguém, pudesse nos dizer se ele tem parentes vivos".

Elizabeth compreendeu imediatamente de onde provinha essa deferência para com sua autoridade no assunto; mas infelizmente não podia dar qualquer informação de natureza tão importante que justificasse o cumprimento. Nunca ouvira falar de qualquer parente que pudesse ter, além do pai e da mãe, ambos já falecidos havia muitos anos. Era possível, no entanto, que alguns dos companheiros dele do regimento pudessem dar mais informações a respeito; e, embora não fosse muito otimista com relação ao resultado, essa medida não deveria ser descartada.

Cada dia em Longbourn era agora um dia de ansiedade; mas os instantes de maior ansiedade eram os da espera do correio. A chegada de cartas era o grande momento de impaciência de todas as manhãs. E cada dia que passava aguardavam notícias importantes.

Mas, antes de receber novamente notícias do senhor Gardiner, chegou uma carta para o pai, de um lugar diferente, da parte do senhor Collins; e, como Jane havia recebido instruções para abrir toda a correspondência dirigida ao pai, na ausência dele, ela, consequentemente, leu a carta. Elizabeth, que sabia como as cartas dele eram curiosas, debruçou-se sobre a irmã e leu também. Dizia o seguinte:

"Meu caro senhor

Sou chamado, por nosso parentesco e por minha situação na vida, a apresentar-lhe minhas condolências pela grande aflição por que está passando e da qual fomos ontem informados por uma carta de Hertfordshire. Fique certo, meu caro senhor, de que tanto a senhora Collins como eu mesmo sinceramente o acompanhamos e a toda a sua respeitável família em seu atual sofrimento, que deve ser dos mais amargos, porque provém de uma causa que nenhum tempo poderá remover. Não faltarão argumentos de minha parte que possam aliviar tão grande infelicidade... ou que possa confortá-lo numa circunstância que deve ser, entre todas, a mais aflitiva para o coração de um pai. A morte de sua filha seria uma bênção, em comparação com o que lhe acontece agora. E é o que há mais a lamentar, porque há razões para supor, como minha querida Charlotte me informa, que essa licenciosidade de conduta da parte de sua filha se deve a uma culposa indulgência; embora, ao mesmo tempo, para seu consolo e da senhora Bennet, me sinta inclinado a acreditar que a tendência de sua filha seja naturalmente má, caso contrário, nunca teria perpetrado tão grande crime com tão pouca idade. Seja como for, o senhor merece toda a nossa compaixão, no que sou acompanhado não só pela senhora Collins, mas também por Lady Catherine e sua filha, a quem relatei o affair. Concordaram comigo quanto às minhas apreensões de que esse mau passo de uma de suas filhas será prejudicial para o futuro de todas as outras; pois quem, como a própria Lady Catherine condescentemente diz, quem vai querer se relacionar com tal família? E essa consideração me leva a refletir ainda mais, com redobrada satisfação, em certo acontecimento do mês de novembro passado, pois, de outro modo, me encontraria envolvido em toda a sua tristeza e desgraça. Permita-me, pois, que o aconselhe, meu caro senhor, a consolar-se a si próprio tanto quanto possível, a expulsar para sempre sua filha indigna de sua afeição e deixá-la colher os frutos de seu próprio horrendo crime.

Sou, meu caro senhor, etc., etc."

O senhor Gardiner não voltou a escrever até receber uma resposta do coronel Forster; e quando o fez, nada tinha de agradável a comunicar. Não se sabia de um único parente com quem Wickham mantivesse relações e era certo que não tinha nenhum parente próximo ainda vivo. Seus antigos conhecidos eram numerosos; mas, desde que se engajara na milícia, parecia não manter qualquer relacionamento particular com nenhum deles. Não havia ninguém, portanto, que pudesse ser indicado como provável informante de seu paradeiro. E no estado precário de suas próprias finanças, o casal tinha um poderoso motivo para se esconder, além do medo dele de ser descoberto pelos parentes de Lydia, pois acabara de transpirar que ele tinha deixado dívidas de jogo, que alcançavam uma considerável soma. O coronel Forster acreditava que seria necessário um montante de mais de mil libras para cobrir todas as dívidas dele em Brighton. Devia muito na cidade, mas suas dívidas de honra eram ainda maiores. O senhor Gardiner não procurou esconder esses pormenores da família de Longbourn. Jane ouviu com horror.

– Um jogador! – exclamou ela. – Isso é totalmente inesperado. Não fazia ideia disso.

O senhor Gardiner acrescentava em sua carta que podiam ver o pai em casa no dia seguinte, um sábado. Abatido pelos esforços inúteis, havia cedido à insistência do cunhado para que voltasse para junto da família e deixasse a seu encargo fazer tudo o que parecesse aconselhável para a continuação das buscas. Quando a senhora Bennet foi informada disso, não expressou tanta satisfação como as filhas esperavam, em vista da ansiedade que ela manifestara anteriormente pela vida do marido.

– Como, está voltando para casa sem a pobre Lydia? – exclamou ela. – Certamente não vai deixar Londres antes de encontrá-los. Quem vai lutar com Wickham e obrigá-lo a casar-se com ela, se meu marido voltar para casa?

Como a senhora Gardiner começasse a sentir saudades de sua casa, ficou combinado que ela e as crianças voltariam para Londres no mesmo dia da chegada do senhor Bennet. A carruagem, portanto, os levaria até a primeira etapa da viagem e, dali, a mesma traria de volta para Longbourn o patrão.

A senhora Gardiner partiu muito perplexa em relação a Elizabeth e ao amigo de Derbyshire. Seu nome nunca havia sido mencionado espontaneamente pela sobrinha na presença deles; e a vaga esperança da senhora Gardiner de que em breve receberiam uma carta dele acabou em nada; Elizabeth nada havia recebido até então proveniente de Pemberley.

A infeliz situação da família no momento tornava desnecessária qualquer outra desculpa para a depressão dela; nada, portanto, se poderia razoavelmente conjeturar a partir *disso*, embora Elizabeth, que atualmente conhecia relativamente bem seus sentimentos, tivesse a perfeita noção de que, se não tivesse encontrado de novo o senhor Darcy, teria suportado um pouco melhor o horror da infâmia de Lydia. Teria poupado, pensava ela, uma noite de sono em cada duas.

Quando o senhor Bennet chegou, tinha toda a aparência de sua habitual serenidade filosófica. Falou muito pouco, como também era seu hábito. Não fez qualquer menção ao assunto que o havia levado a Londres e, só passado algum tempo, suas filhas tiveram coragem de falar sobre o caso.

Somente à tarde, quando se juntou aos demais para o chá, é que Elizabeth se aventurou a tocar no assunto. E então, ao expressar brevemente seu pesar por tudo o que ele deveria ter sofrido, ele replicou:

– Não fale mais nisso. Quem deveria sofrer, senão eu mesmo? Foi tudo por minha culpa, sou obrigado a reconhecer.

– Não deve ser severo demais para consigo mesmo – replicou Elizabeth.

– Pode muito bem me advertir por esse erro. A natureza humana é tão propensa a cair nele! Não, Lizzy, deixe que, pelo menos uma vez na vida, eu sinta quanto devo me responsabilizar. Não receio ser subjugado pela impressão. Não tardará a passar.

– Acha que eles estão em Londres?

– Sim; em que outro local eles poderiam se esconder tão bem?

– E Lydia sempre desejou ir para Londres – acrescentou Kitty.

– Então ela deve estar muito feliz – disse o pai, secamente – e, provavelmente, vai residir por lá durante algum tempo.

E depois de breve silêncio, continuou:

– Lizzy, não guardo rancor pelo conselho que me deu no mês de maio passado que, considerando o ocorrido, demonstra alguma grandeza de espírito.

Foram interrompidos pela senhorita Bennet, que vinha buscar o chá para a mãe.

– Esta é uma bela atitude – exclamou ele – que conforta uma pessoa; dá certa elegância ao infortúnio! Um dia desses vou fazer o mesmo; vou me retirar à minha biblioteca, de touca e roupão de dormir, e passarei a dar aos outros o maior trabalho que puder; ou, talvez, posso adiar isso até Kitty fugir também.

– Eu não vou fugir, pai – disse Kitty, irritada. – Se me tivessem deixado ir para Brighton, teria me comportado melhor do que Lydia.

– *Você*, ir a Brighton! Não a deixaria ir até Eastborn, que está tão perto, nem por cinquenta libras. Não, Kitty, pelo menos aprendi a ser cauteloso e você vai sentir os efeitos disso. Nenhum oficial haverá de entrar algum dia em minha casa, nem que esteja só de passagem pela localidade. Os bailes serão absolutamente proibidos, a não ser que permaneça o tempo todo junto de uma de suas irmãs. E nunca poderá ultrapassar a porta para sair sem provar que passou diariamente dez minutos de forma sensata.

Kitty, que levava todas essas ameaças a sério, começou a chorar.

– Bem, bem – disse ele –, não fique tão triste. Se porventura se comportar bem pelos próximos dez anos, talvez a leve então a ver uma parada militar.

≈ CAPÍTULO 49 ≈

Dois dias depois do regresso do senhor Bennet, enquanto Jane e Elizabeth estavam passeando no bosque atrás da casa, viram a governanta caminhando na direção delas e, concluindo que vinha chamá-las a mando da mãe, foram a seu encontro. Mas, em vez da ordem esperada, quando chegaram mais perto, ela disse:

– Perdoem-me interrompê-las, mas como pensei que tivessem recebido boas notícias da capital, tomei a liberdade de vir perguntar.

– Que quer dizer, Hill? Nada soubemos da capital.

– Queridas senhoritas – exclamou a senhora Hill, muito espantada –, não sabem que chegou um expresso da parte do senhor Gardiner para o patrão? O estafeta esteve aqui há meia hora e trouxe uma carta para o patrão.

As jovens foram embora correndo, sem se darem o tempo para dizer alguma coisa, tão ansiosas estavam para entrar em casa. Atravessaram o vestíbulo e foram para a sala do café; daí para a biblioteca; o pai não estava em nenhum dos dois lugares; e estavam a ponto de procurá-lo no andar de cima com a mãe, quando deram com o mordomo, que lhes disse:

– Se procuram pelo patrão, ele foi agora mesmo para o bosque.

Com essa informação, elas passaram novamente pelo vestíbulo e correram pelo relvado à procura do pai, que intencionalmente se encaminhava para um pequeno bosque que havia de um dos lados do recinto dos cavalos.

Jane, que não era tão leve nem tinha costume de correr como Elizabeth, logo ficou para trás, enquanto sua irmã o alcançava e, quase sem fôlego e ansiosa, exclamou:

– Oh! Pai, quais são as notícias... quais as notícias? Soube alguma coisa da parte do tio?

– Sim, acabo de receber uma carta dele pelo correio expresso.

– Bem, e que notícias traz... boas ou más?

– Que é que se pode esperar de bom? – disse ele, tirando a carta do bolso. – Mas talvez gostasse de lê-la.

Elizabeth, impaciente, tomou-a das mãos dele. Jane estava chegando também.

– Leia em voz alta – disse seu pai –, pois ainda não sei exatamente do que se trata.

"Gracechurch Street, segunda-feira, 2 de agosto

Caro cunhado

Finalmente, estou em condições de lhe enviar algumas novidades de minha sobrinha, e que, em seu conjunto, espero que o deixem satisfeito. Pouco depois de sua partida, no sábado, tive a felicidade de descobrir em que parte de Londres eles estavam. Reservo os detalhes para quando nos encontrarmos; já é bastante saber que os descobri. Eu estive com os dois..."

– Então, é exatamente como eu esperava – exclamou Jane. – Eles estão casados!

Elizabeth continuou:

"Estive com os dois. Eles não estão casados, nem acho que houve qualquer intenção de fazê-lo; mas, se o senhor estiver disposto a cumprir os compromissos que eu tomei a liberdade de assumir em seu nome, espero que em breve irão se casar. Tudo o que é exigido do senhor é que assegure à sua filha, por meio de contrato, parte igual das cinco mil libras de legado, a repartir entre suas filhas após sua própria morte e a de sua mulher; e, além disso, comprometer-se, em vida, a dar à sua filha cem libras por ano. Essas são condições que, considerando tudo, não hesitei em aceitar, desde que me julguei autorizado pelo senhor. Vou enviar esta pelo correio expresso, para que sua resposta

me chegue sem perda de tempo. Poderá facilmente compreender, por meio desses pormenores, que a situação do senhor Wickham não é tão desesperadora como geralmente se acredita por aí que seja. Quanto a isso, os rumores que corriam eram falsos; e alegra-me dizer que ele ainda disporá, sem contar o dote dela, de um pouco de dinheiro, mesmo depois de pagar todas as dívidas, para instalar-se definitivamente. Se, como acredito que seja o caso, me delegar plenos poderes para agir em seu nome em todo este caso, darei instruções imediatamente a Haggerston para que prepare um contrato adequado. Não vejo qualquer vantagem para que volte de novo a Londres; por isso aconselho-o que fique tranquilamente em Longbourn e conte com toda a minha diligência e cuidado. Envie sua resposta o mais rápido que puder e tenha o cuidado de escrever claramente. Julgamos preferível que minha sobrinha se casasse em nossa casa e espero que o senhor aprove. Ela vem hoje em nosso alojamento. Escreverei novamente tão logo haja algo mais a comunicar.

Seu, etc.

Edw. Gardiner."

– Será possível? – exclamou Elizabeth, ao terminar de ler a carta. – Será possível que ele se case com ela?

– Wickham não é tão mau, então, como pensávamos – disse Jane. – Pai, meus cumprimentos.

– Já respondeu a carta? – perguntou Elizabeth.

– Não; mas devo fazê-lo logo.

Com toda a seriedade, Elizabeth lhe suplicou então para que não perdesse mais tempo em responder.

– Oh! Pai – exclamou ela –, volte para casa e escreva imediatamente! Pense na importância de cada momento num caso desses.

– Eu mesma escrevo a carta para o senhor – disse Jane –, se semelhante tarefa lhe desagrada.

– Desagrada-me muito – replicou ele –, mas deve ser feita.

E, dizendo isso, voltou com elas, caminhando em direção da casa.

– E posso perguntar... – disse Elizabeth. – Mas os termos, suponho, devem ser aceitos.

– Aceitos! Só me sinto envergonhado de que ele peça tão pouco.

– E eles devem se casar! Apesar de que ele seja um homem como é!

– Sim, sim, eles devem se casar. Não há nada mais a fazer. Mas há duas coisas que eu quero realmente saber: uma delas, quanto dinheiro seu tio desembolsou para conseguir isso; e a outra, como vou reembolsá-lo.

– Dinheiro! Meu tio? – exclamou Jane. – Que quer dizer com isso, senhor?

– Quero dizer que nenhum homem, em seu juízo perfeito, se casaria com Lydia recebendo em troca uma compensação de cem libras por ano durante minha vida e cinquenta depois que eu vier a morrer.

– É verdade – disse Elizabeth –, embora isso não me tivesse ocorrido antes. As dívidas dele a serem saldadas e ainda, diz ele, sobra dinheiro! Oh! é tudo obra do tio! Homem generoso e bom, receio que ele próprio se tenha desolado. Uma soma pequena não faria tudo isso.

– Não – disse o pai. – Wickham seria um idiota se a aceitasse com uma quantia inferior a dez mil libras. Lamentaria pensar tão mal dele logo no começo de nossas relações.

– Dez mil libras! Que Deus nos ajude! Como haveremos de pagar tal soma?

O senhor Bennet não respondeu e todos eles, mergulhados em reflexões, continuaram em silêncio até chegar à casa. O pai se dirigiu então para a biblioteca, a fim de escrever ao cunhado, e as filhas foram para a sala de café.

– E eles vão realmente se casar! – exclamou Elizabeth, logo que ficaram a sós. – Como tudo isso é estranho! E temos que nos dar por satisfeitas por *isso*. E ficar felizes por se casarem, embora sejam diminutas as possibilidades de serem felizes por causa do ignóbil caráter dele. Oh! Lydia!

– Eu me consolo ao pensar – replicou Jane – que ele certamente não se casaria com Lydia, se não tivesse verdadeira afeição por ela. Embora o tio tenha feito alguma coisa para reabilitá-lo nas finanças, não creio que dez mil libras, ou algo semelhante, tenham sido adiantadas. Ele tem seus próprios filhos, e pode ter mais. Como poderia dispor de dez mil libras?

– Se nos fosse dado saber a quanto montavam as dívidas de Wickham – disse Elizabeth – e com quanto ele dotou nossa irmã, saberíamos exatamente o que o senhor Gardiner fez por eles, porque Wickham não tem um centavo de seu. A bondade de nossos tios nunca poderá ser paga. O fato de a terem levado para a casa deles e de lhe terem dado sua proteção pessoal e apoio é um sacrifício tão grande que anos de gratidão não poderão compensar. Nesse momento ela deve estar realmente com eles! Se tamanha bondade não a abalar agora, nunca vai merecer ser feliz! Imagine a reação dela, quando se encontrar frente a frente com a tia!

– Devemos nos esforçar para esquecer tudo o que se passou de ambos os lados – disse Jane. – Confio e espero que eles sejam felizes. O fato de ele consentir em se casar com ela é uma prova, acredito, de que finalmente mostrou juízo. A afeição que nutrem um pelo outro lhes dará estabilidade; e tenho a esperança de que eles em breve se estabeleçam com toda a tranquilidade e vivam de forma tão ajuizada que, com o tempo, sua imprudência passada venha a ser esquecida.

– A conduta deles foi de tal ordem – replicou Elizabeth – que nem você, nem eu, nem ninguém, poderá jamais esquecer. É inútil falar disso.

Nesse momento, ocorreu às moças que sua mãe, com toda a probabilidade, estava totalmente alheia ao que havia acontecido. Dirigiram-se, portanto, à biblioteca e perguntaram ao pai se não desejava que elas transmitissem a notícia à mãe. Ele estava escrevendo e, sem levantar a cabeça, respondeu friamente:

– Como quiserem.

– Poderemos levar a carta do tio e lê-la para ela?

– Levem o que quiserem e vão embora.

Elizabeth tomou a carta de cima da escrivaninha dele e as duas irmãs subiram a escada juntas. Mary e Kitty já estavam com a senhora Bennet: a mesma comunicação serviria, portanto, para todas. Depois de breve preparação para a boa notícia, a carta foi lida em voz alta. A senhora Bennet mal podia se conter. Assim que Jane leu o trecho em que o senhor Gardiner falava na esperança de ver Lydia casada em breve, a alegria dela eclodiu e cada frase subsequente a tornava mais exuberante. Ela estava agora numa irritação tão violenta por causa da alegria, como estivera sempre inquieta por causa da apreensão e aflição. Saber que a filha se casaria era o que bastava. Não a atormentava qualquer receio quanto à felicidade da filha, nem se sentia humilhada por qualquer recordação de sua conduta imprópria.

– Minha querida, querida Lydia! – exclamou ela. – Isso é realmente maravilhoso!

Ela vai se casar! E tornarei a vê-la! Ela se casa aos dezesseis anos! Meu querido e generoso irmão! Eu sabia como seria. Sabia que ele conseguiria resolver tudo! Como anseio em vê-la! E ver o caro Wickham também! Mas os vestidos, o enxoval! Vou escrever imediatamente a respeito disso para minha cunhada Gardiner. Lizzy, minha querida, corra e pergunte a seu pai quanto vai dar a ela. Espere, espere, eu mesma vou. Toque a campainha, Kitty, para chamar Hill. Vou me vestir num instante. Minha querida Lydia! Como vamos ficar contentes quando nos encontrarmos todos juntos!

A filha mais velha procurava refrear a violência desses arroubos, lembrando à mãe o que deviam ao senhor Gardiner pelo que tinha feito.

– Pois devemos atribuir essa feliz conclusão – acrescentou ela –, em grande parte, à bondade dele. – Estamos convencidas de que ele se comprometeu a auxiliar o senhor Wickham com dinheiro.

– Bem – exclamou a mãe –, está mais que certo. E quem haveria de fazê-lo, senão seu próprio tio? Se ele não tivesse a própria família, eu e minhas filhas deveríamos ter recebido todo o dinheiro dele, como bem sabe; e é a primeira vez que recebemos alguma coisa dele, exceto alguns presentes. Bem! Como estou feliz! Em bem pouco tempo vou ter uma filha casada! Senhora Wickham! Como soa bem! E só completou dezesseis anos em junho passado. Minha querida Jane, estou tão nervosa que acho que não vou conseguir escrever; assim, eu dito e você escreve por mim. Vamos combinar com o seu pai sobre o dinheiro mais tarde; mas é preciso encomendar as coisas imediatamente.

Ela começou então a fazer uma lista de todas as peças de chita, musselina e cambraia, e teria feito dentro em pouco uma grande encomenda se Jane, embora com alguma dificuldade, não a tivesse convencido a aguardar até que fosse possível consultar o pai. Um dia de atraso, observou ela, não teria qualquer importância; e sua mãe estava feliz demais para ser tão obstinada como de costume. Tinha outros planos ainda em sua cabeça.

– Assim que me vestir – disse ela –, irei a Meryton dar a boa notícia à senhora Phillips. E, ao voltar, vou fazer uma visita a Lady Lucas e à senhora Long. Kitty, corra lá para baixo e peça a carruagem. Estou certa de que um pouco de ar me fará muito bem. Meninas, posso fazer alguma coisa por vocês em Meryton? Oh! Aí vem Hill! Minha querida Hill, já sabe da boa-nova? A senhorita Lydia vai se casar; e você vai ter de preparar um balde de ponche para comemorar o casamento.

A senhora Hill exprimiu imediatamente sua alegria. Elizabeth recebeu as congratulações entre as outras e então, cansada de tanta loucura, se refugiou em seu quarto, para poder refletir em paz.

A situação da pobre Lydia deveria ser, na melhor das hipóteses, bastante ruim; mas tinha de dar graças a Deus por não ser pior. Assim pensava Elizabeth; e, embora, olhando para o futuro, não pudesse vislumbrar para a irmã razoável felicidade nem prosperidade, ao olhar para trás, para o que todos temiam, apenas algumas horas antes, ela viu todas as vantagens com que tinham sido locupletadas

≈ CAPÍTULO 50 ≈

O senhor Bennet, com muita frequência tinha desejado, antes desse período de sua vida, em vez de gastar todos os seus rendimentos, economizar certa soma anual como provisão para suas filhas e para a mulher, caso esta sobrevivesse a ele. Agora desejava isso mais do que nunca. Se tivesse cumprido seu dever a esse respeito, Lydia não precisaria estar endividada com o tio, não só em dinheiro, como também em honra e bom nome. Só a ele caberia a satisfação de obrigar um dos jovens mais indignos da Grã-Bretanha a se casar com a filha.

Estava seriamente preocupado que a causa tivesse sido resolvida unicamente à custa de seu cunhado e estava decidido, caso fosse possível, averiguar a importância exata do auxílio e saldar a dívida tão breve quanto possível.

Quando se casou, o senhor Bennet achava que poupar era perfeitamente inútil, pois teria naturalmente um filho. Esse filho anularia o vínculo de alienação dos bens e seria o herdeiro legítimo ao chegar à maioridade; desse modo, veria garantido o futuro da viúva e dos filhos menores. Cinco filhas vieram, sucessivamente, ao mundo, mas nada de filho. Muitos anos depois do nascimento de Lydia, a senhora Bennet ainda acreditava ter um filho. Por fim, teve de renunciar a essa esperança, mas então já era tarde demais para poupar. A senhora Bennet não era propensa a economizar e só a moderação do marido os impedia de exceder o rendimento em despesas.

Segundo o contrato de casamento, cinco mil libras seriam deixadas para a senhora Bennet e os filhos. A partilha deveria ser feita de acordo com a vontade dos pais. Esse era um ponto, em relação a Lydia pelo menos, e que agora deveria agora ser definido; e o senhor Bennet não hesitaria em aceitar a proposta que tinha diante dele. Em termos de grato reconhecimento pela bondade do cunhado, embora expressos de forma concisa, ele pôs no papel sua plena aprovação de tudo o que tinha sido feito e sua disposição em cumprir com os compromissos que tinham sido assumidos em seu nome. Nunca antes supusera que fosse possível convencer Wickham a se casar com sua filha em termos tão convenientes no presente arranjo. Não representaria mais de dez libras por ano a perda com que arcaria ao pagar cem libras anuais ao casal; pois, além da mesada de que ela dispunha e dos contínuos presentes em dinheiro que lhe chegavam pelas mãos da mãe, as despesas de Lydia seriam muito pequenas perante essa soma.

A outra surpresa agradável era que tudo seria feito com o menor esforço da parte dele, pois seu desejo agora era o de se envolver o mínimo possível no assunto. Quando os primeiros acessos de raiva, provocados por sua atividade em procurar a filha, sumiram, ele naturalmente recaiu em sua indolência de antes. A carta foi logo despachada, pois, embora lento na elaboração de projetos, ele era rápido na execução. Pedia ao cunhado para ter ulteriores detalhes sobre o que ficava lhe devendo, mas estava muito ressentido com Lydia para lhe enviar qualquer mensagem.

A boa notícia se espalhou rapidamente pela casa e, com proporcional velocidade, pela vizinhança. Certamente teria sido mais interessante para as conversas se a própria senhorita Lydia tivesse regressado da capital ou se tivesse sido retirada da sociedade e mandada para uma casa de fazenda distante. Mas o casamento já era suficiente para mexericos e os votos de felicidade que provinham antes das velhas senhoras invejosas de Meryton perdiam agora um pouco de seu espírito de alegria nessa mudança de circunstâncias, porque, com tal marido, a desgraça dela era tida como certa.

Fazia quinze dias que a senhora Bennet não deixava o quarto; mas nesse dia feliz, ela voltou a tomar assento novamente à cabeceira da mesa, com uma satisfação imensa. Nenhum sentimento de vergonha atenuava seu triunfo. O casamento de uma filha, que fora objeto de seus desejos desde que Jane completara quinze anos, estava agora a ponto de se realizar. Todos os seus pensamentos e palavras giravam totalmente em torno dos preparativos para um casamento elegante, como musselinas finas, novas carruagens e criados. Estava ocupada em procurar uma casa nas redondezas, que servisse para sua filha, e, desconhecendo ou considerando qual poderia ser o rendimento do casal, rejeitou muitas delas por serem de tamanho diminuto ou simples demais.

– Haye Park talvez servisse – dizia ela – se os Gouldings pudessem sair dela... ou a grande casa em Stoke, se a sala de estar fosse maior; Ashworth é muito distante! Não poderia suportar vê-la a dez milhas de distância de minha casa. Quanto a Pulvis Lodge, os telhados são horríveis.

O marido a deixou falar sem interrupção, enquanto havia criados por perto. Mas quando estes saíram, disse-lhe:

– Senhora Bennet, antes que tome uma dessas casas, ou todas elas, para seu genro e sua filha, vamos chegar a um acordo. Considero indispensável chegarmos desde já a um acordo sobre tal assunto. *Numa* casa dessas redondezas, eles nunca serão admitidos. Não vou tolerar o descaramento de ambos e recebê-los em Longbourn.

Uma longa discussão se seguiu a essa declaração; mas o senhor Bennet se mostrou firme. O assunto logo os conduziu a outro, e a senhora Bennet descobriu, com espanto e horror, que seu marido não estava disposto a adiantar um só centavo para comprar vestidos para a filha. Afirmou que ela não haveria de receber da parte dele nenhum sinal de afeição por ocasião do casamento. A senhora Bennet não conseguia compreender. Que a raiva dele pudesse levar a tão inconcebível ressentimento, a ponto de recusar à filha o privilégio sem o qual o casamento dela pareceria quase inválido, excedia o que ela pudesse achar possível. Ela era muito mais sensível à vergonha de ter casado a filha sem roupas novas do que à desonra causada pela fuga e por ter vivido quinze dias com Wickham antes de se casar.

Elizabeth mais do que nunca lamentava ter se deixado levar, pela aflição do momento, a revelar ao senhor Darcy seus receios em relação ao futuro da irmã, pois, desde que seu casamento haveria de dar, em breve, um desfecho apropriado ao caso da fuga, eles poderiam muito bem ter escondido seu começo desfavorável de todos aqueles que não estavam diretamente relacionados com a família.

Ela não receava que o caso se espalhasse mais ainda por intermédio dele. Havia poucas pessoas em cuja discrição ela pudesse ter maior confiança; mas, ao mesmo tempo, não havia ninguém cujo conhecimento da leviandade da irmã a mortificasse tanto... Não, contudo, porque temesse qualquer desvantagem para si mesma, pois, de qualquer modo, parecia haver um abismo intransponível entre eles. Mesmo que o casamento de Lydia tivesse sido celebrado da forma mais honrosa, não era de se supor que o senhor Darcy se ligasse a uma família em que, a todas as outras objeções, agora se acrescentaria outra, a de uma aliança e de um parentesco íntimo com um homem que ele tão justamente desprezava.

Por causa de semelhante ligação, ela não poderia estranhar que ele hesitasse. O desejo de obter a consideração dela, desejo por ele claramente manifestado em Derbyshire, nunca poderia, numa expectativa natural, sobreviver a um golpe como esse. Ela se sentia humilhada, estava aflita; ela se arrependia, mas não sabia bem de quê. Ansiava pela estima dele, quando nunca mais poderia esperar gozar dela. Queria ter notícias dele, quando parecia não ter mais a menor chance de obter informações. Estava convencida de que poderia ter sido feliz com ele, quando não havia mais probabilidade de que eles pudessem se reencontrar.

Que triunfo para ele, como muitas vezes pensava, se ele pudesse saber que as propostas que ela havia orgulhosamente recusado quatro meses atrás, seriam recebidas agora com a maior alegria e gratidão! Ele era tão generoso, disso ela não tinha dúvida, o mais generoso dos homens; mas, como era um simples mortal, deveria sentir o triunfo.

Ela começou agora a compreender que o senhor Darcy era o homem, em disposição e talentos, que mais lhe convinha. Sua compreensão e temperamento, embora não iguais aos dela, teriam correspondido a todos os seus desejos. Era uma união que teria sido vantajosa para ambos; pela espontaneidade e vivacidade dela, o gênio dele poderia ter sido suavizado e os modos aprimorados; e pelo julgamento, informação e conhecimento dele do mundo, ela teria sido contemplada com benefícios da maior importância.

Mas nenhum casamento como esse poderia agora mostrar à admirada multidão o que é realmente a felicidade conjugal. Uma união de tendência diversa estava prestes a ser celebrada no seio de sua família.

Como Wickham e Lydia deveriam ser apoiados com tolerável independência, ela não poderia imaginar. Mas quão pouca felicidade permanente poderia distinguir um casal que se uniu só porque suas paixões eram mais fortes que sua virtude, ela poderia facilmente prever.

O senhor Gardiner voltou a escrever ao cunhado. Aos pedidos do senhor Bennet, ele respondeu com brevidade, assegurando seu sincero desejo de promover o bem-estar para qualquer membro da família e concluiu rogando que o assunto nunca mais lhe fosse mencionado. O principal objetivo de sua carta era anunciar que o senhor Wickham tinha resolvido sair da milícia.

"Era meu grande desejo que ele o fizesse", acrescentava ele, *"assim que o casamento fosse marcado. E creio que haverá de concordar comigo, em considerar a saída dessa corporação como altamente aconselhável, tanto para ele como para minha sobrinha. É intenção*

do senhor Wickham entrar no exército regular; e, entre seus antigos amigos, há alguns que estão dispostos a ajudá-lo. Prometeram-lhe um posto de tenente no regimento do general atualmente aquartelado no norte. É uma vantagem que deve conservá-lo longe desta parte do reino. Ele parece bem otimista e espero que, entre pessoas estranhas, ambiente em que devem preservar as aparências, ambos se mostrem mais prudentes. Escrevi ao coronel Forster, informando-o de nossas decisões e pedindo-lhe que tranquilize os vários credores do senhor Wickham, em Brighton e arredores, com promessa de rápido pagamento, para o qual assumi o compromisso. Gostaria que pudesse dar-se ao trabalho de transmitir semelhantes garantias aos credores dele em Meryton, dos quais lhe envio a lista, de acordo com as informações do próprio Wickham. Ele confessou todas as suas dívidas; espero que, pelo menos, não nos tenha enganado. Haggertons já recebeu nossas instruções e tudo ficará pronto dentro de uma semana. Eles partirão logo para a sede do regimento, a não ser que o senhor os convide primeiramente a Longbourn. A senhora Gardiner me confidenciou que a sobrinha deseja muito vê-los todos, antes de deixar o sul. Ela está bem e pede-me que lhes relembre, a ambos, toda a sua afeição. Seu, etc.

E. Gardiner."

O senhor Bennet e as filhas, bem como o senhor Gardiner, viram todas as vantagens da saída de Wickham do regimento. Mas a senhora Bennet não gostou nada da ideia. Lydia iria morar no norte, exatamente quando ela teria o maior prazer e orgulho de sua companhia, pois não desistira de modo algum de seu plano de instalar a filha na região de Hertfordshire; era uma grande decepção e, além disso, era uma pena que Lydia fosse afastada de um regimento onde ela era conhecida de todos e onde tinha tantas relações.

– Ela simpatiza tanto com a senhora Forster – dizia a mãe. – Seria realmente chocante mandá-la para tão longe! E há também vários jovens, de quem que ela gosta muito. Os oficiais do regimento do general podem não ser mais tão amáveis.

O pedido formal da filha, pois assim podia ser considerado, de ser admitida novamente na família antes de partir para o norte, recebeu, de início, uma resposta radicalmente negativa. Mas Jane e Elizabeth, que concordavam com esse desejo, para o bem dos sentimentos da irmã, afirmaram que ela deveria sentir-se apoiada pelos pais no dia de seu casamento. Fizeram o pedido de modo tão insistente e, ao mesmo tempo, com tanta meiguice que conseguiram demover o pai e obter dele a permissão para que eles visitassem Longbourn logo depois do casamento. E a mãe teve a satisfação de saber que teria a oportunidade de exibir a filha casada nas redondezas, antes que fosse banida para o norte. Quando o senhor Bennet escreveu ao cunhado, enviou a permissão para que eles pudessem vir, estando combinado que, logo depois de terminada a cerimônia de casamento, eles poderiam prosseguir até Longbourn. Elizabeth, contudo, estava surpresa com o fato de Wickham ter concordado com esse plano; e, se ela tivesse consultado apenas seu coração, qualquer encontro com ele seria o último objeto de seus desejos.

≈ CAPÍTULO 51 ≈

O dia do casamento da irmã chegou; e Jane e Elizabeth se sentiram mais emocionadas do que a própria noiva. A carruagem foi enviada ao encontro dos noivos em... e eles deveriam retornar pela hora do jantar. Sua chegada era vista com apreensão pelas senhoritas Bennet mais velhas, especialmente por Jane, que atribuía a Lydia os sentimentos que ela haveria de sentir se fosse a culpada e se afligia com a ideia do que a irmã deveria suportar.

Chegaram. A família estava reunida na sala do café para recebê-los. Sorrisos se estamparam no rosto da senhora Bennet, assim que a carruagem parou diante da porta; o marido olhava com impenetrável seriedade; as filhas, alarmadas, ansiosas, inquietas.

Ouviram a voz de Lydia no vestíbulo; a porta foi aberta e ela entrou correndo na sala. A mãe se adiantou, abraçou-a e lhe deu as boas-vindas, extasiada; estendeu a mão, com um sorriso afetuoso, a Wickham, que seguia a noiva; e desejou todo o bem a ambos com um alarde que demonstrava que ela não tinha qualquer dúvida de sua plena felicidade.

Foram recebidos pelo senhor Bennet, para quem então eles se voltaram, com muito menos cordialidade. O rosto dele se tornou ainda mais austero e mal abriu a boca. Na verdade, a atitude despreocupada do jovem casal era suficiente para provocá-lo. Elizabeth estava desgostosa e até mesmo Jane estava chocada. Lydia continuava a mesma, indomável, impassível, tresloucada, ruidosa e temerária. Voltou-se para cada uma das irmãs, exigindo-lhes congratulações; e quando, finalmente, todos se sentaram, olhou curiosa pela sala, notou nela algumas pequenas alterações e observou, com uma risada, que fazia muito tempo que ali estivera.

Wickham não se mostrava mais embaraçado que ela, mas seus modos eram sempre tão agradáveis que, se seu caráter e seu casamento fossem exatamente como deveriam ser, seus sorrisos e suas simpáticas atitudes teriam conquistado toda a família. Elizabeth nunca o supusera capaz de tal cinismo, mas ela se sentou, refletindo consigo mesma que não haveria como, no futuro, traçar limites para o descaramento de um homem descarado. Ela corou e Jane também, mas os rostos dos dois que lhes causaram essa perturbação não tinham sofrido alteração de cor.

Não faltava assunto para conversa. A noiva e a mãe competiam em sua tagarelice; e Wickham, que casualmente se sentou perto de Elizabeth, começou a perguntar pelos conhecidos na vizinhança, com uma tranquilidade tão bem-humorada que ela sentiu que jamais poderia imprimir em suas respostas. Cada um dos noivos parecia ter as melhores lembranças do mundo. Nada do passado era lembrado com amargura; e Lydia abordava espontaneamente assuntos que suas irmãs jamais teriam tocado.

– Imaginem só que já faz três meses – exclamou ela – que fui embora daqui; parece que faz menos de quinze dias; e, no entanto, tantas coisas aconteceram nesse curto espaço de tempo. Meu Deus! Quando parti daqui, com toda a certeza não fazia a menor ideia de estar casada ao voltar novamente! Embora pensasse que seria muito engraçado se estivesse.

O pai ergueu os olhos, Jane estava aflita e Elizabeth olhou significativamente para Lydia; mas esta, que nunca ouvira ou vira algo que realmente a sensibilizasse, alegremente continuou:

– Oh! Mãe, as pessoas daqui dos arredores sabem realmente que me casei hoje? Fiquei receosa de que não soubessem; pelo caminho, cruzamos com William Goulding em sua charrete e, para que ele ficasse sabendo, baixei o vidro do lado dele, tirei a luva e deixei minha mão descansar exatamente na borda da janela, de modo que ele pudesse ver minha aliança; e então o cumprimentei com um aceno e sorri como nunca.

Elizabeth não conseguiu suportar isso por mais tempo. Levantou-se e saiu apressadamente da sala; e só voltou quando os ouviu passar do vestíbulo para a sala de estar. Chegou ainda a tempo de ver Lydia, com uma expressão de ansiedade, aproximar-se do lugar à direita da mãe e ouvi-la dizer à irmã mais velha:

– Ah! Jane, tomo seu lugar agora por direito; você deve passar para outro inferior, porque sou uma mulher casada.

Não seria o caso de supor que o tempo haveria de dar a Lydia aquele constrangimento que até então não havia, de modo algum, demonstrado. Sua naturalidade e bom humor pareciam expandir-se sempre mais. Ansiava por tornar a ver a senhora Phillips, a família Lucas e todos os outros vizinhos, e ouvir sendo chamada de "senhora Wickham". E, nesse meio-tempo, ela foi, depois do jantar, mostrar a aliança à senhora Hill e às duas criadas.

– Bem, mãe – disse ela, quando todos voltaram para a sala do café –, que acha de meu marido? Não é um homem encantador? Estou certa de que todas as minhas irmãs me invejam. Só espero que tenham metade de minha sorte. Todas elas precisam ir a

Brighton. É o lugar ideal para arranjar marido. Que pena, mãe, não termos ido todas!

– É verdade; se me tivessem escutado, teríamos ido. Mas, minha querida Lydia, não estou gostando nada que vá para tão longe. Será mesmo necessário?

– Oh, Deus! Sim... não há nada de mal nisso. Até estou gostando muito. A senhora e o pai, bem como minhas irmãs, devem nos visitar. Vamos passar todo o inverno em Newcastle. Atrevo-me a dizer que vai haver alguns bailes e tomarei o cuidado de arranjar bons parceiros para todas elas.

– Gostaria imensamente de ir! – disse a mãe.

– E depois, quando regressassem, poderiam deixar comigo uma ou duas de minhas irmãs; e ouso dizer que vou arranjar maridos para elas antes do fim do inverno.

– Agradeço, pela parte que me toca – disse Elizabeth –, mas eu, particularmente, não gosto de sua maneira de arranjar maridos.

Os visitantes não poderiam ficar mais de dez dias com eles. O senhor Wickham tinha conseguido a licença antes de deixar Londres e deveria voltar ao regimento em quinze dias.

Ninguém, exceto a senhora Bennet, lamentou que eles ficassem por tão pouco tempo; e ela aproveitou a maior parte desse tempo, fazendo visitas com a filha e organizando frequentes reuniões festivas em sua casa. Essas reuniões vinham ao encontro do desejo de todos, pois evitar um círculo familiar era ainda mais desejável para aqueles que pensavam do que para aqueles que não o faziam.

A afeição de Wickham por Lydia era exatamente como Elizabeth tinha imaginado que fosse; não era igual à que Lydia tinha por ele. Nem precisara observar muito nesse momento para concluir que a fuga deles se devia muito mais à forte paixão dela do que à dele; e se não fosse a certeza de que ele tinha fugido porque sua situação no local se tornara insuportável, ela haveria de se surpreender se Wickham tivesse raptado a irmã sem sentir por ela uma violenta paixão; e se esse era o caso, ele não era o jovem que haveria de resistir à oportunidade de ter uma companheira para a viagem.

Lydia gostava demais dele. E ele era seu querido Wickham em todas as circunstâncias. Ninguém podia competir com ele em seu coração. Ele fazia tudo melhor do que ninguém, segundo ela; e tinha certeza de que ele haveria de matar mais aves de caça no primeiro dia de setembro do que qualquer outro no país.

Certa manhã, logo depois de sua chegada, enquanto estava sentada com as duas irmãs mais velhas, ela disse a Elizabeth:

– Lizzy, acho que ainda não lhe contei como foi meu casamento. Você não estava presente quando relatei tudo à mãe e às outras. Não está curiosa em saber como foi realizado?

– Realmente, não – replicou Elizabeth –, e acho que quanto menos se falar no assunto, melhor.

– Nossa! Você é tão esquisita! Mas vou lhe contar como aconteceu. Nós nos casamos na Igreja de São Clemente, porque Wickham pertence àquela paróquia. E foi combinado que todos deveríamos estar lá às onze horas. Meus tios e eu iríamos juntos e os outros deveriam nos encontrar na igreja. Bem, a manhã de segunda-feira chegou e eu estava numa agitação que nem se imagina! Estava com medo de que acontecesse algo que viesse a adiar o casamento, e teria ficado arrasada! E durante todo o tempo em que estava me vestindo, a tia não parava de falar, como se estivesse pregando um sermão. Quase não entendi palavra, pois, como deve supor, eu pensava em meu querido Wickham. Estava ansiosa para saber se ele se casaria com o casaco azul. Bem, e assim tomamos o café da manhã às dez, como de costume; pensei que nunca mais teria fim. A propósito, devem saber que meus tios foram horrivelmente severos comigo durante todo o tempo em que estive com eles. Se quiser acreditar, não pus uma vez sequer meus pés fora de casa, embora ficasse com eles durante quinze dias. Nem uma festa, nem uma reunião, nada. É certo que Londres estava bastante vazia, mas havia alguns teatros abertos. Bem, quando a carruagem chegou, meu tio foi detido ainda por alguns instantes para tratar de negócios com aquele horrível senhor Stone. E então, como deve saber, quando os dois se encontram não param de falar de negócios. Bem, eu estava com tanto medo que não sabia o que fazer, pois o tio era meu padrinho de casamento e, se nos atrasássemos, não poderíamos nos casar naquele dia. Mas, felizmente, passados dez minutos, ele voltou e partimos todos. Lembrei-me depois, porém, que, se ele não pudesse ter ido, o casamento não seria adiado, pois o senhor Darcy o substituiria.

– O senhor Darcy? – repetiu Elizabeth com total espanto.

– Oh! Sim... Ele tinha ficado de ir com Wickham, sabe. Oh! Meu Deus! Esqueci completamente! Nunca deveria ter dito uma palavra sobre isso! Prometi com tanta firmeza! Que é que Wickham vai dizer? Era absoluto segredo!

– Se era segredo – disse Jane –, não diga mais uma palavra sequer sobre o assunto. Pode confiar que não vamos perguntar mais nada a respeito.

– Oh! Certamente – disse Elizabeth, embora ardendo de curiosidade. – Não vamos lhe fazer qualquer pergunta.

– Obrigada – disse Lydia –, pois, se vocês me perguntassem, eu acabaria contando tudo e Wickham ficaria muito zangado.

Para resistir à tentação de perguntar, Elizabeth foi obrigada a sair dali às pressas.

Mas era impossível viver na ignorância daquele detalhe ou, pelo menos, era impossível não tentar se informar. O senhor Darcy tinha assistido ao casamento da irmã. Parecia inacreditável, e exatamente entre pessoas, onde ele não tinha aparentemente nada a fazer e menos ainda ir juntar-se com elas. Conjeturas quanto ao significado disso, rápidas e indômitas, percorriam sua mente; mas nenhuma delas a satisfazia. Aquelas que mais lhe agradavam, como entender sua conduta sob o enfoque de gesto nobre, parecia mais que impossível. Não poderia suportar semelhante incerteza; e, tomando apressadamente uma folha de papel, escreveu uma breve carta à tia, pedindo uma explicação do que Lydia deixara escapar e se era realmente segredo, como ela tinha dado a entender.

"Como poderá prontamente compreender", dizia ela, "qual deve ser minha curiosidade em saber por que razão uma pessoa que não tem relações com qualquer uma de nós e (falando claramente) é quase um estranho à nossa família, poderia estar entre vocês no momento do casamento. Peço que me escreva imediatamente e me explique tudo... a menos que haja motivos mais fortes para permanecer em segredo que Lydia parece achar necessário; nesse caso, terei de me resignar à minha ignorância."

"Nem isso vou fazer", pensou ela, ao terminar a carta. "E minha querida tia, se não me contar de modo honroso, certamente serei obrigada a lançar mão de truques e estratagemas para tentar descobrir."

O delicado senso de honra de Jane não lhe permitiria falar a Elizabeth, em particular, sobre o que Lydia havia deixado escapar; Elizabeth se contentou com isso... Até que suas indagações não a satisfizessem, teria de ficar sem uma confidente.

≈ CAPÍTULO 52 ≈

Elizabeth teve a satisfação de receber a resposta de sua carta e tão depressa quanto poderia desejar. Assim que a carta chegou, correu para o pequeno bosque, onde era menos provável que fosse interrompida e, sentando-se num banco, preparou-se para ficar feliz, pois o número das páginas a convenceu de que não continha uma simples negativa.

"Gracechurch, 6 de setembro

Minha querida sobrinha

Acabo de receber a tua carta e vou consagrar toda esta manhã para respondê-la, pois prevejo que em poucas linhas não poderei transmitir tudo o que tenho para lhe dizer. Devo me confessar surpresa por seu interesse. Não o esperava de sua parte. Não pense, contudo, que estou zangada, pois só quero dizer que não esperava que essas informações fossem necessárias para você. Se prefere não compreender o que digo, perdoe minha impertinência. Seu tio está tão surpreso quanto eu... e nada a não ser a certeza de que você era parte interessada o levou a agir como fez. Mas, se você realmente nada sabe e é alheia ao caso, posso ser mais explícita.

No próprio dia de minha chegada de Longbourn, seu tio recebeu uma visita mais que inesperada. O senhor Darcy veio à nossa casa e permaneceu conversando a sós com ele durante várias horas. Quando entrei, tudo já tinha terminado e, por essa razão, minha curiosidade não foi tão intensamente despertada como a sua parece ter sido. Ele veio para dizer ao senhor Gardiner que tinha descoberto o paradeiro do senhor Wickham e de sua irmã e que já os tinha visto e conversado com ambos; com Wickham várias vezes e com Lydia, apenas uma. Ao que parece, ele deixou Derbyshire somente um dia depois de nós e veio para a capital, decidido a procurar pelos fugitivos. O motivo alegado era sua convicção de que fora por própria causa dele que a baixeza de Wickham não fosse tão bem conhecida, de modo a impedir que uma moça decente o amasse ou confiasse nele. Generosamente, atribuiu tudo isso a seu orgulho mal compreendido e confessou que antes pensava ser indigno dele expor ao público seus atos particulares. Seu caráter respondia por ele. Considerava, portanto, seu dever vir a público e tentar reparar o mal que ele julgava ter causado. Se tivesse outro motivo, estou certa de que nunca o desonraria. Passara alguns dias na cidade, antes que conseguisse descobrir os dois; mas ele possuía um elemento para dirigir sua busca e que a nós fazia falta: e a consciência disso foi outro motivo que o levou a vir a Londres.

Existe uma senhora, certa senhora Younge ao que parece, que foi durante algum tempo a dama de companhia da senhorita Darcy e que fora despedida por alguma causa de intriga, embora ele não revelasse qual. Depois disso, ela alugou uma grande casa na rua Edward e se manteve abrindo nessa casa uma pensão. Essa senhora Younge era, como ele sabia, amiga íntima de Wickham; e, sem perda de tempo, logo a procurou em busca de informações, mal chegou à capital. Mas levou dois ou três dias até conseguir obter dela o que queria. Suponho que ela não haveria de trair a confiança sem receber uma compensação ou suborno, pois ela sabia realmente onde seu amigo poderia ser encontrado. De fato, Wickham a tinha procurado logo depois de chegar a Londres e, se ela tivesse vaga, seria em sua casa que eles se instalariam. Finalmente, porém, nosso bom amigo conseguiu obter o endereço desejado. Eles estavam na rua... Ele esteve com Wickham e mais tarde insistiu para ver Lydia. Seu primeiro objetivo para com ela, reconheceu ele, tinha sido o de persuadi-la a abandonar tão triste situação e voltar para junto de sua família assim que esta se dispusesse a recebê-la, oferecendo todo o seu auxílio nesse sentido. Mas encontrou Lydia absolutamente decidida a permanecer onde estava. Ela não se importava com a família e com os amigos, não queria a ajuda dele e não pretendia nem ouvir falar em abandonar Wickham. Estava certa de que se casariam mais cedo ou mais tarde e que a data não tinha importância alguma. Visto isso, pensou ele, restava-lhe apenas, pensou ele, fazer com que se casassem mais rapidamente possível, o que, na primeira conversa que tivera com Wickham, compreendera facilmente que essa nunca fora sua intenção. Ele lhe havia confessado que fora obrigado a deixar o regimento por causa de algumas dívidas de honra muito urgentes; e não tinha escrúpulos em atribuir todas as más consequências da fuga de Lydia exclusivamente à própria loucura dela. Tinha também a intenção de deixar seu cargo imediatamente; e quanto à sua futura situação, não sabia exatamente o que iria fazer. Deveria ir para algum lugar, mas não sabia para onde, e sabia que não teria nada para viver.

O senhor Darcy lhe perguntou por que razão ele não se tinha casado com sua irmã de imediato. Embora o senhor Bennet não fosse muito rico, poderia fazer alguma coisa por ele e sua situação poderia se beneficiar com o casamento. Em resposta a essa pergunta, ele descobriu que Wickham ainda acalentava a esperança de fazer fortuna pelo casamento em outro condado. Diante disso, provavelmente não haveria de ser prudente oferecer-lhe um auxílio imediato.

Encontraram-se várias vezes, pois havia muito a discutir.

Wickham, naturalmente, queria mais do que poderia conseguir; mas, finalmente, foi convencido a ser mais razoável.

Depois de tudo ficar combinado entre eles, o passo seguinte do senhor Darcy foi procurar seu tio e deixá-lo ao corrente do que havia feito. E a primeira vez que ele nos visitou em Gracechurch Street foi na noite anterior à minha chegada em casa. Mas não se encontrou com o senhor Gardiner, que estava ausente, e o senhor Darcy descobriu depois que seu pai ainda estava por aqui, mas que partiria de Londres no dia seguinte. Considerando que seria melhor entender-se com o tio do que com seu pai, resolveu adiar o encontro para depois da partida deste último. Não deixou o nome e, até voltar no dia seguinte, sabia-se apenas que um cavalheiro tinha vindo até aqui a negócios.

Veio novamente no sábado. Seu pai já tinha partido e seu tio estava em casa; e, como disse antes, conversaram durante muito tempo.

Voltaram a encontrar-se no domingo e, nesse dia, eu também estive com ele. Só na segunda-feira é que tudo ficou definido; e imediatamente um expresso foi enviado a Longbourn. Mas nosso visitante mostrou-se muito obstinado. Acho, Lizzy, que, no final das contas, a obstinação é o verdadeiro defeito do caráter dele. Já foi acusado de muitos defeitos em diferentes épocas, mas este é verdadeiramente o único dele. Nada podia ser feito que não fosse ele a fazê-lo; embora eu esteja certa (e não falo isso para receber agradecimentos, portanto, não o diga a ninguém) de que seu tio teria resolvido tudo com mais rapidez.

Discutiram um com o outro por muito tempo, mais do que mereciam o cavalheiro ou a senhorita envolvidos. Mas, finalmente, seu tio foi obrigado a ceder e, em vez de ser realmente útil à sobrinha, foi obrigado a contentar-se somente com o provável crédito que lhe seria atribuído, o que não lhe agradou de forma alguma. E creio realmente que sua carta de hoje lhe deu um grande prazer, porque exigia uma explicação que o despojaria de falsos méritos, tecendo elogios a quem se deve. Mas, Lizzy, isso deve ficar entre nós; talvez Jane também possa saber.

Suponho que saiba muito bem o que foi feito pelo jovem casal. As dívidas de Wickham a pagar chegam, creio eu, à considerável soma de mais de mil libras; outras mil eram necessárias para o dote dela; e o cargo que pretendia devia ser garantido com um prévio depósito. O motivo alegado para fazer tudo isso já o mencionei antes. Fora devido a ele, a seus escrúpulos excessivos, que os outros se haviam iludido a respeito do caráter de Wickham, depositando nele a confiança que ele não merecia. Talvez haja certa verdade em tudo isso, pois eu duvido que seu silêncio ou o silêncio de qualquer outra pessoa possa ter sido a causa do que aconteceu. Mas, apesar de todo esse belo discurso, minha querida Lizzy, pode estar certa de que seu tio nunca teria cedido, se não tivesse julgado que o senhor Darcy tinha outro interesse no assunto.

Quando tudo foi resolvido, ele voltou de novo para junto dos amigos que o aguardavam em Pemberley, mas ficou combinado que voltaria a Londres no dia do casamento e todas as questões relativas ao dinheiro deveriam receber então a solução definitiva.

Creio que já lhe contei tudo. É um relato que, pelo que vejo, deverá deixá-la verdadeiramente surpresa; espero, pelo menos, que não lhe cause nenhum dissabor. Lydia veio para a nossa casa e Wickham aparecia aqui com frequência. Achei-o exatamente como na época em que o conheci em Hertfordshire; mas não lhe deveria contar como a conduta dela não me agradou nem um pouco enquanto esteve conosco. Como percebi pela carta de Jane da última quarta-feira, a conduta de Lydia condiz com seu procedimento em Longbourn e, portanto, não hesito em pensar que o que lhe conto não vai lhe causar novo desgosto. Falei com ela várias vezes e da maneira mais séria, mostrando-lhe todo o mal que tinha feito e toda a infelicidade que causara à família. Se ela me ouviu, foi por acaso, pois estou certa de que não prestou a menor atenção no que lhe disse. Às vezes ficava irritada com ela, mas me lembrava de minhas queridas Elizabeth e Jane, e por causa de vocês tinha toda a paciência com ela.

O senhor Darcy foi pontual em seu retorno e, como Lydia lhe contou, assistiu ao casamento. Jantou conosco no dia seguinte e tinha a intenção de partir na quarta ou na quinta-feira. Espero que não se zangue comigo, minha querida Lizzy, se colho o ensejo para dizer (o que nunca ousei dizer antes) que gosto muito dele. Seu comportamento conosco foi, sob todos os aspectos, tão amável como nos dias em que estivemos em Derbyshire. Sua maneira de ver as coisas, suas opiniões, tudo me agrada; só lhe falta um pouco de vivacidade e isso, se ele se casar bem, sua mulher haverá de lhe dar. Achei-o muito esperto... quase nunca mencionou seu nome. Mas a esperteza parece estar na moda.

Peço que me perdoe se fui muito ousada ou, pelo menos, não me castigue a ponto de me excluir de P... Nunca me sentirei inteiramente feliz enquanto não tiver percorrido todo aquele parque. Uma charrete baixa, com uma bela parelha de pôneis, seria o máximo.

Não posso continuar. As crianças sentiram minha falta nessa meia hora.

Sua, muito afetuosamente,

M. Gardiner."

O conteúdo dessa carta lançou Elizabeth numa agitação de espírito que era difícil determinar se era o prazer ou a dor que predominava. As vagas e indefinidas suspeitas sobre o que o senhor Darcy poderia ter feito para promover o casamento de sua irmã, suspeitas que ela tivera medo de encorajar como um esforço de bondade grande demais para ser provável e que tivera medo também de considerá-las justas, se revelaram grandes demais para serem verdadeiras. Ele os havia seguido propositadamente até a cidade e havia assumido todos os incômodos e mortificações dessa busca; na qual tivera de suplicar a uma mulher, que ele naturalmente deveria abominar e desprezar; e fora obrigado a encontrar frequentemente, a discutir, persuadir e finalmente subornar um homem que ele sempre desejou evitar e cujo simples nome representava para ele um castigo ter de pronunciá-lo. E tudo isso ele tinha feito por uma moça que ele não podia nem admirar nem estimar. O coração de Elizabeth sussurrava que tinha sido unicamente por sua causa. Mas foi uma esperança sufocada em breve por outras considerações e ela logo sentiu que até mesmo sua vaidade era insuficiente quando solicitada a confiar na afeição dele por ela... por uma mulher que já o tinha rejeitado... ou que ele fosse capaz de vencer um sentimento tão natural como a aversão contra qualquer relacionamento com Wickham. Cunhado de Wickham! Toda espécie de orgulho deveria se revoltar contra isso. Com certeza, ele já tinha feito muito. Ela tinha vergonha de pensar quanto já lhe devia. Mas ele tinha apresentado um motivo para sua interferência, motivo que não exigia um extraordinário esforço de interpretação. Não era razoável que ele atribuísse a si próprio toda a culpa; ele era generoso e tinha meios de exercer sua generosidade; e embora ela não se considerasse a causa principal da conduta dele, poderia talvez acreditar que um resto de afeição por ela tivesse contribuído para os esforços dele numa causa de que dependia diretamente a paz de espírito dela. Era doloroso, excessivamente doloroso, saber que eles estavam em dívida com uma pessoa a quem nunca poderiam pagar. Eles lhe deviam a reabilitação de Lydia... deviam cada coisa e tudo a ele. Oh! Como ela se arrependia sinceramente de todo sentimento indelicado que alguma vez alimentara, de todas as palavras insolentes que havia dirigido a ele. Sentia-se humilhada, mas tinha orgulho dele. Orgulho que, entre compaixão e honra, o tinha capacitado a tirar o melhor de si. Ela leu repetidas vezes os elogios que a tia tecia a ele. Não eram suficientes, mas a deixavam feliz. Ela sentia até mesmo certo prazer, embora misturado com pesar, ao descobrir como os tios se haviam convencido de que afeição e confiança subsistiam entre o senhor Darcy e ela própria.

Ela foi arrancada de sua cadeira e de suas reflexões pela aproximação de alguém; e antes que pudesse tomar outro rumo, foi abordada por Wickham.

– Receio interromper seu passeio solitário, minha cara cunhada – disse ele, achegando-se a ela.

– Certamente que sim – replicou ela, com um sorriso –, mas disso não se segue que a interrupção não possa ser bem-vinda.

– Lamentaria realmente, se fosse o caso. Sempre fomos bons amigos; e agora, mais ainda.

– É verdade. Os outros não vêm passear?

– Não sei. A senhora Bennet e Lydia vão de carruagem a Meryton. E então, minha cara cunhada, soube por nossos tios que visitou realmente Pemberley.

Elizabeth respondeu afirmativamente.

– Quase invejo seu prazer e, no entanto, acho que seria demasiado para mim, senão iria até lá no caminho para Newcastle. E suponho que tenha visto a velha governanta. Pobre senhora Reynolds, ela sempre gostou muito de mim! Mas certamente não mencionou meu nome.

– Sim, mencionou.

– E o que ela disse?

– Que o senhor tinha entrado no exército e ela receava que... não tinha dado certo. A uma distância *dessas,* bem sabe, as coisas são estranhamente deturpadas.

– Certamente – replicou ele, mordendo os lábios.

Elizabeth imaginou que o havia silenciado; mas pouco depois ele disse:

– Fiquei surpreso ao ver Darcy em Londres, no mês passado. Encontrei-o várias vezes por acaso. Pergunto-me o que ele poderia estar fazendo por lá.

– Talvez preparando o casamento dele com a senhorita de Bourgh – disse Elizabeth. – Deverá ter sido algo de singular para levá-lo à capital nessa época do ano.

– Sem dúvida. Viu Darcy enquanto esteve em Lambton? Se bem me lembro, os Gardiner me disserem que o viu.

– Sim; ele me apresentou à irmã dele.

– E gostou dela?

– Muito.

– De fato, ouvi dizer que ela melhorou muito neste ano ou nos dois últimos. Na última vez que a vi, não prometia muito. Fico muito contente que tenha gostado dela. Espero que ela saia bem em tudo.

– Estou certa disso, pois já passou a idade mais perigosa.

– Visitaram a aldeia de Kympton?

– Não me lembro se a visitamos.

– Mencionei-a porque era a paróquia que me estava destinada. Um lugar encantador!... Excelente presbitério! Ter-me-ia servido muito bem sob todos os aspectos.

– Acha que teria gostado de fazer sermões?

– Demais. Teria considerado essa tarefa parte de meu dever e o esforço não seria tão grande. Não devemos nos queixar... mas certamente teria sido um lugar esplêndido para mim! A tranquilidade, o sossego de uma vida assim teria correspondido a todas as minhas ideias de felicidade! Mas não devia ser. Já ouviu alguma vez Darcy mencionar o caso quando esteve em Kent?

– Ouvi alguém a par dos fatos, que o acho *tão bem* informado quanto ele, que me disse que a paróquia lhe teria sido destinada só condicionalmente e ao arbítrio do atual benfeitor.

– Então ouviu. Sim, havia algo desse tipo *nisso* tudo; foi o que eu lhe disse desde o princípio, se conseguir se lembrar.

– Ouvi dizer também que houve uma época em que fazer sermões não lhe era tão palatável como parece ser atualmente; que o senhor realmente tomou a resolução de não ser ordenado e que, consequentemente, a questão ficou comprometida.

– Ouviu!... e não era totalmente sem fundamento. Deve lembrar-se do que lhe disse sobre esse ponto quando falamos pela primeira vez no assunto.

Estavam quase à porta da casa, pois ela tinha caminhado depressa para se ver livre dele; e não querendo provocá-lo por causa da irmã, limitou-se a responder-lhe, com um sorriso aberto:

– Vamos lá, senhor Wickham, somos cunhado e cunhada, bem sabe. Não vamos brigar por causa do passado. No futuro, espero que estejamos sempre de acordo.

Ela lhe estendeu a mão e ele a beijou com afetuoso cavalheirismo, embora não soubesse que expressão assumir, e entraram na casa.

≈ CAPÍTULO 53 ≈

O senhor Wickham ficou tão plenamente satisfeito com essa conversa que nunca mais tornou a se afligir ou a provocar sua querida cunhada Elizabeth, mencionando o assunto; e ela ficou contente por achar que havia dito o suficiente para silenciá-lo.

Logo chegou o dia da partida dele e de Lydia; e a senhora Bennet viu-se obrigada a sujeitar-se a uma separação que, provavelmente, duraria pelo menos um ano, pois o senhor Bennet se recusou terminantemente a aderir ao plano dela, que previa a ida de todos para Newcastle.

– Oh! Minha querida Lydia – exclamou ela –, quando nos tornaremos a ver?

– Oh, Deus! Não sei. Não nesses dois ou três anos, talvez.

– Escreva-me com frequência, minha querida.

– Sempre que puder. Mas sabe que as mulheres casadas nunca têm muito tempo para escrever. Minhas irmãs podem *me* escrever. Elas não terão mais nada a fazer.

As despedidas do senhor Wickham foram muito mais afetuosas do que as de sua esposa. Ele sorria, era simpático e se expressava de forma muito agradável.

– É um ótimo sujeito – disse o senhor Bennet, assim que eles estavam fora da casa –, como jamais vi. Ele sorri, brinca e é simpático com todos. Sinto-me prodigiosamente orgulhoso dele. Desafio até o próprio Sir William Lucas a apresentar um genro melhor que o meu.

A partida da filha deixou a senhora Bennet muito triste por vários dias.

– Muitas vezes penso – disse ela – que não há nada pior do que se separar de um amigo. Parece que a gente fica perdida sem ele.

– Essa é a consequência, minha senhora, de casar uma filha – disse Elizabeth. – Isso deve deixá-la muito mais feliz do que ver as outras quatro solteiras.

– Não é bem assim. Lydia não me deixa porque se casou, mas somente porque o regimento do marido dela está tão longe daqui. Se estivesse mais perto, ela não teria ido embora tão cedo.

Mas o estado de desânimo decorrente desse fato logo foi superado e seu espírito se abriu novamente a uma agitada esperança por meio de uma notícia que começou a circular. A governanta de Netherfiel recebera ordens para preparar a casa para a chegada do patrão, que viria dentro de um dia ou dois e haveria de permanecer ali por várias semanas para caçar. A senhora Bennet ficou muito agitada. Olhava para Jane, e sorria e meneava a cabeça, alternadamente.

– Bem, bem, então o senhor Bingley vai chegar, irmã (pois fora a senhora Phillips quem lhe dera a notícia). Bem, tanto melhor. Embora isso não tenha tanta importância para mim. Não representa muito para nós, como sabe, e estou certa de que nunca mais quero vê-lo. Mas faz muito bem em vir para Netherfield, se ele gosta daqui. E quem sabe o que *pode* acontecer? Mas isso pouco importa. Sabe, porém, que há muito tempo nós concordamos em nunca mais tocar no assunto. Então, é totalmente certa a chegada dele?

– Pode estar certa – replicou a outra –, pois a senhora Nichols esteve ontem em Meryton. Eu a vi passar e saí para perguntar se era verdade o que eu ouvira; e ela me respondeu que era a pura verdade. Deve chegar na quinta-feira, o mais tardar, ou talvez até mesmo na quarta. Ela estava indo ao açougueiro, me contou, com a finalidade de encomendar carne para quarta-feira e disse que tinha mais três casais de patos prontos para matar.

Jane não conseguiu ouvir a notícia da vinda dele sem mudar de cor. Fazia muitos meses desde a última vez em que ela mencionara o nome de Bingley para Elizabeth; mas agora, logo que as duas ficaram a sós, ela disse:

– Reparei que olhou para mim hoje, Lizzy, quando a tia nos contou a notícia e sei que eu parecia perturbada. Mas não pense que era por uma causa tola. Eu só estava confusa no momento, porque senti que todas iriam olhar para mim. Asseguro-lhe que essa notícia não me afeta nem com prazer nem com sentimento. Com uma coisa fico contente: ele vem sozinho; desse modo, o veremos menos vezes. Não é que eu tenha medo de mim mesma, mas tenho horror às observações das outras pessoas.

Elizabeth não sabia o que pensar. Se ela não o tivesse visto em Derbyshire, poderia até supor que ele viria sem outro motivo do que aquele divulgado. Mas achava que Bingley ainda gostava de Jane; e hesitava sobre qual teria sido a maior probabilidade que definira a vinda dele: viria porque o amigo lhe dera permissão ou porque era suficientemente corajoso para vir sem essa permissão.

Às vezes, ela pensava consigo mesma: "Ainda assim, é duro que esse pobre homem não possa vir para uma casa que ele legalmente alugou, sem levantar toda essa especulação! Não vou mais pensar nele."

Apesar do que a irmã lhe dissera, e ela acreditava realmente que eram seus sentimentos na expectativa da chegada dele, Elizabeth podia facilmente perceber que a irmã havia sido bem afetada pela notícia. Andava mais perturbada, mas instável, como poucas vezes a havia visto.

O assunto que, há um ano, fora tão calorosamente discutido entre os pais, voltava agora à tona.

– Tão logo o senhor Bingley chegar, meu caro – disse a senhora Bennet – espero que vá visitá-lo, sem dúvida.

– Não, não. A senhora me obrigou a visitá-lo o ano passado e afirmou que, se eu fosse visitá-lo, ele haveria de se casar com uma de minhas filhas. Mas tudo acabou em nada e eu não quero ficar com a cara de bobo outra vez.

A mulher procurou convencê-lo de que era absolutamente necessária essa atenção, a que todos os cavalheiros da região deviam se submeter, por ocasião da volta dele para Netherfield.

– É uma etiqueta que desprezo – disse ele. – Se deseja nossa companhia, ele que a procure. Ele sabe onde moramos. Não vou perder meu tempo correndo atrás dos vizinhos cada vez que eles vão embora e depois retornam.

– Bem, tudo o que eu sei é que será abominavelmente grosseiro se não for visitá-lo. Mas isso não me impedirá de convidá-lo para jantar conosco, e estou decidida a fazer isso. Como precisamos convidar em breve a senhora Long e os Golding, contando conosco, seremos treze à mesa e, portanto, haverá precisamente um lugar reservado para ele.

Consolado por essa resolução, se sentia mais preparada para tolerar a indelicadeza do marido, embora fosse constrangedor saber que todos os vizinhos haveriam de visitar o senhor Bingley. Como o dia da chegada dele se aproximasse...

– Começo realmente a lamentar a vinda dele – disse Jane à irmã. – Não vai ser nada. Poderia vê-lo com perfeita indiferença, mas não suporto ouvir falar do assunto a todo momento. A intenção da mãe é boa, mas ela não sabe, ninguém sabe, como eu sofro com o que ela diz. Como vou ficar feliz quando a estada dele em Netherfield chegar ao fim!

– Gostaria de poder dizer alguma coisa para consolá-la – replicou Elizabeth. – Mas está totalmente fora de meu alcance. Você deve sentir isso; e a habitual satisfação de pedir paciência a quem sofre me é negada, porque você sempre a tem em demasia.

O senhor Bingley chegou. A senhora Bennet, com a ajuda dos criados, deu um jeito de saber do fato o mais cedo possível, pois o período de ansiedade de fato parecia ser longo demais para ela. Contava os dias que deveriam decorrer antes que o convite pudesse ser enviado, pois durante esse período não poderia ter esperanças de vê-lo. Mas na terceira manhã depois da chegada dele a Hertfordshire, ela o viu, desde a janela do quarto de vestir, entrar a cavalo pelo portão e aproximar-se de casa.

As filhas foram imediatamente chamadas para participar de sua alegria. Jane continuou resolutamente sentada em seu lugar à mesa; mas Elizabeth, para contentar a mãe, foi até a janela... olhou... viu que o senhor Darcy vinha com ele e voltou a sentar-se ao lado da irmã.

– Há um cavalheiro com ele, mãe – disse Kitty. – Quem será?

– Algum conhecido dele, minha querida; com certeza, não sei quem é.

– Ora! – retrucou Kitty. – Parece justamente aquele senhor que costumava estar com ele antes. Senhor não-sei-que-nome. Aquele homem alto, orgulhoso.

– Meu Deus! O senhor Darcy!... É ele, juro! Bem, qualquer amigo do senhor Bingley será sempre bem-vindo, com toda a certeza; mas devo confessar que o odeio, só de olhar para ele.

Jane olhou para Elizabeth com surpresa e inquietação. Ela pouco sabia a respeito dos encontros em Derbyshire e por isso supunha que ela se sentiria muito embaraçada ao vê-lo quase pela primeira vez depois de receber aquela carta explicativa da parte dele. As duas irmãs se sentiam bem pouco à vontade. Cada uma delas sentia pela outra e, naturalmente, por si mesma; e a mãe continuava falando da antipatia que tinha pelo senhor Darcy e repetia que estava disposta a tratá-lo educadamente só porque se tratava de um amigo do senhor Bingley; as palavras dela, porém, não eram ouvidas por nenhuma das duas filhas. Mas Elizabeth tinha fontes de intranquilidade de que Jane nem sequer suspeitava, pois nunca tivera coragem de lhe mostrar a carta da senhora Gardiner ou de relatar sua própria mudança de sentimentos para com o senhor Darcy. Para Jane, ele era simplesmente um homem cujas propostas a irmã havia recusado e cujas qualidades ela havia subestimado; mas para sua própria e mais completa informação, ele era a pessoa a quem toda a família devia o maior dos benefícios e por quem ela própria dedicava uma afeição, senão tão terna, pelo menos tão razoável e justa como a de Jane por Bingley, A surpresa da vinda dele... pela vinda a Netherfield, para Longbourn, e procurando-a novamente de própria iniciativa era quase a mesma que aquela que sentira ao perceber a mudança de comportamento dele em Derbyshire.

A cor, que havia desaparecido de seu rosto, voltou por meio minuto com mais rubor e um sorriso de prazer deu brilho a seus olhos, ao pensar, durante aquele curto espaço de tempo, que a afeição e os sentimentos dele deviam continuar inabaláveis. Mas não queria precipitar-se.

– Deixe-me ver primeiramente como ele se comporta – disse ela. – É cedo demais para expectativas.

Continuou atenta a seu trabalho, procurando acalmar-se e sem ousar levantar os olhos, até que ansiosa curiosidade os levou a fitar o rosto da irmã, enquanto o criado se aproximava da porta. Jane parecia um pouco mais pálida do que o costume, mas muito mais calma do que Elizabeth esperava. Quando os cavalheiros entraram, ela mudou de cor; ainda assim, recebeu-os com razoável tranquilidade e com uma propriedade de comportamento, igualmente desimpedido de qualquer sintoma de ressentimento ou de desnecessária complacência.

Elizabeth disse a cada um deles o mínimo que a cortesia poderia exigir e sentou-se novamente, voltando a seu trabalho com um afinco que ele nem sempre requeria. Tinha arriscado apenas um olhar na direção de Darcy. Ele parecia sério como de costume e mais do que em Hertfordshire ou em Pemberley. Mas talvez ele não conseguisse ser, na presença da mãe dela, o que havia sido na presença dos tios. Era uma conjetura dolorosa, mas nada improvável.

Ela havia visto igualmente Bingley por um instante e, nesse curto espaço de tempo, viu-o parecendo ao mesmo tempo alegre e embaraçado. A senhora Bennet recebeu-o com tamanha cortesia que as filhas se sentiram envergonhadas, especialmente porque contrastava com a fria e cerimoniosa polidez de sua cortesia e atenção para com o amigo dele.

Elizabeth, em particular, que sabia quanto sua mãe devia a este último, cuja iniciativa salvara sua filha predileta de uma irremediável desonra, sentiu-se profundamente ferida pela distinção tão mal aplicada.

Darcy, após perguntar pelo senhor e pela senhora Gardiner, pergunta a que Elizabeth não pôde responder sem certo embaraço, praticamente não falou. Ele não estava sentado perto dela; talvez fosse esse o motivo de seu silêncio; mas não procedera desse modo em Derbyshire. Conversou com os amigos dela quando não podia fazê-lo com ela própria. Mas agora se passaram vários minutos sem que se ouvisse o som de sua voz; e quando, ocasionalmente, incapaz de resistir ao impulso da curiosidade, ela levantava os olhos em direção do rosto dele, muitas vezes percebeu que ele olhava ora para Jane, ora para ela própria e frequentemente olhava apenas para o chão. Tal atitude exprimia evidentemente mais despreocupação e menos ansiedade em agradar do que da última vez em que se haviam encontrado. Ela ficou desiludida e zangada consigo mesma por causa disso.

"Poderia eu esperar que fosse de outro modo?", dizia ela. "Sendo assim, por que ele veio?"

Não se sentia disposta a conversar com ninguém, a não ser com ele; e com ele, dificilmente tinha coragem de falar. Ela perguntou pela irmã dele, mas não conseguiu ir mais longe.

– Faz muito tempo, senhor Bingley, que foi embora – disse a senhora Bennet.

Ele concordou prontamente.

– Receava que o senhor nunca mais voltasse. Houve quem dissesse que o senhor pretendia deixar a região definitivamente por ocasião da festa de São Miguel; mas espero que não seja verdade. Muitas mudanças de vulto ocorreram na vizinhança desde que o senhor partiu. A senhorita Lucas está casada e estabelecida. E uma de minhas filhas também. Creio que já tenha ouvido falar disso. Na verdade, deve ter lido nos jornais. A notícia apareceu no The Times e no The Courier, bem sei, embora não aparecesse como devia. Dizia apenas: "Casamentos: George Wickham com a senhorita Bennet", sem acrescentar nem uma sílaba sobre o pai dela, o lugar onde vivia, nada. A notícia foi redigida por meu cunhado Gardiner e me pergunto como pôde elaborar uma nota tão deselegante. O senhor chegou a lê-la?

Bingley respondeu que sim e deu os parabéns. Elizabeth não

ousou levantar os olhos. Não poderia dizer, portanto, qual a expressão no rosto de Darcy.

– Com toda a certeza, é uma coisa maravilhosa ter uma filha bem casada – continuou a mãe. – Mas ao mesmo tempo, senhor Bingley, é tão difícil conformar-se com a separação. Eles foram para Newcastle, uma localidade lá pelo norte, parece, e por lá vão permanecer não sei quanto tempo. É a sede do regimento de meu genro. Suponho que tenha ouvido falar que ele deixou o destacamento da milícia e ingressou no exército regular. Graças a Deus! Ele tem *alguns* amigos, embora não tantos quanto ele merece.

Elizabeth, que percebeu que ela se dirigia indiretamente ao senhor Darcy, sentiu tanta vergonha que, com dificuldade, permaneceu sentada. Deu-lhe, no entanto, a coragem de dizer alguma coisa, o que efetivamente não tinha feito antes; e perguntou a Bingley se pretendia ficar algum tempo na região. Ele acreditava que haveria de ficar algumas semanas.

– Quando tiver matado todos os pássaros de sua propriedade, senhor Bingley – continuou a mãe –, peço-lhe que venha para cá e poderá caçar à vontade nas terras do senhor Bennet. Estou certa de que o senhor Bennet ficará imensamente feliz em obsequiá-lo e lhe reservará todos os melhores pontos de caça.

O mal-estar de Elizabeth aumentava diante de tão desnecessárias e exageradas atenções. Se agora surgissem para Jane as mesmas belas possibilidades do ano anterior, tudo se precipitaria, como ela estava persuadida, para a mesma desastrosa conclusão. Naquele instante, ela sentiu que anos de felicidade não poderiam compensar os momentos desagradáveis pelos quais Jane e ela própria estavam passando.

"O primeiro desejo de meu coração – dizia ela para si mesma – é de nunca mais tornar a encontrar nenhum desses dois. A companhia deles não poderia propiciar nenhum prazer que pudesse reparar semelhante infelicidade como esta! Deus permita que nunca mais veja nem um nem outro!"

Ainda assim, o mal-estar, que anos de felicidade não poderiam compensar, foi pouco depois atenuado de maneira realmente sensível, ao observar quanto a beleza de sua irmã reacendia a admiração de seu antigo namorado. De início, ele quase não lhe dirigiu a palavra, mas a cada cinco minutos parecia multiplicar suas atenções para com ela. Achava-a tão bonita como no ano anterior; tão afável e tão natural, embora menos dada a conversar. Jane se esforçava para não deixar transparecer qualquer diferença nela e estava realmente persuadida de que conversava tão animadamente como sempre. Mas sua mente estava tão intensamente ocupada que ela nem sempre percebia quando estava em silêncio.

Quando os cavalheiros se levantaram para partir, a senhora Bennet lembrou-se do convite que pretendia fazer e ficou acertado que voltariam para jantar em Longbourn daí a alguns dias.

– Está em dívida para comigo, senhor Bingley – acrescentou ela –, pois, no inverno passado, quando foi para a capital, o senhor prometeu de jantar conosco tão logo voltasse. Como pode ver, não esqueci; e asseguro-lhe que ficaria muito desapontada se não voltasse e cumprisse sua promessa.

Bingley parecia ter sido colhido de surpresa por essas palavras e disse alguma coisa como ter sido impedido por negócios. Os dois, então, foram embora.

A senhora Bennet estivera fortemente inclinada a pedir-lhes que ficassem e jantassem com eles naquele dia; mas, embora ela sempre estivesse bem provida de reservas para uma boa mesa, pensava que nada menos que dois bons pratos poderiam ser suficientes para um homem sobre quem alimentava desígnios especiais ou para satisfazer o apetite e o orgulho daquele que tinha um rendimento de dez mil libras por ano.

≈ CAPÍTULO 54 ≈

Tão logo eles partiram, Elizabeth saiu para recuperar a tranquilidade; em outras palavras, para refletir sem interrupção naqueles assuntos que mais deveria sufocar.

O comportamento do senhor Darcy a surpreendeu e a irritou.

"Por que ele veio – dizia ela para si mesma –, se era apenas para ficar calado, sério e indiferente?"

Não conseguia equacionar isso, de modo que lhe desse prazer.

"Ele conseguia ser amável e agradável para com meus tios quando estava em Londres; e por que não comigo? Se tem medo de mim, por que veio até aqui? Se não gosta mais de mim, por que fica calado? Importuno, provocador! Não vou mais pensar nele."

A resolução foi, durante breve tempo, cumprida involuntariamente, graças à aproximação de sua irmã, que chegava com uma expressão de alegria, sinal evidente de que estava mais satisfeita com os visitantes do que Elizabeth.

– Agora – disse ela – que este primeiro encontro passou, sinto-me perfeitamente à vontade. Conheço minhas próprias forças e nunca mais vou me sentir embaraçada com a visita dele. Alegra-me que ele venha jantar conosco na terça-feira. Então ficará notório para todos que nos damos apenas como bons amigos e indiferentes um ao outro.

– Sim, bem indiferentes, de fato – disse Elizabeth, rindo. – Oh! Jane, tome cuidado!

– Minha querida Lizzy, não pode me julgar tão fraca que me considere em perigo agora.

– Acho que corre realmente o maior perigo de ele se apaixonar por você mais do que nunca.

Não tornaram a ver os cavalheiros senão na terça-feira. Enquanto isso, a senhora Bennet se entregava a todos os felizes planos que o bom humor e a delicadeza habitual de Bingley haviam reavivado na meia hora de visita.

Na terça-feira um numeroso grupo se reuniu em Longbourn, e os dois que mais ansiosamente eram esperados, para crédito de sua pontualidade como desportistas, chegaram bem em tempo. Quando todos se dirigiram para a sala de jantar, Elizabeth ficou ansiosamente observando para ver se Bingley tomaria o lugar que, em todas as reuniões de outrora, tocava a ele, ao lado de sua irmã. A prudente mãe, com a mesma ideia na cabeça, eximiu-se de convidá-lo a sentar-se a seu lado. Ao entrar na sala, ele parecia hesitar; mas casualmente Jane olhou em volta e casualmente também sorriu: estava decidido. Ele tomou lugar ao lado dela.

Elizabeth, com uma sensação de triunfo, olhou para o amigo dele. Este observou o ocorrido com nobre indiferença e Elizabeth teria imaginado que Bingley tinha recebido a sanção dele para ser feliz, se ela não tivesse visto os olhos dele igualmente voltados para senhor Darcy, com uma expressão entre sorridente e alarmada.

O comportamento de Bingley com a irmã dela, durante o jantar, persuadiu Elizabeth de que sua admiração por Jane, embora mais reservada do que outrora, se dependesse só dele, em breve resultaria na felicidade dos dois. Ainda que ela não confiasse cegamente nesse resultado, sentia enorme prazer ao observar a atitude dele, que despertou nela toda a animação que seu estado de espírito podia deixar transparecer, pois não estava muito bem- disposta. O senhor Darcy encontrava-se tão distante dela quanto o comprimento da mesa o permitia. Estava ao lado da mãe dela. E ela sabia que essa situação daria muito pouco prazer a qualquer um dos dois. Não estava bastante próxima para ouvir o que eles diziam, mas via que raramente se falavam e, quando isso acontecia, suas maneiras eram formais e frias. A hostilidade de sua mãe lembrava dolorosamente a Elizabeth tudo o que eles deviam ao senhor Darcy; e, às vezes, pensava que teria dado tudo para ter o privilégio de dizer a ele que sua bondade não era nem ignorada nem menosprezada por toda a família.

Elizabeth tinha esperança de que a noite haveria de proporcionar uma oportunidade de deixar os dois juntos e esperava também que todo o tempo da visita não haveria de passar sem que eles pudessem trocar palavras mais significativas do que as simples saudações de cortesia, previstas para a despedida. Ansiosa e inquieta, o período transcorrido na sala de estar, antes da entrada dos cavalheiros, foi tão cansativa e aborrecida que quase a tornou descortês. Ela havia apostado na entrada deles como o ponto de que deveria depender toda a sua chance de ter uma noite feliz e prazerosa.

"Se ele não vier até mim – dizia ela para si mesma –, então, vou desistir dele para sempre."

Os cavalheiros entraram; e ela pensou que ele parecia ter respondido a suas esperanças, mas, infelizmente, as senhoras se haviam reunido em torno da mesa, onde Jane estava preparando o chá e Elizabeth passava o café, de modo tão apinhado que não havia lugar perto dela nem para uma cadeira. E quando os cavalheiros se aproximaram, uma das moças se acercou ainda mais dela e cochichou-lhe ao ouvido:

– Os homens não podem vir aqui e nos separar, estou decidida. Não queremos nenhum deles aqui, não é?

Darcy se havia dirigido para o outro lado da sala. Ela o seguiu com os olhos, invejando todas as pessoas com quem ele falava e com pouca paciência para continuar servindo café; e então ficou irritada consigo mesma por ser tão idiota!

"Um homem que foi recusado uma vez! Como poderia ser tão tola e esperar uma nova declaração de seu amor! Haverá alguém de seu sexo que não haveria de se revoltar contra semelhante fraqueza, como seria uma segunda proposta de casamento para a mesma mulher? Nenhuma injúria é tão detestável aos sentimentos deles!"

Ela ficou, no entanto, um pouco mais animada ao vê-lo devolver pessoalmente sua xícara de café e aproveitou a oportunidade para lhe dizer:

– Sua irmã está ainda em Pemberley?

– Sim, ela vai ficar até o Natal.

– E está sozinha? Todos os amigos dela partiram?

– A senhora Annesley está com ela. Os outros foram para Scarborough passar as próximas três semanas.

Ela não conseguia pensar em mais nada para dizer; mas, se

ele desejasse conversar com ela, teria sido mais bem-sucedido. Ele ficou ao lado dela, no entanto, por alguns minutos, em silêncio; e finalmente, quando a jovem sussurrou novamente algo ao ouvido de Elizabeth, ele se afastou.

Quando o serviço de chá foi retirado e arrumadas as mesas de jogo, todas as senhoras se levantaram, e Elizabeth teve de novo a esperança de vê-lo se aproximar, mas todos os seus planos desmoronaram ao vê-lo cair vítima da avidez da mãe dela em conseguir parceiros para o jogo de uíste e pouco depois estava sentado com o resto do grupo. Ela perdeu toda a expectativa de se sentir bem ali. Seriam obrigados a passar o resto da noite em mesas diferentes e a única esperança que lhe restava era a de que ele voltasse frequentemente os olhos para seu lado da sala e que por isso jogasse tão mal como ela.

A senhora Bennet havia decidido convidar os dois cavalheiros de Netherfield para a ceia; mas infelizmente a carruagem deles foi chamada antes que qualquer uma das outras e ela não teve como detê-los.

– Bem, meninas – disse ela, quando já estavam sozinhas –, que acharam do dia? Acho que tudo correu da melhor forma possível; aliás, estou certa disso. O jantar foi preparado como nunca vi nada igual. A carne de caça estava no ponto... e todos disseram que nunca tinham visto uma coxa tão gorda. A sopa estava mil vezes melhor do que a que serviram em casa dos Lucas na semana passada; e até o senhor Darcy reconheceu que as perdizes estavam notavelmente bem preparadas e creio que ele tem dois ou três cozinheiros franceses, pelo menos. E, minha querida Jane, nunca vi você mais bonita. A senhora Long disso isso também, porque lhe perguntei se você não era tão bonita assim. E o que você acha que ela disse mais? "Ah! Senhora Bennet, finalmente podemos tê-la em Netherfield." Ela disse isso, de fato. Acho que a senhora Long é uma boa mulher... e as sobrinhas dela são meninas muito bem-comportadas e não muito bonitas; gosto demais delas.

A senhora Bennet, em resumo, estava de excelente humor.

Tinha observado de modo suficiente o comportamento de Bingley com Jane para se convencer de que ele estava praticamente conquistado. E quando a senhora Bennet estava de bom humor, suas expectativas matrimoniais eram tão ilimitadas que ficaria totalmente desapontada, se não visse o jovem aparecer no dia seguinte, para fazer o pedido de casamento.

– Foi um dia muito agradável – disse Jane para Elizabeth. – O grupo foi tão bem selecionado e todos pareciam se dar bem uns com os outros. Espero que possamos nos encontrar todos com frequência.

Elizabeth sorriu.

– Lizzy, você não deve ser assim. Não deve suspeitar de mim. Isso me aborrece. Asseguro-lhe que agora aprendi a apreciar a conversa dele como a de um jovem simpático e sensato, sem alimentar qualquer desejo além disso. Estou perfeitamente satisfeita, em decorrência das atitudes dele, que ele nunca teve qualquer propósito de cativar minha afeição. É apenas dotado de uma grande e cativante simpatia e de um desejo de agradar a todos muito mais forte do que qualquer outro homem.

– Você é muito cruel – disse a irmã. – Não me deixa sorrir e me provoca o riso a todo instante.

– Como é difícil, em certos casos, fazer-se acreditar!

– E como é impossível em outros!

– Mas por que insiste em me persuadir de que eu sinto mais do que aquilo que eu reconheço?

– Essa é uma pergunta que realmente não sei como responder. Todos nós gostamos de ensinar, embora possamos ensinar somente o que não vale a pena saber. Perdoe-me, e se persistir em sua indiferença, não me considere mais sua confidente.

≈ CAPÍTULO 55 ≈

Alguns dias depois dessa visita, o senhor Bingley apareceu novamente, mas sozinho. O amigo dele partira naquela manhã para Londres, com a promessa de voltar dentro de dez dias. O senhor Bingley ficou com eles por mais de uma hora e estava de excelente humor. A senhora Bennet convidou-o para jantar; mas, desculpando-se amavelmente, confessou que já tinha compromisso em outro lugar.

– Da próxima vez que nos visitar – disse ela –, espero que tenhamos mais sorte.

Ele respondeu que teria imenso prazer em vir em qualquer outra ocasião, etc., etc.; e, se ela o permitisse, voltaria muito em breve.

– Poderá vir amanhã?

Disse que sim, pois não tinha compromissos para o dia seguinte; e o convite foi aceito com alegria.

Veio, e tão cedo que as senhoras ainda não estavam prontas quando ele chegou. A senhora Bennet correu às pressas para o quarto da filha, em seu roupão e com o cabelo ainda por pentear, exclamando:

– Minha querida Jane, faça depressa e corre lá para baixo. Ele chegou... o senhor Bingley chegou. É ele, de verdade. Depressa, depressa! Sarah, venha ajudar a senhorita Bennet a se vestir. Deixe o cabelo da senhorita Lizzy para depois.

– Desceremos logo que pudermos – disse Jane. – Mas Kitty é mais rápida que nós e já desceu há meia hora.

– Oh! Que lhe interessa Kitty? Que tem ela a ver com isso? Vamos, depressa, depressa! Onde está sua faixa, minha querida?

Mas quando a sua mãe as deixou, Jane se recusou a descer sem uma das irmãs.

A mesma ansiedade de deixar os dois a sós era novamente visível na senhora Bennet. Depois do chá, o senhor Bennet se retirou para a biblioteca, como de costume, e Mary subiu para tocar piano. Dos cinco obstáculos, dois estavam removidos. A senhora Bennet sentou-se e ficou olhando e piscando para Elizabeth e Catherine durante bastante tempo, sem obter resultado. Elizabeth fingia que não via e quando finalmente Kitty notou, disse ingenuamente:

– O que há, mãe? Por que fica piscando para mim? O que quer que faça?

– Nada, minha filha, nada. Não pisquei para você.

Ela então ficou quieta por mais de cinco minutos; mas, incapaz de ver desperdiçada ocasião tão preciosa, levantou-se de repente e, dizendo para Kitty: "Venha, querida, quero falar com você", levou-a para fora da sala. Jane imediatamente lançou um olhar para Elizabeth, que exprimia sua contrariedade por essa premeditação e sua súplica para que ela não se prestasse a isso. Depois de cinco minutos, a senhora Bennet entreabriu a porta e chamou:

– Lizzy, querida, preciso falar com você.

Elizabeth foi obrigada a ir.

– É melhor que os deixemos a sós, sabe – disse a mãe, assim que se encontrou no vestíbulo. – Kitty e eu vamos lá para cima, para meu quarto de vestir.

Elizabeth não fez nenhuma tentativa para discutir com a mãe; mas permaneceu tranquilamente no vestíbulo e, quando a mãe e Kitty subiram, voltou para a sala de estar.

As manobras da senhora Bennet para esse dia foram infrutíferas. Bingley era o encanto personificado, mas não o pretenso apaixonado de sua filha. A tranquilidade e alegria dele tornaram o encontro extremamente agradável e suportou airosamente a precipitada intromissão da mãe e ouviu todas as suas tolas observações com paciência e autodomínio particularmente bem-vistos pela filha.

Ele quase não precisou de convite para ficar para a ceia; e, antes de ir embora, um compromisso foi assumido, especialmente entre ele próprio e a senhora Bennet, que o haveria de trazer de volta na manhã seguinte para caçar com o senhor Bennet.

Depois desse dia, Jane não tornou a falar em sua indiferença. Nem uma palavra foi trocada entre as irmãs acerca de Bingley; mas Elizabeth foi para a cama com a feliz certeza de que tudo deveria ser rapidamente concluído, a menos que o senhor Darcy voltasse antes do dia marcado. Pensando melhor, contudo, ela se sentia razoavelmente persuadida de que tudo isso estava acontecendo com a aquiescência dele.

No dia seguinte, Bingley chegou pontualmente; e junto com o senhor Bennet, passou a manhã, conforme tinha sido combinado. O senhor Bennet encontrou nele um companheiro muito mais agradável do que esperava. E o senhor Bingley nada pôde perceber de ridículo no outro ou de algo desgostoso, que o obrigasse a ficar em silêncio; pelo contrário, achou-o mais comunicativo e menos excêntrico do pensava. Bingley, naturalmente, voltou com ele para jantar, e, à noite, a senhora Bennet lançou mão de todos os recursos para afastar os demais dele e da filha. Elizabeth, que tinha uma carta para escrever, foi para a sala do café com esse propósito, logo depois do chá; pois, como todos os outros iam jogar às cartas, ela não seria necessária para contrariar as manobras da mãe.

Mas, ao voltar à sala de estar, depois de ter terminado a carta, ela viu, para sua infinita surpresa, que havia razão para temer que sua mãe tivesse sido astuciosa demais para ela. Ao abrir a porta, deparou-se com sua irmã e Bingley perto um do outro, de pé junto da lareira, entretidos numa conversa séria; e se isso não levantasse suspeita, o rosto de ambos, quando eles se voltaram e se afastaram um do outro, teria dito tudo. A situação deles era bastante embaraçosa, mas a *dela* era pior ainda. Nenhum deles disse uma palavra sequer; e Elizabeth se preparava para sair novamente quando Bingley que, como Jane se havia sentado, subitamente se levantou e, sussurrando algumas palavras ao ouvido de Jane, saiu apressadamente da sala.

Jane não tinha reservas com Elizabeth quando a confidência era motivo de alegria; e, abraçando-a, imediatamente confessou, com a mais viva emoção, que era a criatura mais feliz do mundo.

– É demais para mim – acrescentou ela. – Demais. Não mereço tanto. Oh! Por que todo mundo não é tão feliz?

Elizabeth lhe deu os parabéns com uma sinceridade, um calor e um entusiasmo que as palavras mal poderiam expressar. Cada frase de afabilidade era nova fonte de felicidade para Jane. Mas esta não poderia demorar-se mais junto da irmã ou dizer metade do que poderia ser dito nesse momento.

– Preciso ir agora mesmo ver a mãe – exclamou ela. – Não quero, de modo algum, brincar com a afetuosa solicitude dela; nem quero me permitir que ela fique sabendo disso por meio de qualquer outro que não seja eu. Ele já foi falar com o pai.

Oh! Lizzy, saber que o que tenho a contar vai deixar toda a minha querida família feliz! Como poderei suportar tamanha felicidade!

Jane correu então ao encontro da mãe, que propositadamente havia interrompido o jogo das cartas e estava no andar de cima com Kitty.

Elizabeth, que fora deixada sozinha, sorria agora pela rapidez e facilidade com que tinha sido finalmente resolvido o assunto que lhes havia causado tantos meses de suspense e inquietação.

"E esse – disse para si mesma – é o fim de toda a ansiosa circunspecção dele, de toda a falsidade e ardis da irmã dele! O fim mais feliz, mais justo e mais razoável!"

Em poucos minutos, ela estava novamente com Bingley, cuja conversa com o pai dela fora breve e decisiva.

– Onde está sua irmã? – perguntou ele apressadamente, ao abrir a porta.

– Com minha mãe, lá em cima. Vai descer logo, imagino.

Ele fechou então a porta e, aproximando-se, parecia pedir-lhe os parabéns e a afeição de irmã. Elizabeth, sinceramente e com prazer, expressou toda a sua alegria pelo novo tipo de relação. Apertaram as mãos com grande cordialidade; e em seguida, até sua irmã voltar, ela teve de ouvir tudo o que ele dizia sobre sua própria felicidade e as perfeições de Jane; e, apesar de serem expressões de um apaixonado, Elizabeth acreditava realmente que todas as expectativas dele de felicidade eram bem fundadas, porque tinham como base a excelente compreensão e o gênio incomparável de Jane, além de uma similaridade geral de sentimentos e gostos entre ambos.

Aquela foi uma noite de alegria incomum para todos. A felicidade de Jane dava a seu rosto um brilho e uma doce animação que a deixava mais linda que nunca. Kitty ria e sorria, na esperança de que em breve chegaria sua vez. A senhora Bennet não conseguia dar seu consentimento e exprimir sua aprovação em termos suficientemente calorosos para satisfazer seus sentimentos, embora tenha falado Bingley por nada menos que meia hora. E quando o senhor Bennet se juntou a eles para a ceia, sua voz e seus modos mostravam claramente como estava realmente feliz.

Nenhuma palavra, porém, passou por entre seus lábios em alusão ao fato até o visitante se despedir; mas, tão logo ele partiu, o senhor Bennet se voltou para a filha e disse:

– Jane, meus parabéns. Será uma mulher muito feliz.

Jane correu para ele imediatamente, beijou-o e agradeceu sua bondade.

– Você é uma boa menina – disse ele – e tenho enorme prazer ao pensar que você estará muito bem casada. Não tenho dúvidas de que vão se dar muito bem juntos. Vocês têm temperamentos bastante semelhantes. Ambos são tão tolerantes que nunca tomarão decisões precipitadas; tão fáceis de lidar que todos os criados vão enganá-los; e tão generosos que vão sempre gastar mais do que percebem.

– Espero que não. Imprudência ou imprevidência em matéria de dinheiro seriam imperdoáveis de minha parte.

– Gastar mais do que ganham! Meu caro senhor Bennet – exclamou sua mulher –, o que está dizendo? Ora, ele recebe quatro ou cinco mil libras por ano ou, muito provavelmente, mais ainda. – Em seguida, dirigindo-se para a filha: – Oh! Minha querida e adorada Jane, estou tão feliz! Estou certa de que não vou conseguir pregar olho esta noite! Eu sabia que haveria de acontecer. Eu sempre disse que deveria ser assim. Tinha certeza de que você não poderia ser tão bonita por nada! Lembro, tão logo o vi quando pela primeira vez veio a Hertfordshire no ano passado, que pensei que provavelmente vocês acabariam juntos. Oh! Ele é o homem mais lindo que jamais vi!

Wickham, Lydia e tudo o mais ficou esquecido. Jane era, de longe, sua filha predileta. Nesse momento, ela não se preocupava com nenhuma outra. Suas irmãs mais novas começaram logo a imaginar as vantagens com o casamento dela, em relação à felicidade que ela poderia lhes proporcionar no futuro em variadas situações.

Mary pediu para usar a biblioteca de Netherfield; e Kitty insistia para que ela organizasse vários bailes todos os invernos.

A partir de então, Bingley era naturalmente um visitante diário em Longbourn; chegando com frequência antes do café da manhã e permanecendo sempre até a hora da ceia, exceto quando algum cruel vizinho, que não podia ser suficientemente detestado, o convidava para jantar; e ele se sentia obrigado a aceitar.

Elizabeth dispunha agora de pouco tempo para conversar com a irmã, pois, quando ele estava presente, Jane não dava atenção a mais ninguém; mas viu-se de considerável utilidade para ambos naqueles momentos de separação que deveriam necessariamente ocorrer às vezes. Na ausência de Jane, ele sempre procurava a companhia de Elizabeth, pelo prazer de conversar com ela; e quando Bingley ia embora, Jane procurava constantemente o mesmo meio de consolo.

– Ele me deixou tão feliz – disse ela, certa noite –, ao dizer que ignorava totalmente que eu tivesse estado em Londres na primavera passada! Não acreditava que isso fosse possível.

– Eu já suspeitava disso – replicou Elizabeth. – Mas como é que ele explicou o fato?

– Deve ter sido obra da irmã dele. Certamente eles não viam com bons olhos o relacionamento dele comigo, o que não me surpreende, pois ele poderia ter feito uma escolha muito mais vantajosa sob muitos aspectos. Mas quando chegarem a ver, como espero que hão de ver, a felicidade dele comigo, terão de se resignar e me aceitar, embora nunca mais possamos ter a mesma intimidade de antes.

– Esta é a fala mais dura – exclamou Elizabeth – que jamais

ouvi você expressar. Menina corajosa! Na verdade, ficaria aborrecida ao vê-la de novo iludida com a falsa consideração da senhorita Bingley.

– Poderia acreditar, Lizzy, que, ao partir para Londres em novembro passado, ela realmente me amava e só não voltou porque o convenceram de que eu lhe era totalmente indiferente!

– Ele cometeu um pequeno erro, certamente; mas isso só prova sua modéstia.

Isso naturalmente introduziu um panegírico da parte de Jane sobre a timidez dele e o pouco valor que ele dá às próprias qualidades. Elizabeth ficou satisfeita por descobrir que ele não tinha revelado a interferência do amigo, pois, embora Jane tivesse o coração mais generoso e clemente do mundo, sabia que essa circunstância teria sido considerada imperdoável pela irmã, porque teria causado atrito entre os dois.

– Certamente sou a criatura mais feliz que jamais existiu – exclamou Jane. – Oh! Lizzy, por que fui a escolhida na família para ser mais privilegiada de todas? Se ao menos pudesse ver você tão feliz como eu! Se existisse pelo menos outro homem igual para você!

– Mesmo que me arranjasse quarenta desses homens, nunca seria tão feliz como você. Até que eu não tenha sua disposição, sua bondade, nunca hei de ter sua felicidade. Não, não, deixe que me arranje sozinha; e talvez, se tiver muita sorte, poderei encontrar outro senhor Collins por aí...

A nova situação na família de Longbourn não poderia permanecer por muito mais tempo em segredo. A senhora Bennet teve o privilégio de sussurrar a novidade à senhora Phillips, e esta se aventurou, sem permissão, a fazer o mesmo a todas as suas vizinhas em Meryton.

Os Bennet rapidamente foram considerados por todos como a família mais afortunada do mundo, embora poucas semanas antes, quando Lydia havia fugido, tivessem sido apontados por todos como pessoas marcadas pelo infortúnio.

≈ CAPÍTULO 56 ≈

Certa manhã, cerca de uma semana depois do noivado de Bingley e Jane, enquanto ele as mulheres da família estavam reunidos na sala de jantar, sua atenção foi subitamente atraída para a janela pelo ruído de uma carruagem; puxada por quatro cavalos, a mesma se aproximava da casa. Era cedo demais para uma visita e, além disso, o veículo não correspondia ao de nenhum dos vizinhos. Nem os cavalos nem a carruagem nem a libré do criado que a dirigia lhes eram familiares. Como era certo, porém, que alguém estava chegando, Bingley imediatamente propôs à senhorita Bennet que evitassem o intruso e fossem dar uma volta pelo bosque. Ambos saíram e as três pessoas restantes continuaram conjeturando, embora sem grande êxito, até que a porta se abriu e a visita entrou. Era Lady Catherine de Bourgh.

Todas ficaram surpresas; mas seu espanto ultrapassava os limites de sua expectativa; e, da parte da senhora Bennet e de Kitty, embora totalmente desconhecida para elas, foi inferior ao que Elizabeth sentiu.

Ela entrou na sala com um ar ainda menos afável do que de costume, não deu qualquer resposta à saudação de Elizabeth a não ser uma leve inclinação da cabeça e sentou-se sem dizer uma palavra. Elizabeth havia mencionado o nome da visitante à mãe no momento da entrada da nobre senhora, embora nenhum pedido de apresentação tivesse sido solicitado.

A senhora Bennet, assombrada, embora envaidecida por ter uma hóspede de tamanha importância, recebeu-a com a máxima polidez. Depois de permanecerem sentadas durante algum tempo em silêncio, Lady Catherine disse, muito secamente, a Elizabeth:

– Espero que esteja bem, senhorita Bennet. Aquela senhora, suponho, é sua mãe.

Elizabeth respondeu concisamente que era.

– E aquela deve ser uma de suas irmãs.

– Sim, minha senhora – disse a senhora Bennet, deliciada por falar com Lady Catherine. – É minha penúltima filha. A mais jovem se casou ultimamente e a mais velha está em algum lugar lá fora, passeando com um jovem que, acredito, logo se tornará membro da família.

– Vocês têm um parque muito pequeno aqui – voltar a falar Lady Catherine, depois de breve silêncio.

– Nada é em comparação com o de Rosings, minha senhora, tenho certeza, mas asseguro-lhe que é muito maior que o de Sir William Lucas.

– Esta deve ser a sala de estar mais inconveniente para passar a tarde, no verão; as janelas estão todas voltadas para o oeste.

A senhora Bennet explicou-lhe que eles nunca passavam ali depois do jantar e então acrescentou:

– Posso me permitir tomar a liberdade de perguntar à nobre senhora se o senhor e a senhora Collins estão bem?

– Sim, muito bem. Estive com eles anteontem à noite.

Elizabeth esperava que ela lhe entregasse uma carta de Charlotte, pois lhe parecia ser esse o motivo mais provável de sua visita. Mas a carta não apareceu, e Elizabeth ficou totalmente intrigada.

A senhora Bennet, com grande amabilidade, perguntou à nobre senhora se desejava tomar alguma coisa, mas Lady Catherine, muito decidida e pouco polida, recusou a oferta e, levantando-se, disse para Elizabeth:

– Senhorita Bennet, segundo me pareceu, há um pequeno bosque bastante agradável num dos lados do relvado. Gostaria de dar uma volta por ele, se quiser me conceder o favor de sua companhia.

– Vai, minha querida – exclamou a mãe –, e mostre à nobre senhora os vários caminhos. Acho que vai gostar muito da ermida.

Elizabeth obedeceu e, correndo ao quarto para buscar sua sombrinha, acompanhou a nobre hóspede pela escada. Ao atravessarem o vestíbulo, Lady Catherine abriu as portas que davam para a sala de jantar e afirmando, depois de breve exame, que era um cômodo decente, seguiu em frente.

A carruagem dela permanecia parada à porta da casa e Elizabeth viu que a dama de companhia estava dentro dela. Prosseguiram em silêncio pela viela ensaibrada que levava ao bosque; Elizabeth estava decidida a não fazer qualquer esforço para conversar com uma mulher que se mostrava agora ainda mais insolente e desagradável.

"Como pude alguma vez achá-la parecida com seu sobrinho?" – disse ela para consigo, ao olhar de frente para o rosto da senhora.

Assim que entraram no bosque, Lady Catherine começou a falar do seguinte modo:

– Não terá dificuldade em compreender, senhorita Bennet, a razão de minha viagem até aqui. Seu coração e sua própria consciência devem lhe dizer por que eu vim.

Elizabeth olhou para ela com sincero espanto.

– Na verdade, está enganada, minha senhora. Ainda não fui capaz de descobrir o motivo que a leva a nos honrar com sua visita.

– Senhorita Bennet – replicou a nobre senhora, num tom irritado –, deve saber que não perco meu tempo em vão. Mas por mais insincera que pretenda ser, fique sabendo que eu não o sou. Meu caráter sempre foi conhecido pela sinceridade e pela franqueza; e, num assunto de tamanha importância como o presente, certamente não haverei de me mostrar diferente do que sou. Uma notícia da mais alarmante natureza chegou a meus ouvidos há dois dias. Fui informada de que não só sua irmã estava prestes a realizar um casamento muito vantajoso, como também você, senhorita Elizabeth Bennet, estaria, com toda a probabilidade, muito em breve unida a meu sobrinho, a meu próprio sobrinho, senhor Darcy. Embora eu *saiba* que deve ser uma escandalosa falsidade, embora eu nunca fizesse a meu sobrinho a injúria de supor que essa notícia seja verdadeira, imediatamente resolvi partir para cá, a fim de lhe revelar claramente o que penso a respeito.

– Se a senhora considera impossível que seja verdade – disse Elizabeth, corando de espanto e desdém –, não compreendo por que se deu ao trabalho de vir até tão longe. Qual seria o verdadeiro propósito da nobre senhora?

– Insistir desde logo para que esse boato seja universalmente desmentido.

– Sua vinda a Longbourn para me ver e para ver minha família – disse Elizabeth, friamente – seria antes a confirmação dele; se, de fato, existe esse boato.

– Se existe! Pretende me convencer de que ignora o boato? Porventura não foi artificiosamente posto em circulação por vocês? Não sabe que o mesmo se espalhou por toda parte?

– Nunca ouvi nada a respeito.

– E pode igualmente afirmar que não há fundamento para ele?

– Não tenho a pretensão de possuir a mesma franqueza da nobre senhora. Poderá me fazer perguntas que eu prefira não responder.

– Isso é inadmissível. Senhorita Bennet, exijo que me responda. Acaso ele, meu sobrinho, lhe fez alguma proposta de casamento?

– A nobre senhora já declarou que isso era impossível.

– Devia ser; deve ser, enquanto ele permanecer no uso da razão. Mas seus artifícios e seduções podem tê-lo levado a esquecer, num momento de fraqueza, o que ele deve a si mesmo e a toda a sua família. É possível que o tenha seduzido.

– Se o fiz, serei a última pessoa a confessar.

– Senhorita Bennet, acaso sabe quem eu sou? Não estou acostumada a que me falem nesse tom. Sou praticamente o parente mais próximo que o senhor Darcy tem no mundo e tenho o direito de saber todos os assuntos mais íntimos dele.

– Mas não tem o direito de saber os meus; nem comportamento como esse me induzirá a ser mais explícita.

– Deixe que me faça entender mais diretamente. Essa união, a que tem a presunção de aspirar, nunca poderá se realizar. Não, nunca. O senhor Darcy está comprometido com minha filha. E agora, o que tem a dizer?

– Apenas isto: que, assim sendo, a nobre senhora não haverá de ter motivo para supor que ele vá fazer uma proposta a mim.

Lady Catherine hesitou por um momento e, em seguida, replicou:

– O compromisso entre eles é de natureza especial. Desde a infância foram destinados um para o outro. Era o maior desejo da mãe *dele,* bem como o meu. Quando os dois ainda estavam no berço, planejamos a união; e agora, quando o desejo de ambas as irmãs poderia ser realizado pelo casamento dos dois, aparece uma jovem de classe inferior, sem qualquer renome na sociedade e totalmente estranha à família, que pretende interpor-se entre eles! Não tem qualquer consideração pelos anseios da família dele? Pelo tácito compromisso dele com a senhorita de Bourgh? Será que é totalmente destituída do sentimento de propriedade e delicadeza? Não me ouviu dizer que desde suas primeiras horas de vida ele estava destinado à prima?

– Sim, e o tinha ouvido antes. Mas que tenho eu a ver com isso? Se não existe outra objeção a meu casamento com seu sobrinho, o simples fato de saber que a mãe e a tia dele desejavam que se casasse com a senhorita de Bourgh certamente não me faria renunciar a ele. Ao planejar o casamento dele, ambas fizeram o que lhes era dado fazer. Sua realização, porém, dependia de outras pessoas. Se o senhor Darcy não está comprometido com a prima nem pela honra nem pela inclinação, por que razão não poderá ele fazer outra escolha? E se essa escolha recair sobre mim, por que eu não poderia aceitá-lo?

– Porque a honra, a decência, a prudência, não, o interesse o impede. Sim, senhorita Bennet, interesse; pois não haverá de esperar ser recebida pela família e pelos amigos dele, se agir propositadamente contra a vontade de todos. Será recriminada, humilhada e desprezada por todos os parentes do senhor Darcy. Tal aliança será uma desonra; seu nome nunca será mencionado por qualquer um de nós.

– São esses graves infortúnios – replicou Elizabeth. – Mas a mulher do senhor Darcy deverá ter tão extraordinárias fontes de felicidade necessariamente ligadas à situação dela que, no fim, não haverá de ter motivos para se arrepender.

– Menina obstinada e teimosa! Envergonho-me de você! É esta sua gratidão pelas atenções que lhe dei na última primavera? Não me deve nada por isso? Vamos nos sentar. Deve compreender, senhorita Bennet, que vim até aqui com a firme resolução levar a minha vontade avante. Nada me poderá dissuadir da minha resolução de atingir meu objetivo; nem vou ser dissuadida dele. Não fui habituada a submeter-me ao capricho dos outros. Não estou acostumada a tolerar desapontamentos.

– *Isso* apenas tornará sua situação presente mais lamentável; mas não terá qualquer efeito sobre mim.

– Não admito que me interrompam! Ouça-me em silêncio. Minha filha e meu sobrinho foram feitos um para o outro. Ambos descendem, pelo lado materno, da mesma nobre linhagem; e, do lado paterno, de famílias respeitáveis, honradas e antigas... embora sem título. As fortunas de ambos os lados são esplêndidas. Eles estão destinados um para o outro por um unânime acordo de cada membro das respectivas casas; e quem pretende separá-los? A arrogante pretensão de uma jovem que não possui família, relações ou fortuna. Pode-se tolerar isso? Não se deve, nem o será! Se considerasse seu próprio bem, não desejaria deixar a esfera em que foi criada.

– Casando com seu sobrinho, não haveria de me considerar como que saindo dessa esfera. Ele é um cavalheiro e eu sou a filha de um cavalheiro; a partir daí, somos iguais.

– É verdade. Você *é* filha de um cavalheiro. Mas quem

era sua mãe? Quem são seus tios? Não julgue que eu ignore a condição deles.

– Quaisquer que possam ser meus parentes – disse Elizabeth – se seu sobrinho não tem objeção contra eles, a nobre senhora não terá que se preocupar com eles.

– Diga-me de uma vez por todas, você está noiva dele?

Embora Elizabeth não se sentisse propensa a responder a essa pergunta, pelo simples propósito de não querer fazer a vontade de Lady Catherine, ela não podia senão dizer, depois de um momento de deliberação:

– Não estou.

Lady Catherine pareceu satisfeita.

– E vai me prometer que nunca vai aceitar semelhante compromisso?

– Não vou fazer nenhuma promessa desse tipo.

– Senhorita Bennet, estou chocada e atônita. Esperei encontrar uma jovem mais sensata. Mas não se iluda pensando que vou desistir tão facilmente. Não sairei daqui sem receber a garantia que exijo.

– E certamente *nunca* a darei. Não sou a pessoa que pode ser intimidada a fazer qualquer coisa insensata. A nobre senhora quer que o senhor Darcy se case com sua filha; mas acredita que minha desejada promessa tornaria o casamento deles mais provável? Supondo que ele tenha afeição por mim, minha recusa em aceitar a proposta dele seria suficiente para que ele transferisse essa afeição para sua filha? Permita-me dizer, Lady Catherine, que os argumentos com que procurou justificar esse extraordinário pedido foram tão frívolos quanto ao pedido foi despropositado. Enganou-se redondamente quanto a meu caráter, se pensa que eu possa ser influenciada por persuasões dessa natureza. Até que ponto seu sobrinho poderia acatar sua interferência nos assuntos pessoais dele, não posso saber. Mas a nobre senhora certamente não tem o menor direito de interferir nos meus. Peço-lhe, portanto, que não me importune mais sobre esse assunto.

– Vamos devagar, por favor. Ainda não acabei. A todas as objeções que lhe apresentei até agora, tenho outra a acrescentar. Sei de todos os pormenores da infame fuga de sua irmã mais nova. Sei tudo; que o casamento dela com o jovem foi negócio feito às pressas, às expensas de seu pai e tios. E uma menina dessas poderá ser cunhada de meu sobrinho? E o marido dela, filho do administrador do falecido pai de meu sobrinho, poderá ser cunhado dele? Céus e terra!... O que está pensando? As sombras de Pemberley deverão ser poluídas até esse ponto?

– Creio que agora não tem mais nada para me dizer – disse Elizabeth, ressentida. – Insultou-me de todas as maneiras possíveis. Com sua licença, preciso voltar para casa.

E, dizendo isso, levantou-se. Lady Catherine se levantou também e retornaram juntas. A nobre senhora estava enfurecida.

– Não tem, então, a menor consideração pela honra e bom nome de meu sobrinho! Menina insensível, egoísta! Não pode ver que um casamento com você deve desonrá-lo aos olhos de todos?

– Lady Catherine, nada mais tenho a dizer. Sabe qual é minha opinião.

– Então está resolvida a se casar com ele?

– Nunca disse tal coisa. Estou somente resolvida a agir de maneira a conquistar aquilo que, segundo minha opinião, constitui minha felicidade, sem que admita sua interferência ou a de qualquer outra pessoa que não tem nenhuma ligação comigo.

– Está bem. Recusa-se, então, a atender meu pedido. Recusa-se a dobrar-se às exigências do dever, da honra e da gratidão. Está decidida a arruiná-lo na boa reputação de que goza entre parentes e amigos e fazer dele objeto de desprezo de todo mundo.

– Nem dever, nem honra, nem gratidão – replicou Elizabeth – têm qualquer direito possível sobre mim no presente caso. Nenhum desses princípios seria violado por meu eventual casamento com o senhor Darcy. E quanto ao ressentimento da família dele ou da indignação do mundo, se a primeira se sentisse provocada por meu casamento com ele, não me causaria nem um momento de preocupação... e o mundo em geral é suficientemente sensato para se unir no escárnio.

– E esta é sua verdadeira opinião! Esta é sua decisão final! Muito bem. Saberei agora como agir. Não imagine, senhorita Bennet, que sua ambição seja alguma vez satisfeita. Vim aqui para experimentá-la. Esperava encontrá-la mais sensata; mas, tenha certeza, acabarei por levar a melhor.

E Lady Catherine continuou falando do mesmo modo, até chegarem perto da carruagem quando, voltando-se subitamente, acrescentou:

– Não me despeço, senhorita Bennet. Nem envio cumprimentos à sua mãe. Não merecem tal atenção. Estou profundamente ofendida.

Elizabeth não respondeu; e sem tentar persuadir a nobre senhora a entrar, deu-lhe as costas e caminhou calmamente para casa. Quando subia a escada, ouviu a carruagem partir. Impaciente, sua mãe veio ao encontro dela à porta da sala, para lhe perguntar por que Lady Catherine não tornara a entrar para repousar um pouco.

– Ela não quis – respondeu a filha. – Preferiu partir.

– É uma senhora muito elegante! E sua visita foi um toque de sua prodigiosa amabilidade! Pois suponho que ela só veio para dizer que os Collins estavam bem. Ela deve ter vindo por esses lados de passagem e, passando por Meryton, pensou que poderia vir aqui visitá-la. Suponho que ela não tivesse nada de especial para lhe dizer, Lizzy.

Elizabeth foi obrigada, nesse ponto, a inventar uma pequena mentira; pois revelar o conteúdo da conversa seria impossível.

≈ CAPÍTULO 57 ≈

A desordem mental que essa inesperada visita provocou em Elizabeth não poderia ser facilmente superada; nem poderia, por muitas horas, deixar de pensar incessantemente naquilo. Lady Catherine, segundo parecia, se havia realmente dado ao trabalho de partir de Rosings para essa viagem com o único propósito de desmanchar seu suposto noivado com o senhor Darcy. Era um bom plano, sem dúvida! Mas onde poderia ter surgido esse boato de seu noivado, Elizabeth nem sequer podia imaginar; até que acabou se lembrando de que o fato de ele ser amigo íntimo de Bingley e ela, irmã de Jane, teria sido suficiente, num momento em que a expectativa de um casamento leva as pessoas a pensar em outro, para dar origem à ideia. Não tinha esquecido de ela própria ter pressentido que o próximo casamento de sua irmã deveria provocar encontros mais frequentes ente eles dois. E seus vizinhos Lucas (pois fora por meio do contato deles com os Collins que a notícia havia chegado aos ouvidos de Lady Catherine) tinham apresentado como coisa quase certa e imediata aquilo que ela mesma encarava como possível num futuro distante.

Revolvendo as expressões de Lady Catherine, contudo, ela não podia deixar de sentir certa inquietação quanto às possíveis consequências da persistência dela nessa interferência. Do que havia dito sobre sua decisão de evitar o casamento deles, ocorreu a Elizabeth que devia pensar numa conversa com o sobrinho dessa nobre senhora; e como ele haveria de reagir a semelhante apresentação das consequências funestas ligadas a essa união com ela, não ousava julgar. Ela não sabia qual o exato nível de afeição do senhor Darcy pela tia, nem a confiança que ele depositava nas opiniões dela, mas era natural supor que ele tivesse maior consideração pela nobre senhora do que ela própria; e era certo que, ao enumerar as misérias de um casamento com uma jovem cujos parentes imediatos eram tão inferiores aos dele, a tia o atacaria pelo lado mais fraco. Com suas noções de superioridade de classe, ele provavelmente sentiria que os argumentos, que a Elizabeth tinham parecido fracos e ridículos, continham bastante bom senso e sólido raciocínio.

Se ele já havia hesitado antes quanto ao que devia fazer, que muitas vezes deixara transparecer, os conselhos e as exortações de uma parente tão próxima poderiam eliminar todas as suas dúvidas e convencê-lo, de uma vez por todas, a ser tão feliz como a nobreza sem mácula poderia fazê-lo. Nesse caso, não voltaria mais. Lady Catherine poderia encontrá-lo em suas andanças por Londres; e a promessa feita a Bingley de que haveria de voltar novamente junto com ele a Netherfield seria esquecida.

"Se, portanto, ele enviar, nos próximos dias, uma desculpa ao amigo por não poder cumprir a promessa", acrescentava ela para si mesma, "saberei como entender isso. Então terei de desistir de toda expectativa, de todo desejo de sua persistência. Se ele se limitar a lamentar o fato de ter-me perdido, quando poderia ter conquistado meu afeto e minha mão, passarei imediatamente a deixar de lastimá-lo."

A surpresa do restante da família, ao saber quem tinha sido a visitante, foi imensa; mas eles se contentaram com a mesma espécie de suposições que havia apaziguado a curiosidade da senhora Bennet; e Elizabeth não foi poupada de muitas perguntas inoportunas sobre o assunto.

Na manhã seguinte, enquanto ela ia descendo as escadas, encontrou-se com o pai, que saía da biblioteca com uma carta na mão.

– Lizzy – disse ele –, estava indo à sua procura. Venha para minha sala.

Ela o seguiu; e sua curiosidade em saber o que ele tinha para lhe dizer era aumentada pela suposição de que se relacionasse, de alguma maneira, com a carta que tinha na mão. Ocorreu-lhe subitamente que poderia ser de Lady Catherine; e anteviu com pavor todas as consequentes explicações.

Ela seguiu o pai até a lareira e ambos se sentaram. Então ele disse:

– Esta manhã, recebi uma carta que me surpreendeu demais. Como ela se refere principalmente a você, faço questão que sabia seu conteúdo. Não sabia que tinha duas filhas prestes a contrair matrimônio. Felicito-a pela importante conquista.

O sangue afluiu ao rosto de Elizabeth por causa da instantânea convicção de que era uma carta do sobrinho, e não da tia; e hesitava se deveria sentir-se contente por ele se ter finalmente explicado ou ofendida porque a carta não era dirigida a ela, quando seu pai prosseguiu:

– Parece saber do que se trata. As jovens mostram grande argúcia em assuntos como este; mas acho que posso até desafiar *sua* sagacidade em descobrir o nome de seu admirador. Esta carta é do senhor Collins.

– Do senhor Collins! E o que *ele* poderá dizer?

– Algo muito a propósito, sem dúvida. Começa felicitando-me pelo próximo casamento de minha filha mais velha, sobre o que, parece, foi informado por alguma das amáveis e mexeriqueiras senhoritas Lucas. Não vou brincar com sua impaciência lendo o que diz nessa parte. O que se refere a você diz o seguinte:

"Tendo assim apresentado as sinceras congratulações da senhora Collins e as minhas pelo feliz acontecimento, permita-me agora acrescentar uma breve alusão ao assunto de outro, do qual fomos advertidos pela mesma pessoa. Sua filha Elizabeth, ao que parece, não usará por muito mais tempo o sobrenome Bennet, depois de sua irmã mais velha ter renunciado ao mesmo, e o eleito de seu destino pode, com toda a justiça, ser considerado como uma das pessoas mais ilustres deste país."

– Acaso, Lizzy, poderia adivinhar de quem se trata? – perguntou o pai, e continuou a ler:

"Esse jovem cavalheiro foi privilegiado, de modo muito especial, com tudo o que um coração mortal pode desejar... esplêndido caráter, nobre linhagem e extensas propriedades. Ainda assim, apesar de todas essas vantagens, permita-me prevenir minha prima Elizabeth, como ao senhor também, dos males em que podem incorrer por um precipitado consentimento às propostas desse cavalheiro, propostas de que, naturalmente, se sentirão inclinados a tirar o proveito imediato."

– Tem alguma ideia, Lizzy, de quem é esse cavalheiro? Mas agora vai ser revelado:

"O motivo pelo qual o previno, senhor, é o seguinte. Temos razões para acreditar que a tia dele, Lady Catherine de Bourgh, não vê com bons olhos esse casamento."

– Como pode ver, o *senhor Darcy* é o homem! E agora, Lizzy, acho que a surpreendi. Poderiam o senhor Collins ou os Lucas ter escolhido um homem dentro do círculo de nossos conhecidos, cujo nome teria dado à mentira mais efeito do que supunham? O senhor Darcy, que nunca olha para uma mulher senão para encontrar nela defeitos e que provavelmente nunca olhou para você em toda a vida dele! É espantoso!

Elizabeth tentou apoiar o gracejo do pai, mas só conseguiu forçar um relutante sorriso. Nunca o espírito de seu pai fora dirigido de maneira tão pouco agradável para ela.

– Não acha graça?

– Oh! Sim. Por favor, continue a leitura dessa carta.

"Depois de mencionar a possibilidade desse casamento a Lady Catherine, ontem à noite, ela imediatamente, com sua usual condescendência, expressou o que sentia acerca desse assunto; tornou-se evidente, porém, que, devido a certas objeções relativas à família de minha prima, ela jamais daria seu consentimento para o que, segundo suas próprias palavras, era um péssimo casamento. Considerei ser meu dever comunicar tudo e com a maior rapidez à minha prima, para que ela e seu nobre admirador saibam o que estão fazendo e não se precipitem em realizar um casamento que nunca será convenientemente sancionado." O senhor Collins, mais adiante, acrescenta: "Causa-

-me muita alegria saber que o triste caso de minha prima Lydia tenha sido rapidamente resolvido, preocupando-me apenas que se tenha tornado público e difundido o fato de eles terem vivido juntos antes de se casarem. Não posso, contudo, negligenciar os deveres de meu cargo nem deixar de manifestar meu espanto ao saber que o senhor recebeu o jovem casal em sua casa, logo depois do matrimônio. Foi um encorajamento ao vício e, se eu fosse o vigário de Longbourn, teria me oposto terminantemente a isso. Certamente o senhor devia perdoá-los, como cristão, mas nunca deveria admiti-los em sua presença nem permitir que os nomes deles fossem mencionados a seus ouvidos."

– Esta é a noção dele do perdão cristão! O resto da carta trata apenas da situação de sua querida Charlotte e de suas esperanças de um rebento. Mas, Lizzy, mas parece que não gostou. Tão cedo não será *dona de casa*, espero, nem se fingirá de ofendida por causa de um boato tão tolo. Para que vivemos, senão para sermos objeto de gracejo para nossos vizinhos e, por nossa vez, rirmos deles?

– Oh! – exclamou Elizabeth. – Realmente, é muito divertido. Mas é tão estranho!

– Sim... mas é *isso* que o torna engraçado. Se tivessem escolhido outro homem qualquer, não teria sido nada; mas a perfeita indiferença do senhor Darcy e o evidente desgosto que você mostra tornam essa suposição deliciosamente absurda! Abomino escrever, mas por nada deste mundo desistiria de minha correspondência com o senhor Collins. É, quando leio uma carta dele, não posso deixar até de preferi-lo a Wickham, por mais que eu preze o descaramento e a hipocrisia de meu genro. Por favor, Lizzy, o que disse Lady Catherine acerca desse boato? Ela veio visitá-la para recusar seu consentimento?

A essa pergunta, a filha respondeu apenas com uma risada; e como a pergunta fora feita sem a menor suspeita, Elizabeth não ficou embaraçada, mesmo quando ele a repetiu. Jamais ela havia sentido tanta dificuldade em disfarçar seus sentimentos. Era necessário rir, quando ela teria preferido chorar. Seu pai a tinha mortificado cruelmente com o que disse a respeito da indiferença do senhor Darcy e ela nada podia fazer senão admirar-se de sua falta de argúcia ou recear que, talvez, em vez de ele ter visto pouco, não fora ela que havia imaginado demais.

≈ CAPÍTULO 58 ≈

Em vez de receber essa tal carta de desculpas do amigo, como Elizabeth havia esperado que o senhor Bingley tivesse feito, ele trouxe Darcy a Longbourn, poucos dias depois da vinda de Lady Catherine. Os cavalheiros chegaram cedo; e, antes que a senhora Bennet tivesse tempo para lhe contar que tinham recebido a visita da tia dele, do que a filha momentaneamente teve medo, Bingley, que queria ficar a sós com Jane, propôs um passeio. Todos concordaram. A senhora Bennet não tinha o hábito de fazer caminhadas e Mary não tinha tempo a perder, mas os cinco restantes saíram juntos. Bingley e Jane, no entanto, logo deixaram que os outros se distanciassem deles. Ficaram para trás, enquanto Elizabeth, Kitty e Darcy seguiam adiante. Mas pouco conversavam; Kitty tinha medo dele para dizer alguma coisa; Elizabeth estava intimamente elaborando uma desesperada resolução; e ele, talvez, estivesse fazendo o mesmo.

Caminhavam em direção à casa dos Lucas, pois Kitty queria fazer uma visita a Maria; e como Elizabeth não achava oportuno envolver a todos, quando Kitty os deixou, ela continuou resolutamente caminhando sozinha, junto com Darcy. Agora era o momento de pôr em prática sua resolução e, enquanto sua coragem a estimulava, disse imediatamente:

– Senhor Darcy, sou uma criatura muito egoísta; e, para aliviar as incertezas de meus próprios sentimentos, talvez não tenha tanto cuidado para não ferir os seus. Não posso adiar por mais tempo os agradecimentos que lhe devo por sua incomparável bondade para com minha pobre irmã. Desde que tomei conhecimento disso, tenho ansiado por uma ocasião para lhe manifestar toda a minha gratidão. E se todas as outras pessoas de minha família o soubessem, não lhe expressaria simplesmente minha própria gratidão.

– Sinto imensamente – replicou Darcy, num tom de surpresa e emoção – que tenha sido informada de um fato que, mal interpretado, poderia tê-la contrariado. Não achei que pudesse confiar tão pouco na discrição do senhor Gardiner.

– Não deve culpar minha tia. Foi por um descuido de Lydia que eu soube que o senhor se havia envolvido no caso; e, claro, não podia descansar enquanto não soubesse de todos os pormenores. Deixe-me agradecer-lhe novamente, em nome de toda a minha família, por essa generosa compaixão que o levou a dar-se tanto trabalho e a suportar tantas mortificações na incessante busca para descobrir onde estavam os dois.

– Se insiste em agradecer – replicou ele – que seja apenas por você. Não posso negar que o desejo de lhe agradar tenha reforçado os outros motivos que me levaram a fazer o que fiz. Mas sua *família* nada me deve. Respeito-a muito, mas creio que foi só em você que pensei.

Elizabeth ficou embaraçada demais para conseguir dizer uma palavra. Depois de breve pausa, ele acrescentou:

– Sei que é generosa demais para fazer pouco de mim. Se seus sentimentos são ainda o que eram em abril passado, diga-o de uma vez. Meu afeto e meus desejos permanecem inalterados; mas uma única palavra sua me silenciará para sempre nesse assunto.

Elizabeth, sentindo mais que nunca a embaraçosa e aflitiva situação dele, esforçava-se por dizer alguma coisa; e imediatamente, embora sem muita fluência, lhe deu a entender que seus sentimentos tinham sofrido uma transformação tão substancial desde o período a que ele aludira que a levavam agora a aceitar com prazer e gratidão a declaração dele. A felicidade que essa resposta causou foi tamanha que ele provavelmente nunca sentira antes; e se expressou da forma mais sensibilizada e calorosa que um homem profundamente apaixonado possa fazer. Se Elizabeth tivesse podido encontrar os olhos dele, teria visto como toda a expressão de sincero deleite, refletida no rosto dele, o havia transformado. Mas, embora ela não pudesse olhar, podia ouvir, e ele lhe falou de seus sentimentos que, provando a importância que ela tinha para ele, valorizava a cada momento sua afeição por ela.

Continuaram caminhando, sem saber em que direção estavam indo. Havia muito a pensar, a sentir, a dizer, para prestar atenção a qualquer outra coisa. Ela logo percebeu que deviam seu atual bom entendimento aos esforços da tia dele, que o fora visitar no regresso dela e, de passagem por Londres, lhe contou de sua viagem a Longbourn, seus motivos e o essencial da conversa que tivera com Elizabeth, repetindo enfaticamente cada uma das expressões desta última, expressões que, aos olhos da apreensiva senhora, denotavam a teimosia e a impertinência da moça; viajara também na esperança de que tal parentesco devia realçar seus esforços para obter a promessa de que se afastaria do sobrinho, mas ela se recusou a prometer. Mas, infelizmente para a nobre senhora, o efeito tinha sido exatamente o contrário.

– Ensinou-me a esperar – disse ele – como nunca antes me havia permitido esperar. Conhecia bastante seu caráter para saber que, se estivesse absoluta e irrevogavelmente decidida a me recusar, não hesitaria em dizê-lo franca e abertamente a Lady Catherine.

Elizabeth corou e riu, enquanto retrucava:

– Sim, conhece bastante minha franqueza para acreditar que eu era capaz *disso*. Depois de tê-lo tratado de forma tão abominável pessoalmente, eu não teria escrúpulos em fazê-lo perante todos os seus parentes.

– O que disse a meu respeito que eu não merecesse? Pois, embora suas acusações fossem mal fundadas, baseadas em premissas falsas, meu comportamento naquela época merecia a mais severa reprovação. Era imperdoável. Não posso pensar nele sem repugnância.

– Não vamos discutir a quem cabe a maior culpa na desavença daquela noite – disse Elizabeth. – Se examinarmos estritamente, a conduta de nenhum de nós dois seria irrepreensível; mas, desde então, creio que ambos nos aprimoramos em polidez.

– Não consigo me reconciliar tão facilmente comigo mesmo. A recordação do que eu disse então, de meu comportamento, de meus modos e de minhas expressões é agora, e tem sido durante todos esses meses, indizivelmente dolorosa para mim. Nunca esquecerei sua reprovação, tão bem aplicada: "Se tivesse se comportando de uma maneira mais cavalheiresca." Essas foram suas palavras. Não sabe, dificilmente poderá imaginar, como essas palavras me torturaram... embora fosse só algum tempo depois, confesso, que fui bastante sensato para lhes reconhecer a justiça.

– Estava muito longe de esperar que produzissem uma impressão tão forte. Não tinha a menor ideia de que elas pudessem ser sentidas de tal modo.

– Acredito perfeitamente. Considerava-me então destituído de todos os sentimentos dignos, tenho certeza que assim pensava. Nunca esquecerei a expressão de seu rosto ao me dizer que eu não poderia me dirigir de qualquer forma possível que pudesse induzi-la a me aceitar.

– Oh! Não repita o que eu disse naquela ocasião! Essas recordações não fazem bem. Asseguro-lhe que há muito tempo que me envergonho profundamente delas.

Darcy mencionou a carta dele.

– Acaso ela – disse ele – logo mudou sua opinião a meu respeito e para melhor? Me reabilitou aos seus olhos? Ao lê-la, deu algum crédito a seu conteúdo?

Ela explicou quais os efeitos que a carta tinha produzido nela e como, gradualmente, todos os seus antigos preconceitos foram se dissipando.

– Eu sabia – disse ele – que o que escrevi deve tê-la ferido, mas era necessário. Espero que tenha destruído a carta. Havia uma parte especialmente, o começo, que receio que a torne a ler. Lembro-me de certas expressões que poderiam justificadamente levá-la a me odiar.

– A carta certamente será queimada, se acredita que isso seja essencial para a preservação de minha estima; mas, embora tenhamos ambos razões para pensar que minhas opiniões não são inteiramente inalteráveis, não são, espero, tão facilmente alteradas como parece supor.

– Quando escrevi aquela carta – replicou Darcy –, pensava que estava perfeitamente calmo e frio, mas desde então me convenci que foi escrita com uma terrível amargura de espírito.

– A carta, talvez, começou na amargura, mas não terminou assim. A despedida reflete a própria caridade. Mas não pense mais na carta. Os sentimentos da pessoa que a escreveu e da pessoa que a recebeu são agora tão diferentes do que eram então, que todas as circunstâncias desagradáveis relativas a ela devem ser esquecidas. É preciso que aprenda um pouco de minha filosofia. Lembre-se somente do passado, se a recordação dele lhe der prazer.

– Não creio que necessite de qualquer filosofia desse tipo. Suas retrospecções devem ser tão inteiramente desprovidas de mancha que o contentamento que delas tira não é de filosofia, mas, o que é muito melhor, de inocência. Mas comigo não se passa o mesmo. Sou assaltado por dolorosas recordações que não podem, nem devem ser repelidas. Toda a minha vida fui uma criatura egoísta, se não na prática, pelo menos nos princípios. Quando criança, me ensinaram o que era certo, mas não me ensinaram a corrigir meu gênio. Recebi bons princípios, mas me deixaram-me segui-los baseando-me no orgulho e meu preconceito. Desafortunadamente filho único (durante muitos anos fui o único filho), fui mimado por meus pais que, embora fossem bons (meu pai, especialmente, era tudo o que é ser benevolente e afável), permitiram, encorajaram e quase me ensinaram a ser egoísta e arrogante, a não me interessar por ninguém além do círculo de minha própria família, a desprezar todo o resto do mundo e a reduzir ao mínimo seu bom senso e seu valor comparados com o meu. Assim fui eu dos oito aos vinte e oito anos; e assim permaneceria ainda se não fosse você, minha querida e adorada Elizabeth! O que não lhe devo! Deu-me uma lição, dura, é verdade, no início, mas muito vantajosa. Fui devidamente humilhado por você. Cheguei até você sem duvidar de que me aceitaria. Você me mostrou o quanto eram insuficientes todas as minhas pretensões de agradar a uma mulher digna de ser amada.

– Estava realmente convicto de que eu me sentiria lisonjeada?

– Confesso que estava. Que pensa de minha vaidade? Acreditei mesmo que você estava desejando, esperando minha proposta.

– Meus modos devem ter sido culpados, mas não intencionalmente, asseguro-lhe. Nunca pretendi iludi-lo, mas minha mente pode me levar muitas vezes a agir erroneamente. Como deve ter me odiado a partir *daquela* noite!

– Odiá-la! Fiquei furioso, talvez, de início, mas logo minha raiva começou a tomar a direção apropriada.

– Quase não ouso perguntar o que pensou de mim quando me encontrou em Pemberley. Recriminou-me intimamente por ter ido lá?

– Na verdade, não; não senti nada a não ser surpresa.

– Sua surpresa não podia ser menor que a *minha* ao ser vista. Minha consciência me dizia que eu não merecia nenhuma delicadeza extraordinária e confesso que não esperava receber mais do que o que me era devido.

– Meu objetivo naquela ocasião – replicou Darcy – era mostrar-lhe, com toda a delicadeza a meu alcance, que não era tão mesquinho que guardasse rancor do passado; e esperava obter seu perdão, diminuir a má opinião que tinha de mim, dando-

-lhe a entender que tinha acatado suas recriminações. A partir de quando outros desejos se introduziram em mim, não posso precisar, mas acredito que foi meia hora depois de tê-la visto.

Darcy contou-lhe então o prazer que Georgiana tivera em conhecê-la e o desapontamento que sentira com a súbita interrupção de sua visita. Passou naturalmente a falar nas causas dessa interrupção e Elizabeth soube que a resolução dele em segui-la desde Derbyshire em busca de sua irmã fora tomada ainda na hospedaria e que, se naquela ocasião se mostrava grave e pensativo, era porque debatia em seu espírito tal ideia e tudo o que ela acarretava.

Ela tornou a expressar sua gratidão, mas o assunto era doloroso demais para que ambos insistissem nele.

Depois de caminhar várias milhas sem destino e ocupados demais para se preocupar com isso, descobriram finalmente, ao olhar para o relógio, que já era hora de estar em casa.

– E o que será feito do senhor Bingley e de Jane? – foi uma pergunta que abriu a discussão sobre o caso deles. Darcy estava encantado com o noivado dos dois; seu amigo o havia informado de imediato.

– Devo lhe perguntar se acaso se surpreendeu? – disse Elizabeth.

– Não, de modo algum. Quando parti, pressenti que logo iria acontecer.

– Quer dizer, deu-lhe seu consentimento. Achei que deveria ser. – E embora ele protestasse, ela achava que tinha sido exatamente o caso.

– Na noite antes de minha partida para Londres – disse ele –, fiz uma confissão a ele, que acho que lhe devia ter feito há muito tempo. Contei-lhe tudo havia ocorrido para tornar absurda e impertinente minha interferência na vida dele. Ele ficou muito surpreso. Nunca tivera a menor suspeita. Disse-lhe, além disso, que tinha motivos para me julgar enganado ao supor que sua irmã lhe era indiferente; e como pude perceber que sua afeição por ela continuava inalterada, não duvidei de sua felicidade juntos.

Elizabeth não pôde deixar de sorrir pela facilidade com que ele conduzia o amigo.

– Falou baseado em sua própria observação – disse ela – quando lhe disse que minha irmã o amava, ou apenas baseado em minha informação da primavera passada?

– Baseado na primeira. Eu a tinha observado muito de perto durante as duas visitas que ultimamente fiz aqui; e fiquei convencido de como o amava.

– E sua certeza a respeito, suponho, em breve convenceu a ele também.

– Sim. Bingley é naturalmente modesto. Sua timidez o impediu de confiar em seu próprio julgamento num caso como esse, mas sua confiança em mim tornou tudo mais fácil. Fui obrigado a confessar-lhe uma coisa que, por algum tempo e não injustamente, o indispôs contra mim. Não podia me permitir lhe esconder que sua irmã tinha estado na capital durante três meses no último inverno, o que eu sabia e que propositadamente ocultara o fato do conhecimento dele. Ele ficou furioso. Mas acho que sua raiva durou apenas enquanto ainda duvidava dos sentimentos de sua irmã. Já me perdoou de todo o coração.

Elizabeth sentiu-se tentada a observar que o senhor Bingley tinha sido um amigo encantador, tão fácil de conduzir que seu valor era incalculável; mas se conteve. Lembrou-se de que ela ainda tinha de aprender a não ser levada a sério e era cedo demais para começar. Ao prever a felicidade de Bingley, que obviamente seria apenas inferior à dele, ele continuou a conversa até chegarem em casa. No hall, eles se separaram.

≈ CAPÍTULO 59 ≈

– Minha querida Lizzy, por onde andaram? – foi uma pergunta que Elizabeth recebeu de Jane quando entrou no quarto e de todos os outros quando se sentaram à mesa. Ela se limitou a responder que eles tinham caminhado sem rumo e mais longe do que esperavam. Ela corou ao falar, mas nem isso, nem qualquer outra coisa despertaram suspeita de que não fosse verdade.

A tarde passou calmamente, sem que nada de extraordinário ocorresse. Os noivos reconhecidos falaram e riram; os não reconhecidos permaneceram calados. Darcy não era daquelas pessoas em que a felicidade transborda em alegria; e Elizabeth, agitada e confusa, mal *sabia* que estava feliz, mas não *sentia* realmente que estava; pois, além dos obstáculos imediatos, havia ainda outros problemas diante dela. Ela antecipava a reação da família quando tomasse conhecimento de sua situação; sabia que ninguém gostava dele, exceto Jane; e receava até mesmo que a antipatia deles fosse de tal ordem que nem toda a fortuna e importância dele pudessem dissipar.

À noite, ela abriu o coração a Jane. Embora a suspeita não fizesse parte dos hábitos da senhorita Bennet, dessa vez ficou totalmente incrédula.

– Está brincando, Lizzy. Não pode ser!... noiva do senhor Darcy! Não, não, não pense em me enganar. Sei que isso é impossível.

– Na verdade, esse é um começo nada animador! Minha única e total confiança residia em você; sei que ninguém mais acreditará em mim, se você também não acreditar. Ainda assim, estou falando sério, de fato. É a pura verdade. Ele ainda me ama e estamos noivos.

Jane olhou para ela, em completa dúvida.

– Oh, Lizzy! Não pode ser. Sei quanto você o detesta.

– Não sabe absolutamente nada. Tudo *isso* é para esquecer. Talvez nem sempre o amasse tanto como o amo agora. Mas em casos como esses, uma boa memória é imperdoável. Esta é a última vez que eu mesma recordarei isso.

Jane continuava atônita. Elizabeth, de novo e com mais seriedade, a assegurou da verdade.

– Deus do céu! Será que é realmente assim! Agora, contudo,

tenho de acreditar em você – exclamou Jane. – Minha querida, querida Lizzy! Eu gostaria... felicito-a... mas tem certeza? Perdão pela pergunta... Tem toda a certeza de que poderá ser feliz com ele?

– Não pode haver a menor dúvida quanto a isso. Já ficou decidido entre nós que seríamos o casal mais feliz do mundo. Mas está contente, Jane? Gostará de ter tal cunhado?

– Muitíssimo. Nada nos poderia causar maior prazer a Bingley e a mim. Mas conversamos sobre isso, e achamos que era impossível. E você o ama realmente de todo o coração? Oh, Lizzy! Faça o que quiser, menos casar sem amor. Está totalmente certa de que sente o que deveria?

– Oh, sim! Você só vai achar que sinto *mais* do que deveria, quanto lhe contar tudo.

– Que quer dizer com isso?

– Ora, devo confessar que gosto mais dele do que de Bingley. Receio que vá se zangar.

– Minha querida irmã, *seja* séria agora. Quero falar com seriedade. Conte-me tudo o que posso saber, sem demora. Pode me contar desde quando passou a gostar dele?

– Foi acontecendo tão gradualmente que não sei bem quando começou. Mas acredito que deve remontar à primeira vez que vi o belo parque de Pemberley.

Outra súplica, contudo, para que falasse seriamente produziu o efeito desejado; e ela logo deixou Jane satisfeita com solenes garantias de sua afeição por ele. Quando convencida disso, Jane nada mais tinha a desejar.

– Agora me sinto totalmente feliz – disse ela –, pois você será tão feliz como eu. Sempre o apreciei. Nada mais era preciso, senão o amor dele por você para que eu o estimasse para sempre; mas agora, como amigo de Bingley e seu marido, só poderão ser Bingley e você que vão ter meu maior afeto. Mas Lizzy, você foi muito astuta e muito reservada comigo. Não me contou praticamente nada do que se passou em Pemberley e em Lambton! Tudo o que sei devo a outro e não a você.

Elizabeth explicou os motivos de seu segredo. Não quisera mencionar o nome de Bingley; e a incerteza de seus próprios sentimentos fazia com que ela ocultasse igualmente o nome do amigo dele. Mas agora não podia esconder por mais tempo da irmã o papel dele no casamento de Lydia. Deixou-a a par de tudo e passaram metade da noite conversando.

– Meu Deus! – exclamou a senhora Bennet quando estava à janela, na manhã seguinte. – Não é aquele desagradável do senhor Darcy que está vindo de novo, junto com nosso querido Bingley? Que deseja ele, enfadonho como sempre, com todas essas visitas? Não faço ideia, mas ele poderia ir caçar ou fazer qualquer outra coisa, em vez de nos perturbar com sua presença. Que vamos fazer com ele? Lizzy, será melhor que o leve novamente a passear, para que não se atravesse o caminho de Bingley.

Elizabeth conteve o riso com dificuldade diante de tão conveniente proposta; ainda assim, ficou contrariada por sua mãe insistir em lhe conferir tal epíteto.

Logo que entraram, Bingley olhou para Elizabeth tão significativamente e lhe apertou as mãos com tanto calor que não deixava dúvidas de que estava bem informado; e pouco depois disse em voz alta:

– Senhora Bennet, não tem outros caminhos em seu parque por onde Lizzy possa se perder de novo, hoje?

– Aconselho o senhor Darcy, Lizzy e Kitty – disse a senhora Bennet – a caminhar até Oakham Mount. É um belo e longo passeio e o senhor Darcy nunca viu essa paisagem.

– Será muito bom para os outros – replicou o senhor Bingley –, mas tenho certeza de que é demais para Kitty. Não acha, Kitty?

Kitty confessou que preferia ficar em casa. Darcy afirmou que tinha grande curiosidade de contemplar a vista desde o monte, e Elizabeth consentiu silenciosamente. Enquanto subia as escadas para se aprontar, a senhora Bennet a seguiu, dizendo:

– Sinto muito, Lizzy, por ser obrigada a suportar sozinha a companhia daquele homem desagradável. Mas espero que não se importe; é tudo para o bem de Jane, como sabe; além disso, não precisará conversar muito com ele, apenas de vez em quando. Não se exponha, portanto, a qualquer inconveniência.

Durante a caminhada, ficou decidido entre eles que o consentimento do senhor Bennet poderia ser solicitado no decorrer daquela noite. Elizabeth se encarregou de fazer a comunicação à mãe, pessoalmente. Não sabia como a mãe haveria de reagir; por vezes duvidava de que toda a riqueza e a importância dele fossem suficientes para vencer a antipatia que a mãe sentia por ele. Mas se a senhora Bennet se declarasse veementemente contra o casamento, ou veementemente a favor, a filha estava certa de que a atitude da mãe seria igualmente pouco conveniente para provar seu bom senso; e Elizabeth não estava disposta a tolerar que o senhor Darcy assistisse aos primeiros arroubos de alegria ou à incontida veemência da desaprovação da mãe.

À noite, logo depois que o senhor Bennet se dirigiu à biblioteca, Elizabeth viu o senhor Darcy levantar-se também e segui-lo; e a agitação dela, ao vê-lo, foi extrema.

Não temia a oposição do pai, mas sabia que ia desgostá-lo; e que seria por meio dela... que ela, sua filha predileta, iria magoá-lo com sua escolha, que iria deixá-lo cheio de temores e de preocupações quanto a... era uma angustiante reflexão e ela ficou em total aflição até que o senhor Darcy apareceu novamente; e, ao olhar para ele, ficou um pouco aliviada pelo sorriso dele. Poucos minutos depois, ele se aproximou da mesa onde ela estava sentada com Kitty e, fingindo admirar o trabalho que fazia, sussurrou-lhe ao ouvido: "Vá para a biblioteca. Seu pai quer falar com você". Ela foi imediatamente.

Seu pai caminhava de um lado para o outro da sala, com uma expressão grave e ansiosa.

– Lizzy – disse ele –, que está fazendo? Está em seu juízo perfeito aceitando esse homem? Não o odiou sempre?

Como ela teria intensamente desejado naquele momento ter

manifestado suas opiniões anteriores de modo mais razoável e ter utilizado expressões mais moderadas! Certamente a teria poupado de explicações e declarações que agora era excessivamente embaraçoso dar. Mas agora eram necessárias e ela o assegurou, um tanto confusa, de sua profunda afeição pelo senhor Darcy.

– Ou, em outras palavras, está decidida a tê-lo para você. Ele é rico, com toda a certeza, e você poderá ter roupas e carruagens ainda mais belas do que as de Jane. Mas isso tudo a fará feliz?

– Não tem outra objeção a fazer – disse Elizabeth –, a não ser sua suposição de que eu lhe seja indiferente?

– Nenhuma. Todos nós sabemos que ele é um homem orgulhoso e desagradável; mas isso nada é, se você realmente gostou dele.

– Gosto, gosto muito dele – replicou ela, com lágrimas nos olhos. – Eu o amo. Na verdade, ele não tem um orgulho inapropriado. Ele é perfeitamente afável. O senhor não o conhece o que ele é realmente; por isso, por favor, não me magoe falando dele nesses termos.

– Lizzy – disse o pai –, eu já lhe dei meu consentimento. Na verdade, ele é um daqueles homens a quem eu nunca ousaria recusar coisa alguma que ele se permitisse pedir. E agora o resto cabe a você, se está verdadeiramente decidida a tê-lo. Mas deixe-me aconselhá-la a refletir mais sobre o assunto. Conheço seu temperamento, Lizzy. Sei que não poderá ser feliz nem respeitável, se não estimar verdadeiramente seu marido, se não o considerar como seu superior. Seus vivos talentos a colocariam em situação de grande perigo num casamento desigual. Dificilmente escaparia do descrédito e da miséria. Minha filha, não me deixe sentir o pesar de vê-la incapaz de respeitar seu parceiro em vida. Você não sabe a importância de seu passo.

Elizabeth, ainda mais emocionada, foi séria e solene em sua resposta; finalmente, depois de repetidas declarações de que o senhor Darcy era realmente o homem que escolhera, depois explicar a mudança gradual por que tinha passado sua estima por ele, depois de reafirmar a absoluta certeza que sua afeição por ele não fora obra de um dia, mas que resistira ao teste de muitos meses de incerteza, e depois de enumerar com energia todas as qualidades dele, acabou por conquistar a incredulidade do pai e contentá-lo com a ideia do casamento.

– Bem, minha querida – disse ele, quando Elizabeth acabou de falar. – Nada mais tenho a dizer. Se é esse o caso, ele a merece. Nunca me poderia separar de você, minha Lizzy, entregando-a a alguém menos digno de sua estima.

Para completar a impressão favorável do pai, ela então lhe contou o que o senhor Darcy tinha feito voluntariamente por Lydia. Ele a ouviu com espanto.

– Na verdade, esta é uma noite de surpresas! E assim, Darcy fez tudo: tratou do casamento, deu dinheiro, pagou as dívidas do outro e arranjou-lhe uma nova colocação! Tanto melhor. Poupa-me inúmeros incômodos e uma soma de dinheiro. Se tudo tivesse sido feito por seu tio, deveria e certamente o pagaria; mas esses jovens violentamente apaixonados fazem tudo a seu próprio modo. Amanhã, vou me oferecer para reembolsá-lo; ele vai protestar com veemência, alegando seu amor por você, e vai pôr um ponto final no assunto.

Ele se lembrou então do embaraço dela, poucos dias antes, quando lia a carta do senhor Collins; e depois de brincar com ela sobre o assunto, deixou-a finalmente sair... dizendo, pouco antes de passar a porta:

– Se chegarem alguns jovens para Mary e Kitty, mande-os entrar, pois estou inteiramente à disposição.

Elizabeth se sentia agora aliviada de um grande peso; e depois de meia hora de tranquila reflexão em seu próprio quarto, voltou para junto dos outros com ar bastante sereno. Tudo era ainda recente demais para expandir toda a sua alegria, mas a noite passou tranquilamente; nada mais havia a temer e o bem-estar e sossego voltariam aos poucos.

Quando sua mãe subiu para o quarto de vestir à noite, ela a acompanhou e lhe fez a importante comunicação. O efeito foi extraordinário, pois, ao ouvi-la, a senhora Bennet ficou completamente imóvel e incapaz de pronunciar uma palavra. Só passados longos minutos, ela pôde compreender o que ouvira, embora estivesse sempre atenta a tudo o que redundasse em proveito para a família ou que sobreviesse sob a forma de um noivo para qualquer uma das filhas. Finalmente, começou a voltar a si e a mexer-se na cadeira, levantou-se, tornou a sentar-se, atônita, e se persignou.

– Deus do céu! Deus me abençoe! Imagine só! Quem diria! O senhor Darcy! Quem poderia pensar? E é realmente verdade? Oh! minha doce Lizzy! Como vai ser rica e importante! Que mesadas, que joias e que carruagens vai ter! O casamento de Jane nada é... nada, em absoluto. Estou tão contente... tão feliz. Um homem tão encantador!... tão bonito! tão alto!... Oh! Minha querida Lizzy, por favor me perdoe pela antipatia que eu lhe devotava antes! Espero que ele desconsidere esse fato. Minha querida e adorada Lizzy! Uma casa na capital! Tudo o que há de melhor! Três filhas casadas! Dez mil libras por ano! Oh, Deus! Que será de mim? Vou enlouquecer.

Essas exclamações foram suficientes para mostrar que não havia dúvidas quanto à sua aprovação; e Elizabeth, regozijando-se por ser a única testemunha de toda aquela efusão, logo se retirou. Mas não havia passado ainda três minutos em seu próprio quarto, que sua mãe apareceu.

– Minha querida filha – exclamou ela –, não posso pensar em outra coisa! Dez mil libras por ano, e provavelmente mais! É tão bom como se se tratasse de um lorde! E uma permissão especial. Você deve e vai se casar com uma permissão especial! Mas, minha querida, diga-me qual é o prato preferido do senhor Darcy, a fim de que eu possa prepará-lo amanhã.

Esse era um triste prenúncio do que poderia ser o comportamento da mãe para com o próprio cavalheiro; e Elizabeth descobriu que, embora certa da posse do mais profundo afeto dele e tranquila quanto ao consentimento dos pais, havia ainda algo a desejar. Mas o dia seguinte passou muito melhor do que esperava, pois a senhora Bennet, felizmente, tinha tanto respeito por seu futuro genro que não se atreveu a dirigir-lhe a palavra, a não ser que fosse de bom tom externar alguma amabilidade ou manifestar sua deferência pelas opiniões dele.

Elizabeth teve a satisfação de ver o pai se interessando em conhecê-lo melhor; e o senhor Bennet logo a assegurou de que sua estima por ele crescia a cada momento.

– Tenho grande admiração por meus três genros – disse ele. – Wickham é, talvez, meu preferido, mas creio que vou gostar tanto de seu marido como do de Jane.

≈ CAPÍTULO 60 ≈

Elizabeth, restabelecida em seu bom humor habitual, queria que o senhor Darcy lhe contasse como se havia apaixonado por ela.

– Como começou? – perguntou ela. – Compreendo que tenha progredido de modo encantador depois do primeiro passo; mas o que foi que o impeliu em primeiro lugar?

– Não posso determinar a hora, o lugar, o olhar ou as palavras que serviram de fundamento. Faz muito tempo. Eu já estava no meio do caminho quando me dei conta.

– Minha beleza, você logo a destacou e quanto a meus modos... meu comportamento com você, pelo menos, beirava sempre a má educação, e nunca me dirigi a você sem desejar feri-lo. Agora, seja sincero; você me admirava por minha impertinência?

– Admirei-a pela vivacidade de seu espírito.

– Pode chamá-la de impertinência, de uma vez por todas. Era pouco menos que isso. O fato é que você estava farto de amabilidades, de deferências e de atenções formais. Menosprezava todas aquelas mulheres que ficavam falando, agindo e pensando com o único objetivo de conquistá-lo. Despertei sua atenção porque eu era tão diferente delas. Se você não tivesse sido tão afável, certamente me teria odiado, pois, apesar do esforço que fazia para disfarçar, seus sentimentos eram sempre nobres e justos; e em seu coração, você desprezava totalmente as pessoas que tão assiduamente o cortejavam. Nisso... eu o poupei do incômodo de despistar e realmente, considerando tudo, comecei a achar que era perfeitamente razoável. Com certeza, você não via muita coisa de bom em mim... mas ninguém pensa nisso quando está apaixonado.

– E não havia bondade em seu afetuoso comportamento com Jane, quando ela ficou doente em Netherfield?

– Querida Jane! Quem não teria feito menos por ela? Mas faça disso uma virtude, se quiser. Minhas boas qualidades ficam a seu cuidado e pode exagerá-las como melhor lhe convier; em troca, cabe a mim aproveitar as ocasiões para importuná-lo e discutir com você todas as vezes que me aprouver; e vou começar imediatamente, perguntando por que se mostrou tão indeciso para chegar finalmente a uma definição. O que o deixou tão tímido quando me visitou pela primeira vez e quando, tempos depois, jantou aqui? Por que, especialmente, quando nos visitou, parecia que não se importava comigo?

– Porque você se mantinha grave e silenciosa e não me deu qualquer encorajamento.

– Mas eu estava embaraçada.

– E eu também.

– Podia ter procurado conversar mais comigo, quando veio jantar.

– Um homem menos apaixonado talvez o tivesse feito.

– Pena que encontre para tudo uma resposta razoável e que eu seja tão razoável em aceitá-la! Mas pergunto-me quanto tempo você levaria ainda para se declarar, se tivesse ficado por sua conta. Pergunto-me quando teria falado, se eu não tivesse perguntado. Minha decisão de lhe agradecer por sua bondade para com Lydia teve certamente grande efeito. Demasiado, receio, pois eu não devia ter mencionado o assunto. Isso nunca dá certo.

– Não precisa se preocupar. A moral está perfeitamente a salvo. As injustificadas tentativas de Lady Catherine para nos separar foram um meio de remover todas as minhas dúvidas. Não sou devedor de minha presente felicidade a seu ansioso desejo de expressar sua gratidão. Eu não estava disposto a esperar nenhuma abertura de sua parte. A informação de minha tia me deu esperanças e eu estava decidido a saber de tudo de uma vez por todas.

– Lady Catherine foi de imensa utilidade, o que deverá deixá-la feliz, pois gosta de ser útil. Mas, diga-me, por que veio a Netherfield? Foi apenas para passear até Longbourn e ficar embaraçado? Ou teria pensado na possibilidade de consequências mais sérias?

– Meu verdadeiro objetivo era vê-la e verificar se poderia ainda fazer com que gostasse de mim. Meu motivo declarado, ou aquele que confessei a mim mesmo, era verificar se sua irmã ainda gostava de Bingley e, caso ainda gostasse, transmitir a meu amigo a confirmação que mais tarde realmente lhe transmiti.

– Terá alguma vez a coragem de participar nosso noivado a Lady Catherine?

– É mais provável que me falte tempo do que coragem, Elizabeth. Mas isso deve ser feito e, se me der uma folha de papel, vou fazê-lo imediatamente por escrito.

– E, se eu não tivesse também uma carta a escrever, sentaria a seu lado e admiraria a regularidade de sua caligrafia, como certa jovem um dia o fez. Mas eu também tenho uma tia e que não pode ficar sem saber por mais tempo.

Elizabeth, que até então evitara ter de dizer aos tios que tinham exagerado a intimidade dela com o senhor Darcy, ainda não havia respondido a longa carta da senhora Gardiner; mas agora, sabendo que eles receberiam da melhor maneira a comunicação que tinha a fazer, sentiu-se quase envergonhada ao pensar que seus tios já tinham perdido três dias de felicidade, e imediatamente escreveu o seguinte:

"Eu lhe teria agradecido antes, minha querida tia, como deveria ter feito, por sua longa, carinhosa e satisfatória carta, tão rica em pormenores; mas, para dizer a verdade, me sentia aborrecida demais para fazê-lo. A tia supôs mais do que aquilo que realmente existia. Mas agora, suponha tudo o que quiser; solte as rédeas de sua fantasia, entregue-se à sua imaginação para todos os voos possíveis que o assunto vai lhe propiciar; e, a menos que me imagine realmente casada, não vai errar por muito. Pode me escrever logo e pode elogiá-lo ainda mais do que fez em sua última carta. Não me canso de lhe agradecer por não me terem levado até os Lagos. Não sei como pude ser tola a ponto de desejar tanto ir! Sua ideia dos pôneis é deliciosa. Vamos percorrer o parque todos os dias. Sou a criatura mais feliz do mundo. Talvez outras pessoas tenham dito o mesmo antes, mas nunca com tanta justiça. Sou mais feliz até do que Jane; ela apenas sorri, eu rio. O senhor Darcy lhe envia todo o seu amor, aquele que ainda lhe resta. Contamos com todos em Pemberley, para o Natal. Sua, etc."

A carta do senhor Darcy para Lady Catherine foi escrita num estilo diferente; e diferente de ambas era a que o senhor Bennet escreveu ao senhor Collins, em resposta à última deste.

"Caro Senhor

Venho incomodá-lo mais uma vez para congratulações. Elizabeth será em breve a esposa do senhor Darcy. Console Lady Catherine a melhor maneira possível. Mas, se fosse o senhor, tomaria o partido do sobrinho. Ele tem mais para dar.

Sinceramente seu, etc."

As felicitações que a senhorita Bingley enviou ao irmão por seu próximo casamento foram tudo o que havia de mais afetuoso e menos sincero. Ela escreveu também a Jane, nessa ocasião, para expressar seu contentamento e repetir todas as suas declarações anteriores de estima. Jane não se deixou iludir, mas ficou emocionada; e, embora não tivesse confiança nela, não pôde deixar de lhe escrever uma carta muito mais amável e carinhosa do que ela sabia que a outra pudesse merecer.

A alegria que a senhorita Darcy demonstrou ao receber semelhante informação era tão sincera quanto a de seu irmão ao enviá-la. Quatro páginas foram insuficientes para conter todo o seu prazer e seu sincero desejo de ser estimada pela futura cunhada.

Antes de qualquer resposta do senhor Collins ou de felicitações da parte de Charlotte a Elizabeth, a família de Longbourn soube que os Collins em pessoa tinham chegado à casa dos Lucas. O motivo dessa súbita viagem logo se tornou evidente. Lady Catherine tinha ficado tão furiosa com a carta do sobrinho que Charlotte, regozijando-se realmente com o casamento, preferiu partir de casa até que a tempestade passasse. Num momento como aquele, a chegada da amiga causou um sincero prazer a Elizabeth, embora esse prazer tivesse de ser pago a alto preço, quando via o senhor Darcy, no decorrer de seus encontros, exposto a todas as delicadezas obsequiosas e fatigantes do marido dela. Darcy, no entanto, suportava tudo isso com admirável calma. Conseguiu ouvir com serenidade até as palavras de Sir William Lucas, que o felicitou por ter conquistado a mais bela joia do país e expressou, com decente elegância, a esperança de todos eles se encontrarem frequentemente em St. James. Se ele chegou a dar de ombros, foi somente quando Sir William já estava distante.

A vulgaridade da senhora Phillips foi outra, e talvez a maior, sobrecarga para a paciência dele; e embora a senhora Phillips, bem como sua irmã, se sentisse com medo de falar com ele com a mesma familiaridade, que o bom humor de Bingley encorajava, pois todas as vezes que abria a boca era para dizer coisas vulgares. Nem era o respeito por ele, embora a deixasse mais calma, que a deixava mais elegante. Elizabeth fazia tudo o que podia para protegê-lo das frequentes atenções de ambas, atraindo-o constantemente para junto de si e dos outros membros de sua família, com quem ele poderia conversar sem se torturar. E embora os desconfortáveis sentimentos que brotavam de tudo isso a privasse de momentos de prazer, dava-lhe esperanças de um futuro melhor; e olhava para esse futuro com alegria, quando se separariam de companhia tão pouco agradável para ambos para chegar ao conforto e elegância do grupo familiar de Pemberley.

≈ CAPÍTULO 61 ≈

Feliz para todos os seus sentimentos maternais foi o dia em que a senhora Bennet se viu livre de suas duas filhas mais queridas. Pode-se imaginar com que esfuziante orgulho ela visitava, mais tarde, a senhora Bingley e falava da senhora Darcy. Gostaria de dizer, para o bem de sua família, que a realização de seu maior desejo de ver as filhas mais velhas casadas tivesse o feliz efeito de torná-la uma mulher sensata, afável e bem informada para o resto de sua vida; embora, talvez para sorte do marido, que saboreou a felicidade doméstica de uma forma tão incomum, ela continuava ocasionalmente nervosa e invariavelmente tola.

O senhor Bennet sentiu muito a falta de sua segunda filha; sua afeição por ela foi o motivo que, mais que qualquer outro, o fazia sair com frequência de casa. Adorava ir a Pemberley, especialmente quando não era esperado.

O senhor Bingley e Jane ficaram em Netherfield apenas um ano. Uma proximidade tão grande da senhora Bennet e dos conhecidos de Meryton não era desejável, mesmo para o temperamento brando de Bingley e o coração afetuoso de Jane. O grande desejo das irmãs dele foi finalmente satisfeito; ele comprou uma propriedade nas proximidades de Derbyshire, e Jane e Elizabeth, para acréscimo de todas as outras fontes de felicidade, residiam agora a trinta milhas uma da outra.

Kitty passava a maior parte do tempo com as duas irmãs mais velhas, o que constituía substancial vantagem para ela. Numa sociedade tão superior à que ela conhecera, seu aprimoramento aumentava a olhos vistos. Não tinha o gênio rebelde de Lydia; e, longe da influência do exemplo de Lydia, tornou-se, graças a uma adequada atenção e a certos cuidados, menos irritadiça, menos ignorante e menos insípida. Ela era cuidadosamente preservada de qualquer nova influência da parte de Lydia e, embora a senhora Wickham a convidasse frequentemente a ir passar alguns tempos em sua casa, com promessas de bailes e jovens, seu pai jamais consentia que ela fosse.

Mary era a única que permanecia em casa; como a senhora Bennet não suportasse ficar sozinha, ela se viu necessariamente impedida de prosseguir no aperfeiçoamento de seus talentos. Obrigada a frequentar mais assiduamente a sociedade, Mary conseguia tirar conclusões morais de cada visita que fazia; e como já não sentisse mais mortificada pela comparação da beleza de suas irmãs com a dela própria, seu pai desconfiou que ela se sujeitava sem muita relutância a essa mudança.

Quanto a Wickham e Lydia, o casamento das duas irmãs pouco os modificou. Ele se resignou filosoficamente à convicção de que Elizabeth estava agora a par de todas as suas ingratidões e mentiras, que antes poderia desconhecê-las. Apesar de tudo, continuava a alimentar a esperança de que ela um dia pudesse convencer Darcy a fazer sua fortuna. A carta de felicitações que Elizabeth recebeu de Lydia, por ocasião de seu casamento, revelou que tal esperança era acalentada pelo menos pela mulher, se não pelo próprio marido. A carta dizia o seguinte:

"Minha querida Lizzy

Desejo-lhe grande felicidade. Se seu amor pelo senhor Darcy for apenas metade do que eu sinto por meu marido, Wickham, certamente será muito feliz. É um consolo saber que você é tão rica e, quando não tiver nada para fazer, espero que se lembre de nós. Estou certa de que Wickham gostaria muito de fazer carreira no Direito, mas não creio que tenhamos dinheiro suficiente para vivermos sem alguma ajuda. Qualquer posto serviria, de trezentas ou quatrocentas libras de proventos por ano; mas, se não for contrária, não fale do assunto ao senhor Darcy.

Sua, etc."

Elizabeth preferiu não mencionar o assunto e procurou, em sua resposta, acabar com todos os pedidos e esperanças dessa natureza. Essa ajuda, porém, como não estava a seu alcance conceder, ela passou a enviar a Lydia o que o que economizava de suas despesas particulares. Sempre lhe parecera evidente que uma renda como a deles, administrada por duas pessoas tão extravagantes em seus desejos e imprevidentes quanto ao futuro, seria insuficiente para seu sustento; e sempre que o casal mudava de residência, tanto Jane como ela própria podiam estar certas de receber algum pedido de auxílio para saldar as contas. A maneira de viver deles, mesmo quando lhes era permitido ter uma casa, era sempre muito irregular. Estavam sempre mudando de um lugar para outro, em busca de uma situação mais em conta, e gastando sempre mais do que podiam. A afeição de Wickham por Lydia se transformou rapidamente em indiferença; a dela durou um pouco mais; e, apesar de sua juventude e de suas maneiras, ela conservou intacta a reputação que o casamento lhe havia assegurado.

Embora Darcy não admitisse a ideia de receber Wickham em Pemberley, ainda assim, em consideração a Elizabeth, ajudou-o em sua carreira profissional. Lydia visitava-os ocasionalmente quando o marido ia se divertir em Londres ou em Bath. Na casa dos Bingley, no entanto, eles permaneciam frequentemente por tanto tempo que até mesmo a paciência de Bingley não aturava mais, a ponto de ele chegar a lhes insinuar que preferia vê-los fora de sua casa.

A senhorita Bingley ficou profundamente mortificada com o casamento do senhor Darcy; mas, como achou melhor conservar o direito de frequentar Pemberley, sufocou todo o seu ressentimento; continuou a gostar mais do que nunca de Georgiana, mostrou-se quase tão atenciosa com Darcy como antigamente e se viu obrigada a pagar todas as cortesias que devia a Elizabeth.

Pemberley era agora a casa também de Georgiana e a afeição entre as duas cunhadas era exatamente o que Darcy esperava ver. Tanto gostavam uma da outra como se entendiam muito bem. Georgiana tinha uma grande admiração por Elizabeth, embora no início ouvisse com surpresa, beirando o espanto, os gracejos e brincadeiras de Elizabeth ao falar com o marido e irmão dela. Ele, que sempre lhe inspirara um respeito que quase sufocava sua, agora o via sujeito às brincadeiras da esposa. Começou então a saber coisas que ignorava. Pelas várias explicações que Elizabeth lhe deu, passou a compreender que uma esposa pode ter com o marido liberdades que um irmão nem sempre poderia tolerar na irmã dez anos mais jovem do que ele.

Lady Catherine ficou extremamente indignada com o casamento do sobrinho; e como deu vazão a toda a sua genuína franqueza em sua resposta à carta que anunciava o noivado, usando uma linguagem tão despropositada, especialmente em relação a Elizabeth, por algum tempo as relações foram totalmente cortadas. Mas, por fim, Elizabeth convenceu o marido a perdoar a ofensa e a procurar uma reconciliação, e depois de alguma resistência da parte da tia, o ressentimento dela cedeu, tanto pela afeição que nutria pelo sobrinho como por sua curiosidade em ver como a esposa dele se comportava; e concordou em visitá-los em Pemberley, apesar da contaminação que havia invadido seus bosques, não somente pela presença de tal senhora, mas também pelas visitas dos tios que viviam em Londres.

Com os Gardiner, eles sempre mantiveram a maior intimidade. Darcy e Elizabeth tinham realmente a maior afeição por eles; e ambos eram profundamente gratos a essas pessoas que, ao levar Elizabeth junto a si para Derbyshire, haviam proporcionado a oportunidade para que os dois reatassem relações.

Impressão e Acabamento
Gráfica Oceano